明清小说
分类选讲

谭帆　主编

撰稿人（依所撰章节先后排列）

谭　帆　王庆华　纪德君　竺洪波
胡　胜　王意如　苗怀明　周兴陆
　　　　　　李军均

华东师范大学出版社
·上海·

图书在版编目（CIP）数据

明清小说分类选讲 / 谭帆主编 . -- 上海 : 华东师
范大学出版社, 2025. -- ISBN 978-7-5760-6044-7

Ⅰ. I207.41

中国国家版本馆CIP数据核字第2025SJ3099号

明清小说分类选讲

主　　编　谭　帆
责任编辑　范耀华
责任校对　刘伟敏
装帧设计　俞　越

出版发行　华东师范大学出版社
社　　址　上海市中山北路3663号　邮编 200062
网　　址　www.ecnupress.com.cn
电　　话　021-60821666　行政传真　021-62572105
客服电话　021-62865537　门市（邮购）电话　021-62869887
地　　址　上海市中山北路3663号华东师范大学校内先锋路口
网　　店　http://hdsdcbs.tmall.com

印刷者　苏州工业园区美柯乐制版印务有限责任公司
开　　本　787毫米×1092毫米　1/16
印　　张　17
字　　数　292千字
版　　次　2025年5月第1版
印　　次　2025年10月第2次
书　　号　ISBN 978-7-5760-6044-7
定　　价　48.00元

出 版 人　王　焰

（如发现本版图书有印订质量问题，请寄回本社客服中心调换或电话021-62865537联系）

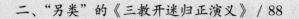

导　论

　　近代学者王国维说："凡一代有一代之文学。"如楚骚、汉赋、六代骈语、唐诗、宋词、元曲，而明清时期则无疑属于小说的黄金时代。源远流长的古代小说发展至明清，不仅以其浩瀚的数量、众多的流派，而且以其卓越的成就，成为一代文学的辉煌代表。从明洪武（1368）至清宣统（1911），历经二十多朝，近五百五十年，白话和文言小说形成了讲史演义、英雄传奇、神魔小说、世情小说、公案侠义小说、讽刺谴责小说、传奇志怪小说、话本小说等蔚为大观的小说流派和类型；涌现出罗贯中、施耐庵、吴承恩、笑笑生、冯梦龙、凌濛初、吴敬梓、曹雪芹、蒲松龄等一批小说巨匠和《三国演义》《水浒传》《西游记》《金瓶梅》"三言"、"二拍"、《儒林外史》《红楼梦》《聊斋志异》等众多经典之作。明清小说不仅作为一种文体当之无愧地代表了明清文学的最高成就，而且一些经典之作还以其思想深度和艺术高度代表了整个古代文学的最高成就。

　　下面，我们分别就明清小说的发展演变、明清小说的类别划分等问题作一概略说明。

一、明清小说的发展演变

　　明清小说近五个半世纪的发展演变过程，大体可划分为五个阶段。

（一）明前期（洪武到正德年间）是明清小说发展的第一个时期

　　这一时期跨度近150年，但小说创作的数量却并不多，且主要集中于明初的50多年里。元末明初，罗贯中、施耐庵在民间长期积累的基础上，以宋元平话为底本，创作出了《三国志通俗演义》《残唐五代史演义传》《隋唐两朝志传》和《水浒传》。这批作品虽然数量不多，但在明清小说史上却有非同寻常的地位。它们的问世，实现了从宋元平话到章回小说的飞跃，确立了明清白话长篇小说的主要文体形式，标志着章回小说的正式诞生。而且，《三国志通俗演义》和《水浒传》分别成为讲史演义和英雄传奇小说的典范，对后世讲史演义和英雄传奇小说的发展产生了巨大的影响;《三遂平妖传》则开神魔小说之先河,为明代中叶以后神魔小说的崛起做了必要的准备。作为最早的一批章回小说,《三国志通俗演义》《水浒传》等作品的成书方式具有鲜明的世代累积型特征,即这些作品的故事题材大都经历了很长时间的流传和"滚雪球式"或"聚合式"积累,汇集了历代书会才人和民间艺人的集体创作。①

明初文言小说创作主要为"剪灯系列"传奇小说集,包括瞿佑的《剪灯新话》、李昌祺的《剪灯余话》和赵弼的《效颦集》等仿效之作。《剪灯新话》等作品,"文题意境,并抚唐人"②,进一步继承和发展了唐传奇的创作传统和艺术精神,挽回了宋元传奇小说创作的颓势,形成了明初传奇小说创作兴盛一时的局面,在某种意义上成为清初《聊斋志异》的先导。同时,这些作品的艺术手法和情节模式还直接影响到明中后期的中篇传奇小说创作。③

在经历了明初短暂的繁荣之后,小说创作从宣德年间开始进入萧条期,并一直持续到正德年间。

(二)明中后期(嘉靖到泰昌年间)是明清小说发展的第二个时期

在经历了近百年的萧条之后,随着统治者高压控制的放松和商业、印刷出版业的发展繁荣,明代小说创作在嘉靖前后开始逐步复苏。嘉靖元年(1522)前后,《三国演义》《水浒传》刊印流行,在它们的巨大影响下,很快掀起了讲史演义和英雄传奇小说的创作热潮,"自罗贯中氏《三国志》一书以国史为通俗,汪洋百余回,为世所尚。嗣是效颦日众,因而有《夏书》《商书》《列国》《两汉》《唐书》《残唐》《南北宋》诸刻,其浩瀚几与正史分签并架"④。嘉靖年间,涌现出《皇明开运英武传》《大宋中兴通俗演义》《唐书志传》《南北宋志传》《列国志传》等一批作品;万历年间,又陆续出现《征播奏捷传通俗演义》《杨家府演义》《三国志后传》《承运传》《西汉通俗演义》《东西晋演义》《云合奇踪》等十几种作品。万历二十年左右,《西游记》刊行,在它的影响下,《封神演义》《西洋记》《南游记》《东游记》《北游记》《三教开迷归正演义》等相继问世,形成了新的神魔小说创作流派。在《西游

① 参见石昌渝:《中国小说源流论》第六章"章回小说",生活·读书·新知三联书店1994年版,第291—331页。

② 鲁迅:《中国小说史略》,上海古籍出版社1998年版,第146页。

③ 参见孙楷第:《风流十传提要》,《日本东京所见小说书目》,人民文学出版社1958年版,第124—127页。

④ 可观道人:《新列国志叙》,丁锡根编著《中国历代小说序跋集》,人民文学出版社1996年版,第864页。

记》刊行前后，世情小说的开山之作《金瓶梅词话》也几乎同时问世，并开始以抄本的形式流传。与《三国演义》《水浒传》《西游记》等世代累积型作品不同，《金瓶梅词话》基本是由个人从现实社会生活中取材而独立创作完成的，属个人独创型作品。因为它到万历四十五年（1617）左右才被刊印出版，所以，其巨大影响直到明末清初的小说创作中才显现出来。这一时期，章回小说经历了由讲史演义、英雄传奇到神魔小说，再到世情小说的演进过程，并最后形成了四大主流类型齐头并进的创作态势，进入了一个全面繁荣的发展阶段。同时，其编创方式也实现了由世代累积型向个人独创型的过渡，在创作上开始走向成熟。此外，嘉靖年间，洪楩收集当时单篇流行的宋元小说家话本和明前期话本小说，整理出版了最早的话本小说集《六十家小说》，为明末"三言""二拍"等话本小说的繁荣奠定了基础。万历年间，余象斗等人编撰了《包龙图判百家公案》《详刑公案》《皇明诸司公案》等一批短篇公案小说集，形成了一个公案小说创作流派，对后来的公案侠义小说产生了深远的影响。随着通俗小说创作和传播的日益繁盛，通俗小说理论批评也开始以序跋、评点等形式逐渐发展起来。

在白话通俗小说逐步繁荣之时，文言小说的整理、创作也逐渐呈现出云蒸霞蔚的盛况。首先，嘉靖前后，出现了一批篇幅在一万字至四万字之间的中篇传奇小说，如《钟情丽集》《双卿笔记》《怀春雅集》《刘生觅莲记》等，形成了一个独特的文言小说创作流派，直接影响了明末清初才子佳人小说的产生和发展。[1]其次，嘉靖初年，《世说新语》《太平广记》《夷坚志》等小说集的重新刊刻流行，使得文言小说中断多年的创作传统开始逐渐恢复发展，随后陆续有《觅灯因话》等传奇小说集、《志怪录》等志怪小说集、《语林》等志人小说集问世，形成了比较繁荣的创作局面。此外，以冯梦龙为代表的文士们收集整理出版了《情史》《剑侠传》《艳异编》《国色天香》等大量的文言小说专集或总集。这一时期文言小说的整理和创作为其在明末清初的进一步发展提供了良好的环境氛围。

（三）明末至清初期（明天启至清康熙年间）是明清小说发展的第三个时期

明末清初，章回小说得到长足发展。首先，在《金瓶梅》的影响下，世情小说迅速兴起，并获得巨大发展，使世情题材成为章回小说创作的主流之一，从而也

---

[1] 参见陈益源：《元明中篇传奇小说研究》，华艺出版社2002年版，第314—318页。

使个人独创成为章回小说的一种主要创作方式。具体而言，这一时期的世情小说主要有两类，一类为《续金瓶梅》《醒世姻缘传》等主要写家庭婚姻的作品，另一类则为《玉娇梨》《平山冷燕》《好逑传》等大批才子佳人小说。其次，讲史演义、英雄传奇、神魔小说在这一时期也都得到进一步发展。讲史演义在明崇祯、清顺治年间新出现的《警世阴阳梦》《辽海丹忠录》《梼杌闲评》《樵史通俗演义》等一批演述当代历史的时事小说中得到发展；英雄传奇又有《水浒后传》《后水浒传》《说岳全传》以及"说唐系列"等优秀作品问世；神魔小说则演化出《西游补》《斩鬼传》《后西游记》等借幻讽世的寓意讽刺之作。① 世情小说、讲史演义、英雄传奇、神魔小说在发展过程中为了求新求变，还普遍出现相互借鉴、混杂、融合的创作现象，如《女仙外史》融合讲史演义和神魔小说，《隋唐演义》融合讲史演义和英雄传奇、世情小说等。此外，金圣叹、毛氏父子、张竹坡等文人评点家对"四大奇书"的评点和修订使其文本更趋精致完善，思想和艺术价值明显提高，他们的评点本成为广泛流传的最终定本。这对于提高通俗小说的地位，提升其文人化程度都起到了积极的推动作用。②

明天启至崇祯初年，冯梦龙、凌濛初等文化层次和艺术修养较高的文人开始积极地投入到话本小说的收集、整理和创作中，分别编创了《喻世明言》《警世通言》《醒世恒言》和《拍案惊奇》《二刻拍案惊奇》。在参与话本小说编创的过程中，他们自觉或不自觉地以自身携带的深厚的文人叙事传统对宋元话本原有的民间叙事传统进行了一番案头化、文人化改造，使话本小说文体迅速走向成熟。之后，话本小说在明末清初很快形成了繁荣兴盛的创作局面，近八十年间有《西湖二集》《型世言》《无声戏合集》《十二楼》《豆棚闲话》等一大批话本小说集问世。在发展过程中，话本小说文体出现了比较突出的思想艺术雅化和体制章回化趋向，产生了许多优秀作品，将话本小说的发展推向了巅峰。

明清易代之际，传奇小说获得突出的发展，"传奇风韵，明末实弥漫天下，至易代不改也"③，不少文人竞相撰作传奇文，形成一股创作热潮。这些作品辑录在张

① 参见胡胜：《明清神魔小说研究》第三章"神魔小说的流变"，中国社会科学出版社2004年版，第86—03页。
② 参见谭帆：《中国小说评点研究》第一章"小说评点之源流"，华东师范大学出版社2001年版，第20—27页。
③ 鲁迅：《中国小说史略》，上海古籍出版社1998年版，第146页。

潮的《虞初新志》中，对后世产生了很大的影响，至康熙年间，文言小说的集大成之作《聊斋志异》问世，传奇小说的发展达到巅峰。

（四）清中期（雍正、乾隆年间）是明清小说发展的第四个时期

章回小说在经历了明中后期的初步成熟和明末清初的长足发展之后，终于在雍正、乾隆年间迎来了文体的完全成熟和创作的高峰。一方面，世情小说进一步扩大题材，不断提高思想艺术水平，从而取代讲史演义、英雄传奇和神魔小说成为章回小说的主流，同时，从现实生活中取材的个人独创也成为章回小说最主要的创作方式。这标志着章回小说文体在清中期已完全发展成熟。另一方面，出现了曹雪芹、吴敬梓、李绿园、李百川、夏敬渠等一大批著名的文人小说作家，有《红楼梦》《儒林外史》《歧路灯》《绿野仙踪》《野叟曝言》等大量具有强烈文人性和主体性的优秀作品问世，形成了群星争辉的创作局面，其中，《红楼梦》的思想和艺术水平登上了古代小说创作的巅峰，以其反映生活的广度、思想的深度、艺术的高度代表了中国古代小说和古代文学的最高成就。这一时期，才子佳人小说创作的数量大减，作品的思想艺术水平也普遍下降，开始走向衰微；讲史演义仅有评点本《东周列国志》和《南北史演义》等极个别作品值得一观，其创作也已走向末路；神魔小说也仅出现《平鬼传》等几部平庸之作，不可遏止地趋于衰落；英雄传奇小说基本保持了明末清初的创作态势，约有十多种作品，其中，《飞龙全传》《说呼全传》等"说宋系列"较为突出。

康熙后期，话本小说创作就开始出现衰落迹象，到雍正、乾隆朝则完全进入衰落消亡期。近七十年间，仅出现《雨花香》《通天乐》《娱目醒心编》等几种作品，不但数量很少，而且大都以宣扬封建伦理道德为主要内容，思想艺术水平亦十分低下。[①]在《聊斋志异》的巨大影响下，乾隆年间产生了《夜谭随录》《谐铎》《萤窗异草》等一大批仿效之作，形成了洋洋大观的"聊斋系列"，而乾隆末年《子不语》《阅微草堂笔记》问世，"尚质黜华，追踪晋宋"[②]，继承魏晋志怪传统，开启了新的流派。两派文言小说创作双峰对峙，在清中期形成了一种回光返照式的繁荣局面。

---

① 参见欧阳代发：《话本小说史》第十三章 "清中叶后拟话本小说的衰落"，武汉出版社1994年版，第457—462页。

② 鲁迅：《中国小说史略》，上海古籍出版社1998年版，第151页。

（五）清后期（嘉庆至光绪年间）是明清小说发展的第五个时期

这一时期，小说创作逐步走向了衰落。讲史演义、英雄传奇、神魔小说等章回小说传统题材的创作仅有《荡寇志》等少量作品问世，基本处于消亡阶段，已走上山穷水尽的末路；世情小说主要为《后红楼梦》《续红楼梦》等形形色色的《红楼梦》续书和仿作，也大都思想艺术水平低下。不过，随着传统题材类型的衰亡和社会生活的变化，章回小说也出现了一些新的发展趋向。嘉庆年间，在乾嘉考据学风的影响下，李汝珍将考据引入小说，创作了"以小说见才学"的《镜花缘》，借小说以"炫学寄慨"；咸丰至光绪年间，昌盛的冶游狎优之风催生了《品花宝鉴》《花月痕》《青楼梦》《海上花列传》等"以狭邪中人物故事为全书骨干"的狭邪小说流派。同时，又有《儿女英雄传》《施公案》《三侠五义》《小五义》等公案侠义小说流行一时，多描述侠客除害、清官断案的故事；光绪庚子事变之后，朝政官场日趋腐败，《官场现形记》《二十年目睹之怪现状》《老残游记》等谴责小说陆续登场，"揭发伏藏，显其弊恶，而于时政，严加纠弹"[①]。

二、明清小说的类别划分与本教材的分类依据

中国古代小说源远流长，大体可分为文言小说和白话小说两个相对独立的系统，文言小说的起源及成熟要远远早于白话小说，因此其类别划分也自然更早一些。

（一）文言小说类别划分

较早在理论上对文言小说进行较明确分类的是唐代史学家刘知幾，他在《史通·杂述篇》中说："是知偏记小说，自成一家，而能与正史参行，其所由来尚矣。爰及近古，斯道渐烦，史氏流别，殊途并骛，权而为论，其流有十焉：一曰偏记，二曰小录，三曰逸事，四曰琐言，五曰郡书，六曰家史，七曰别传，八曰杂记，九曰地理书，十曰都邑簿。"从其相关的说明和例书来看，"逸事""琐言""杂记"主要针对小说分类而言。刘氏所言的"小说"主要指唐前和唐初的笔记小说，当时，传奇小说尚未登上历史舞台，所以，论述中也不可能涉及。

---

① 鲁迅：《中国小说史略》，上海古籍出版社1998年版，第205页。

在理论上较全面地对文言小说进行类型划分的是明代学者胡应麟，他在《少室山房笔丛·九流绪论》中称："小说家一类，又自分数种：一曰志怪，《搜神》《述异》《宣室》《酉阳》之类是也。一曰传奇，《飞燕》《太真》《崔莺》《霍玉》之类是也。一曰杂录，《世说》《语林》《琐言》《因话》之类是也。一曰丛谈，《容斋》《梦溪》《东谷》《道山》之类是也。一曰辨订，《鼠璞》《鸡肋》《资暇》《辨疑》之类是也。一曰箴规，《家训》《世范》《劝善》《省心》之类是也。"其中，"丛谈""辨订""箴规"多为非叙事类作品，并非现代意义上的小说，也就是说，胡氏实际上将文言小说分为了"志怪""传奇""杂录"三类。

其后，清代纪昀《四库全书总目提要》著录文言小说作品时，也曾对其类型进行划分："迹其流别，凡有三派：其一叙述杂事，其一记录异闻，其一缀缉琐语也。"不过，纪昀在著录文言小说时并未将传奇小说纳入其中，故其分类也就仅限于笔记小说而言。

如果将上述三种说法综合起来看，我们可以发现，这些类别虽然称谓各异，但内涵和指称却基本一致，实际上反映了古人比较普遍的文言小说类型观念。刘氏之"逸事""琐言"与胡氏之"杂录"、纪氏之"杂事""琐语"基本一致，指记载各类历史人物琐闻佚事的作品，相当于今人所说的志人小说；刘氏之"杂记"与胡氏之"志怪"、纪氏之"异闻"基本一致，指记载鬼神怪异的作品，相当于今人所说的志怪小说；胡氏之"传奇"自成一类，指叙事曲折细致，文辞华艳，记载人间奇情、奇事的作品，相当于今人所说的传奇小说。

除了专门的理论探讨之外，古人对文言小说的类别划分还比较集中地反映在文言小说总集或选本的类目编排中。《太平广记》是中国历史上第一部小说总集，它主要以题材内容为标准将所收小说作品划分为"神仙""女仙""报应""定数"等九十一类。这些类目的确立，并没有使用统一的题材内容标准，而是根据其人物、情节或主题的某种一致性，因事立类，因此，其类目自然会比较混乱杂芜。在《太平广记》的影响下，明清的大部分小说总集和选本大都采用了类似的题材内容分类法。当然，也有部分文言小说总集和选本采用了与刘氏、胡氏等人相近的分类方法，如陆楫《古今说海》收录前代至明朝的小说一百三十多种，分为四部七家：说选部（含小录家、偏记家）、说源部（含别传家）、说略部（含杂记家）、说纂部（含逸事家、散录家、杂纂家）；桃源居士《五朝小说》分魏晋小说为传奇、志怪、偏录、杂传、外乘、杂志、训戒、品藻、艺术，分唐人小说为偏录、纪载、琐记、传奇。

（二）白话小说类别划分

对白话小说的类别划分，最早见于宋代灌圃耐得翁《都城纪胜》、吴自牧《梦粱录》、罗烨《醉翁谈录》等书对"说话四家数"的论述。如吴自牧《梦粱录》卷二十"小说讲经史"条："说话者谓之舌辩，虽有四家数，各有门庭。且小说名银字儿，如烟粉、灵怪、传奇、公案、朴刀杆棒、发发踪参（发迹变泰）之事……谈经者，谓演说佛书。说参请者，谓宾主参禅悟道等事……讲史书者，谓讲说《通鉴》、汉唐历代书史文传兴废争战之事。"由于白话通俗小说源于"说话"伎艺，所以"说话四家数"虽然指称的是当时口头文学伎艺的类别，但实际上也与口头伎艺的话本相对应，间接地指向了白话小说。其中，"小说""说经""讲史书"基本与后世的话本小说、神魔小说、讲史演义相对应，而"小说"内部的题材分类——"烟粉""灵怪""传奇""公案""朴刀杆棒""发迹变泰"对于话本小说内部的题材类型划分也很有启发意义。

明清时期，关于白话小说类别划分直接的、系统的论述非常少见，白话小说类型观念主要间接、隐性地反映在小说序跋、评点或笔记杂著中的作品评论和比较中，如张誉《平妖传叙》："《七国》《两汉》《两唐宋》如弋阳劣戏，一味锣鼓了事，效《三国志》而卑者也。《西洋记》如王巷金家神，说谎乞布施，效《西游》而愚者。"这种评论和比较实质上是将《三国演义》《七国》《两汉》《两唐宋》等和《西游记》《西洋记》等分别划分为两种小说类型，而且同时将《三国演义》《西游记》作为两种类型的代表作。综合类似的相关论述可以看出，明清时期，人们基本将白话小说大体划分为以"四大奇书"《三国演义》《水浒传》《西游记》《金瓶梅》为代表的四种主要类型，同时，还有一些文人将"奇书""才子书"作为一种小说类型，指称通俗小说中的优秀作品。①

总的来说，古人对明清小说的类别划分还比较模糊粗浅、零散随意，既缺乏明确的命名界定，也很少有相应的理论阐释。

---

① 参见谭帆：《"奇书"与"才子书"——对明末清初小说史上一种文化现象的解读》，《华东师范大学学报》（哲学社会科学版），2003年第6期。

（三）明清小说类别划分

对明清小说进行科学、全面的类别划分较早见于鲁迅先生的《中国小说史略》。该书以小说类型的演进来把握古代小说发展演变的过程，将明清小说划分为"讲史""神魔小说""人情小说""讽刺小说""以小说见才学者""狭邪小说""侠义小说""公案小说""谴责小说""拟宋市人小说""拟晋唐小说"。其中，"拟宋市人小说"指模拟宋元小说家话本创作的白话短篇小说，"拟晋唐小说"指模仿魏晋小说和唐人传奇而创作的文言笔记小说和传奇小说，其余九类则全部为长篇章回小说内部的类型概念。这实际上说明，鲁迅先生还从体裁角度将明清小说区分为长篇章回小说、白话短篇、文言笔记、文言传奇四种文体类型。作为中国小说史学科的奠基之作，《中国小说史略》对古代小说史研究的影响巨大而深远，其对明清小说类型的划分和界定也被后世的学者广泛认同和接受。

当然，随着明清小说研究的不断深化，也陆续有学者对鲁迅先生的小说类别划分进行了补充或修订，如青木正儿先生将明清小说的文体类型明确界定为笔记小说、传奇小说、短篇小说（话本小说）、章回小说[①]，郑振铎先生将"讲史"进一步区分为历史演义和英雄传奇两类[②]。目前，学界对明清小说的类型划分依然基本沿用着鲁迅先生的界定，即以文体为标准划分为章回小说、话本小说、笔记小说和传奇小说；而章回小说内部又划分为"讲史演义""英雄传奇""神魔小说""世情小说""公案侠义小说""讽刺小说""谴责小说"等。现在看来，这些类型概念的设计、界定虽存在着一些问题，如划分标准不一致，或以题材特征、或以艺术表现方式为标准，但却比较符合中国古代小说本身的发展演变，还是比较科学合理的。

（四）本教材对明清小说的类别划分

本教材对明清小说的类别划分主要以目前学界比较通行的划分方法和类型概念为依据。考虑到明清小说以章回小说为大宗、话本小说次之、传奇小说和笔记小说又次之，所以，我们的类别划分也以章回小说为主体，先大致以题材为区分原则将其划分为"讲史演义""英雄传奇""神魔小说""世情小说""公案侠义小说""讽刺谴责小说"六类，再以不同文体的"传奇志怪小说""话本小说"补足。需要说

---

① 参见（日）青木正儿：《中国文学概论》第二章"文学序说"（二）"文学诸体的发达"，开明书店1938年版。
② 参见郑振铎：《插图本中国文学史》第四十八章"讲史与英雄传奇"，人民文学出版社1957年版，第669页。

明的是，类别划分只是一个大概的区别，或多或少带有交叉、重叠的痕迹，如"讲史演义"与"英雄传奇"之间就不可避免地存在着重叠的现象。

本教材邀请了多位在明清小说研究中颇有成就的中青年学者共同参与。我们的分工加下：

导论（谭帆、王庆华，华东师范大学中文系）；第一章讲史演义（纪德君，广州大学中文系）；第二章英雄传奇（竺洪波，华东师范大学中文系）；第三章神魔小说（胡胜，辽宁大学中文系）；第四章世情小说（王意如，华东师范大学中文系）；第五章公案侠义小说（苗怀明，南京大学中文系）；第六章讽刺谴责小说（周兴陆，北京大学中文系）；第七章传奇志怪小说（李军均，华中科技大学中文系）；第八章话本小说（王庆华，华东师范大学中文系）；第九章阅读书目提要（谭帆、王庆华，华东师范大学中文系）。

这是一次愉快的合作。教材中参考了前辈时贤的大量论著，谨致谢忱。作者们以打造上乘之作的目标精心撰著本教材，但书中恐怕仍然会存在许多不足和谬误，盼读者诸君多多提出宝贵意见。

第一章　讲史演义

讲史演义是明清章回小说的主要类型之一。该类小说以史实为依据，吸收民间讲史、戏曲等创作成果，大致按照历史发展的基本脉络，通过一定的审美想象与艺术虚构，运用浅近通俗的语言，讲说历代的兴废争战之事，从中揭示朝代兴亡的经验和教训。

讲史演义兴起于明代，但是源远流长的民间讲史早已为它的生成提供了一些必要的艺术条件。民间讲史在讲史演义的生成过程中有着不可忽视的作用和影响。根据现有的文献记载，至迟在唐五代时期，讲说历史故事的伎艺在民间已经盛行开来。今存敦煌变文之中即有《伍子胥变文》《汉将王陵变文》《李陵变文》《王昭君变文》《前汉刘家太子传》《韩擒虎话本》《张义潮变文》等。它们在题材内容和艺术形式方面皆与讲史演义有着一定的关联，因此不妨把它们看成是明清讲史演义的滥觞。宋元时期，讲史在当时的市井娱乐场所——瓦舍勾栏——中亦颇有市场。讲史，主要"讲说前代书史文传兴废争战之事"①，内容极广。宋人罗烨在《醉翁谈录·小说开辟》中就介绍说："也说黄巢拨乱天下，也说赵正激恼京师。说征战有刘项争雄，论机谋有孙庞斗智。新话说张、韩、刘、岳，史书讲晋、宋、齐、梁。《三国志》讲诸葛亮雄材，收西夏说狄青大略。"讲史艺人因为"讲得字真不俗"，引得"听者纷纷"②，这便刺激了部分书商、文人，他们为了牟利，对艺人演说的历史故事进行整理、修订，并刊刻成书，标名"某某平话"，供人案头阅读。只可惜它们因非正统文学，不受重视，故留存下来的为数不多，今天能看到的只有《新编五代史平话》《大宋宣和遗事》《薛仁贵征辽事略》和《全相平话五种》（即《武王伐纣书》《乐毅图齐七国春秋后集》《秦并六国平话》《续前汉书平话》《三国志平话》）。另外，明初编纂的《永乐大典》亦记载了元明

---

① [宋]耐得翁：《都城纪胜·瓦舍众伎》，《东京梦华录》（外四种），文化艺术出版社1998年版，第86页。
② [宋]罗烨：《新编醉翁谈录》，辽宁教育出版社1998年版，第4页。

之际的二十六种"平话"，可惜话本已佚，名目不详。至于宋元以来繁兴的历史剧，也为明清讲史演义的诞生、成长注入了勃勃生机，提供了许多可资取鉴、生动曲折的故事情节和光彩夺目的人物形象。像《三国志通俗演义》《春秋列国志传》《大宋中兴通俗演义》《唐书志传通俗演义》《残唐五代史演义》《全汉志传》《南北宋志传》等最初诞生的讲史演义，都或多或少地从历史剧中汲取过创作养料。

讲史演义之所以能在明代兴起，也与明代历史教育的普及有关。以"通鉴类"史书为例，司马光的《资治通鉴》，特别是朱熹的《资治通鉴纲目》等，由于被帝王、士人们视为"资治"之工具，"读史之捷径"①，"兴教化，淑人心"②之利器，以及科举考试、蒙学之辅助读物，故而受到了民众的普遍推重，得到了极其广泛的流传，并由此导致了明中叶以降通俗历史教育的风行。其主要表现就是"通鉴"类史书的不断简约化、通俗化，以及"按鉴"讲史演义的兴起。可以说，当时讲史演义的编创，其主要动机之一就是将史书通俗化，以便向民众传播历史知识。只是由于编创者在"依史以演义"的过程中，或多或少地汲取了民间讲史的生动素材，部分地承袭了民间讲史的叙事特点，有意将纷繁复杂的历史事件通俗化、条理化、故事化和传奇化，这才使讲史演义演变为章回体的历史小说。

讲史演义植根于中国深厚的政治历史、伦理道德、文学艺术等文化土壤之中，具有丰厚的文化内涵。

第一节　讲史演义的兴起

一、《三国志演义》的开创之功

《三国志演义》是第一部杰出的章回体讲史演义，它的编撰者是罗贯中。关于罗氏生平，目前所知甚少。只知他生活于元末明初，祖籍太原，一说东原（山东东

① 《御制少微通鉴节要序》，明正德间司礼监刻本《少微通鉴节要》卷首。
② [明]商辂等：《进续资治通鉴纲目表》，清刻本。

平一带），流寓杭州。据说他是"有志图王"（明王圻《稗史汇编·院本》）之人，很有政治抱负，曾参与元末农民大起义，做过张士诚的幕僚。如果这些说法可信，那么他能写出《三国志演义》这样一部反映政治军事斗争的杰作，就不是偶然的了。罗贯中还写过《赵太祖龙虎风云会》等三部杂剧，并参与《水浒传》的编创。另有《三遂平妖传》《隋唐两朝志传》《残唐五代史演义传》等，也被说成是他的作品，不过均不可靠。

（一）如何编创：据正史，采小说，证文辞，通好尚

罗贯中是怎样编创出《三国志演义》的？明高儒《百川书志》说得好，《三国志演义》是罗氏"据正史，采小说，证文辞，通好尚"编撰而成的。他以正史为主要依据，从陈寿的《三国志》和裴松之为《三国志》所作的注释以及范晔的《后汉书》等史书中汲取了丰富的历史素材和叙事养分，又大致参照了司马光《资治通鉴》、朱熹《资治通鉴纲目》，理顺了三国故事产生、发展、变化的历史脉络，并且借鉴《资治通鉴纲目》的记事格式，创造性地采用了分卷、分段、立标目的"章回"体式来演绎历史故事，所以全书脉络分明，纲举目张，通俗易懂。

与此同时，罗贯中还有所选择地从民间流传的三国故事中采撷了不少脍炙人口的故事情节，并在一定程度上接受了民间艺人赋予三国故事的爱憎褒贬倾向。大约从魏晋开始，曹操、诸葛亮等人的传奇事迹就在民间流传开来。到东晋、南北朝时期，由于民族矛盾激烈，国家四分五裂，民间就流传着诸葛亮在为复兴汉室而北伐的战争中指挥若定、克敌制胜的故事。到了隋代，隋炀帝杨广还曾和群臣一起观看水上杂戏表演的曹操水上击蛟、刘备檀溪跃马等节目。在唐代，寺院俗讲中已有"死诸葛走生仲达"的故事，而李商隐《骄儿》诗还写到小儿戏笑张飞脸黑、模仿邓艾口吃的情景，可见当时三国故事已是妇孺皆知。到了宋元时期，随着市井"说话"伎艺的兴盛，三国故事的创作和流行更为广泛，并出现了"说三分"的专业艺人霍四究等。苏轼《东坡志林》曾记载说，市井小儿淘气，惹人厌烦，家里就给钱，让他们去听"说三分"，孩子们听到刘备失败了，就皱眉流泪，而听到曹操失败，就眉开眼笑，拍手称快。可见，当时的"说三分"艺术效果极佳，并表现出了拥刘贬曹的情感倾向。可惜，宋代这些动人的三国故事，未能以文本形式流传下来。现存最早的三国故事话本，是元人刊印的《三国志平话》，其情节虽然简率，文字也很粗糙，但叙事以蜀汉为主，故事性颇强，保留了大

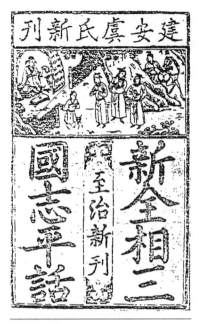

建安虞氏新刊《三国志平话》扉页

量的民间传说。同时，在元代戏曲舞台上，还搬演着大量的三国戏，这些三国戏也多以蜀汉人物为中心，拥刘贬曹的倾向甚为鲜明，具有浓厚的民间色彩。

罗贯中正是在有选择地借鉴丰富多彩的"三国"民间传说和通俗文学创作成果的基础上，根据其政治理想、历史观念和审美趣味，充分吸收史传提供的历史素材与叙事经验，通过整合、润色、虚构和想象，最终编创出了《三国志演义》这部历史小说杰作。

（二）主旨观念：弘扬仁政王道，鞭笞暴政霸道

《三国志演义》描写了起自黄巾起义、迄于西晋统一的近百年历史，依次叙述了黄巾起义、董卓之乱、豪强争霸、官渡之战、三顾茅庐、赤壁之战、三气周瑜、刘备取川、争夺汉中、关羽之死、夷陵之战、七擒孟获、六出祁山、九伐中原、魏灭蜀吴等情节内容，形象地反映了三国鼎立和瓦解的历史进程，生动地揭示了社会内部各个政治、军事集团之间尖锐、复杂的矛盾斗争，比较全面地总结了各个集团兴衰成败的经验和教训，突出地强调了争取人心、延揽人才、重视谋略的重要性；同时，它还充分地表达了广大民众对于导致天下大乱的昏君贼臣的痛恨，对于创造清平世界的明君良臣的渴慕。这些基本上就是《三国志演义》的内容和主旨。而其内容和主旨，又主要是通过刘蜀和曹魏集团的对比描写来体现的。

在罗贯中的笔下，刘蜀集团堪称实行儒家仁政王道的政治典范。其首领刘备胸怀大志，素以天下为己任，一生"仁德及人"，重义轻利，"宁死，不为不仁不义之事"，所到之处，"与民秋毫无犯"，百姓丰衣足食，可谓"远得人心，近得民望"，而且他又是中山靖王刘胜的后裔，是一个正统的圣明君主，故而受到了人民的普遍爱戴。而军师诸葛亮则高瞻远瞩，智通鬼神，对匡复汉室的事业忠心耿耿，鞠躬尽瘁，死而后已，是一个英明的贤相。至于关羽、张飞、赵云、黄忠、马超等，也都是智勇非凡、忠义兼备的盖世英雄。君臣之间肝胆相照，荣辱与共，情同手足，出生入死，为了实现"上报国家，下安黎庶"的政治理想，他们共同谱写了一曲令人热血沸腾、慷慨流涕的正气歌。

相比之下，三国争雄中实力最为雄厚的曹魏集团则是暴政霸道的代表。其首领曹操，虽说"雄略冠时，智谋出众"，善于利诱、笼络各种人才，甚至还颇不乏雄迈大度的英雄气概，可是他本质上却是个诡谲奸诈、横暴残忍的奸雄。他对上不忠，"挟天子以令诸侯"，将汉献帝玩于股掌之上，常怀篡逆、不臣之心；对友不义，杀了吕伯奢全家，居然还说"宁教我负天下人，休教天下人负我"；而对待下属和百姓，他也不够仁爱和宽厚，不仅杀王垕、诛杨修、计害祢衡、逼死荀彧，而且为了替父报仇，大肆进攻徐州，所到之处，"尽杀百姓"，"鸡犬不留"。他的身上集中体现了统治者的恶德恶行，所以理所当然地受到了人民的贬斥和唾弃。

作者通过对蜀汉和曹魏的褒贬，鲜明地体现了人民群众对于乱臣贼子的愤恨，对圣君贤相和由他们建立、维护的正常封建秩序的向往。而这也正是"拥刘贬曹"的精神实质。可是让人悲叹的是，以仁义为本的刘蜀集团非但未能实现"上报国家，下安黎庶"的政治理想，反而还被邪恶势力的代表曹魏集团给消灭了。这岂不是一出惨痛的历史悲剧吗？当我们读到诸葛亮病逝五丈原这一回时，有谁能不为蜀国的日薄西山而怆然涕下呢？那种悲凉的感情、氛围，简直就像铺天盖地的秋雾一样弥漫寰宇，压得人喘不过气来。

（三）美学手法：虚实相生，审美转化

《三国志演义》不仅思想意蕴丰富深刻，而且艺术成就高超。这种艺术成就的取得，与罗贯中善于处理历史事实与艺术虚构的关系是分不开的。罗贯中在按照一定的政治道德观念重塑历史的同时，还根据一定的美学理想来进行艺术创造，使"实"服从于"虚"，而不是"虚"迁就于"实"。其处理史实与虚构的方法主要有：

1. 移花接木，张冠李戴

例如，按照《三国志·蜀书·先主传》和裴松之注的记载，鞭打督邮的本来是刘备，但在《三国志演义》中，罗贯中为了把刘备塑造为理想的"仁君"，便把此事移到了张飞头上，这样既不损害刘备"宽仁长厚"的形象，又有利于突出张飞性如烈火、疾恶如仇的个性特征，可谓一举两得。

2. 巧妙生发，合理演化

例如，吕布和貂蝉的故事，在史书中只有一鳞半爪的记载。《三国志·吕布传》

说吕布曾与董卓的侍婢私通，但并未说这个侍婢就是貂蝉。《汉书通志》中虽然提到貂蝉，可又说献貂蝉给董卓的是曹操。而罗贯中却把这些零星的史料加以生发、组合，改貂蝉为王允府中的歌女，用她来离间董卓与吕布的关系，结果演绎了一出曲折奇妙的"连环计"故事，既表现了貂蝉过人的机智，又突出了吕布朝秦暮楚、贪色忘义的品质。

3. 添枝加叶，踵事增华

例如，刘备三顾茅庐，在《三国志·蜀书·诸葛亮传》中只有一句话："由是先主遂诣亮，凡三往，乃见。"可罗贯中却根据这句话进行层层铺垫，多方烘托，将三顾茅庐写得迂回曲折，声情并茂，从而使刘备的谦恭下士和诸葛亮的雅量高致相映生辉，分外传神。

4. 驰骋想象，凭空虚构

例如，关羽温酒斩华雄、诸葛亮舌战群儒等精彩动人的故事，于史无据，基本上是由罗贯中虚构出来的。

由此可见，罗贯中虽然"依史以演义"，但并非跟在史实后面亦步亦趋，而是对史料进行了不同程度的审美转化，以使人物形象更加鲜明突出，故事情节能够引人入胜。

（四）艺术特点

1. 宏伟严谨的结构艺术

罗贯中这种审美转化的功夫，也同样体现在他对小说叙事结构的安排上。虽然其作品在整体上依从于史书的编年体叙事框架，基本上按三国形成、鼎立和瓦解的历史进程来演述历史人物故事，但是在具体的叙事过程中，他却以刘蜀集团的兴衰为主线，以曹魏、孙吴集团的成败为副线，通过三条线索的交叉运行，来结撰故事情节；并且以一些重大的故事情节如官渡之战、赤壁之战、夷陵之战等作为叙事的骨架和重点，以几个主要人物如诸葛亮、曹操、关羽等作为叙事的焦点和核心，以此来进行轻重缓急的叙述和描写。这样的艺术构思，就使全书结构既宏伟又严谨；貌似头绪纷繁，其实脉络分明；虽然人物事件众多，但又重点突出、详略有致，从而充分地表现了作品的主要内容和思想倾向。

2. 波澜壮阔的战争描写

罗贯中还很善于描写战争，他所写的战役多达四十余次，战斗场面上百个。其中有马战，如三英战吕布、过五关斩六将、单骑救阿斗、百骑劫曹营；有火战，如乌巢烧粮、火烧新野、破曹丕徐盛用火攻、烧藤甲七擒孟获；有水战，如曹操冀州决漳河、关羽放水淹七军、赵云截江夺阿斗；有水战、火战、马战、步战交合运用，厮杀之声沸河动地的官渡、赤壁、夷陵等大兵团作战。这些五花八门、精彩纷呈的战斗，各具个性，绝少雷同，而且错落有致地分置在不同的回目中。作者每写一番苦争恶战之后，总要接入一些比较轻松的场面，以"舒其气而杀其势"。所以，毛宗岗说："《三国》一书，有笙箫夹鼓、琴瑟间钟之妙。如正叙黄巾扰乱，忽有何后、董后两宫争论一段文字；正叙董卓纵横，忽有貂蝉凤仪亭一段文字；正叙（李）催、（郭）汜猖狂，忽有杨彪夫人与郭汜之妻来往一段文字；正叙下邳交战，忽有吕布送女、严氏恋夫一段文字；正叙冀州厮杀，忽有袁谭失妻、曹丕纳妇一段文字；正叙荆州事变，忽有蔡夫人商议一段文字；正叙赤壁鏖兵，忽有曹操欲取二乔一段文字……诸如此类，不一而足。人但知《三国》之文是叙龙争虎斗之事，而不知以凤为鸾，为莺为燕，篇中有应接不暇者。令人于干戈队里，时见红裙；旌旗影中，常睹粉黛，殆以豪士传与美人传合为一书矣。"（《读三国志法》）

3. 性格鲜明的英雄群像

作者这样描写战争，不仅歌颂了勇力，赞美了智慧，传递了美感，而且还由此塑造了一批性格特点相当鲜明的人物形象，诸如雄豪奸诈的曹操、忠义勇武的关羽、机智忠贞的诸葛亮、粗莽骁勇的张飞、浑身是胆的赵云、心窄气傲的周瑜、老奸巨猾的司马懿等，虽然他们的性格也许还不够丰富、复杂，但却颇为生动、深刻。因为他们的性格因子是从强烈的情节动感中获得了足够的能量，接二连三地冲进读者心里的。如刺颜良，诛文丑，过五关，斩六将，单刀赴会，刮骨疗毒……它们运载着关羽的义勇和气概，以一种不可阻挡的气势，冲开了读者的心扉，使人再也不能忘怀。除此之外，作者还善于运用陪衬、烘托、对比等多种手法来凸显人物的个性神采。例如三顾茅庐，其写孔明的手法多么高妙！毛宗岗说："此卷极写孔明，而篇中却无孔明。盖善写妙人者，不于有处写，正于无处写。写其人如闲云野鹤之不可定，而其人始远；写其人如威凤祥麟之不易睹，而其人始尊，且孔明虽未得一遇，而见孔明之居，则极其清幽；见孔明之童，则极其古淡；见孔明之友，则极其高超；见孔明之弟，则极其旷逸；见孔明之丈人，则极其清韵；见孔明之题咏，则极其俊妙。不待接席言欢，而孔明之为孔明，于此领略过半矣。"（第三十七

回总评）

4.简洁雄健的小说语言

至于小说语言，则"文不甚深，言不甚俗"（蒋大器《三国志通俗演义序》），文质兼济，雅俗共赏，具有简洁、明快、传神、有力的艺术特点。请看关羽温酒斩华雄一段：

言未毕，阶下一人大呼出曰："小将愿往斩华雄头，献于帐下！"众视之，见其人身长九尺，髯长二尺，丹凤眼，卧蚕眉，面如重枣，声如巨钟，立于帐前。绍问何人，公孙瓒曰："此刘玄德之弟关羽也。"绍问现居何职，瓒曰："跟随刘玄德充马弓手。"帐上袁术大喝曰："汝欺吾众诸侯无大将耶？量一弓手，安敢乱言，与我打出！"曹操急止之曰："公路息怒！此人既出大言，必有勇略。试教出马，如其不胜，责之未迟。"袁绍曰："使一弓手出战，必被华雄所笑。"操曰："此人仪表不俗，华雄安知他是弓手？"关公曰："如不胜，请斩某头。"操教酾热酒一杯，与关公饮了上马。关公曰："酒且斟下，某去便来。"出帐提刀，飞身上马。众诸侯听得关外鼓声大振，喊声大举，如天摧地塌，岳撼山崩，众皆失惊。正欲探听，鸾铃响处，马到中军，云长提华雄之头，掷于地上。其酒尚温。

（《三国志演义》第五回）

这寥寥三百余字，既虚实相生、正反相衬，又以小见大（酾酒壮行、杯酒尚温），于是将这场战斗写得别开生面，令人荡气回肠；同时，又将关羽的风采和神勇、袁绍的拘于礼法、袁术的轻狂骄横、曹操的慧眼识人等，写得栩栩如生。可见其用语之简洁、笔力之雄健！

（五）版本及其他

《三国志演义》因为取得了多方面的思想、艺术成就，所以一经问世，就引起了巨大的社会反响，先是读者"争相誊录，以便观览"，接着各地书商便争先恐后地刊刻、翻印，书商余象斗就慨叹："坊间所梓《三国》，何止数十家矣！"（《批评三国志传·三国辨》）现存的明刊本《三国志演义》就有近三十种，其中最早的是嘉靖壬午年（1522）刊刻的《三国志通俗演义》。长期以来，学者多认为此本最接近罗贯中原作，其他《三国志演义》版本皆源出于嘉靖壬午本。近年来学术界关注的是，今存嘉靖至天启年间数量最多的刊本，有不少书名为"三国志传"而非"三国志演义"。这类"志传"系统与"演义"系统版本的不同之处，除了在一些情节、文字上有所出入以外，主要是"志传"系统的本子穿插了关羽次子关索（或花关索）的故事。这两种系统的版本，孰先孰后，谁接近罗贯中的原本，目前学术界存在着不同看法。现在通行的《三国演义》，是经过清代康熙年间毛纶、毛宗岗父子加工、润色过的本子。

二、书商、文人的联手炮制

《三国志演义》刊行所带来的反响和效益，直接刺激了书商和文人们继续编写、出版讲史演义的热情。例如《大宋中兴通俗演义》《唐书志传通俗演义》等，就是建安书坊杨氏清白堂主人及清江堂主人约请书商型文人熊大木编写的。《春秋列国志传》则为书商余邵鱼所编写，《东西晋演义》也是杨尔曾应书商之请编写的。这些讲史演义多半效颦《三国志演义》，明末可观道人在《新列国志叙》中即说："自罗贯中氏《三国志》一书，以国史演为通俗，汪洋百余回，为世所尚。嗣是效颦者日众，因而有《夏书》《商书》《列国》《两汉》《唐书》《残唐》《南北宋》诸刻，其浩瀚几与正史分签并架。"

那么，书商、文人是怎样效颦《三国志演义》，编创其他讲史演义的呢？

其一，依据正史改编宋元平话。罗贯中就是以"平阳、陈寿传，考诸国史"（明蒋大器《三国志通俗演义序》）来吸收、加工宋元以来的"说三分"故事的。他对"说三分"中那些荒诞离奇、艺术水平低劣的故事，基本予以舍弃；而对一些与史书相悖，却又非常重要、不便割舍的情节，则据史重加修改、润饰，故而全书雅俗共赏、易观易入。这一改编方式，无疑启迪了余邵鱼、熊大木等人，他们也仿照罗氏所为，搜罗平话，参照史书，加以编订。如余邵鱼的《春秋列国志传》、熊大木的《全汉志传》《南北宋志传》等就是这样编写而成的。只是由于他们自身的艺术素质有限，且直接动机是牟利，不肯在提炼素材、布局谋篇及修润文辞等方面耗费时间和精力，所以这些作品艺术质量不高，可读性较差。

其二，大量摘录、复述史书。罗贯中在编撰《三国志演义》时也曾从《三国志》等史书中采录大量史料，但一般都经过其主观情致的过滤与皴染，直抄史书的现象也并非没有，但毕竟服务于主旨，故清人觚庵称其作品"虽无一事不本史乘，实无一语未经陶冶"①。然而，书商编撰讲史演义，往往急于求成，根本谈不上苦心搭建作品的情节结构，塑造鲜明生动的文学形象，赋予历史人事以丰富的情感意蕴。他们往往只是按照正史提供的史料来编写故事，甚至就连语句也大量抄自史书。如熊大木编写《大宋中兴通俗演义》《唐书志传通俗演义》，就主要依照《资治通鉴纲目》等史书，摘抄原文，略加演绎，连缀而成。

其三，蹈袭、模仿《三国志演义》。书商及其聘请的下层文人在编写讲史演义时，还有意蹈袭或模仿《三国志演义》中的故事情节。如《春秋列国志传》卷一写"西伯侯两聘吕尚"，即模仿《三国志演义》中的三顾茅庐；卷三写"管仲骂死斗伯比"，显然抄袭诸葛亮骂死王朗；卷五写"晋先轸三气楚帅子玉"，乃模仿诸葛亮三气周瑜；卷七写"晏平仲辩楚君臣"，则因袭诸葛亮舌战群儒……其他如《隋唐两朝志传》《残唐五代史演义传》《东西晋演义》《英烈传》等，也都在不同程度上承袭、模拟《三国志演义》。

既然书商及其雇佣的文人是采用上述这些方式炮制讲史演义的，那么这就难怪其作品的思想、艺术水平远逊于《三国志演义》了。不过，也正是这些平庸之作，导致了讲史演义的快速繁兴，推动了讲史演义创作的发展。

三、"资读适意"的《西汉通俗演义》

万历后期，一些文史修养较高的文人开始介入讲史演义的编创活动，这在一定程度上提升了讲史演义的思想水准和艺术品味。例如，甄伟在《全汉志传》基础上加工、创作的《西汉通俗演义》，就不失为一部叙事详赡、文辞雅驯的佳作。甄伟在该书的序言中指责熊大木编写的《全汉志传》"多牵强附会，支离鄙俚，未足以发明楚汉故事"，所以他要"因略以致详，考史以广义"，重新编写一部"资读适意"的《西汉通俗演义》。

该书围绕仁者必胜、霸者必亡的主旨来结撰全篇，选择刘邦、项羽之间的矛盾

---

① ［清］觚庵：《觚庵漫笔》，参阅黄霖、韩同文选注《中国历代小说论著选》（下），江西人民出版社1982年版，第322页。

冲突作为主线，刘邦与韩信等人之间的矛盾纠葛为副线。主线纵贯七十个回目，并以刘邦作为焦点叙事人物，通过刘、项性格行为的分线对比，既突出了刘邦"专行仁义，不喜杀伐，广揽英雄，抚安百姓"的王者风范，同时又突出了项羽"性暴气刚，恃力失德，专行杀伐，略无仁爱"的霸者气度。副线则隶从于主线，与主线相伴而行，当刘、项之间的对抗尚未得到解决之时，刘邦虽与韩信在战略战术上见解不同，并导致情感不和，出现了刘邦两夺韩信帅印、韩信在破齐时要挟刘邦封其为齐王等纠葛，但这些纠葛总是暂时得以缓解，直到项羽败亡，它们才上升为主要矛盾，并以韩信等人的功高被杀而告终；而刘邦的寡恩薄义、冷酷无情，以及韩信的才高自负、不识时务，又不肯背德忘义的性格特征，也得到了充分的披露。因此，该小说的情节结构既简约分明，人物形象也生动饱满。至于其语言，也有较强的文学意味。请看书中对四面楚歌的描写：

> 众人捱到黄昏之后，将近一更之初，偶闻秋风飒飒，木落有声，客思无聊，已动乡关之念。况四野干戈，绝粮遭困，难当愁苦之怀。只见众军三个成群，五个一起，正在纳闷之际，忽听高山之上，顺风吹下数声箫韵。一曲悲歌，清和哀切，如怨如诉，透入愁怀，感动离情，泪下千行，百计难解。一声高，一声下，一声长，一声短，五音不乱，六律和鸣，如露滴苍梧，如鹤唳九皋，如风送叮咚，如漏滴铜壶。愈伤而愈感，愈感而愈悲，虽铁石之肝肠，亦为之摧裂，虽冰霜之节操，亦为之改移，离散英雄之心，消磨壮烈之气。
>
> （《西汉通俗演义》第八十二回）

这段描写在《史记·项羽本纪》中也有记载："项王军壁垓下，兵少粮尽，汉军及诸侯兵围之数重。夜闻四面皆楚歌。"可是甄伟不满足于按《史记》那样粗略、冷静地记述事件的过程，而是展开了丰富的审美想象，融进了浓郁的情感体验，着重突出了故事情节之外的"情调""风韵"和"意境"。所以，其语词描绘清雅细腻，语言情调哀婉蕴藉，摹声写情形象熨帖，歌音秋韵也相当凄恻缠绵，整个语段之间流溢出一股沁人肺腑的伤感和悲凉，使人不由自主地沉浸在一种凄清哀切的艺术情境里，有效地提高了作品的艺术感染力。

第二节　讲史演义的因革

大约从明天启元年（1621）至清顺治十八年（1661），讲史演义进入了因革期，其在编创观念、题材内容与编创方式等方面皆有所演变。目前所见刊于此期的讲史演义，约有三十部，影响较大的有《隋炀帝艳史》《隋史遗文》《新列国志》《梼杌闲评》等。

一、讲史演义编创观念与方式的转变

在此之前，讲史演义的编创者多将其作品视为"正史之补"，主张"羽翼信史而不违"（修髯子《三国志通俗演义引》），甚至强调"一据实录"（余邵鱼《题全像列国志传引》）；尽管也有一些编创者开始意识到"史书、小说有不同者，无足深怪"（熊大木《大宋中兴通俗演义序》），"若谓字字句句与史尽合，则此书又不必作矣"（甄伟《西汉通俗演义序》），但尚未自觉脱离史的角度来谈论虚构。

天启以后，讲史演义的编创观念出现了较大变化，编创者对讲史演义的真假、虚实、幻奇有了一定认识或争论。不少编创者对小说虚构的文体特性有了进一步的体认，或公开强调："苟有补于人心世道者，即微讹何妨？有坏于人心世道者，虽真亦置！"（吟啸主人《近报丛谭平虏传序》）或认为讲史演义虽然"大要不敢尽违其实"，但"敷演不无增添，形容不无润色"（可观道人《新列国志叙》）；或认为讲史演义与正史之不同，就在于它"贵幻""传奇"（袁于令《隋史遗文序》）。在这种编创观念指导下，讲史演义的编创方式也便随之发生了一些引人瞩目的变化。

天启以前，讲史演义的编创者还多半是"按鉴"以演义，并以敷叙历史事件为主，崇尚征实传信，重在反映朝代兴亡和历史嬗变，而很少去表现个人的悲欢离合；主要描写帝王将相的建功立业，而很少涉及卿卿我我的儿女私情。可是到了天启以后，这种编创方式在不同程度上被打破了，讲史演义出现了世俗化与传奇化的特点。

例如，齐东野人编创《隋炀帝艳史》，虽然还讲究"传信"，力求所叙之事"有源有委，可征可据"（《凡例》），不作荒谬无稽之虚造；但同时也从野史笔记《隋遗录》《迷楼记》《海山记》《开河记》等书中撷取大量素材。在创作时，他亦并非简单地将搜罗来的材料略加辑补连缀，而是以"奇艳"为标准对材料进行遴选剪裁、加工想象，如《凡例》所云："隋朝事迹虽多，今单录炀帝奇艳之事"，而"炀帝繁华佳丽之事甚多"，故"必有幽情雅韵者方采入"，其他"如三幸辽东、避暑汾阳等事，平平无奇，故略而不载"。因此，此书重在叙写炀帝一生的奇情艳事及其种下的恶果，笔触"很细腻，很妖艳"[1]，世俗化色彩很浓。这与以往讲史演义重在敷叙兴废争战之事迥异其趣。因此，此书实则兼具讲史演义和世情小说的题材特点，极大地丰富了讲史演义的审美内涵，迎合了读者复杂多样的审美需求，这对此后小说如《隋唐演义》的影响很大，甚至就连《红楼梦》在"描写、结构"方面，"也显然受有《艳史》的启示"[2]。

又如，袁于令编创《隋史遗文》，也改变以前的一些讲史演义（如《隋唐两朝志传》《唐书志传通俗演义》等）以李世民夺取天下为主要线索、按照《资治通鉴纲目》的编年顺序来演绎隋末唐初历史的写法，而是以瓦岗寨诸英雄秦叔宝等人为中心，把小说写成了一部草莽英雄发迹变泰的传奇史。袁氏在序言中公开声明，他主要写的是草泽英雄的"奇情侠气、逸韵英风"，而并非依据正史来写朝代演义，故他不求"传信"，只求"传奇"，不"贵真"而"贵幻"，以为只要将"忽焉怒发，忽焉嬉笑"的英雄本色表现出来，即达到了目的。故而在创作中，他将叙事重心置于草泽英雄"落寞凄其"之"微时光景"上，因为此皆"史书写不到、人间不曾知得的一种奇谈"，"说来反觉新奇"（第一回）。如此写来，小说自然传奇味颇浓，世俗气亦重，而讲史演义也由此渐变为英雄传奇。

二、讲史与艳情的合流：《隋炀帝艳史》

《隋炀帝艳史》，一名《风流天子传》，八卷四十回，题"齐东野人编演，不经先生批评"，刊于崇祯三年（1630）。该书主要叙述隋炀帝一生的风流艳事，从他谋夺太子之位、调戏父皇宠妃、害死父皇而登基写起，详述他独断朝纲、大兴土木、搜罗天下美女、醉生梦死，又开运河、游江南、恣意挥霍，致使民不聊生、烽烟四

① 郑振铎：《插图本中国文学史》，人民文学出版社1957年版，第923页。
② 郑振铎：《插图本中国文学史》，人民文学出版社1957年版，第923页。

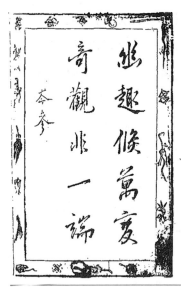

明末人瑞堂刊本《隋炀帝艳史》插图

起，最终葬送了隋朝江山的故事。

齐东野人在《凡例》中指出：《艳史》虽穷极荒淫奢侈之事，而其中微言冷语，与夫诗词之类，皆寓讥讽规谏之意，使读者一览知酒色所以丧身，土木所以亡国，则兹编之为殷鉴，有裨于风化者岂鲜哉。"也就是说，他写《艳史》并非专为搜奇猎艳，"娱耳悦目"，同时也是为了揭示隋朝灭亡的历史教训。所以，他在暴露隋炀帝淫艳奢靡的生活时，往往涉笔下层民众的苦难生活，以揭示乱自上作、官逼民反的历史必然性；同时，征引诗词歌谣或自作诗词，对隋炀帝的胡作非为进行谴责和批判。如第二十五回，写隋炀帝命令江淮地方制造龙舟、杂船上万只，结果使家家户户无一不受其祸，或是亡家，或是破产，或是卖男卖女，坑害得万民百姓十室九空。对此，编创者赋诗抨击道："君王一有欲，便是万民灾。莫诧龙舟丽，都从膏血来。"第二十九回写隋炀帝在龙舟上赏月，随风飘来一首歌谣，如泣如诉："我兄征辽东，饿死青山下。今我挽龙舟，又困隋堤道。方今天下饥，路粮无些小。前去三千程，此身安可保！寒骨枕荒沙，幽魂泣烟草。悲损门内妻，望断吾家老。"由于隋炀帝穷奢极欲，弄得"内帑外库，俱已空虚，天下的百姓膏血已尽"，以致"干戈四起，盗贼蜂生"，而隋炀帝也由此踏上了一条败国亡身的不归路。

不过，编创者对隋炀帝也并非一味地采用批判的态度，而是较有分寸地写出了炀帝的"风流"个性。比如，炀帝虽然醉心于女色，放荡挥霍，无休无止，但极少处死身边的妃子，甚至还曾为一个能诗美人的死去而大感悲伤。对于正妻萧后，他也一向是既尊又宠，并未加以冷落。他是一个荒淫的君主，同时又是一个风流多情、才华横溢的诗人，个性当中带有相当强烈的艺术成分。例如，第十一回写炀帝泛舟游苑，赋诗填词，纵情为欢，就写得颇富诗情画意。当然，对于炀帝的宫闱秽事，有些地方则未免写得过于露骨。

编创者还善于深入细致地揭示人物的性格心理。如第五回写炀帝乱伦，欲幸宣华夫人，就相当真切地揭示了宣华夫人内心深处既犹疑、恐惧，又羞愧、无奈的复杂心绪。

在叙事结构方面，小说基本上以炀帝为核心来统驭纷繁的人物、事件，重点描写炀帝一生的奇艳之事，因此结构紧凑，脉络分明，详略有致，旨趣显豁。

三、讲史演义的英雄传奇化：《隋史遗文》

《隋史遗文》，十二卷六十回，有崇祯六年（1633）序，但其最后成书当在清朝立国定鼎之后。编撰者袁于令（1592—1674），名晋，原名韫玉，字令昭，号箨庵、吉衣主人、剑啸阁主人、幔亭仙史等。江苏吴县人。明生员，入清，任荆州知府。作有传奇《西楼记》等八种。《隋史遗文》并非其独创。孙楷第曾推测："旧本为市人话本，而韫玉复为润色之。"他还根据余怀《板桥杂记》所记"柳敬亭年八十余，过其所寓宜睡轩中，犹说《秦叔宝见姑娘》"之语，推测《隋史遗文》中"秦叔宝诸人事，盖是万历以后柳麻子一流人所揣摩敷衍者，于令异之，颇采其说而为书耳"[①]。袁于令本人在小说第三、三十四、三十五、五十五回的总评中也多次提到"旧本"，并且，他在自己所作的传奇《双莺传》第四折中还提到柳敬亭说书的事。可见，《隋史遗文》应当是他根据说书人的话本改编而成的。

《隋史遗文》写的是隋末农民起义及唐朝开国的故事。小说前四十七回，主要叙述乱世英雄秦叔宝等人的"奇情侠气、逸韵英风"；后十三回，则叙述秦叔宝等人辅佐李世民平定天下的故事。因此，它实际上也可以看成是以秦叔宝等人的发迹变泰为主线的英雄传奇。

小说中的秦叔宝，确实有一种令人钦佩的"奇情侠气"。平时，他在街坊好打抱不平，与人出力，死亦不顾，人们见他仗义敢为，似吴国专诸的为人，就叫他作"赛专诸"。而且，他还爱"散财结客，济弱扶危"，所以，江北地方"说一个秦

---

① 参见孙楷第：《大连图书馆所见中国小说书目》，孙楷第《日本东京所见小说书目》，人民文学出版社1958年版，第231页。

琼的做人，心花都开"（第三回）。他在赴潞州途中，救了李渊，李渊派人酬谢，他说："咱也只是路见不平，也不为你家爷，也不图你家谢。"可谓"生平负侠气，排难不留名"（第四回）。在长安观灯，他本不想生事，可一见宇文公子糟蹋良家女子，便奋不顾身，将公子当场打死（第二十三回）。在牛家集，他又为百姓怒除偷盗小儿献给麻总管蒸吃的贼人，百姓赠银相谢，他也是"施恩岂图报，矜恶不言功"（第三十四回）。如此任侠仗义，的确可钦可敬。

秦叔宝还很讲兄弟义气。他曾被官府勒令追捕劫夺官银之人，而劫银者却是其髫龄之友程咬金。当程说出真相后，他激于兄弟义气，不顾死活，当即将官府"捕批"扯得粉碎，点火烧了，真是"相逢重义气，生死等一麾"（第三十一回）。在瓦岗寨，他曾奉魏公李密之命出使长安，李世民感其救父之恩，欲留之"共成王业"，他垂泪道："秦琼武夫，荷蒙公子德意，怎不知感？但我与魏公相依已久，已食其禄，一旦背之，不义；出使不复，不信；贪利忘恩，不仁。不仁不义不信之人，公子要他何用？只愿他日盟好未断，缓急相救，脱有会时，赴汤蹈火，有所不辞。今日之身，未敢轻许公子。"（第四十九回）后来，李密败亡，他不忍违逆单雄信之意，放弃投唐而归附王世充；单雄信被李世民俘获后，他涕泣如雨，愿以身代死，只求赦免雄信，这都突出地表现了他义重如山的精神品格。

其他英雄人物如单雄信、程咬金、王伯当等，其讲义气、重然诺、粗豪不羁等性格特征，也给人留下了深刻难忘的印象。

值得一提的是，《隋史遗文》虽然写的是叱咤风云的草莽英雄，但却颇富世俗生活气息和浓厚的人情味，如秦叔宝回家探母一节：

> 叔宝上踏板，伏在床边，见老母面向里床，鼻息中止有一线游气，摸摸膀臂身躯，像枯柴一般。叔宝自知手重，只得住手，摸椅子在床边上，叩首低低道："母亲醒醒罢。"那老母游魂复返，身体沉重，翻不过身来。朝床里，还如梦中。叫媳妇，媳妇踮在床前道："媳妇在此。"秦母道："我那儿，你的丈夫，想已不在人世了。我才瞑目略睡一睡，只听得他床面前絮絮叨叨的叫我，想是已为泉下之人，千里还魂，来家见母了。"媳妇便道："婆婆，那不孝顺儿子回来了，跪在这里。"叔宝叩首道："太平郎回来了。"秦母原没有病，想儿子想得这般模样，听见

儿子回来，病就去了一半。平常起来解手，少年媳妇同两个大丫头，挽
半日还挽不起来，只听见是儿子回来，就爬起了，坐在床上，忙扯住叔
宝手，老人家哭不出眼泪来，张着大口只是喊，将秦琼膀背上下乱捏。

（第十七回）

袁于令在本回评语中说："秦母见子远归，意真情恳。天下惟骨肉之谊，乃能
有此。"可见他对秦母的情感心理是体察入微的，故而才能真切地摹绘秦母的声情
口吻和动作细节，将母子久别重逢的情景写得形神逼肖，感人至深。

当然，袁于令编创《隋史遗文》，也不完全是为了表现秦叔宝等人的"奇情侠
气"，他在对秦叔宝等人命运变幻的描写中也寄寓了明清易代之际文人士大夫难以
言喻的苦衷。秦叔宝、程咬金、徐懋功等人都是几易其主，最后才找到李世民这
位明主的。小说第五十三回写秦叔宝等在旧主李密死后转投王世充，回前有段议论
说："人到乱世，忠贞都丧，廉耻不明，今日臣此，明日臣彼。人如旅客，处处可
投；身如妓女，人人可事。岂不可羞可恨！但是世乱盗贼横行，山林畎亩都不是安
身去处。有本领的只得出来从军作将，却不能就遇着真主，或遭威劫势禁，也便改
心易向。只因当日从这人，也只草草相依，就为他死，也不见得忠贞，徒与草木同
腐。不若留身有为，这也不是为臣正局，只是在英雄不可不委曲以量其心。"这就
分明是在为秦叔宝等人的行为辩护，其主观意图是要宣扬乱世英雄应审时度势，要
投靠李世民这样的明主。联系袁于令主动降清并任荆州知府的行为来看，他在小说
中发这样的议论，真可谓寄慨遥深！

四、革故鼎新的《新列国志》

《新列国志》，一百零八回，刊于崇祯年间。卷首署"墨憨斋新编"，有"吴门
可观道人小雅氏"所作之《叙》，并有《凡例》七条。"墨憨斋"乃冯梦龙别号。冯
氏是治《春秋》的名家，又精于通俗小说编创，因读余邵鱼编写的《春秋列国志
传》，有感于其"事多疏漏，全不贯串，兼以率意杜撰，不顾是非"，或"前后颠
倒"，或"详略失宜"，于是"本诸《左》《史》，旁及诸书"，对余氏之书进行删订
修补，砍掉了武王伐纣到西周衰亡的一段历史，以使其所叙的史事与东周列国相
符，同时也保存了一些民间传说，并注重敷衍、润色和虚构，这样就使原书脱胎换

骨，变成了《新列国志》。

《新列国志》从周宣王荒淫失政、平王东迁写起，至七国争雄、秦王统一天下为止，形象地再现了东周列国的兴亡史。它歌颂了明君贤臣，表达出鲜明的贤人政治的理想，如齐桓公任用管仲，开创春秋霸业；秦穆公任用百里奚，"立法教民，兴利除害"，使秦国大治等。它无情地揭露与鞭挞了那些荒淫无耻、残酷暴虐、伪善昏庸的统治者，如周幽王烽火戏诸侯、卫宣公筑台纳媳、卫懿公好鹤亡国、齐襄公兄妹淫乱等。它赞誉了刚正无私、不畏强暴、舍己为人的忠臣义士，如脍炙人口的赵氏孤儿故事。它通过错综复杂的政治、军事、外交斗争的描写，塑造了形形色色的士人形象，如冯谖、苏秦、鲁仲连等。

在艺术上，《新列国志》善于从大处着眼，统筹全局，以春秋五霸、战国七雄的兴衰更替为主线，突出了春秋战国历史运行的基本轨迹，全书纲举目张，脉络清晰；它善于根据史实提供的线索，展开充分的想象虚构，使历史事件故事化、历史人物传奇化，诸如骊姬用计害申生、晏平仲二桃杀三士、孙武演阵杀美姬、孙庞斗智、伍子胥复仇、河伯娶妇、信陵君窃符救赵、荆轲刺秦王、曹沫劫齐侯等，无不写得绘声绘色，引人入胜；它善于在波澜起伏的情节中刻画人物，突出人物的主要性格特点，诸如宋襄公的愚顽、晋灵公的暴戾、晏平仲的机智、南宫适的勇猛、孙膑的智谋、庞涓的狂妄、程婴的仗义等，都写得特征鲜明，栩栩如生。这里不妨略举骊姬陷害申生一段，以见一斑：

> 六日后，献公回宫，骊姬以鸩入酒，以毒药傅肉，而献之曰："妾梦齐姜苦饥不可忍，因君之出也，以告太子而使祭焉。今致胙于此，待君久矣。"献公取觯，欲尝酒。骊姬跪而止之曰："酒食自外来者，不可不试。"献公曰："然。"乃以酒沥地，地即坟起；又呼犬，取一脔肉掷之，犬啖肉立死。骊姬佯为不信，再呼小内侍，使尝酒肉。小内侍不肯，强之。才下口，七窍流血亦死。骊姬佯大惊，疾趋下堂而呼曰："天乎！天乎！国固太子之国也。君老矣，岂旦暮之不能待，而必欲弑之？"言罢，双泪俱下。复跪于献公之前，带噎而言曰："太子所以设此谋者，徒以妾母子故也。愿君以此酒肉赐妾，妾宁代君而死，以快太子之志。"即取酒欲饮。献公夺而覆之，气咽不能出语。骊姬哭倒在地，恨

日:"太子真忍心哉! 其父而且欲弑之, 况他人乎? 始君欲废之, 妾固不肯, 后囿中戏我, 君又欲杀之, 我犹力劝。今几害我君, 妾误君甚矣!"

献公半晌方言, 以手扶骊姬曰:"尔起, 孤便当暴之群臣, 诛此贼子!"

(第二十七回)

这段描写颇富有戏剧性。本来,《左传》记录此事仅有几句:"公至, 毒而献之。公祭之地, 地坟; 与犬, 犬毙; 与小臣, 小臣亦毙。姬泣曰:'贼由大子。'大子奔新城。"可是小说却以此为据, 进行了惟妙惟肖的演绎。它通过逼真地描摹骊姬的语言、神态和举动, 将她工于心计、阴险狠毒的性格刻画得入木三分; 对于献公, 小说虽然着墨甚少, 但是借助于骊姬活灵活现的表演和献公"气咽不能出语"等情态, 读者也不难体会他惊疑、愤懑、暴怒的情绪, 认识他偏听偏信、感情用事的个性特点。

当然, 由于《新列国志》涉笔范围太广, "牵涉过多, 头绪纷繁", 所以它"虽于奇人盛事亦欲加以形容, 究无暇为进一步之深刻描写"[①], 致使其史学气息较浓, 而文学色彩不强。至清代雍正、乾隆年间, 蔡元放又据史传对之重新修订润色, 并加了不少夹注与评语, 易名为《东周列国志》, 并称赞该书:"若说是正经书, 却毕竟是小说样子……但要说它是小说, 它却件件都从经传上来, 子弟读了, 便如把一部《春秋》《左传》《国语》《国策》都读熟了, 岂非快事!"(《东周列国志读法》)虽然从传播历史知识的角度来说, 确实如此, 但是若从文学角度来看, 则此书的弊病却也在于此。

五、讲史演义的分支: 时事小说

明代天启、崇祯年间, 朝政日非, 党争迭起; 东北满清贵族崛起, 边患日益严重; 关内民不聊生, 农民起义风起云涌。人们关注国家的命运, 急切希望了解眼前发生的重大政治、军事事件, 于是一批专写当代时事的小说应运而生, 成为讲史演义的重要分支。其代表作有《梼杌闲评》《樵史通俗演义》等。

---

① 孙楷第:《戏曲小说书录解题》, 人民文学出版社1990年版, 第76页。

（一）时事小说的编创及其演变

早在天启以前，由于国家内乱不止，外患频仍，已有少数编创者开始将笔触伸向现实政治，记下了当时的一些风云变幻（如玄真子的《征播奏捷传》、佚名氏的《戚南塘剿平倭寇志传》等），但彼时国家的灾祸隐患尚未完全显露，故一时还未能引起众多编创者的足够重视。直到天启、崇祯两朝，各种大灾巨祸旋踵而发，国政日非，大有天崩地解之势时，编创者们才从敷演旧史的幻梦中醒来，发现历史上曾发生的种种惨剧竟在他们眼皮底下活生生地上演了。于是，他们再也不能津津乐道过去朝代的兴废争战之事，反而弃直接关乎本民族之兴亡的重大时事于不顾了。

天启二年（1622）夏，徐鸿儒在山东发动了白莲教大起义，直接给当时社会经济带来了严重危害，故其刚一平息，沈会极即据其耳目亲历之事实始末，写下了《七曜平妖传》，"以纪其治乱之由"（见书前序），以儆敢于兴妖作乱之"贼寇"。书成刊刻，仅用了一年多时间。

与此同时，辽东边患日趋严重，满清势力渐逼中原，而明朝军兵则屡败失据，国势岌岌可危，朝野俱为惊骇。于是，出于对朝廷无能失策、将帅贪生怕死的愤懑，以及为了鼓荡民众抗清志气、呼唤救国英雄，平原孤愤生、吟啸主人、吴门啸客等人分别创作了《辽海丹忠录》《平虏传》《镇海春秋》等书。

而另一些文人则切齿于魏忠贤的擅权乱政、祸国殃民，在其倒台后，奋笔疾书写下了《警世阴阳梦》《魏忠贤小说斥奸书》《魏奸磨忠记》《皇明中兴圣烈传》等书，来痛斥魏阉，抒己之愤，同时亦寄希望于祸乱宁靖、国泰民安。

然而现实太无情了，农民起义的熊熊烈火很快便将大明三百年基业毁于一旦。于是在亡国失君的极度悲愤之中，一些文人又开始了对李自成的愤怒声讨，这时期出现了《甲申痛史》《剿闯小说》等作品。

但是，骂"贼"之声犹未止息，清人的金戈铁马便纵横于神州大地，于是目睹江南人民悲惨遭遇的七峰樵道人、漫游野史，又挥泪蘸血，创作了《七峰遗编》《海角遗篇》，控诉清军暴行，抨击失节士人。

江山易姓，百姓易主，这也使那些遁迹于山林的文人学士无法平息胸中的哀怨与积愤，他们开始理性地反思这段惨黯可怖的历史，寻找明亡的原因，这样便又出现了《梼杌闲评》《樵史通俗演义》《铁冠图》等作品。

（二）时事小说的编创特点

其一是采用纪实笔法来记录时事。

时事小说的编创者因为对时事国难表示深切关注，试图借其作品摄录剧烈动荡的时代风云，满足民众渴望了解重大时事真相的社会心理，以期激发忠义，惩创叛逆，故而他们多采用纪实笔法来记录时事。平原孤愤生的《辽海丹忠录》即以纪实为主，"书中记金皇帝遗书，并当时往还公牍甚多，且每卷仿正史纪年"，故董康以为"应以信史目之"（《书舶庸谭》卷八）；西湖义士也是"特从邸报中，与一二旧闻"，演成《皇明中兴圣烈传》（《自序》）；《魏忠贤小说斥奸书》记事"一本之见闻"，编创者吴越草莽臣明言"是书动关政务，事系疏章，故不学《水浒》之组织世态，不效《西游》之布置幻景，不习《金瓶梅》之闺情，不祖《三国》诸志之机诈"，"盖将信一代之耳目，非以炫一时之听闻"（《凡例》），故此书谨按干支纪年排比史事，翔实可信。江左樵子也是在博采旧闻基础上写成《樵史通俗演义》，其所录诏表章册，曾被撰史者广泛征引。这些小说多半缺乏艺术性，但因其"动关政务，事系疏章"（《魏忠贤小说斥奸书·凡例》），故而得以红火一时。

其二是抒情、议论色彩异常浓烈。

时事小说的编创者由于具有"保天下者，匹夫之贱，与有责焉"的济世情怀，故而在叙述重大时事时难免要流露出强烈的思想感情。如平原孤愤生在《辽海丹忠录》里对抗清英雄毛文龙之被冤杀，就时时扼腕，发出椎心泣血之叹："啜其泣矣，嗟何及矣，欲起其人于九原，支半壁之天下，而其人已矣，骨已朽矣，不亦深可痛哉！"（第三十八回）吴越草莽臣作《魏忠贤小说斥奸书》，仅从书名就可见他对魏忠贤的痛恨之情，他在叙中又说："予少负劲骨，棱棱不受折抑；更有肠若火，一郁勃殊不可以水沃。故每览古今事，遇忠孝困于谗，辄淫淫泪落，有只字片语，必志之以存其人；至奸雄得志，又不禁短发支影立也。"正因为他的情感如此炽烈，故该小说叙写"欺妄处，神鬼可瞒，情真处，木石俱动，能令人笑，能令人悲，能令人怒，能令人悻悻而欲死"（第十一回总评）。《剿闯小说》的编创者懒道人则对李自成恨之入骨，在小说中，他对崇祯之死痛不欲生，泣号曰："普天滔孽，祸廷皇上，事不堪闻，义不忍说。千山不市，万谷停航，当面惟号，举头有哭。"（卷二）《新世鸿勋》编创者蓬蒿子也在书中大放悲声："呜呼痛哉！以亘古未有之奇祸，肆于我明。以三百年无缺之金瓯，隳于彼贼。诚使天崩地裂，鬼泣神号，亿兆臣民，无依无怙者也。"（第十一回）《樵史通俗演义》编创者江左樵子在反思亡明之因时，也是"或悄焉以悲，或戚焉以哀，或勃焉以忠，或抚焉以惜"（《序言》）。

不仅如此，时事小说编创者还时常对时事大发议论，不乏认识价值。如平原孤愤生在小说每回结末皆对战局得失、人物功过臧否评骘，有些议论还颇切当（如第三回论杨镐之败、第十四回论袁崇焕之失等）。懒道人在《剿闯小说》第一回中论析明亡之因在于魏阉乱政、李闯造反、崇祯刚愎、苛税过重、朝无贤臣、清谈误国、贪官遍布、异族入侵等，也甚有认识价值。再如《新世弘勋》第十四回论"明朝国政之误在重制科，从资格，是以国破君亡，鲜见忠义"等，也颇能发人深省。当然，小说毕竟应以形象说话，所谓妍媸好丑，当令观者自知，最忌羼入作者论断，如果议论过多，就未免使人觉得聒噪满耳，了无余味。况且编创者的议论又往往夹杂着政治上的私怨积愤，所论又岂能没有偏颇？如《剿闯小说》第七回写李自成宵遁，吴三桂引清兵入京，编创者竟举手加额曰："我辈虽遭涂炭，幸得先帝之仇已报，闯贼锐气大挫，于愿足矣，其他何足惜哉！"

其三是借鉴史传结构体例组建小说叙事结构。

时事小说的编创者既然多以纪实、传信相标榜，甚至自诩"樵夫野史无屈笔，侃然何逊刘知几"（《樵史通俗演义》第一回），那么仿照史传体例来结构布局也就是顺理成章之事。例如，《新世弘勋》就主要仿照史书的纪事本末体，敷叙李自成起义的始末。小说开篇先交代因果，叙述玉皇大帝因尘世罪孽太重，遂遣杀星恶煞降临人世，搅乱明室，这是故事的楔子；从第三至第六回写李自成家世出身、少年品行及如何乘乱起兵，啸聚流民，这是故事的起因；从第七至第九回写李攻城略地、建立大顺，这是故事的发展；从第十至第十五回写李攻下北京，奸淫杀掠，崇祯自缢，这是故事的高潮；从第十六至第二十一回写李被吴三桂引清兵入关战败，军中内讧，将其缚献三桂，遭杀，这是故事的结局；最后一回写大清皇帝入主中原，张天师建醮酬天，至此妖星完劫，这是故事的尾声。小说虽叙述粗略，结构平淡，但却完整、连贯地展示了李自成起义从酝酿发动到彻底败亡的全过程。《樵史通俗演义》则以史为经，以人物事件为纬，构造全书框架，犹如史传之"编年体"，其篇首诗即宣称："提笔谱来惭信史，且从珰祸入编年。"《梼杌闲评》则借鉴了史书列传体的结构方式，即以魏忠贤一生的经历为主线，按时间顺序来叙述他一生不同时期所经历的主要事件。

（三）"明珠缘"里说党争：《梼杌闲评》

《梼杌闲评》一名《明珠缘》，五十回。书成当在明亡之时。原书不署撰人，或以其为李清所撰，尚待确证。书名"梼杌闲评"，是以传说中的凶兽来比喻穷凶极恶的太监魏忠贤，即"恶人评传"之意。小说主要写魏忠贤与奉圣夫人客氏狼狈为奸，残害忠良，紊乱朝政的故事。

作者虽然对魏阉乱政极其愤恨，甚而欲"大嚼充饥奸贼脑，横吞解渴馋臣血"（卷首总论），但他并没有简单地丑化魏阉，而是把魏当成一个活生生的人来写，特别是写魏"三十年来运未通，失身泥土恨飘蓬"的落泊光景，尤令人嗟叹。作者写魏乃是江湖女艺人侯一娘与戏子魏云卿私通所生，童年生活颠沛流离，少年时又不幸与其母沦落匪窝，受盗匪熏染。十年后母子逃出，孤苦无依，入京寻找云卿，又不得见，魏乃做了程中书的长随兼男宠，学会了讨好谄媚、吃喝嫖赌。程犯事后，魏又转投鲁太监，乘机侵吞鲁用以行贿的巨款、与人聚赌。入临清、蓟州经商，又淫荡胡为，弄得疮痍满身，钱财一空，被狗咬而阉。这段长达二十回的描绘，几乎全系虚构，但却让人看到魏并非天生恶毒，他也有人性，对朋友也讲义气，与李永贞、刘若愚效桃园结义即颇见真情；他也曾有过"一团义烈之气"，如搭救傅如玉；他与客印月悲欢离合的爱情故事，也渗含一些爱情的因子；他困顿涿州，贫病交加时，也曾深念妻子，希望过一种安宁的田园生活；即使在他得势之后，他也曾想念其妻，觉得欠她太多；并且对曾救助过他的道士心怀感德报恩之情。他之所以由人一步步蜕变而为"梼杌"，主要是由不幸的身世、浊恶的世道造就的。因此这一形象既有丰富、复杂、鲜明的个性特征，又在一定程度上反映了明末社会政治生活的某些阴暗本质，具有较高的审美认识价值。

作者艺术感觉敏锐，擅长深入细致地刻画人物心理。例如，第七回写侯一娘带其子魏进忠（后改名魏忠贤）入金陵寻觅旧日情人一段：

> 一娘巴不得天明……心中想道："我若自去寻他，恐怕班里人看见不雅；要不去，又恐辰生不停当。"踌躇了一会，"还是叫辰生去罢。"
> 遂叫辰生来吩咐道："你到昨日那班里去问声，可有个魏云卿，他是苏

州人，是我姨弟。你寻到他，说我特来投他，是必同他来。"说毕，进忠往外就跑。一娘叫转来道："你可记得么？"进忠道："记得。"又去了。一娘又唤回来道："你莫忘了，说遍我听。"进忠道："这几句话有甚难记？"一娘把了些钱与他叫驴、买东西吃，进忠接了。才走出门，一娘又叫回来。进忠急得暴跳道："又叫我做甚么？你要去自去，我不会说！"把钱向地一掠，使性子坐着不动。一娘央了他半日，才拾起钱来要走，一娘扯住他道："我把件东西与你带去。"向手上解下一个小小金牌子来代他扣在指头上，道："这是我姨娘与我的，你带去见了他，把他看，他就知道我在这里了。"进忠拿了，飞也似的去了。一娘独坐等信，好不心焦。心中忖度道："此刻好到了。"过一刻，道："此刻好说话了。"一条心总想着他，直等到傍午，也不见回来，想道："大约是留他吃酒饭哩！"又等了半日，渐渐天晚，也不见回来，又想到："我昨日拒搁了许多工夫，回来也只午后，他是熟路，怎么此刻还不见回来？定是在路上贪顽了。"自己坐在店门前等到日落，才远远望见辰生独自跑来。

这段文字就将侯一娘心中的顾虑、担心、希望、焦盼等多种情绪的微妙变化，描写得出神入化。像这样细腻传神的心理刻画，在古代小说中是不多见的。

在叙事结构安排上，作者则善于虚构、捏合人物事件，使它们彼此之间血脉相通、牵缠不断。譬如魏忠贤结识客印月，本来在其入宫逐渐得势之时，但作者却巧妙地借用一颗明珠将他二人的命运绾结在了一起，说他们是前世姻缘：魏乃赤蛇转世，客则是其母梦赤蛇衔珠而生。于是小说便围绕着失珠、还珠、赠珠、当珠、索珠、献珠等一系列绮丽动人的爱情故事，将纷繁复杂的历史人物统摄、贯串成了一个有机的艺术整体，既写出了客、魏二人由微贱到发迹的曲折经历及其微妙的心理变化，反映了五光十色的人间世相，特别是宫廷的昏天黑地、腥风血雨，同时又从根本上揭示了宦官之害乃在于皇帝昏庸和专制政体的极端腐败。因此，全书写的是历史人事，但却又颇富市井生活情趣，故有人称其表现了讲史与世情的合流。这种合流有效地拓展了讲史演义的审美畛域，更好地满足了读者日益变化的审美需求。

第三节　讲史演义的衰蜕

从康熙元年（1662）至嘉庆元年（1796），共约一百三十四年，是讲史演义的衰蜕期。讲史演义的创作实践及理论探索都呈现出衰蜕局势：或仍回旋于按鉴演义的故套之中，难有新意；或汲取他类小说的题材内容与写法，致使文体特性益趋不明；或仅据史实之一端，广采野史传闻，重在敷叙英雄豪杰之"奇情侠气、逸韵英风"，使讲史演义终于演化而为英雄传奇。总之，讲史演义确已丧失了勃勃生机，走向了萧索衰落的穷途末路。今见编创于此期的讲史演义约十五部，其中《隋唐演义》《北史演义》较有创意，艺术成就较高。嘉庆以后讲史演义的编创已处于消歇状态，直到戊戌变法后才重新兴起，并在编创观念与方式上发生了较大变化，如洪兴全《中东大战演义》、吴趼人《痛史》、黄小配《洪秀全演义》、蔡东藩《历代通俗演义》等，不过这已不属本章论述的范围了。

一、讲史演义的衰蜕迹象

（一）回归按鉴演义老路，艺术生命日趋枯萎

本来，讲史演义发展至明后期，"按鉴演义"的编创模式已在不同程度上被突破，大部分编创者都在积极地融会其他类型小说的艺术长处，以期拓宽讲史演义的审美畛域，适应读者日益变化的审美需求。然而，从康熙初年始，坚持实录、崇尚传信的编创者和批评家，又陆续多了起来。

康熙三至五年，毛纶、毛宗岗父子在李卓吾评本《三国志演义》的基础上，整理回目，修正文辞，削除论赞，改换诗文，增删或改写某些与史实不符之处，加上评点，又作了篇《读法》，于是毛评本自此风行宇内。在评本的读法、序评里，毛宗岗明确提出讲史演义当以实录为本的主张，认为"作演义者，以文章之奇而传其事之奇，而且无所事于穿凿，第贯穿其事实，错综其始末，而已无之不奇"，因之《三国演义》之奇，亦即在于"据实指陈，非属臆造，堪与经史相表里"（见书前序）。至于《西游记》，则因其"捏造妖魔之事，诞而不经"，故"不若《三国》实叙帝王之事，真而可考也"；而"《水浒》文字之真，虽较胜《西游》之幻，然无中

生有，任意起灭，其匠心不难，终不若《三国》叙一定之事，无容改易，而卒能匠心之为难也"（《读法》）。毛氏之论，自然有其合理一面，因为作为讲史演义，《三国演义》确较《西游记》《水浒传》信实得多，并且它在众多讲史演义中，之所以卓然不群，亦确因其所叙的三国史事波诡云谲，瑰伟动人，有助于艺术加工。因此，其观点若仅限于讲史演义范畴内，则亦不失为直抵本源之论。然而，他却将其观点推而广之，得出了普遍意义上的实录胜于虚构的结论。作为一种小说观念，这无疑失之片面，同时它也不符合《三国演义》的创作实际。

至于蔡元放，则把毛氏"据实指陈"之论推向了极端。他在对冯梦龙的《新列国志》进行增删润色、订正错讹，并为之作评的过程中，提出了"实事实学"说，认为《东周列国志》胜于《水浒传》《西游记》等，即在于"记事实"，不"添造"，"读了《列国志》，便有无数实学在内"；同时，因其所叙"件件皆是实事，则其劝惩为更切也"（《东周列国志读法》）。原来纪实胜于虚造，乃在于其"劝惩为更切"，又能增进"实学"。此论亦不无道理，然而从美学角度观之则不然，过分拘泥于史实颇不利于讲史演义创作艺术水平的提高。

然而，在毛宗岗、蔡元放之后，不少编创者仍继续强调实录传信的创作原则。如江日升编写《台湾外志》，即以纪年形式连缀史实，虽采用章回小说体裁，实则仿效《史记》《汉书》来作纪事体的郑氏本末。如其《凡例》所云："纪一时之事，或战或败，书其实也；不似《水浒》传某人某甲状如何，战数十合、数百合之类，点写模样，炫耀人目，以作雅观。"吕抚编写《廿四史通俗演义》，也是"悉遵纲鉴，半是纲鉴旧文"，"其见于小说内者，并不敢取。即取，亦必以'或曰'别之，以见其说虽不足信，或可参考"（《凡例》）。清远道人重编《东汉演义》，亦是不满于"旧演义竟架空杂凑"，"颠倒史事，以惑人心"，故其"按史书实事纪事编年，错综出入"，"敷说大端，正其荒谬"（《自序》）。

为什么此期讲史演义的编创者多半崇实尚信，并在编创实践中自觉贯彻这一精神呢？这既是以往"按鉴演义"的创作陈规影响所致，同时也与当时特定的文化氛围对文人的制约有关。清人入主中原后，为泯除汉人的反清意识，在思想文化方面实行了羁縻与镇压并行的两手政策：一方面崇儒兴学，黜华尚实，试图将人们的视线移至故纸堆中；一方面又大兴文字狱，删削、禁毁不利于其政治统治的书籍。这使汉族文人忧谗畏讥，诚惶诚恐，渐渐养成了莫谈国事、少论兴废的风气；不少人转而将心力贯注在经术、训诂、笺释、校勘、辨伪、辑佚等实证之学上。随之，崇尚信实的学风以及复古主义的文艺思潮，也就兴盛起来。讲史演义的编创者在编创实践与理论探索方面，之所以标榜信实不诬，改订旧作，实质上也正是这种学风及思潮的一种反映。但是，毫无疑问，这使此期大多数讲史演义变得枯燥无味、不堪卒读，而讲史演义也就在向史实、考证靠拢的过程中日益丧失了艺术生命力。

（二）汲取他类小说的题材内容与写法，致使文体特性驳杂不明

如果说因革期的讲史演义如《隋炀帝艳史》《梼杌闲评》等，已显示了与其他类型小说合流的趋势，那么此期演义如《隋唐演义》《女仙外史》等，则循此趋势又有所发展。如《隋唐演义》，其编创者褚人获在序中声明要将它写成"杂记之小账簿"，故其有意将正史、野史、演义、传奇中的隋唐故事，都网罗在一起，以便能编好这一"小账簿"。今人在排比《隋唐演义》采录的材料时，就列出了《隋唐两朝志传》《唐书志传通俗演义》《大唐秦王词话》《隋炀帝艳史》《隋史遗文》等书，而其所用的野史亦不胜枚举，故而该书体制"杂"而不纯，作为讲史演义的类型特征不太明显。如书中所叙秦琼、单雄信、程咬金、尉迟恭等人的故事，极富有英雄传奇色彩；并且此书还受当时盛行的才子佳人小说的影响，如书中写隋炀帝与朱贵儿的马上订盟、唐明皇与杨贵妃的钗盒姻缘、徐懋功与袁紫烟的相互倾慕、李世民与徐惠英的两情缱绻，特别是少年英雄罗成与才貌双全的窦线娘一见钟情，私订良缘，几经波折，终结良缘的爱情佳话，均带有才子佳人小说的风情雅韵。因此，该书虽为讲史演义，但又同时兼具英雄传奇、才子佳人小说的某些叙事特点，显示出各类小说文体特性相互混融的发展趋势。

至于《女仙外史》，则是一部带有奇诞玄奥色彩的讲史演义。作品以明初燕王同建文帝争夺皇位的斗争为背景，叙写农民起义领袖唐赛儿起兵勤王的故事。作品前二十回多据史敷衍，后八十回则侈言神仙道术之事，"全是空中楼阁"。书叙唐赛儿系嫦娥转世，号月君，自幼颖悟，好抱不平，后得天书，乃精习法术。当燕王（系天狼星投胎）起兵"靖难"时，月君以拥立建文帝为名，在青州聚众起事，建都济南。又得剑仙鲍仙姑、曼陀尼、聂隐娘、公孙大娘等下凡相助，复有刹魔公主与之结为姊妹，率部下八百魔王及八百万魔兵前来参战。于是，大江南北云集影从，明廷为之震恐。燕王欲聘赛儿为正宫，遭到拒绝，乃集重兵镇压，义军失利。但赛儿却在榆木川飞剑诛杀了燕王，太子即位，赛儿亦返月宫。由此可见，该书虽据史实，但仙凡杂陈，事极荒诞，具有浓厚的神魔色彩。

（三）讲史演义蜕变而为英雄传奇

事实上，任何一部讲史演义，其本身都包含转化为英雄传奇的内在因素，特别是当讲史演义重在表现一人或数人的勇武才略，集中笔墨描绘惊天动地的战争场面时，就明显带有英雄传奇色彩。如《隋唐两朝志传》《残唐五代史演义》等，其铺叙秦叔宝、程咬金、尉迟恭、李存孝等英雄的伟业壮举，就具有较浓的英雄传奇气息。当然，讲史演义重在敷叙一朝或数朝的兴废争战之事，往往以历史嬗变作为艺术描写的中心，其叙事时空跨度很大，涉及人事众多，情节推进迅速，不大可能将笔墨过多地停留在某个人物身上，因而其传奇性、趣味性偏弱。发展到一定阶段，就有编创者对已有的编创陈规表示不满，并大胆地改变了讲史演义的编创路线，从重视历史事件的叙述转向描绘人物命运，从以帝王为中心转而描写草泽英雄的人生传奇，如因革期出现的《隋史遗文》即代表了这种转向。

到了清中后期，当以崇实传信为旨趣的讲史演义渐已步入绝境，很难再引起读者的阅读兴味时，书坊主便请人将讲史演义中那些富有传奇色彩且备受人们称道的英雄人物事迹抽取出来，融会大量的民间说书成果，编写出了一批以虚构为主、"什之七皆史所未备"的英雄传奇。如《说岳全传》即广采民间说书成果，"实者虚之，虚者实之"，编创了大量娓娓动听的故事情节，诸如岳飞单枪闯敌营、梁红玉击鼓战金山、牛皋将金兀术骑于胯下大笑而死等情节，都极富传奇色彩；至于人物性格，如岳飞之精忠、牛皋之粗豪、金兀术之骄横等，也被塑造得活灵活现。所以，此书虽然还保留着讲史演义的一些特点，但实际上已变成一部英雄传奇小说。

《说唐演义全传》则基本上根据民间说书成果进行整理、加工而成。它是说书艺人吸收《隋唐两朝志传》《大唐秦王词话》乃至《水浒传》等书的艺术养料，进行转化、生发、创造的结果。它以瓦岗寨众好汉为中心，仿照《水浒传》将一个个英雄人物的传记缀合起来，以浪漫、传奇的手法对闹花灯、劫王杠、三斧取瓦岗、三鞭换两锏等一系列故事大加渲染，着力塑造了秦琼、程咬金、尉迟恭、单雄信、罗成等英雄群像。全书风格粗犷，具有浓厚的民间文学色彩。因此，它的出现标志着说唐系列小说已摆脱讲史演义的格套，演变成为典型的英雄传奇小说。在此之后产生的《说唐后传》《说唐三传》等，则续写英雄后代在边境战争中建功扬威之事，皆属英雄传奇。

二、"集腋成裘"的《隋唐演义》

《隋唐演义》，二十卷一百回，刊于康熙三十四年（1695）。编创者褚人获，字学稼，一字稼轩，号石农、没世农夫等。长洲（今江苏苏州）人。著有《坚瓠集》《退佳琐录》《读史随笔》等。

《隋唐演义》是褚人获根据《逸史》提供的框架，袭取《隋史遗文》《隋炀帝艳史》的主要内容，又参照《隋唐两朝志传》等，加以增删、缀合、润色而成（见褚人获自序）。《隋唐演义》是隋唐历史人物故事的集大成者。小说前二十五回，主要叙述秦叔宝等草莽英雄的传奇事迹，基本上抄袭《隋史遗文》前三十三回；其中第十九、二十回叙隋炀帝与宣华夫人一段，则抄自《隋炀帝艳史》第五、六、七回。其第二十六至第四十七回文字，大都可以从《隋史遗文》《隋炀帝艳史》中找到出处。当然，褚人获在编排时也对某些情节、文字作了少量的调整、增删和补缀，以便使情节连贯、文意畅通。至于唐朝部分，他既依据《隋唐两朝志传》进行改编，又广采稗史、传奇中的琐事逸闻予以充实。另外，还有一些故事，如朱贵儿割臂肉酬恩、袁宝儿轻生、四夫人守志，以及罗成与窦线娘、花又兰的爱情故事等，也可能出于褚人获的虚构。

小说从隋文帝起兵伐陈叙起，一直写到唐明皇还都而死为止，前后共历一百七十余年，主要写了三个方面的内容：

其一，隋炀帝与朱贵儿等人的旖旎艳情。通过对隋炀帝骄奢淫逸、醉生梦死的宫廷生活的描写，客观上反映了隋末农民起义的政治背景。值得注意的是，该书舍弃了《隋炀帝艳史》所写的隋炀帝开边巡市、大兴土木、建造迷楼、处女试春等情节，虚构了炀帝与众嫔妃赌歌斗趣、饮酒题诗、妆容自娱、歌咏昭君等情节，体现了编创者的文人雅趣，但却削弱了对隋炀帝的批判力量。

其二，大量唐代宫廷故事。以唐明皇与杨贵妃的风流情事为中心，揭示宫闱生活的浮华靡烂；同时也描写了李世民兄弟相残、武则天称帝、韦后谋杀亲夫等情节，暴露了统治者的争权夺宠、残酷无情。这些故事情节进一步丰富了隋唐系列讲史演义的思想内容。

其三，秦叔宝、程咬金等草莽英雄起兵反隋、追随李世民打天下的传奇故事。

这些故事穿插在隋、唐易代之间，笔力粗犷遒劲，几个英雄人物也写得虎虎有生气，尤其是单雄信之侠义、果决、义不降唐，程咬金之鲁莽、坦直，徐懋功之足智多谋，以及窦建德之清正贤明、视死如归等，均较《隋史遗文》所写，有所发展、变化。

小说熔历史与传奇于一炉，"更采当时奇趣雅韵之事点染之"（褚人获《隋唐演义序》)，如小说第四十一回"李玄邃穷途定偶"一节：

> 那日众人起得早，走得又饥又渴，只见山坳里有一座人家，门前茂林修竹，侧首水亭斜插，临流映照，光景清幽……李玄邃正要进去问，见一个十七八岁的女子，手里提着一篮桑叶，身上穿一件楚楚的蓝布青衫，腰间束着一条倩倩的素绸裙子，一方皂绢，兜着头儿，见了人，也不惊慌，也不踞蹴，真个胡然而天，胡然而地。

读此段文字，如观一幅澄澈明净的水墨画：画中的农家，光景清幽，淡雅宜人；采桑女儿，则清纯素朴，落落大方，别有一种天然的风韵。画中的景与人，浑融无迹；画中的情与韵，则让人涤虑息心。于此不难看出褚人获的点染功夫。

不过，由于上述三个方面的内容、风格存在差异，所以将它们缀合在一起时，也难免会有不够协调之处。郑振铎就曾指出："此书情调，也绝不能一贯。一面叙隋宫故事，仿佛有点像后来的'大观园'，一面却叙草莽英雄故事，很像《水浒》。你看这两种极端的情调，如何能融合于一书呢？"[1]鲁迅则指出它"浮艳在肤，沉著不足"（《中国小说史略》第十四篇）。尽管如此，《隋唐演义》因为骟栝了历代隋唐故事的精华，又基本上做到杂而不越、意趣丰富，所以它在隋唐系列小说中仍然最为流行。

三、"补古来演义之阙"的《南北史演义》

《南北史演义》是《北史演义》《南史演义》的合称。《北史演义》六十四卷，书题"玉山杜纲草亭氏编次、云间许宝善穆堂氏批评"，卷首有乾隆五十八年

---

① 郑振铎：《中国文学研究·中国小说提要》，人民文学出版社2000年版，第323页。

（1793）许宝善序。《南史演义》三十二卷，卷首有乾隆六十年（1795）许宝善序。杜纲，字振三，号草亭。约生于乾隆五年（1740），卒于嘉庆五年（1800）。江苏昆山人。少补诸生，老不得志，著书自娱。除《南北史演义》外，尚著有话本小说《娱目醒心编》。许宝善，字穆堂，上海青浦人。乾隆二十五年（1760）进士，曾任浙江福建道监察御史，与杜纲友善，不仅劝杜作《南北史演义》，而且为之写序作评。

《南北史演义》是为"补古来演义之阙"而作，因为自《三国志演义》问世以来，讲史演义已蔚为大观，唯南北朝历史尚无人演绎，杜纲乃"宗乎正史，旁及群书，搜罗纂集"（许宝善序），撰成此书。

《北史演义》叙事"起于魏季，终于隋初"，首尾约八十年。在此期间，北魏被分裂为东魏、西魏，东魏、西魏后来又分别为北齐、北周所取代，真可谓祸乱相寻，变故百出。而本书则"以北齐为主"，着重叙述高欢发迹变泰、分裂北魏，及其子高洋以北齐取代东魏的事迹，至于其他历史人物、事件，则根据其与高氏父子不同程度的关联，用墨递减，描述也渐次粗略。因此，"是书头绪虽多，皆一线贯穿，事事条分缕析"（《凡例》），"朗然如指上罗纹"（《序言》）。孙楷第称赞其"铺陈事迹皆本史书，文亦纤曲匀净。凡演史诸书非鄙恶即枝蔓，此编独能不蹈此弊，在诸演义中实为后来居上"[1]。

《北史演义》通过描叙高欢与尔朱荣、尔朱兆、魏孝武帝、宇文泰等人的矛盾冲突，以及与娄昭君、胡桐花、尔朱娟娟、蠕蠕公主等人的风流遇合，相当成功地刻画了高欢豪迈不羁、权谋机诈、善驭群雄，而又风流倜傥、恣意声色的个性神采。其他如尔朱兆、高敖曹、彭乐、贺拔胜等勇将，虽然"同一所向无敌，而气概各别"（《凡例》）。至于高欢的几个妃嫔，或贤明宽厚，如娄昭君；或智勇过人，如胡桐花；或美艳妒悍，如尔朱娟娟……无不写得各具神采，如现纸上。

《北史演义》在调配文武场次，描写兴废争战方面，也别具匠心。"书中大小数十余战，或斗智，或角力，移形换步，各各不同"（《凡例》），而重笔渲染者，则唯有败拔陵、破葛荣，以及沙苑、邙山、玉壁等数战而已，并且"每写一番苦争恶战，死亡交迫，阅者方惊魂动魄，忽接入闺房燕昵，儿女情长琐事以间之，浓淡相

---

① 孙楷第：《戏曲小说书录解题》，人民文学出版社1990年版，第87页。

配，断续无痕，总不使行文有一直笔"(《凡例》)。如小说四至六卷写高欢与娄昭君私恋、订婚，胡后逼幸清和王；十三卷写胡后思念杨白花；十七卷写高欢纳金娥；二十一卷写高欢遇桐花；二十五卷写高欢逼娶尔朱后；三十四至三十六卷写高欢娶郑娥，高澄私之；四十卷写永宝私通金婉等，皆笔香墨艳，曲折详尽，夹杂于金戈铁马、争斗杀伐的场景之中，也确能产生一种刚柔相济、动静相生的美感效应，使读者于悲壮激越的旋律中时而能听到舒缓悠扬的协奏，有效地克服了大部分讲史演义滥用战争场景而导致的刚柔不济、张弛失调的弊病，增强了作品的抒情意蕴和审美娱乐功能。

《南史演义》叙事从东晋起，至隋代止，首尾凡二百余年。作者以正史为依据，依次演述了宋、齐、梁、陈"废兴递嬗"的历史过程，而以宋事为主，盖因"开业之主，若宋高祖裕、齐高祖道成、梁高祖衍、陈高祖霸先，皆雄才大略，多有善政可记，而气象规模，总逊宋高祖一等，故载叙宋事独多"(《凡例》)。本书叙事虽较有条理，但由于南朝变故迭起，兴废更替，快似"传邮"，作者既需面面俱到，又牵拘于史实，故其所写刘裕、侯景等人虽较有神采，但总体看来，其文学意味不及《北史演义》。

📖 思考题

1. 讲史演义的文体特征是什么？

2.《三国志演义》的主旨是什么？作者是怎样表现作品主旨的？

3. 试析《三国志演义》的结构艺术。

4.《隋炀帝艳史》是怎样塑造隋炀帝形象的？

5. 试论《隋史遗文》对讲史演义编创方式的因革。

6. 明末清初时事小说有哪些编创特点？

7.《梼杌闲评》是怎样塑造魏忠贤形象的？

8.《隋唐演义》主要写了哪些内容？请略作述评。

第二章　英雄传奇

英雄传奇小说是中国通俗小说的一个类型，诞生于元明之际的长篇巨著《水浒传》是该类小说的开山之作，之后又有《大宋中兴通俗演义》《英烈传》《杨家府演义》《说岳全传》《说唐演义全传》《飞龙全传》《儿女英雄传》以及《三侠五义》等众多作品在明清各时期相继涌现。

英雄传奇的命名较为复杂。鲁迅《中国小说史略》对明清时期各种小说类型的概括，依次为讲史小说、神魔小说、人情小说、讽刺小说、狭邪小说、公案侠义小说、谴责小说等，却独不见英雄传奇小说。而对《水浒传》的论述则穿插于"元明传来之讲史"一章之中，与《三国志演义》并列。《中国小说史略》以时代为序，又以小说类型之演进递嬗为线索梳理中国小说史，揭示明清小说的创作潮流，为何会"遗漏"英雄传奇这一明清时期重要的小说类型呢？究其原因或许在于它与其他类型存在分野不清，特别是与讲史小说相互缠夹的现象。如《三国志演义》和《水浒传》皆以历史的本事（史实）作为创作的依据，对英雄人物的描写又有许多共同性，古人甚至将它们合刻为《英雄谱》行世，宣称"《水浒》以其地见，《三国》以其时见"，而歌颂英雄的宗旨是共同的，所谓"英雄尽于《三国》《水浒》也"（杨明琅：《叙〈英雄谱〉》）。可见英雄传奇小说与讲史小说确有同源或重叠的因素，要将它们清晰地分开，"殆非易事"。

最早将《水浒传》称为"英雄传奇"的可能是胡适，他在1920年所作《〈水浒传〉考证》中指出，英雄传奇小说流行的原因在于民间固有的"崇拜草泽英雄的心理"。稍后的郑振铎发挥了这一观点，明确称《水浒传》是"中国英雄传奇中最古的著作"，并特别指明它"是由历史小说分化而来的"（郑振铎：《〈水浒传〉的演化》）。在20世纪30年代所著《插图本中国文学史》中，郑振铎又专门列出"讲史与英雄传奇"一章，对两者进行了初步的鉴别，指出了英雄传奇着重描写"英雄的历险"和"超人式英雄"等不同于讲史演义小说的特点。至此，英雄传奇小说作为一种小说类型开始得以正式确立起来。

如何辨析"讲史演义"与"英雄传奇"的区别呢？目前通行的文学史和小说史著作对此多有评说，概其大端，可以从两方面来认识：其一，顾名思义，讲史演义以记叙历史为主体；而英雄传奇则以塑造英雄人物为核心，其主要特征不在记叙历史事件，而是刻画英雄们艰辛的奋斗历程和独具风采的性格、命运。其二，讲史演义在艺术特征上比较追求历史的真实性，"羽翼信史"的功效较为显著；而英雄传奇小说更注重内容的神奇性、生动性，艺术想象和虚构更为充分，世俗色彩比较浓厚，因而具有不同的美学风格。至于其他方面的区别，也可作认识的参考。①

英雄传奇小说来源多端，内容芜杂，作品繁多，形态各异，大致可以归纳为将门世系类（以杨家将系列作品为代表）、民族英雄类（以岳传故事系列作品为代表）和帝王开国创业类（以《英烈传》《飞龙全传》为代表）三种主要类型。除此之外，还有一些记叙草泽、侠义、儒雅等各色英雄人物的其他形态的作品存在。这些作品在内容上常常相接相衔，有的甚至相互交织，但又各有特点，从而在总体上呈现出英雄传奇小说精彩纷呈的面貌。

英雄传奇小说的思想、艺术特征主要表现在以下几个方面：

一是英雄崇拜。英雄传奇小说的中心任务是塑造传奇式英雄人物，通过英雄的伟大业绩来反映历史的演进和人民的愿望。在中国文学中，英雄崇拜古已有之，在上古神话传说里，即有盘古、女娲、后羿、夸父、大禹等众多与天地比肩、与日月同辉的英雄形象。中国神话对这些英雄人物的阐释和评价模式深刻地影响着后世英雄传奇小说，武松、林冲、岳飞、于谦，以及佘太君、穆桂英等无不"聪明秀出"，"文武异茂"，胆识超群绝伦，在他们身上积淀着深厚的英雄崇拜的民族文化心理。

二是爱国情怀。英雄传奇小说中的许多作品以关乎国家和民族存亡的历史事件为主要内容，歌颂在拯救民族、保卫国家的斗争中功勋卓著的民族英雄，他们为国家、民族和人民而战，具有强烈的民族责任感和使命感，体现出高度的奉献精神和牺牲精神。所以，英雄传奇小说在抒写对英雄们的崇拜和敬仰背后，传达的是一种坚定浓烈的爱国主义情怀。尤其是岳飞、于谦、郑成功等民族英雄的悲惨命运更使这种爱国情怀染上了一层美学上的悲壮色彩，从而使作品具有更普遍、更强烈的震撼力、感染力和启示性。

---

① 参见齐裕焜主编：《中国古代小说演变史》，敦煌文艺出版社1990年版。

三是阳刚风格。在中国古代小说中，英雄传奇小说塑造了最为众多、最为璀璨夺目的英雄群像。在对金戈铁马、血雨腥风的历史事件的展现中，在对各类神奇英雄治平匡世光辉业绩的描绘中，在对英雄主义的大力弘扬中，形成了一种如霆如电、如杲如火而震撼人心的阳刚风格。

概而言之，英雄崇拜心理是产生英雄传奇小说的文化根源，爱国情怀构成了英雄传奇小说的思想内核，阳刚风格则体现出英雄传奇小说的美学品质。

第一节 《水浒传》：英雄传奇小说的
开山与典范之作

一、《水浒传》的成书、作者及版本

（一）成书

《水浒传》所叙宋江梁山聚义的故事，历史上实有其事。明末清初"水浒"评点家金圣叹引《宋史纲》"淮南盗宋江掠京东诸郡，知海州张叔夜击降之"及《宋史目》"宋江起为盗，以三十六人横行河朔，转略十郡，官军莫敢撄其锋"等语揭示出"水浒"故事的史实根据。现在发现与《水浒传》宋江聚义相关的史料有不少，其中主要的有李壔《皇宋十朝纲要》、徐梦莘《三朝北盟会编》、毕沅《通鉴考异》、杨仲良《续资治通鉴长编纪事本末》等。特别是李纲《赵忠简公言引录》一文，其中提到"再议睦寇，则以寇贼攻寇贼，表宋江为先锋，师未旬月，贼以俘献"。说明宋江的确曾经去攻打方腊。[①]但是，这些史料都比较简单零散。所以《水浒传》不像《三国志演义》那样，有丰富而完整的史实作为创作的基础，其创作来源主要是宋代以后的民间故事、戏曲和说书艺术，是一部经过长期民间的口头流传、艺人传播，最后由文人编创定型的世代累积型小说巨著。

宋江梁山聚义本事大约发生在北宋徽宗宣和（1119—1126）年间，至南宋便在民间流行开来，并成为"说话"艺人和城市里巷中的热门话题。龚圣与《宋江

---

① 参见李灵年、陈新：《宋江征方腊新证》，《文学遗产》1994年第3期。

明百回本《水浒传》插图"鲁提辖拳打镇关西"

三十六人赞》初次完整地记录了三十六人的姓名和绰号。其《序》说:"宋江事见于街谈巷语,不足采者。虽有高如李嵩辈传写,士大夫亦不见黜。余年少时壮其人,欲存之画赞。"(周密《癸辛杂识》)。可见其时宋江故事盛行,不仅有人画像,并且还有一些地位不低的士大夫参与其间,关于梁山三十六人事迹的口头传说或恐已相当具体、传神。在元无名氏所辑《大宋宣和遗事》中的水浒故事已有了晁盖劫取生辰纲、杨志落魄卖刀、宋江私放晁盖、刘唐下书、宋江杀惜、宋江受天书等情节,且三十六人的姓名绰号已基本接近《水浒传》,它是现存讲说水浒故事的最早话本,也可以说它已构成了《水浒传》的雏形。

在元代的杂剧里,也出现了一批水浒戏。这些戏曲今能见到的有《黑旋风双献功》《同乐院燕青博鱼》《梁山泊黑旋风负荆》《争报恩三虎下山》等12种,另有只见剧目不见剧文的有《折担儿武松打虎》等22种,其中有13种剧目的内容被《水浒传》直接汲取。从《宋江三十六人赞》《大宋宣和遗事》到元杂剧,水浒故事得到很大的丰富,从三十六人扩大为三十六大伙、七十二小伙,共有大小头领108人,这显而易见便是《水浒传》梁山泊三十六天罡、七十二地煞共108将的原型。

总之,在宋元以来广泛流传的民间故事、话本和戏曲基础上,经过文人的加工创造,《水浒传》终于在元末明初脱颖而出,从数则零星的历史记叙逐渐滚动演变为一部中国文学史上不可多得的皇皇巨著。

(二)作者

《水浒传》的作者,历来众说纷纭,或曰罗贯中,或曰施耐庵,或曰施作罗编,或曰施作罗续,大抵不出罗贯中、施耐庵两人。现在比较通行的说法是,施耐庵作《水浒传》,但在创作过程中得到了另一位通俗小说大师罗贯中的大力支持与合作。关于施耐庵,现在所知生平资料极少,甚至有无其人尚在争论,鲁迅推测施耐庵可能是把早期简本《水浒》加工成一百回繁本之人的托名(鲁迅《中国小说的历史的变迁》）。明人记载多说他是元末明初钱塘（今浙江杭州）人，晚近又有人说他是苏北人。中华人民共和国成立以后，江苏方面为此专门组织力量进行了长期的考探，先后陆续发现了一批关于施耐庵的材料，主要有在大丰、兴化等地出土的施耐庵墓碑、墓志和《施氏家簿谱》《施廷佐墓志铭》等，一些专家据此撰写了关于施氏生平的文章，证实其确为苏北人。不过此说亦旋即遭到质疑。①

（三）版本

《水浒传》的版本很复杂，据孙楷第《中国通俗小说书目》载，《水浒传》版本共有21种之多，且尚未收全。鲁迅《中国小说史略》将其常见版本分为简本与繁本两个系统。前者内容庞杂但"文词蹇拙"，或"文字脱略"，"甚似草创初就，未加润色者"，称为文简事繁本；后者事简文繁，情节丰富，描写细腻，艺术性很高，是《水浒传》的通行本，称为文繁事简本。现对《水浒传》的三个主要繁本分述如下：

1. 一百回本《忠义水浒传》。前署"钱塘施耐庵的本，罗贯中编次"。明嘉靖时武定侯郭勋家所传之本，"前有汪太函序，托名天都外臣者"。刊刻于明万历十七年（1589），今未见。另有刊刻于万历三十八年（1610）的杭州容与堂本存世，有李贽序及批点，据鲁迅《中国小说史略》考证该本即出郭氏本，而改题"施耐庵集撰，罗贯中纂修"。内容包括梁山聚义、征辽、征方腊，而无简本所载征田虎、王庆事。容与堂本是现存最完整的百回本繁本。

2. 一百二十回本《忠义水浒全书》。明万历年间袁无涯刻本，亦题"施耐庵集撰，罗贯中纂修"，首有楚人杨定见小引，以及李贽序、《宋鉴》《发凡》等文字，杨《引》自云事李卓吾，因袁无涯之请而刻此传。此本刊刻于万历四十到四十二年（1612—1614）间，也夹带李贽的评语，唯其内容在百回本基础上增加了征田虎、征王庆的故事，成为其最大的特色。

3. 七十回本《水浒传》。正传七十回，楔子一回，明崇祯年间贯华堂刊本，题"东都施耐庵撰"，实为明末清初金圣叹删改本。金圣叹"腰斩"《水浒传》，伪托所谓"贯华堂所藏古本"，删去百二十回本七十一回"梁山泊英雄排座次"以后征辽、

---

① 关于这个问题，可参见刘冬：《施耐庵生平探考》，《中华文史论丛》1980年第4辑；刘世德：《施耐庵文物史料辨析》，《中国社会科学》1982年第6期。

征田虎王庆、征方腊的故事，又把第一回改为"楔子"，最后增写"卢俊义惊噩梦"一节作结，成七十回本。这个本子由于保存了水浒故事的精华部分，文字也比较洗练、精致，同时，金圣叹在《序》《读法》和批语等各类评点中大肆推介，影响巨大，遂使该本成为清代以来最流行的本子。对于金圣叹评改《水浒传》，学术界存在不同的评价，但通过他的精心加工和大力推介，《水浒传》才成为一部具有高度思想和艺术成就的小说名著，这是公认的事实。

二、从梁山英雄群像看《水浒传》的主题

《水浒传》内容丰富，思想复杂，长期以来研究者对其主题的认识见仁见智，议论纷纭。要而言之，其中重要而影响巨大的有以下几说。

农民起义说。此说由旧时"诲盗"之说发端，认为《水浒传》是农民革命的颂歌和教科书，并在20世纪50年代风行一时，其间有"宣扬投降主义，做反面教材"的反复，但其主题的性质未变。此说既有旧时"诲盗"之说的渊源，又夹带其时较多的时代特征和政治意识。

官逼民反说。这也是传统悠久而又影响巨大的一说。金圣叹评点《水浒传》可谓是此说的滥觞。他反复指出《水浒传》宣扬"无恶不归朝廷，无美不归绿林"、"水浒有忠义，国家无忠义"、梁山聚义系"乱自上生"而非"乱由下作"的思想倾向。他同时又认为引起官逼民反的罪魁是奸臣当道，祸国殃民，所以《水浒传》还反映了忠奸斗争。这一说法与农民起义说有联系，但比之更为广泛，比单纯的阶级斗争、农民起义说更具有包容性、普遍性。

市民说。此说在改革开放的新时期提出并流行一时，认为《水浒传》是一部由市民文人创作，描写城市市民生活、斗争，反映市民思想、感情，而又为市民思想家所推崇、宣扬的小说。

赞美英雄独立、自强，宣扬平等、大同理想之作。这是近年来海外华人学者提出的。认为作品记叙了各类英雄人物独立、自尊的品格和奋斗、成长的历程，并站在西方近代民主思想的立场对传统的大同、平等的社会理想加以认同和赞美。

以上观点虽然各有其合理性，可以成为认识《水浒传》主题的必要参考，但究其本身却只是取其一点，各执一词，难免有偏颇不足之处。我们认为，《水浒传》既然是一部典范的英雄传奇小说，那么理所当然地可以从梁山英雄群像来探究作品

的主题思想和主导倾向：通过描写众多英雄人物的人生道路、性格命运，也即他们奋斗、成长，以及最终失败的心路历程，反映中国社会特定阶段严峻的历史现实，揭示"官逼民反，民不得不反"的历史规律和社会现实，展现人民群众呼唤英雄、向往平等和谐的社会秩序的美好愿望。

林冲、杨志、武松、宋江等主要的梁山英雄是其中的显例。他们情况各有不同，但归宿相同。林冲身为东京禁军教头，春风得意，家庭和睦，原本忠心报国，即使在受到高俅迫害的初期，他也只长叹："男子汉空有一身本事，不遇明主，沉屈在小人之下，受这般闷气！"采取逆来顺受、安分守己的态度，指望大事化小、小事化了，完全是高俅之流的进一步迫害激起了林冲的反抗意识，最终他铤而走险，手刃仇人，雪夜奔上梁山安身立命。作者在"林冲夜奔"故事中写道："不因此等，有分教：大闹中原，纵横海内。直教：农夫背上添心号，渔父舟中插认旗。"对林冲的不幸遭遇深表同情，对林冲反上梁山的英雄气概大加赞扬。

杨志本是"三代将门之后，五侯杨令公之孙"，武艺高强，应过武举，实"指望把一身本事，边庭上一刀一枪，博个封妻荫子，也与祖宗争口气"。只可惜他一身武功为昏君赃吏所用，复加时蹇命舛，始陷花石纲，再失生辰纲，"直闪得有家难奔，有国难投"。徽宗皇帝和梁中书皆不知自省，反而迁怒杨志，将其革职查办，逼使杨志自杀不成，走投无路，万般无奈之中痛下决心，放弃所谓的"清白姓氏"，与同样处境的鲁智深双取二龙山宝珠寺，做了打家劫舍的"强盗"。

打虎英雄武松为兄报仇，手刃潘金莲，斗杀西门庆，闹出人命案子。武松虽粗鲁，然深明大义，知晓"怨各有头，债各有主"，杀人偿命的道理，他虽然对县官偏袒西门庆深有不满，但原本已作好为兄赴义的思想准备，绝不想落草为寇。只是后来在孟州牢城，参与了施恩与蒋门神之间的一场纠纷，遭到蒋门神勾结官府张都监、张团练的蓄意陷害，险些被害。武松这才忍无可忍，不得已大闹飞云浦，血洗鸳鸯楼，大开杀戒，并公然大书"杀人者打虎武松也"八字，毅然走上反抗朝廷的道路。

最为典型的当数宋江。宋江是封建阶级的孝子贤孙，对经济仕途充满热心和幻想，所以他上梁山远比林冲、杨志辈艰难和复杂。在最初流行的宋江故事中，其落草的直接原因是"杀惜"，宋末元初《大宋宣和遗事》记载了完整的"宋江杀惜"情节：

　　忽一日，宋江……归家省亲……再往郓城县公参勾当。却见故人阎婆惜又与吴伟打暖，更不睬着。宋江一见了吴伟两个，正在偎倚，便一条忿气，怒发冲冠，将起一柄刀，把阎婆惜、吴伟两个杀了。就壁上写了四句诗。诗曰："杀了阎婆惜，寰中显姓名。要捉凶身者，梁山泊上寻。"

可见宋江杀惜明显是为了争风吃醋，尚属情杀。对此《水浒传》做了重大修改：宋江私放盗魁晁盖，受到阎婆惜要挟，为保自己的前程，同时为绝后患而不得已杀了阎婆惜。所以宋江杀惜，与其说为义（当然也有义的成分），不如说是为了自己的安危，因此"杀惜"不足以构成宋江上梁山的真正原因。那么真实的原因是什么呢？正是受到官府（蔡九知府、黄文炳以及张文远）的逼迫。宋江被刺配到江州以后，因受戴宗照顾，未受刑，也未失去自由。一日，百无聊赖之中来到浔阳楼，"独自一个，一杯两盏，倚栏畅饮，不觉沉醉，猛然蓦上心来，思想道：我生在山东，长在郓城，学吏出身，结识了多少江湖好汉，虽留得一个虚名，目今三旬之上，名又不成，利又不就，倒被文了双颊，配来江州。我家乡老父和兄弟，如何得相见？"于是情不自禁地于浔阳楼题写《西江月》一首：

　　自幼曾攻经史，长成亦有权谋。恰如猛虎卧荒丘，潜伏爪牙忍受。不幸刺文双颊，那堪配在江州。他年若得报冤仇，血染浔阳江口。

意犹未尽中又作短诗云：

　　心在山东身在吴，飘蓬江海漫嗟吁。他时若遂凌云志，敢笑黄巢不丈夫。

未料这两篇抒发英雄豪情、伤世感怀的"言志"之作竟被通判黄文炳、知府蔡九读出"深意"，视为反诗，屈打成招不算，还做成问斩死罪，幸有梁山泊好汉劫法场，宋江才在众头领簇拥之下无奈上了梁山。这一改动，凸显了作品的社会性政治性思想倾向，与前述林冲、杨志、武松一样，宋江被逼上梁山完全是权奸当道、忠良失路的结果，从而揭示出"宋室不竞，冠履倒施，大贤处下，不肖处上"的严峻社会现实。

由此可见，这些英雄人物的事迹，或明写或暗示，或详尽或简略，或直接或间接，无不有力地印证和昭示着《水浒传》的上述主题思想和主导倾向。

三、《水浒传》对后世英雄传奇小说的示范意义

《水浒传》问世以后，影响至巨，历代读者竞相传阅，甚而达到"案头无他书"的地步。[①] 自明至清，从《大宋中兴通俗演义》《杨家府演义》到《儿女英雄传》《三侠五义》，模仿效尤之作层见叠出，英雄传奇小说由此蔚为大观。究其影响，大致在于以下两个方面：

一是《水浒传》奠定了英雄传奇小说中英雄人物的基本类型。

《水浒传》有108将，向有"群英谱"之称（杨明琅《叙〈英雄谱〉》）。其中有宋江那样统揽全局、具有领袖气质的英雄，也有吴用那样运筹帷幄、决胜千里的睿智英雄；有武松那样刚劲勇猛、气贯长虹的神武英雄，也有燕青那样文武双全、智勇兼备的儒雅英雄；有鲁智深、李逵一类粗犷豪放、质朴率真的英雄，也有石秀、阮小七一类谨重慎细、绵里藏针的英雄……甚至还出现了扈三娘、孙二娘、顾大嫂三位英姿飒爽、不让须眉的女英雄形象。在作品中，各类英雄形象如星汉灿烂，精彩绝伦，这真是一幅光照千秋的群英谱。在后世的英雄传奇小说里，诸如此类的英雄人物反复出现，虽有所变化发展，但却构成了一系列性格相对固定、具有某些共同内涵的人物类型。例如宋江之于杨业、岳飞、于谦、狄青，吴用之于徐懋功、刘伯温，李逵之于牛皋、程咬金、孟良、焦赞，燕青之于杨怀玉、瞿琰，而步扈三娘后尘的则有穆桂英、杨宣娘等一大群女英雄。在这些相对应的人物里，我们都能看出后者对《水浒传》的因袭与模仿。

二是《水浒传》的情节模式和表现方式常常为后世英雄传奇小说所借鉴。

《水浒传》以梁山聚义为情节框架，也贯穿着忠奸斗争，梁山英雄们始终受到高俅、蔡京等四大奸臣的迫害。这一内容作为情节模式被杨家将系列、岳传故事系列的英雄传奇小说所继承。如《杨家府演义》中杨令公与潘仁美的斗争，《说岳全

---

① 参见 [明] 胡应麟：《少室山房笔丛》，上海书店出版社2022年版。

传》中岳飞父子与秦桧的斗争都贯穿始终，而且表现得悲壮激烈，可歌可泣。又如《水浒传》中三打祝家庄、夜袭曾头市等重大情节，都有从失败到最后成功的过程，波澜曲折，扣人心弦，后世一些反映军事斗争的英雄传奇小说如《说岳全传》《杨家府演义》描写重大战役也多有借鉴这一情节模式和表现手法的，并且是常写常新，在创作方法和艺术趣味上都有所发展。另外，如九天玄女授宋江天书、武松醉酒打虎、花荣神箭分开吕方和郭盛相斗时缠绕的红缨等充满传奇性的情节，也都能从后世英雄传奇小说中看到似曾相识的描写。

四、《水浒传》的续书

续书是中国古代小说中的常见现象，所谓"袭其名著为后书副之"，"取其易行，竟成习套"，不过历来评价不高，甚至被斥为"狗尾续貂"。①今存十余种《水浒传》续书，情形大多若此。但比较而言，其中也不乏具有一定思想性和艺术价值的作品。主要有《水浒后传》《后水浒传》和《荡寇志》（又名《结水浒传》）三部，其中尤以《荡寇志》为佼佼者。

《水浒后传》四十回，今存清康熙甲辰三年（1664）刊本，题"古宋遗民著""雁宕山樵评"。据考知古宋遗民、雁宕山樵均系明遗民陈忱（约1613—？）的别号。忱字遐心，一字敬夫，浙江乌程（今浙江湖州）人，与清初顾炎武、归庄等名流友善，三人皆以民族气节名世，故可推知小说作于明清易代之际。②

《水浒后传》承接百回本《水浒传》，叙梁山英雄征讨方腊后班师回朝，死伤大半，宋江、卢俊义被朝廷及奸臣鸩杀，其余人众星云流散，隐居各地。阮小七因上梁山泊祭奠宋江等人亡灵，遭蔡京爪牙济州通判张干办缉拿，被迫在登云山重新起义，李应、李俊、燕青等原梁山英雄四处响应，义军烽火遂成燎原之势。不久，金兵入侵，京师陷落，徽、钦二帝被掳蒙尘，梁山英雄以民族大义为重，同赴国难。他们协助李纲、宗泽等爱国将领抗金戍边，但仍不时遭到奸臣和投降派掣肘和迫害。在中原大势已去的情况下，英雄们避居海外，推李俊为暹罗国主，另开基业。全书以李俊提兵勤王，保护宋高宗赵构泥马渡江建都临安，暹罗国奉宋朝正朔，用

---

① [清] 刘廷玑:《在园杂志》，张守谦点校，中华书局2005年版。
② 据鲁迅《中国小说史略》引《两浙輶轩录》补选一《光绪嘉兴府志》。

绍兴年号，"中外一家，君臣同庆"结束。

《后水浒传》四十五回，为清初刊本，约成书于明末清初，全名为"新镌施耐庵先生藏本后水浒传"，题"青莲室主人辑"。首有尾署"采虹桥上客"所作的序。施耐庵云云，显系伪托，目的是借古自重。书接百二十回本《水浒全传》之后，叙宋江、卢俊义等相继被害，唯燕青以赦书幸存，他重游梁山水泊，愤慨难平，经罗真人点明"天道循环"的因果，谓二十八宿九曜星均将应劫下界，其中宋江托生为杨幺，卢俊义转世为王摩，重树义旗。时值靖康国难之际，金兵入寇，朝政窳败，杨幺、王摩率领何能（吴用转世）、贺云龙（公孙胜转世）、马窿（李逵转世）等好汉在洞庭湖地区聚义起事，他们替天行道，反抗官府，打击豪强，惩处奸臣，创下了许多惊天动地的英雄业绩。后来，朝廷派岳家军进兵征剿君山，"消劫功成尊武穆"，杨幺等不愿与爱国将领作战，遂化为黑气，还三十六天罡本来面目重归龙虎山伏魔宝殿而去。

《荡寇志》，一名《结水浒传》，正传七十回，结子一回，俞万春撰，初刻于清咸丰三年（1853）。俞万春（1794—1849），字仲华，别号忽来道人，浙江山阴（今浙江绍兴）人。其人少年颖悟，博极群书，尤长攻掠守战之术。年轻时（大约嘉庆中叶）曾随其父先后平定广东珠崖的黎族起义和桂林瑶族起义，后又以卓越的军事才能抗击英夷入侵，受赏于朝廷。《荡寇志》一书始作于道光六年（1826），迄于道光二十七年（1847），首尾凡22年，其间三易其稿，可谓苦心孤诣，惨淡经营。

《荡寇志》严格意义上说是一部改作。书接《水浒传》（金圣叹评本《水浒传》）第七十回梁山泊108将排座次之后。叙朝廷几度派兵征剿失利，后以曹州知府张叔夜挂帅，得道术精通、武艺高强的陈希真、陈丽卿父女之助，将梁山英雄"尽数擒拿，诛尽杀光"。张叔夜安邦定国，功封开国郡王，陈希真、陈丽卿悟道出家，终成正果。

显而易见，这三部《水浒传》续书具有不同的思想倾向。《水浒后传》和《后水浒传》继承了《水浒传》原来的主题，对梁山聚义持认同、赞赏的态度，《水浒后传》还具有浓厚的民族意识和爱国精神；而《荡寇志》对梁山聚义则持敌视、仇恨的立场，旨在维护封建王朝的既有统治。从梁山英雄的结局而言，他们在《水浒后传》里是保国功臣，《后水浒传》里消极一些，退归原来的"魔窟"，《荡寇志》则是作为反贼被悉数"荡"尽，灵魂被永远镇压在石碣之下，其命运不啻天壤之别。究其原因，前两者创作于明清易代之际，作者怀有家破国亡之痛，具有深厚的民族意识和爱国情感；正如胡适所评论的那样，他们借《水浒传》续书"描写北宋灭亡时的情形，处处都是借题发泄著书者的亡国隐痛"（胡适《水浒续集两种序》）。而《荡寇志》的作者俞万春身处清代中叶，其时民族矛盾已趋缓和，加上其自身又有镇压农民起义的经历和"功绩"，他对梁山聚义抱有敌视、仇恨的偏见也就不足为奇了。所以说，《水浒后传》《后水浒传》和《荡寇志》三部《水浒传》续书具有不同的思想倾向，既有社会历史方面的原因，也有作者自身立场和思想认识上的原因。

应该指出的是，《荡寇志》在思想上虽有偏激，但由于作者俞万春是一代硕儒，又以毕生精力呕心沥血进行编创，乃至于"未遑修饰而没"，创作态度十分认真，因而其艺术成就较高，尤其在《水浒传》众多续书中，当为翘楚之作。如果说《水浒传》形象地再现了梁山聚义从发生、壮大到鼎盛的过程，那么《荡寇志》则是艺术地描写了水浒英雄走向失败、最后被全体消灭的过程，从而构成了全面展现英雄们奋斗历程的两种流向。对此，鲁迅在《中国小说史略》中评价说："(《荡寇志》)书中造事行文，有时几欲摩前传之垒，采录景象，亦颇有施罗所未试者，在纠缠旧作之同类小说中，盖差为佼佼者矣。"

第二节　英雄传奇小说的繁盛

《水浒传》以后，英雄传奇小说曾经沉寂了将近百年。至嘉靖年间，随着《水浒传》的刊刻和流行以及通俗小说创作的繁盛，英雄传奇小说也随之兴盛起来。自明嘉靖年间至清代中叶，是英雄传奇小说创作的高潮期，呈现出兴旺、繁盛的局面，出现了《大宋中兴通俗演义》《英烈传》《于少保萃忠全传》《杨家府演义》《岳武穆精忠传》《禅真逸史》《说岳全传》《隋史遗文》《说唐演义全传》和《飞龙全传》等在社会上广为流传的作品。这些小说大致可分为三类，我们择其大端分别介绍于下。

一、《杨家府演义》等将门世系类作品

将门世系类英雄传奇小说以描写将门世家的英雄群像为主，歌颂精忠报国、

英勇抗敌的将门传统，表现历代名将在特定历史条件下创立的丰功伟绩和人生命运。

（一）杨家将故事与历史

将门世系类英雄传奇小说的故事内容虽然大多有一定的史实依据，但更多的则是作者理想化的再创造。将门世系类的英雄传奇小说同《水浒传》一样，经历了民间流传、说书艺人改编演讲，最后由小说家创作定型的发展过程。此类小说以描写北宋杨家将奋勇抗敌、保家卫国的故事最有代表性。它以《杨家府演义》为中心，派生出《说呼全传》《万花楼演义》《五虎平西前传》和《五虎平南后传》等小说，形成了完整的杨家将故事系统。

杨家将故事是有史可依的。《宋史》《辽史》杨业本传有关于杨业征辽捐躯、其子杨延昭边关抗辽和其孙杨文广镇守边境等史实记载。现代学者余嘉锡的《杨家将考信录》（收入《余嘉锡论学杂著》）、卫聚贤的《杨家将及其考证》、赵景深的《杨家将考》等史学著作中也寻绎出相关史料。早在北宋，杨家将故事已开始在民间广为流传，同时在流传中被不断虚构、神化。欧阳修在《供备库副史杨君墓志铭》中说："继业有子延昭……父子皆为名将，其智勇号称'无敌'，至今天下之士，至于里儿野竖，皆能道之。"（欧阳修《居士集》卷二十九）至南宋时，罗烨《醉翁谈录》记载了《杨令公》《五郎为僧》等话本。到了宋末元初，徐大焯的《烬余录》中已经有了比较完整的杨家将故事。在元代杂剧如《谢天吾诈拆清风府》《昊天塔孟良盗骨》（收入臧晋叔《元曲选》）中，已开始注重杨家将人物形象塑造的典型化和情节的丰富性、生动性。明代通俗文艺的繁荣使得杨家将故事更加成熟丰满。除了民间戏曲和曲艺外，还有宫廷内府本杂剧《八大王开诏救忠臣》《杨六郎调兵破天阵》《焦赞活捉萧天佑》（收入《脉望馆钞校本古今杂剧》）等有关杨家将故事的作品。这些作品构成了明代中后期英雄传奇小说中关于杨家将系列故事的主要情节和关目。小说《杨家府演义》可谓此类作品的集大成者。

（二）版本

《杨家府演义》，全称《新编杨家府世代忠勇演义志传》，民间通称《杨家将演义》。今知最早版本为明万历丙午三十四年（1606）卧松阁刊本，八卷五十八则。全书单句标目，有"万历丙午长至日秦淮墨客"序，卷首题"秦淮墨客校阅，烟波钓叟参订"。据此书所刊印章，"秦淮墨客"为纪振伦，字春华；又据傅惜华《明代传奇全目》，知纪振伦为金陵（今江苏南京）人，生平不详。由于目前仍缺乏充分的文献依据，纪振伦是否为此刊本作者尚无定论。

（三）主要内容

《杨家府演义》是一部正面表现民族矛盾和民族战争的作品，以杨府自杨业至杨怀玉子孙五代为保卫大宋江山前仆后继奋勇抗辽、平南、征西的英雄事迹为主线，以朝廷内部险恶的忠奸斗争为副线，重叠交织行进，共同表现了杨家世代英雄忠勇的爱国精神和将门家风。杨家将五代英杰前仆后继保国抗敌的故事，在所有英雄传奇小说中是绝无仅有的。这足以使《杨家府演义》在中国文学史上永放光芒。全书故事曲折、庞杂，但脉络比较连贯、清晰，大致可以分为四个部分：

1. 宋太祖、太宗时期。宋军征讨中原，北汉主降，北汉名将杨业父子受诏归宋。其后辽兵来犯，太宗被困幽州，杨业父子誓死护主。长子杨延平、二子杨延广、三子杨延庆英勇牺牲，四子杨延郎、五子杨延德失散，唯杨业与六子杨延昭、七子杨延嗣保驾脱险。此后，杨氏父子遂成抗辽主力，奉命征剿辽兵。小说又以较多篇幅写了杨府与潘仁美之间的斗争。潘仁美为报当年余太君（杨业妻）的一箭之仇，在征剿辽军的陈家谷战役中，违约撤兵，导致杨业在李陵庙撞碑而死。七郎为搬救兵，身陷潘营，被潘仁美缚于树上乱箭射死。六郎回京辩冤，在朝廷忠臣寇准、八贤王的协助下斩杀潘仁美。

2. 宋真宗时期。辽国萧太后挑衅边关，邀宋将于晋阳比武。六郎杨延昭与八娘、九妹挺身而出，击败辽将。真宗授六郎以三关都指挥使，率岳盛、孟良、焦赞共同镇守三关。朝廷仗杨家将之力屡破辽军。三关之威震动幽州，边患少息。辽邦内奸王钦暗怀恼恨之心，设计陷害六郎，致使六郎被发配汝州。萧太后趁机进犯，一路得逞，真宗君臣被困蒙尘，八贤王突围请六郎复出救驾，先后大破天门阵和幽州辽军。萧太后自缢，王钦被处死，杨家三代团圆，重振兵威。后六郎因忧思父亲遗骨，积劳成疾，与八贤王先后病故。

3. 宋仁宗时期。西域边患又起，狄青挂帅征西，屡战不胜。杨家第三代杨宗保携子杨文广、女杨宣娘临危受命，引起狄青羞嫉，两家结怨。宗保看破红尘，告老病终，文广隐居于家念佛看经，不问朝政。

4. 宋神宗时期。西番新罗国兴兵犯宋，杨家第四代文广奉旨复出，与姐杨宣娘、子杨怀玉及杨门十二寡妇征西，大破西番。然而朝廷昏暗，奸相张茂擅权加害。怀玉端阳夜杀死张茂，举家归隐太行山。周王奉旨两上太行劝怀玉回京，皆遭回绝，深感"圣主不明"，"辅之何益"，决心耕种田地，力农自食，归隐余生。

（四）作品特点

《杨家府演义》作为将门世系类英雄传奇小说的杰出代表，其特点主要表现在如下方面：

第一，全书虽以刻画杨门五代忠勇爱国的英雄形象为主旨，但同时也表现了他们对帝王昏庸本质的认识和觉醒的过程，具有丰富的社会历史内容。在小说中，爱国与忠君是既统一又矛盾的，这构成了作品主题的复杂性。从杨业率子幽州府誓死护主到杨怀玉随父征西，五代人个个忠君为国，前仆后继。而当国家安危和君王权威发生冲突时，杨家将恪守"社稷为重君为轻"的原则，将国家置于君王之上。例如，杨六郎受王钦陷害被发配汝州，不久又被真宗赐死。他口称："君王听信谗言，下命赐死，吾岂敢辞？"但当汝州太守以"值今国家多难之秋"为理由劝他，他立刻意识到国家正处于危难用人之时，不可如此轻易而死，于是毅然出征抗敌。显然，在六郎心中，国家利益高于一切，忠而不愚，已不同于其父辈无原则的忠君观念。又如，小说结尾处，周王奉神宗之命上太行劝归隐的怀玉回朝，他断然回绝道："圣朝调遣，拜命而行；倘或来宣入朝受职，将臣碎尸万段，决不遵依。"可见，怀玉已深谙君王失乎仁义，朝廷昏暗，奸臣当道。君子"用之则行，舍之则藏"，怀玉不愿置身其间，同流合污，苟且偷生。《杨家府演义》中杨门虎将此种态度和品性，无疑是对"君权神授""君叫臣死，臣不得不死"等封建教条的大胆反叛，其社会政治意义和历史文化意义是不容忽视的。

第二，《杨家府演义》中的主要人物虽然是有一定历史依据的，但作者在再创造过程中更多地采用虚构和夸张的艺术手法，赋予了英雄们出神入化的超群本领和阳刚气质，带有浓厚的传奇性和神异色彩。在几百年的流传、改编过程中，杨家英雄们已逐渐被神化，他们身上具有英雄人物所有的伟大品质和超强技艺，个个文韬武略，骁勇善战，安邦定国，功勋卓著。作品中有些情节是子虚乌有的，如杨业撞死李陵碑、杨七郎潘营被乱箭射死、十二寡妇征西等，但写得曲折细腻、生动感人，有力地表现了爱国主题，刻画了人物的性格。文广、宣娘等人竟然还善法术，能飞善变，上天入地，还有吕洞宾、汉钟离等神仙下凡协助辽、宋两军作战，加进了一些志怪志异的内容，而在战争表现上则出现了一些新形式。这些传奇性描写显然是借鉴了《西游记》《封神演义》的艺术经验，但确实使作品更加神秘离奇，别开生面。

第三，小说有一个引人注目的特点：作者用浓墨重彩塑造了一系列杨门女将的形象，她们有着与男性英雄相同的阳刚气质，甚至巾帼不让须眉，表现了特殊的英雄风采。她们性格豪放，"不爱红妆"，武艺超群，能征善战，常与男儿共赴国难，转战沙场。更可贵的是，她们敢于向以男权为中心的传统女性观念发出挑战，无视礼教，无视朝廷，勇于追求自由婚姻，追求男女平等，有些女英雄既有建功立业的抱负和雄心，又有着夫妻同甘共苦的朴素理想，在人格上近乎完美。佘太君百岁挂帅、穆桂英大破青龙阵、杨宣娘率十二寡妇西征等尤其脍炙人口，总之，杨门女将的不俗形象不仅为英雄传奇小说增添了亮点，而且在现实生活中也有深远的影响。比如佘太君与《三国志演义》中的黄忠齐名，我们常把那些老当益壮、雄风犹存之人称为"老黄忠"，如是女性则美誉为"佘太君"或"杨令婆"。

第四，《杨家府演义》在艺术描写上也有自己的特点，取得了一些成功。首先，作品战争场面宏大，但情节集中紧凑，作者常用一个典型事件来凸显人物的性格。例如以深入辽营写杨四郎忍辱负重、以突闯潘帐写杨七郎英勇刚烈，还有征辽时讨救兵集中写孟良、杀谢金吾故事集中写焦赞、求降龙木故事集中写穆桂英等，善于在激烈的矛盾冲突中凸显人物的性格特征。其次，作品在描写上注重悲中含喜、悲喜结合，使得全书在浓厚的悲剧氛围中添加了喜剧的因素，增强了文本多重复调的美学意义。杨氏父子不是死于外敌之手，而是死于奸佞小人的陷害，甚至被满门抄斩；由于皇帝的昏庸和奸臣的作梗，杨家将虽屡败外敌，却不能消除外患。英雄们的人生命运无疑充满悲怆之情，而孟良和焦赞这两个草莽英雄形象的塑造则充满了喜剧因素，他们豪爽、鲁莽、疾恶如仇的个性，辽营盗马、红羊谷取令公骸骨、夜杀谢金吾等生动故事，都给作品添加许多幽默、轻快的气息。

但就整部小说而言，应该说《杨家府演义》的艺术水平还不是太高，有着明显的不足。比如大量充斥着天命观、宿命论和降妖斗法的迷信色彩；很多情节有头无尾，失却照应；人物的塑造失之类型化、脸谱化；某些战斗场面的描写也过于雷同或神魔化，在文字上也比较粗劣，等等。然而，由于它适应了社会的需要，迎合了读者的审美趣味，特别是给饱受战争蹂躏的人民群众以心理上的安慰和满足，因而在后世流传极广，遂使杨家将的英雄形象和忠勇故事深入人心。

（五）其他将门世系类英雄传奇小说

与《杨家府演义》一脉相承并有明显衍生关系的将门世系类小说还有清乾隆至道光时期产生的《万花楼演义》《说呼全传》《五虎平西前传》《五虎平南后传》等。其内容不出杨家将、狄家将、呼家将的范围，但艺术水准和影响都没有超越《杨家府演义》。

二、《说岳全传》等民族英雄类作品

民族英雄类英雄传奇小说以《说岳全传》等"说岳"系列作品为主，还包括《于少保萃忠全传》（以于谦为主要人物）、《三王造反》（以郑成功为主要人物）等。它们表现的主题与将门世系类作品互有雷同，但更侧重于刻画处于尖锐民族矛盾中民族英雄的崇高形象，爱国主义和民族意识更为集中、强烈，而将门代际意识和名将家风则相对薄弱。[①]

（一）版本与故事

《说岳全传》，也称《精忠演义说本岳王全传》，二十卷八十回，首刊于清康熙甲子二十三年（1684）金氏余庆堂。题"仁和钱彩锦文氏编次"，"永福金丰大有氏增订"。钱彩，字锦文，浙江仁和（今浙江杭州）人；金丰，字大有，福建永福（今福建永泰）人。二人生平均不详。现推测钱彩为主要编写者，不排除金丰也参与创作的可能性。《说岳全传》是南宋以来岳飞故事的集大成者。

明刊本《说岳全传》插图

南宋名将岳飞惨遭朝廷屈杀，后又昭雪平反，前后评价殊异，其时即引起社会关注，说书艺人亦喜欢讲述岳飞抗金故事并深受欢迎。吴自牧《梦粱录》记载："又有王六大夫（说书艺人），元系御前供话，为幕士请给，讲诸史

---

① 《说岳全传》中岳飞有子岳云、岳雷，但其文治武功均不及岳飞，《于少保萃忠全传》中的于谦、《三王造反》中的郑成功则基本上是后继乏人。

俱通，于咸淳年间，敷演《复（福）华篇》及《中兴名将传》，听者纷纷，盖讲得字真不俗，记问渊源甚广。"《中兴名将传》即罗烨《醉翁谈录》中记录的"新话说张（俊）韩（世忠）刘（锜）岳（飞）"故事。元代岳飞故事被搬上戏曲舞台，元杂剧有金仁杰《秦太师东窗记》、无名氏《宋大将岳飞精忠》等。发展到明代，传奇有无名氏《精忠记》、陈忠脉《金牌记》、汤子垂《续精忠》、吴玉虹《翻精忠》等。明中叶以后还出现了多部以岳飞为题材的长篇白话小说。依刊刻年代依次为：熊大木《大宋中兴通俗演义》（又名《大宋演义英烈传》《大宋中兴岳王传》《武穆王演义》等），八卷八十回，现存最早版本是明嘉靖三十一年（1552）杨氏清白堂刊本。邹元标《岳武穆精忠传》，六卷六十八回，现存玉茗堂刊本。袁行霈《中国文学史》认为其原刊本当为明天启七年（1627）宝旭斋刊本。于华玉《岳武穆尽忠报国传》，又名《重订按鉴通俗演义精忠传》，七卷二十八回，现存崇祯十五年（1642）友益斋刊本。继而出现的即是《说岳全传》，它与《岳武穆精忠传》《岳武穆尽忠报国传》同为熊本的改编本，但它吸收、接纳了以往说岳故事的丰富成果，有意识地突破熊大木"以王（岳飞）本传行状之实迹，按《通鉴纲目》而取义"的叙事框架，加进了大量想象和虚构的内容，所以比以上任何一部小说的成就都高，因此，我们把它列为民族英雄类英雄传奇小说的主要代表作。

（二）主要内容

《说岳全传》叙岳飞生平和抗金事迹。全书八十回，可分为两大部分，前六十回为第一部分，后二十回为第二部分。在作为故事主体的前一部分中，作者以史实为依托，展示了多方面的矛盾斗争，有民族矛盾（宋金战争）、朝廷内部矛盾（忠奸斗争）、阶级矛盾（朝廷对起义军的征剿）等，错综复杂。其中民族矛盾是主线，而以岳飞为代表的抗金派和以秦桧为代表的投降派之间的斗争成了民族战争胜败的关键所在，也是朝廷与起义军之间斗争的导火索，三条线索交织进行。

其故事流程如下：前半部分写岳飞神奇出生，少年学艺于周侗，赴京武考时枪挑小梁王锋芒初试，靖康之耻（徽钦二帝被俘），岳母刺字，岳飞英勇抗金屡建战功，秦桧通敌设计陷害忠良，岳飞父子屈死风波亭。作者以浓墨重彩颂扬了岳飞壮怀激烈的英雄事迹、崇高的民族气节和爱国精神，对其受朝廷昏君奸臣迫害而屈死的悲惨命运深表愤懑。后一部分主要讲述岳飞屈死风波亭之后的余波，岳家军诸将及后代们继承父志，平定金国，建功立业，新帝孝宗平反冤狱，秦桧等卖国贼得到应有的下场等诸般故事。这部分的内容大多是作者虚构的，强敌溃败，国难冰释，英雄沉冤得雪，奸佞受到严惩，应和了广大人民心中的民族意识和善恶观念，也反映出人民群众对民族英雄缅怀、敬仰的美好情感，当然也寄寓着对社会现实的清醒认识和深刻批判。但就艺术效果而言不及前半部分紧张激烈，扣人心弦。

（三）作品特点

《说岳全传》作为民族英雄类英雄传奇的杰出代表，其成功之处值得总结。

首先，小说较好地处理了"实"与"虚"也即历史真实与艺术真实的关系。作者在对熊大木《大宋中兴通俗演义》进行删改、整合时，一方面，尊重历史事实，依照史实设置人物形象和故事情节，如岳飞、牛皋、秦桧等作品中的人物都有一定的史料依据；靖康之难、岳飞起兵抗金、黄天荡大捷、秦桧冤害岳飞等故事情节也基本上符合南宋历史现实。另一方面，作者在再创造过程中对小说进行了合理的艺术处理，大量吸收了民间传说、说唱艺术中能够凸显人物形象和表达主题的素材资源，采用虚构、夸张等艺术手法创造出许多精彩的情节内容，如"岳飞枪挑小梁王""岳母刺字""牛皋扯旨""高宠挑滑车""牛皋气死金兀术"等，从而大大地加强了作品的趣味性、可读性，使之成为脍炙人口的文艺作品。

其次，小说在人物形象塑造方面也取得了较高的成就。作者注重人物形象塑造的多元性、丰富性，其中岳飞、牛皋的形象最为引人注目。对于岳飞，作者一方面着力展示他"精忠报国"的崇高品质、智勇双全的统帅才能和清正廉洁的英杰作风，塑造了一个伟大民族英雄的形象；另一方面又通过他对母亲的孝、妻子的爱、儿子的严、士兵的爱护体贴来展示他内在丰富的精神世界，从而成为一个体现中华民族传统美德，且几近完美的艺术形象。对于牛皋，则通过"乱草岗剪径""藕塘关招亲""气死金兀术"等情节，把他塑造成一个粗豪、爽朗、率直、幽默的艺术形象。这一组将帅形象还具有鲜明的对比作用。比如岳飞英武正气，牛皋粗豪狡黠；岳飞性格丰富，牛皋内心单纯。岳飞"以身许国，志必恢复中原，虽死无恨"，对朝廷和君王忠贞不贰，与之相比，牛皋对社会现实的认识要清醒得多，他甚至以"大凡做了皇帝，尽是无情无义的。我牛皋不受皇帝的骗，不受招安"这样尖锐的言语，毫无忌讳地道出了封建统治者的虚伪本质。两人相映成趣，都是可爱而又可敬的英雄形象。

最后，在对农民起义与民族战争关系问题上表现出了某些进步的思想倾向。《说岳全传》实际上是《水浒传》的一部"另类"续书，小说中的许多人物都与水浒英雄有着颇为紧密的关联：如双鞭呼延灼老当益壮，在抗金沙场驰骋杀敌；周侗是岳飞的师父，也是林冲、卢俊义的师父；梁山英雄阮小二之子阮良、张清之子张国祥、关胜之子关铃等都参加了岳家军，浴血奋战，为国杀敌。这些都说明作者对水浒英雄是报以敬仰的态度的，并且在创作中自觉地继承了《水浒传》的艺术精神。岳飞受朝廷派遣征讨各地的农民起义军，尽管"天理"在握，但总是尽力劝说他们以国难为重共同抵御外敌。这样的描写，既不回避岳飞曾镇压农民起义军的事实，又对这一"不光彩"的事实进行了合理的改编，在凸显岳飞的民族大义的同时也表达出作者自己的主张："兄弟阋于墙，共御外侮"，应联合一切可以联合的力量共同抵御异族侵略者，这无疑是一种超越时代的眼光和博大的胸襟，其历史观的进步性是显而易见、不容忽视的。①

（四）其他民族英雄类英雄传奇小说

民族英雄类英雄传奇小说还有《于少保萃忠全传》和《三王造反》等。《于少保萃忠全传》又名《大明忠肃于公太保演义传》《旌功萃忠录》，十卷四十回，明万历钱塘人孙高亮著，首有林从吾序。有明万历辛巳（1581）刊本，未见，今所见皆为清代翻刻本。小说基本依据史实，夹杂少量民间传说故事，以明代历史上土木事变和英宗复辟为中心，描写了于谦一生的命运和遭遇。作者在书中以饱含感情的笔触歌颂了于谦爱国恤民、不畏强暴、刚正不阿的崇高品质，突出了他才华横溢、临危不惧、敢做敢为的性格特征及忠勇报国的民族意识和历史责任感。于谦有《石灰吟》诗："千锤万凿出深山，烈火焚烧若等闲。粉身碎骨浑不怕，要留清白在人间。"他的一生事迹正是这种"石灰"精神的直接体现和形象演绎。小说把于谦写成文天祥转世，虽然使作品蒙上了一层神秘色彩，但也充分表现出作者歌颂民族英雄的思想立意。

《三王造反》是一部以满清入主中原后，汉族人民不满其统治，企图反清复明为历史背景，主要表现民族英雄郑成功事迹的英雄传奇小说。四卷六十三回，作者不详，从全书奉明朝（包括南明）为正统和避讳现象推测可能系亡明遗民后裔所

---

① 岳飞是否参加过镇压农民起义，目前学术界有不同意见。

写。疑为清中后期作品，原本未见，今存上海汉文书局石印本。此书大量捏合、穿插明末清初的史实，线索纷殊，结构和情节都不完整，甚至没有结尾，且文笔滞疑不畅，故而艺术创造性不是很强。尤其是没有完整展现郑成功收复祖国宝岛台湾的壮举，极大地影响了它作为民族英雄类英雄传奇小说的价值。^①

三、《英烈传》《飞龙全传》等帝王开国创业类作品

帝王开国创业类的英雄传奇小说大多以乱世英雄的奋斗创业经历为题材，旨在为那些所谓的开国明君树碑立传，《英烈传》《飞龙全传》是其代表。这一类作品与正史中的帝王本纪不同，它并不以记载帝王世系为目的，而是着重于描述在动荡年代里，出身卑微但胸怀大略、本领非凡的英雄人物是如何经过艰辛的奋斗而称霸天下，最后登上"九五"尊位的。这是一类颇有特色的英雄传奇小说。

（一）《英烈传》

《英烈传》是这一类作品中最早出现的，又名《皇明开运英武传》《皇明英烈传》《云合奇踪》，以本名较流行。全书八十回。此书版本比较复杂，今存最早刊行是明万历十九年（1591）的书林杨明峰重梓本。重要的版本还有明书林余君召梓行的三台馆刊本，题作《新刻皇明开运辑略武功名世英烈传》等。各本书名、卷数不同，但内容实一。明沈德符《万历野获编》中说："此书系郭英裔孙郭勋自撰，以表扬其先祖郭英功绩。"认为系武定侯郭勋为弘扬其先祖郭英功绩而撰。然此书实际叙明太祖朱元璋开国事，主要英雄人物除朱元璋外，还有刘伯温、常遇春、徐达等人，郭英的重要性反倒并不突出，故上述说法是否确凿，尚有疑问。另有版本题为"稽山徐渭文长甫编"，认为是徐渭所作。还有刊本托名冯梦龙著。实际上诸种说法均不可考。

《英烈传》讲述的是朱元璋元末起义，经过连年征战终于剪灭陈友谅、张士诚等各处割据势力，统一宇内建立朱明王朝的故事。作品故事丰富，人物众多，场面宏大，在中国通俗小说中是继《三国志演义》之后又一部正面再现帝王开国的作品，集中塑造了朱元璋、刘伯温、徐达、常遇春等明王朝开国君臣的艺术形象。其

---

① 据谢国桢编著《增订晚明史籍考》（上海古籍出版社 1981 年版）记载，又有《后传五虎将扫平海氛记》六十三回，备述郑成功收复台湾事，或为《三王造反》之续编。

中有的历史事件如鄱阳湖大战写得波澜壮阔，有的情节如胡大海常遇春两武将争先锋和刘基宋濂两文臣比诗文写得曲折生动，有的人物性格如刘伯温位极人臣以后急流勇退，写得机智巧妙，都有较高的艺术鉴赏价值。但就总体而言，它较多地拘泥于史实，艺术描写比较简单粗糙；只有较少的情节内容取材于民间传说，含有传奇色彩。出于歌功颂德和为尊者讳的目的，作者热衷于"天生圣人""君权神授"之类封建王权和宿命论的宣扬，对朱元璋形象的刻画也比较单调、扁平，基本上只注重其作为开国帝王的雄才大略的政治才能和作为统帅的运筹帷幄的军事才能方面，而忽略了对他生平事迹的传奇性和性格丰富性、复杂性的描写。对情节的设置也没有有意识地集中于个人性格、命运的描写，而偏重历史事件的叙述。因此，《英烈传》虽然是"叙一时故事而特置重于一人或数人者"，却没有更好地塑造传奇式的英雄人物，而成了一本历史的"小账簿"（鲁迅《中国小说史略》第十五篇）。

不过，尽管《英烈传》的艺术水平并非一流，但因为它开辟了以帝王开国创业为题材的英雄传奇小说，所以在社会上较为流行，尤其对后世戏曲创作有较大的影响，据统计，有二三十种京剧和地方戏是从中取材的。徐达、常遇春、胡大海、刘伯温等经过历代戏曲艺术家的再创造，都血肉丰满、形象鲜明地活跃在戏曲舞台上。故而它在文学史上具有一定的地位。《英烈传》之后还出现过《续英烈传》一书，叙明代"枭雄皇帝"成祖朱棣"靖难"登极事。

（二）《飞龙全传》

《飞龙全传》写宋太祖赵匡胤历经磨难、开国称帝的过程。全书六十回，题"东隅逸士编"。东隅逸士即清人吴璇，璇字衡章，生平不详，有人据书中多吴语推测其为苏南人。以"飞龙"为题，说明了作者对赵匡胤草莽立国的钦佩、崇拜之情，据其自序言，"己巳岁（1749），余肄业村居"，"适有友人挟一帙遗余，名曰《飞龙传》"，"余时方攻举子业，无暇他涉。偶一寓目，即鄙而置之"，后因"屡困场屋，终不得志"，便"弃名就利，时或与贾竖辈逐锱铢之利"，至乾隆三十三年（1768），复"检向时所鄙之《飞龙传》"，因仰慕赵匡胤而为其树碑立传。[①] 今存乾隆三十三年（1768）崇德书院刊大字本和乾隆年间的世德堂藏本。

宋太祖赵匡胤的传奇故事在宋代已经广泛流传。宋人笔记中有不少记载，说

---

① 参见江苏省社会科学院明清小说研究中心编：《中国通俗小说总目提要》，中国文联出版公司1990年版。

书艺人也热衷于这一题材。长篇讲史话本《新编五代史平话》中，赵匡胤即是重要人物之一；罗烨《醉翁谈录》中记载的南宋话本中有《飞龙记》。金、元、明时期，赵匡胤的乱世发迹故事在小说、戏曲和说唱艺术中都有不同程度的表现。元末有平话《赵太祖飞龙记》（现已佚）。作品已佚而剧目尚存的戏曲作品：金院本有《陈桥兵变》；元杂剧有关汉卿《甲马营降生赵太祖》、汪仲元《赵太祖夜斩石守信》、赵熊《太祖夜斩石守信》、武汉臣《赵太祖天子班》、李好古《赵太祖镇凶宅》；明传奇有佚名《风云会》等七个剧目。完整保留下来的元明杂剧有：无名氏《赵匡胤打董达》、无名氏《穆陵关上打韩通》和罗贯中《赵太祖龙虎风云会》。小说方面有：明拟话本《赵太祖千里送京娘》（见《警世通言》），长篇小说《南宋志传》则可以说是《飞龙全传》的蓝本。另外，《北宋志传》和《杨家府演义》的开篇部分也有关于赵匡胤的内容。

《飞龙全传》就是在这些民间文学的基础上，完整地记叙了赵匡胤从青年时代的困厄到陈桥兵变时黄袍加身，最终登基称帝，也即从"潜龙"到"真龙"天子的全过程。这种记叙与《英烈传》偏重历史事实不同，它不再专记帝王世系，为君权作廉价的歌颂，而着力于塑造赵匡胤作为英雄人物的形象。书中的赵匡胤出身寒微而又胸怀问鼎逐鹿的大志，既有雄才大略、济世治平的帝王气质，同时也具备粗犷豪放、义薄云天的侠客本色。三打韩通和千里送京娘两个故事，一豪放，一柔情，相反相成，相映成趣，体现了赵匡胤复杂的性格特征。总之，《飞龙全传》中的赵匡胤既是功垂宇内的开国明君，又是可以亲近的俗世英雄。这种帝王和普通人、侠义和柔情的双重性格组合极大地迎合了读者大众期盼治平之世的美好理想，以及渴望建功立业、出人头地的世俗心理，因而得以在历代流传。应该说，它继承了《英烈传》的创作经验，在艺术上有所突破和超越。

清同治四年（1865），"好古主人"编《赵太祖三下南唐》，即取材于《飞龙全传》，可以看作是它的续书。另外，书中许多生动、精彩的情节被改编为各种曲目，著名的有《送京娘》《斩黄袍》《飞龙传》和《三打陶三春》等。这说明《飞龙全传》在后世有巨大和持久的影响。

四、其他英雄传奇小说

在明清英雄传奇小说的繁盛时期，除以上各类英雄传奇小说外，还有许多各具特色，在人民群众中有较大影响，在文学史上有一定地位的作品。

在这些作品中，以隋末唐初乱世英雄传奇故事为题材的"说唐"系列最为著名，其中《说唐演义全传》（民间称"说唐"）是说唐系列英雄传奇小说的集大成之作。它分为两个部分：前半部分又名《说唐前传》，六十八回；后半部分又名《说唐后传》，五十五回，包括《说唐小英雄传》（又称《罗通扫北》）十六回和《说唐薛家府传》四十二回。[①] 成书时间约为清雍正年间，今存最早刻本为乾隆四十八年（1783）刊本，题《绣像说唐演义全传》，书署"鸳湖渔叟校订"，卷首有乾隆元年（1736）如莲居士序。作者生平不详，仅知鸳湖为嘉兴南湖。"渔叟"或为嘉兴人。全书的精华在前半部分《说唐前传》，《说唐后传》则是它的续书。《说唐前传》吸收、整合了《隋唐两朝志传》《隋史遗文》《隋炀帝艳史》等隋唐故事，所叙内容自秦彝托孤到李世民登基止，时间跨度较长，构成了完整的隋亡唐兴、以唐代隋的历史。其特点在于，以隋末瓦岗寨起义为主要内容，又从民间故事中吸取艺术养料，在尊重基本历史事实的基础上，塑造了隋末以瓦岗寨英雄为中心的乱世英雄群像。其中秦琼、程咬金、尉迟恭、罗成、裴元庆、单雄信、徐懋功的传奇故事尤为精彩，由此而盛行于天下，累代不绝。《说唐演义全传》之后，出现了许多说唐系列小说的续书，主要有：《粉妆楼全传》《混唐后传》《征西全传》《征西说唐三传》《反唐演义传》等。这些续书大多在故事内容和艺术手法上都无甚新意，甚至呈现倒退趋势，总体上艺术水平都不高，但个别故事颇有可观之处，流传较广。

除说唐系列英雄传奇小说外，明刊本的《禅真逸史》（八卷四十回）和《禅真后史》（十卷六十回）也值得注意。二书均题"清溪道人编次"。清溪道人今知为方汝浩，洛阳人，明末崇祯年间在世，生平不详。《禅真逸史》以南梁和东魏为背景，讲述东魏大将军林时茂由于得罪权臣而避祸佛门，隐居修真，后经隋统南北、唐兴隋灭等诸般纷繁世事，最后登仙界羽化的故事。本书思想较为驳杂，糅合儒、释、道三教，又偏重急流勇退、淡泊明志等出世思想。《禅真后史》是其续书，叙林澹然（澹然为林时茂出家后的道号）高徒之一的薛举转世为英雄瞿琰，于乱世大展宏

---

① 五十五回本《说唐后传》后分解为《说唐小英雄传》（十六回）和《说唐薛家府传》（四十二回）行世，回目有所调整。

图，位极人臣，后来他因武氏继位而见机隐退，重返天界。这两部小说的特点是将英雄传奇小说的传奇性向神秘性转变，较多地出现了诸如因果报应、灵魂转世之类荒诞描写，英雄人物失却了鲜活的个性和反叛精神。不过，这类小说世俗色彩较浓，故事常关世情，叙事方式流畅灵活、腾挪多姿，而且语言别具特色，常运用方言俚语、诗词曲赋及民歌来描情状物，为小说增色不少。其中的一些情节如"木马驿剑侠谈心""全友谊澹然直言"等写得有声有色，精彩感人。

第三节　英雄传奇小说的蜕变

一、英雄传奇与世情小说的合流

英雄传奇小说自清代中叶开始，创作繁盛局面不复存在，不仅作品数量锐减，在形态上也发生了蜕变。其最初的迹象即是与世情小说互渗合流。《儿女英雄传》是两者合流的典型代表，充分体现了英雄血性与儿女柔情的统一。

《儿女英雄传》一名《侠女奇缘》，四十回，署"燕北闲人著"。燕北闲人，真名文康，字铁仙，一字悔庵，姓费莫氏，满洲镶红旗人，约生于乾隆末、嘉庆初，卒于同治四年（1865）之前，官至安徽徽州府知府。据马从善《序》说文康因"晚年诸子不孝，家道中落"，而"著此书以自遣"，猜测成书于清道光末以后。现存最早版本为光绪四年（1878）北京聚珍堂刊本。本书书名较为纷繁，据正文回首"缘起"称，本书"初名《金玉缘》，因所传是首善京都一桩公案，又名《日下新书》。篇中立旨立言虽然无当于文，却还一洗秽语淫词，不乖于正，因又名《正法眼藏五十三参》……后经东海吾了翁重订，题曰《儿女英雄传评话》"。以本名流行。又据马从善《序》，全书原有五十三回，后十三回因"残缺零落，不能缀辑，且笔墨弇陋"，疑他人赓续，即由整理者"竟从刊削"，故今存四十回并"缘起"。

《儿女英雄传》以旗人少年公子安骥与侠女何玉凤、村姑张金凤之间的感情纠葛为情节主线，其旨意则在抒发自己的"儿女英雄"观。作者在小说"缘起"中开宗明义："这'儿女英雄'四个字，如今世上人把他看成两种人、两桩事，误把些使用气力、好勇斗狠的认作英雄，又把些调脂弄粉、断袖余桃的认作儿女。

所以，一开口便道是'某某英雄志短，儿女情长'，'某某儿女情薄，英雄气壮'。殊不知，有了英雄至性，才成就得儿女心肠；有了儿女真情，才做得出英雄事业！"可以看出，作者具有明确的创作意图：塑造富于儿女真情的英雄和满怀英雄壮志的儿女，使英雄至性与儿女至情相结合——所谓"侠烈英雄本色，温柔儿女家风"，"最怜儿女又英雄，才是人中龙凤"。这样的创作意图和趋向是与已有的英雄传奇小说不同的，它注重了传统英雄传奇小说所忽视的对英雄"儿女之情"的描写。《水浒传》对梁山英雄的塑造只是为了突出其忠与义，突出其英雄豪气和英雄品质，对儿女之情则是疏远和排斥的，儿女情长可以说从未进入作者的创作视野。后来的英雄传奇小说即使有对儿女之情的描写，那也是为突出或反衬忠义服务的，儿女之情作为点缀之笔从未占据英雄传奇小说描写的主流地位。而《儿女英雄传》的出现改变了这一既定的创作流向，为英雄传奇小说注入了新的元素，这是它最为显著的特点和成就。《儿女英雄传》引入"儿女情长"诸般故事，为传统的英雄传奇小说注入了新元素，表现出一种新的创作流向。这在英雄传奇小说的衰退期显示了一丝活力。

与此相适应，《儿女英雄传》把创作的焦点凝聚在两个方面：让英雄饱含儿女真情，使儿女焕发英雄豪气，并把女主人公何玉凤（即侠女十三妹）塑造成一个集英雄侠气和儿女本性于一体的奇女子，一个体现全新价值取向的完美女性形象——既是具有英雄本色的儿女，又是具有儿女天性的英雄。正如作者歌颂的那样："儿女无非天性，英雄不外人情。最怜儿女又英雄，才是人中龙凤。"

不过，由于太过完美和理想化，作品也出现了虚假失真之弊。诚如鲁迅所言："十三妹（何玉凤）当纯出作者臆造，缘欲使英雄儿女之概，备于一身，遂致性格失常，言动绝异，矫揉之态，触目皆是矣。"（鲁迅《中国小说史略》第二十七篇）

二、英雄传奇与侠义公案的交融

英雄传奇小说走向蜕变的另一个显著特征是向侠义公案小说演化。清朝中后期，朝廷实行强硬与怀柔兼施的政策，满清入主以来尖锐的民族矛盾有所缓和。然而，各级贪官污吏趁机贪赃敛财、中饱私囊，地方土豪劣绅则变本加厉地掠夺百姓，荼毒乡里，出现了"清官不清"的吏治腐败局面，人民群众陷入了水深火热之中。他们渴望朝政清明、社会安定，但又不敢铤而走险，于是把希望寄托在那些能够伸张正义、为民请命的清官和锄强扶弱、为民除害的侠客的身上。因此，在最为大众化的通俗小说中出现了以歌颂清官、侠客为主要内容的侠义公案小说。在英雄传奇小说走向没落之时，恰遇这一能够改变自身命运的转机，于是便迅速向这种符合人们情感愿望和审美趣味的侠义公案小说演化、靠拢。

当然，除却上述社会原因，英雄传奇小说之所以向侠义公案小说演变，还与它本身的特点有关，有其自身的发展线索。早在英雄传奇小说的开山之作《水浒传》中，就有侠义公案小说的某些因素，有一些为民请命、除暴安良的清官、侠客的身影。所以鲁迅把它视作侠义公案小说的源头。明中叶至清中叶英雄传奇小说的繁盛时期，许多作品也塑造了一些刚正不阿的朝廷清官形象，如《杨家府演义》中的包拯、《于少保萃忠全传》中的于谦等。正是因为英雄传奇小说自身的特点与清后期的社会思潮和读者的审美趣味的吻合，所以其向侠义公案小说快速演化才有了可能性。

充分体现英雄传奇与侠义公案交融的代表作是《三侠五义》。《三侠五义》，又名《忠烈侠义传》，一百二十回，初刻于光绪五年（1879），是为北京聚珍堂刊本，题"石玉昆述"。卷首有问竹主人序、退思主人序及入迷道人序。据这些序文，知《三侠五义》实系从石玉昆说书底本《龙图公案》《龙图耳录》演化而来。石玉昆（1805？—1871？），字振之，天津人，是道光年间著名的说书艺人，尤以说唱《包公案》名噪一时。光绪十五年（1889）俞樾以"狸猫换太子"故事"殊涉不经"，遂"援据史传，订正俗说"，进行了修改润色，并"别撰第一回"，把书名改为《七侠五义》，重加刊行，成为后来流行的本子。①

《三侠五义》讲述了在清官包公、颜查散带领下，展昭、白玉堂、欧阳春等侠客扶困济贫、除暴安良的故事。全书可分为两个部分：前二十回左右主要叙包公生平和折狱断案故事，刻画了包公这一一心为民、刚正无私、不畏强权的清官形象；后七十多回则重在讲述侠客们的行侠事迹。如此"侠义"与"公案"内容的有机结合，正体现了英雄传奇小说与公案小说合流交融的特点。

首先，全书的思想倾向是十分明显的，也即"揄扬勇侠，赞美粗豪，然又必不

---

① 《七侠五义》与《三侠五义》同书而异版，在语言风格上前者更有文人气，后者更接近于石玉昆说书底本，两者各有所长，并行于世。

背于忠义"（鲁迅《中国小说史略》第二十七篇）。围绕这一主题，塑造了朝廷命官包拯、颜查散及一系列民间侠客的形象。无论是清官，还是侠客，他们身上都传承着传统英雄人物身上的浩然正气，如疾恶如仇、为民除害、扶贫济困、除暴安良、匡扶正义等，在他们身上可以看到水浒英雄、杨家将、岳飞、于谦等人的影子，也集中体现了中国传统的侠文化精神。

其次，因为小说具有英雄传奇和公案侠义的双重内容，所以故事精彩，构思奇妙，在艺术上充满传奇色彩，引人入胜，具有"使读者有拍案称快之乐，无废书长叹之时"的艺术效果。如第三十四回"定兰谱颜生识英雄"叙颜查散、白玉堂义结金兰，肝胆相照。他们一文一武，刚柔相济，以白玉堂的机灵、"狡猾"衬托颜查散的诚实、坦荡，又以颜查散的慧眼映现出白玉堂暗藏的侠气，中间又夹有书童雨墨，以其少年的天真、稚嫩，折射、照映出两人迥然不同的性格特征，使得两人各有性情、各显风采，且交相辉映，相得益彰。其余如锦毛鼠留刀寄笺、欧阳春追缉花贼等故事也写得有声有色，极富传奇性。对于这一艺术特点，鲁迅也予以高度评价，称赞它"独于写草野豪杰，辄奕奕有神，间或衬以世态，杂以诙谐，亦每令莽夫分外生色"，认为作品"以粗豪脱略见长，于说部中露头角也"（鲁迅《中国小说史略》第二十七篇）。

由于《三侠五义》深受民间大众的欢迎，其后出现了许多续书，其中《忠烈小五义传》和《续小五义》较有特色（关于《三侠五义》的详细情况请参阅本书第五章"公案侠义小说"的相关章节）。

▍思考题

1. 怎样理解"英雄传奇"的命名？

2. 英雄传奇小说的思想和艺术特征表现在哪些方面？

3. 如何从英雄传奇小说的角度来认识《水浒传》的主题？

4. 《水浒传》对后世英雄传奇小说创作有哪些示范意义？

5. 英雄传奇小说有哪些主要类型？各有什么特色？

6. 如何认识英雄传奇小说与世情小说的合流？试以《儿女英雄传》为例说明之。

7. 英雄传奇小说为何向公案侠义小说演变？试以《三侠五义》为例说明之。

第三章　神魔小说

以明初的《三遂平妖传》为开端，到明中叶《西游记》的问世，神魔小说大放异彩，在明清两代的小说史上有着独特的历史地位。神魔小说之名起于鲁迅先生。他在《中国小说史略》中说："且历来三教之争，都无解决，互相容受，乃曰'同源'。所谓义利邪正善恶是非真妄诸端，皆混而又析之，统于二元，虽无专名，谓之神魔，盖可赅括矣。"在《中国小说的历史的变迁》中他又强调："当时的思想，是极模糊的，在小说中所写的邪正，并非儒和佛，或道和佛，或儒释道和白莲教，单不过是含胡的彼此之争，我就总括起来给他们一个名目，叫做神魔小说。"这一名称涵盖了此类小说主要的文体特征：首先是"三教同源"的宗教背景，其次是以"人化"的神魔为主要艺术形象，再次，将神与魔的二元对立、"含胡的彼此之争"作为小说的主要内容。这样，就把明清两代在三教同源背景下产生的，以神（包括佛道以及民间神祇）、魔（包括所有鬼怪精灵）出身修行、斗法飞升为主要内容，艺术上以驰骋想象、神奇变幻见长的小说称为神魔小说。

神魔小说主要有三种类型：

第一种可称为"史话类"，即以真实历史事件或历史人物为线索建构情节，展开臆想。史事只是一点由头，真正着墨的重点在于神魔之争，是借史事而自逞幻想。这类作品主要有《封神演义》《三宝太监西洋记》《锋剑春秋》《说唐三传》等十几部。

第二种可称为"佛道类"，主要讲述佛道二教以及各类民间神祇出身修行、伏魔济世的故事。其题材来源于世俗宗教传说以及民间信仰。包括《西游记》《观音传》《罗汉传》《阴阳斗》等作品。

第三种可称为"寓意讽刺类"，这类作品实际上是神魔小说的变种。借幻寓意、托幻刺世的主要特点使它们有别于传统的神魔小说。它们与现实性讽喻小说有相通之处，即讽喻意味浓厚，但二者的区别也很大，寓意讽刺类小说必须借助非现实形象达到刺世、劝讽的目的。对神魔形象的依赖，对幻境的借助，使它们成为神魔小说家族的新成员。《三教开迷归正演义》《扫魅敦伦东渡记》《西游补》《斩鬼传》等是此类作品的代表。

第一节　神魔小说的渊源

　　众所周知，上古神话为中国古小说的源头，是孕育了具有独特民族风格的中国古典小说的母体，而神魔小说从这一母体中受惠尤多。上古神话产生于原始宗教，是人类蒙昧期的产物，却有着无尽的魅力。盘古开天辟地、女娲炼石补天、后羿射日、大禹治水……古拙的题材、绮丽的形象开启了后世小说（尤其是神魔小说）创作的想象之门。这些人物、情节不仅被后来的神魔小说广为吸收，而且不断得到丰富和发展。女娲氏的红颜一怒，酿成了商周易代（《封神演义》）；而王母的一时疏忽（忽略了一个小小猴头），居然使三界不安（《西游记》）……如果读者朋友稍为细心的话，仅据西王母这一人物从神话传说走进小说的历程，就能品出许多耐人寻味的东西来。原本《山海经》中"豹尾虎齿"、半人半兽的怪物，逐渐演变为《汉武故事》里气度娴雅的女神，最终到《西游记》中略带滑稽色彩的王母娘娘，这一形象嬗变的轨迹，几乎就是上古神话到神魔小说演进的缩影。

　　除去上古神话传说，宗教迷信在某种意义上对神魔小说的产生也有很大影响。原始人"纯动物式的"的自发的宗教观念，进入阶级社会以后成了"人为的"观念，成了统治者愚民的工具。商周时期的巫教，春秋战国时期的阴阳五行、天人感应之说，无不使鬼神迷信大行其道。冤鬼显灵、报怨报恩，卜筮吉凶、符瑞灾异，五花八门。这一点在六朝又得到了进一步强化。由于佛道二教大行于世，灵魂不灭、转世轮回、神佛显验、肉体飞升等各种说法广为传布。这种对神仙鬼怪的"迷信"心理历经唐宋，到明清依然盛行不衰。和这种迷信心理伴生的是鬼怪和仙话传说。鬼怪世界似乎永远是阴沉的、压抑的，令人恐惧；而神仙世界则是明朗的、欢乐的，给人以希望。但二者折射出的却同样是人们对死亡的恐惧和对人生的眷恋。如果说鬼怪世界的产生源于人们的迷信心理，那么神仙世界则源于人们的一种补偿心理。这些迷信故事，在题材和形式上，比之神话出现了新的变化：在天人感应思想的指导下，人（鬼）神可以相通。想象的翅膀超越了有限时空，构筑了鬼域和仙乡。于是阴森恐怖的地狱和与之对应的祥瑞逍遥的十洲三岛，时时出现在世俗人的梦中，成了他们永恒的"白日梦"。"白日梦"使人有所戒惧，又有所希冀。梦想落实到笔端，就有了以鬼怪神仙为主角的各种文学作品。而这些正是神魔小说所赖以产生的文学传统。

战国时期的《汲冢琐语》，是神怪题材进入文学领域的一个开端。主要讲卜筮之灵验、梦境之显效，以及预言吉凶的故事。完全以丛语琐谈、搜奇撅异为特色，尽管有浓重的史的味道，但和史书信实风格已相去甚远。可以说在历史散文和志怪小说之间架起了一座桥梁，这一点对后来影响极大。不论是两汉的《汉武故事》等仙话作品，还是明代《封神演义》这样成熟的神魔小说，都是把历史幻想化，要么借神演史，要么借史演神，虚实杂糅。作为"古今纪异之祖"（胡应麟《少室山房笔丛·二酉缀遗》），《汲冢琐语》从史实到准志怪小说的过渡之功不可忽略。

另一部号称"古今语怪之祖"（胡应麟语）的《山海经》同样具有丰富的小说因子，不同的是它还是地理博物传说的集大成者。该书对于海内外的名山、大川、物产、奇人、怪兽都有所记载。当然以山水而论，十九出于臆想，但这种空间观念却极富启发性，后世神魔小说中不断变换的时空可以从这里窥见影子。《山海经》的意义在于开启了人们的想象世界，提供了一种新奇的思维方式，引导人们将目光由身边的尺寸之地转向耳目之外的遐方异域。以绝妙的想象力虚构了众多的山川草木，奇人异兽，开启搜神志怪之风，使后世小说家大胆向壁虚构，走上了一条迥异于史传文学的创作道路。同时它又成为后来者取之不竭的宝藏。

时至两汉，由于神仙方术的盛行，地理博物传说进一步发展成为"仙话"。于是《列仙传》《十洲记》《洞冥记》《汉武故事》等充满"仙气"、唯道是弘的"仙话"类作品大行其道。

到魏晋南北朝，《列异传》《搜神记》《幽明录》等又成为鬼怪故事大全。在这些作品中，干宝的《搜神记》具有典型意义。尽管人们对六朝志怪的总体评价是"丛残小语""粗陈梗概"，但不可否认，《搜神记》从某种意义上突破了这一格局。且不说其中为数不少的篇章（如《紫玉》等）颇有后世传奇的风韵，就是关于精怪的一些描述也颇有开创性。《搜神记》中精怪的名号、形体乃至服饰与其原型总有着某些本质的联系（像山羊精"髯须甚长"，母猪精"著皂单衣"，雄鸡精"冠赤帻"，见卷十八《安阳亭书生》)。这一点在唐传奇中又得到了进一步的发挥。像《补江总白猿传》中的白猿精已成功地集神性（法力高超）、兽性（裂犬饮血）、人性（有情有爱）于一身。以后的同类小说创作将这一点发扬光大，在明清神魔小说中达到了一个极致，于是涌现出孙悟空、猪八戒等一系列典型形象。

比照六朝作品，唐传奇的出现真正使中国古典小说实现了质的飞跃。作家"幻设"意识增强，开始"有意为小说"。不少带有超现实成分的作品如《古镜记》《补江总白猿传》《柳毅传》等都极具水准。遗憾的是发展至宋代，作家囿于理学精神，灵感枯竭，鲜有佳作，倒是洪迈的一部《夷坚志》成为"神怪渊薮"，为后来者提供了丰厚的养料。与此相对的是宋元说话的盛行，仅小说家中的"神仙""灵怪""妖术"三类就提供了相当多的素材。可以这样说，宋元话本在对神怪题材的选取、非现实形象的塑造和情节的幻设等方面均体现出独特的美学风貌，走向市井，走向通俗，为明代长篇神魔小说的创作提供了可资借鉴的宝贵经验，许多作品成为后期创作的蓝本（如《西游记平话》《武王伐纣平话》等）。宋元话本中的同题作品为明代长篇章回体神魔小说创作实实在在地架设了一座桥梁。

回过头来盘点一番，可以看到，从先秦、两汉、魏晋南北朝，至唐，再历经宋元，以神怪为题材的作品不绝如缕，从准志怪、志怪、灵怪一路迤逦行来，至明清的神魔世界，终于蔚为大观。

第二节　神魔小说的初兴

一、"怪力乱神"的恒久魅力

本来，中国儒家的正统观念是摒弃"怪力乱神"的，但却无法遏止人们侈谈神怪的兴致。从先秦的神仙方术之说，到汉魏六朝的"释氏辅教之书"，再到宋元的小说人，神魔鬼怪一直是人们茶余饭后的最好谈资，至明清依然如此。时代变迁，人们对鬼神的偏好并没有改变，神怪题材的吸引力依然如故。许多明清神魔小说作家都坦承自己对鬼怪情有独钟，像吴承恩就曾谈到自己对此类题材的沉迷（参见《禹鼎志序》）。对鬼怪故事的偏嗜，是一些作家选择神魔题材进行创作的前提。

　　另外，明中叶文学观念的变化，尤其是浪漫主义思潮的涌现，也在一定程度上影响了作家对题材的选择。"子不语怪力乱神"的传统观念在这一时期遭到了严重挑战。毛晋在《搜神记跋》中说："子不语神，亦近于怪也。顾宇宙之大，何所不有？"汤显祖则进一步说："尝闻宇宙大矣，何所不有，宣尼不语怪，非无怪可语也。乃龌龊老儒辄云，目不睹非圣之书。抑何坐井观天耶？泥丸封口当在斯辈。"（《艳异编序》）甚至认为"花妖木魅，牛鬼蛇神"，只要"意有所激荡，语有所托归"（《点校虞初志序》），即为风雅之罪人也在所不辞。这种浪漫情趣，和前述对神魔的偏嗜心理一样，是神魔"泛滥"的催化剂，实为神魔小说问世的精神土壤。

　　当然，明代神魔小说的大量问世，还有另外一个原因，就是当时人们的宗教信仰，尤其是帝王们的信仰导向的直接影响。如果说明太祖登基之初对僧道还采取抑制政策，那么到了明中叶，形势逆转。成化二十三年（1487），宪宗驾崩后，被遣还的方士、道流以及番僧多达1400多人，可见其迷信程度。至于那位嘉靖帝，更是出了名的佞道昏君，沉湎于烧丹炼汞，崇信术士，废朝竟达二十多年。上之所好，下必趋之。统治者这一行为的直接后果之一，是使全社会形成了一股迷信长生的风气。与此相伴的是世俗宗教信仰中的神灵崇拜。明代的宗教信仰有着明显世俗化和民间化倾向，这又和明代帝王的倡导有关。"朱氏起于民间，其信仰也带有民间信仰的传统。享国后，于各种神祇敬奉依然，尤重佛道之祈祷与方术。由于帝王之信奉，使民间信仰越加广泛与丰富，祈祷与方术之流行也完全趋于社会化。帝王以下，王公、大臣、官吏、太监、百姓皆信佛道诸神及民间杂神，致使宗教生活至明代成为人们社会生活的重要部分。"[1]这种信仰的结果，是使佛道二教愈来愈民间化、世俗化，除了因果轮回与方术外，正统的宗教教义对下层百姓的影响微乎其微。这样就不难理解为什么明清神魔小说中的佛道神祇迥然不同于佛道典籍中的正统神灵，而是更多地带有民间色彩的"俗神"。普通百姓并不在意佛道以及民间信仰之间的差别，对他们而言一切以实用功利为目的。只要能给自己带来好处，佛道乃至民间神灵都可以成为顶礼膜拜的对象。于是明代香火旺盛的神灵数不胜数，观音、真武、华光、八仙……他们的"走红"，是因为贴近民众，贴近世俗生活。所以他们一方面成为民众顶礼的对象，一方面又

---

① 任继愈主编：《中国道教史》，上海人民出版社1990年版，第631页。

在流传中被百姓不断改造，他们的身上凝聚了百姓的希望和期盼。

可以说，是世俗宗教心理和好奇尚异的审美心理交错混融，形成了一种特殊的心理机制，而这种心理又外化为一种近乎"迷信"的社会风气。明中叶以后大量的神魔小说正是在这种风气的直接浸染下产生的。

二、厚"积"而"薄"发

神魔小说初兴期的主要代表作有《三遂平妖传》（现存钱塘王慎修万历间刊本，题"东原罗贯中编次"）、《钱塘湖隐济颠禅师语录》（现存隆庆三年四香高斋刊本，题"仁和沈孟桦述"）、《西游记》（现存万历二十年金陵世德堂刊本，题"华阳洞天主人校"）、《封神演义》（存金阊舒载阳刻本，刊刻时间不详）等。①可以看到，初兴期的作品数量并不多，但值得注意的是，两部扛鼎之作《西游记》《封神演义》都已经产生，并且在读者中引发了不小的轰动，使得此类作品获得了极大的市场。

这一阶段为数有限的几部作品都有一个共性，即皆有所本。换句话说，都属于世代累积型作品。作者承袭了传统题材，但又超越了传统，在旧有的题材框架里，融入了自己对社会、人生的思考，使这些作品真正地脱胎换骨，达到前所未有的艺术水准。

《三遂平妖传》讲述北宋年间王则、胡永儿占据贝州造反，在老狐精圣姑姑、蛋子和尚、左黜等一干妖人全力辅佐下与朝廷所派文彦博大军对峙。蛋子和尚顺从天意，化身诸葛遂智，与马遂、李遂一道，用"天罡正法"破解了圣姑姑的妖术。早在南宋罗烨《醉翁谈录·小说开辟》条所列话本存目中，就有"贝州王则"，其他还有一些零星材料与此有关，可见《三遂平妖传》应是对旧有话本小说的发展。

《钱塘湖隐济颠禅师语录》讲述的是民间流传甚广的济公的灵异故事，塑造了一个嗜酒佯狂、扶危济困的禅僧形象。此书迄今为止，虽未见有话本流传，但从后世济公系列小说的发展演变看，也应是从话本演变而来。②

《封神演义》在武王伐纣的故事中嵌进了神魔之争。开篇即讲商纣王女娲庙进香，题淫诗惹恼女娲，女娲一怒遣下轩辕坟中三妖——九尾狐狸、九头雉鸡、

---

① 关于《封神演义》的成书时间，鲁迅以为是隆庆万历年间（《中国小说史略》第十八篇）；柳存仁以为在嘉靖中（《毗沙门天王父子与中国小说之关系》，《和风堂文集》，上海古籍出版社1991年版）。

② 参见胡胜：《明清神魔小说研究》附录一，中国社会科学出版社2004年版。

玉石琵琶，命其托身宫闱，惑乱君心，为兴周灭纣出力。于是，九尾狐托身妲己迷惑商纣王，使之荒淫无度，残杀忠良。西伯侯姬昌被囚羑里，脱困后，重返西岐，拜姜尚（子牙）为相，富国强兵。文王死后，其子武王即位，出兵讨伐无道。以元始天尊、老子等为首的阐教之仙，和以通天教主为首的截教之仙加入了双方的战阵，诸神斗法，最后邪不胜正，武王大军高奏凯歌，杀进朝歌，商纣王见大势已去，在摘星楼纵火自焚。武王分封诸侯，姜子牙则筑台封神，将战争双方一切阵亡之将全部分封为神。

《西游记》的内容读者较为熟悉，不再赘述。

和前两书比起来，《封神演义》和《西游记》作为世代累积型作品的特征更为明显。它们所赖以成书的"蓝本"尚在，演进的痕迹宛然。①

《封神演义》的作者（一说许仲琳，一说陆西星）综合了宋元平话中"讲史"类的《武王伐纣平话》，以及明代余邵鱼的《列国志传》的部分内容。《封神演义》前三十回除哪吒出世的三回（第十二至十四回），基本上根据《武王伐纣平话》改编而成。第三十一回以后，开始摆脱平话的情节，大写神魔斗法，中间穿插了平话中"烹费仲"和"伯夷叔齐谏武王"两则故事。至第八十七回孟津会师，又加进平话中敲胫骨、剖孕妇，千里眼与顺风耳，火烧邬文画等情节。可以说借鉴了平话的基本框架，内容多所承袭。就是"封神"的意向，在平话中也已初露端倪。如胡嵩携太子殷郊出逃，书中写道："此人（按，指胡嵩）是游魂神"，纣王所遣追逃四将分别为"鲅吼是大耗神；右将军佶留，此人是小耗神……愧鬼、愧岁，此二人是剑杀二神也"。崇侯虎被擒斩后"献首级武王，封为夜灵神也"。其手下四将，"教薛延沱为副将，此人封为白虎神；尉迟桓，此人封为青龙神；要来攻，此人封为朱雀神；申屠豹，此人封为豹尾神；戍庚，此人封为太岁神"。其他怪异情节诸如"九尾狐换妲己神魂""宝剑惊妲己""离娄师旷战高齐二将"等也颇为引人注目。这些神异成分与史实纠缠在一起，加上艺术手法的稚拙，整个作品显得芜杂浅陋。一直到明代余邵鱼的《列国志传》才基本摆脱这一局面，代之以信雅，谨按经史，开始有意削减怪诞成分，不逞想象，不涉夸张，尽量向正史靠拢，体现了作者"按先儒

---

①《封神演义》《西游记》二者成书的先后，学界一直存有异议。据现有材料，尚无法认定两书先后，权且视为创作于嘉靖间的同期作品。

史鉴列传"的编创原则。至《封神演义》作者手里，重新加工，利用旧有材料，一方面侈谈鬼怪，大肆铺张诸神斗法，把斩将封神作为情节演进的动力。可以说，斩将封神、再造神谱，是《封神演义》在前两书基础上的创造性发展，是作者的命意重点之一；另一方面作家也流露了自己的困惑，对传统纲常人伦的维护与以臣伐君、以下犯上的矛盾无法自圆其说，只好一切归之于"天命"。

相比较而言，《西游记》成书的情形更为复杂。

《西游记》故事的形成，和历史上的玄奘法师西行求法密不可分。唐僧玄奘前往天竺求经，从公元628年到645年，前后用了17年的时间，遍历艰难险阻，周游五十多国，取回佛经657部，为佛教在中土的流传作出了极大的贡献。作为一个虔诚的佛教徒，徒步万里，穿越茫茫戈壁，九死一生，终于求法成功。这一行为本身在他人眼中无疑已具有某种神圣意味。他的弟子辨机根据其口述沿途见闻，编成了《大唐西域记》，充满异域情调。以后其弟子慧立、彦悰所作的《大唐慈恩寺三藏法师传》已经不自觉地为其西行增加了许多神秘色彩。可以想见，这一求经故事在传播过程中会越传越神。终于，在晚唐五代时出现了一部《大唐三藏取经诗话》（参见李时人《取经诗话成书时代考辨》，《西游记考论》，浙江古籍出版社1991年版），《西游记》的雏形开始形成。西行队伍之中多了一个以白衣秀士面目出现的猴行者，并且颇具神通法力。从他身上不难看到后世孙悟空的影子。发展至元代，"西游"故事中的取经人马基本齐备，故事情节大约初步定型。从实证方面看，广州博物馆所藏元代磁州窑唐僧取经瓷枕（郁博文《瓷枕与西游记》，《光明日报》，1973年10月8日），画面上孙悟空手持铁棒前头开路，八戒扛耙紧随其后，唐僧拍马向前，沙僧举伞杖从行。这充分说明唐僧取经题材在当时十分抢手，才会成为匠人手中的工艺品。而元末明初杨景贤的《西游记杂剧》，则从文字方面提供了详细资料。不论是故事情节，还是人物形象，比之《大唐三藏取经诗话》都有所提高。

另外，明初《永乐大典》中《西游记平话》残文的发现使我们相信，元明之际，必有一部结构完整的《西游记平话》存在。证之以《朴通事谚解》，更加坚定了我们的看法。《朴通事谚解》是朝鲜肃宗三年（相当于清康熙三年）所刊行的汉语教科书。其中有关《西游记平话》"车迟斗圣"的情节概述及七条小注勾画了《西游记平话》的大部分情节。先讲述老猴精闹天宫被压花果山石缝中，"其后唐太宗敕玄奘法师往西天取经，路过此山，见此猴精压在石缝，去其佛押出之，以为徒弟，赐法名悟空，改号为孙行者，与沙和尚及黑猪精朱八戒偕往，在路降妖去怪，救师脱难，皆是孙行者神通之力也。法师到西天受经三藏东还，法师证果旃檀佛如来，孙行者证果大力王菩萨，朱八戒证果香华会上净坛使者"。

这样，《西游记》累积成书的脉络极其清晰：取经史实—《大唐西域记》《大慈恩寺三藏法师传》《大唐三藏取经诗话》—《西游记平话》《西游记杂剧》—百回本《西游记》。①

三、脱胎换骨的《西游记》

世德堂百回本《西游记》（下简称"百回本"）可称得上是"西游"系列作品的集大成者，比起此前的《大唐三藏取经诗话》《西游记杂剧》《西游记平话》等，它已有了飞跃性发展。不论是情节结构的精巧完整，还是人物形象的生动逼真，都远远超过了同题材作品。其思想意蕴的深邃复杂也是上述作品难以比拟的。

论起情节结构的精巧，百回本的作者可谓煞费苦心。有人把《西游记》的结构方式称为"连缀式"或"串珠式"（每个情节单元都好像一粒珠子，而将这些散珠串在一起的就是那根情节主线）。很明显百回本的作者对作品的主次人物进行了调整，唐僧退居二线，孙悟空走向前台。这样一来，孙悟空的经历就成了贯穿全部情节的主线：石猴出世、拜师学艺、大闹天宫、五行被压、获救皈依、降妖伏魔、证果朝元。孙悟空成为全书的灵魂，他的一举一动关乎全书情节的发展变化。这种单线发展的"连缀式"结构，故事脉络发展极为清晰，矛盾也容易集中。《西游记》前后两大块情节，被作者巧妙地利用"唐王入冥"连在了一起。众所周知，孙大圣大闹天宫被如来压在了五行山下，他将以怎样的一种方式"二次出世"，取经人怎样登场，前后情节板块怎样绾结，这是一个难题。《大唐三藏取经诗话》是法师先出场，猴行者自愿加盟；《西游记杂剧》是观音出场介绍取经缘起，无悬念可言；《西游记平话》似有所改观，但因材料缺失不好妄言。到了百回本作者手里，只是将唐僧与悟空的位置那么一换，一切都变得顺理成章。唐太宗阳寿已尽，灵魂

---

① 从目前的零星材料看，在《西游记平话》《西游记杂剧》和百回本《西游记》之间应该有一个过渡本，因证据不足，暂且存而不论。

入冥，判官崔珏卖人情私改阳寿，太宗还魂，为答谢地府"盛意"，大作水陆道场，超度亡魂。于是作为此次盛会"主持人"不二人选的唐僧正式登场。情节过渡极其顺畅，毫无生硬之感。难怪有人评价此处文心的曲折不亚于"黄河之水九曲，泰山之岭十八盘"（《西游证道书》第十回憺漪子回前评）。

当然百回本的成功，不仅仅由于结构调整，容量增加，还在于作者对前期《大唐三藏取经诗话》《西游记杂剧》《西游记平话》等故事素材的采用上往往匠心独运，增增删删，缝缝补补，极尽变幻之能事。如《大唐三藏取经诗话》"入王母池处第十一"，猴行者偷吃王母蟠桃，到百回本中分化为偷蟠桃闹天宫和五庄观偷吃人参果两个故事。而红孩儿在《西游记杂剧》中本为鬼子母的孩子，与铁扇公主没有瓜葛，可百回本作者不仅将铁扇公主与鬼子母合二为一，还加进了一个牛魔王，使得铁扇公主的性格进一步丰满起来。百回本最成功的人物塑造，莫过于孙悟空与猪八戒之间的"嫁接""移植"。百回本中孙悟空成为书胆，是一个一往无前的战斗英雄，这一形象充满了象征意义。他的身上不宜有太多污点。可他的"前辈们"，要么委琐胆小，如《大唐三藏取经诗话》中的猴行者；要么太过流气，如《西游记杂剧》中的通天大圣。尤其后者，不仅好偷，而且好色，一副流氓嘴脸。作为替代唐僧要被隆重推出的第一主人公，孙悟空"英雄不好色"是必然的。于是作家煞费苦心对他进行了"净化"处理。对悟空的"净化"，是和对八戒的"丑化"同时进行的。本来八戒是取经队伍里最后加盟的。《大唐三藏取经诗话》中有猴行者、深沙神（沙僧前身），没有八戒；《西游记杂剧》中他的出场远在沙僧之后；《西游记平话》中他的排名依然落后于沙僧。到百回本中，猪八戒却异军突起，不仅风头盖过沙僧，连唐僧也要逊色三分，人气直逼猴哥。这一变化，很大程度上归功于作者的"手术"，笔锋一转，原本属于悟空的很多不光彩因子全部转嫁给了八戒。于是八戒就成了"食色"二欲的象征，贪吃好色，屡屡出丑，在读者的哄笑声中，完成了自己的使命，捞了个"饭桶菩萨"（净坛使者）的名号。由这几处情节、形象的增删，不难看出作者驾驭题材的能力。

百回本的成功和作者在人物、结构、技巧等方面下的功夫分不开。但最关键的是，比之早期同类作品，百回本的思想性更是有了创造性发展。创作者具有鲜明的主体意识，所以避免了像《大唐三藏取经诗话》一样氤氲在宗教的祥光瑞霭中，也不再像《西游记杂剧》那样一味油滑地轻浮调笑，更不再如《西游记平话》那样片面地追求"热闹好看"。相反吴承恩（字汝忠，号射阳山人，一说应为射阳居士）[①]却在原本一个宗教故事框架中楔入了自己对社会、人生的独特思考，在滑稽谐浪的文字背后隐藏了自己的一颗"傲世之心"。

吴承恩复原像

吴氏一生就像中国封建社会里众多才高运蹇的才志之士人生轨迹的缩影。据明代天启年间的《淮安府志》载："吴承恩，性敏而多慧，博极群书，为诗文下笔立成，清雅流丽，有秦少游之风。复善谐剧，所著杂记几种，名震一时。数奇，竟以明经授县贰，未久，耻折腰，遂拂袖而归；放浪诗酒……"明代吴国荣《射阳先生存稿跋》称其"顾屡困场屋，为母屈就长兴倅，又不谐于长官，是以有荆府纪善之补"。具体说起来，他出生于一个没落的书香门第，从小博览群书，才华出众，然而屡试不第。直到四十多岁才得岁贡生，六十多岁了才出任长兴县丞，做了区区正八品的小官，后来不幸被诬下狱，出狱后又被安置为"荆府纪善"（还是芝麻绿豆官）。终于，他不甘为五斗米折腰，解职归田，纵情诗酒，吟啸林泉，靠卖文、经商了此一生。[②]吴氏才高八斗，傲骨铮铮，从他的诗中可以感受到他的自负："当场小战号佳手，乌府柏榜连作首。挥毫四顾气腾虹，擢第登科亦何有？"[③]但是，不入流的职位让他觉得"悠悠负夙心"（《春晓邑斋作》，《吴承恩诗文集笺校》第38页），残酷的社会现实又让他感觉到"世味由来已备尝"（《庚戌寓京师迫于归志呈一二知己》，《吴承恩诗文集笺校》第64页），胸怀大志而无从施展，那"平生不肯受人怜，喜笑悲歌气傲然"（《赠沙星士》，《吴承恩诗

---

① 关于《西游记》作者争议较大，有丘处机、吴承恩等多种说法。经过鲁迅等人的考证，吴承恩的著作权得到肯定。20世纪80年代章培恒就此提出异议（参见《百回本〈西游记〉是否吴承恩所作》，《社会科学战线》1983年第4期；《再谈百回本〈西游记〉是否吴承恩所作》，《复旦学报》社会科学版，1986年第1期），轰动一时，但目前在没有直接文献依据的前提下，不宜完全否定吴承恩，还是将他视为《西游记》的作者。
② 参见苏兴：《吴承恩小传》，百花文艺出版社1981年版。
③［明］吴承恩：《忆昔行赠汪云岚分教巴陵》，《吴承恩诗文集笺校》，刘修业辑校、刘怀玉笺校，上海古籍出版社1991年版，第28页。

文集笺校》第51页）的性格又使他无法俯仰随人，降心从俗。于是他手中的笔成了精神寄托，他笔下虚幻的神魔世界成了真实人世的投影。由于对现实世界充满了愤懑、不平，所以小说中不论是天宫地府、灵山胜境，还是人间国度，都隐有所指；天、地、人三界皆非净土。在他笔下玉帝昏聩、老君无能、如来护短、观音易怒；灵山之上公然索贿；地府之中串通作弊。天界如此，地府如此，人间国度更为不堪。书第八、九十八两回都曾借如来之口批评南赡部洲"贪淫乐祸，多杀多争"，"多欺多诈"。取经途中的比丘国王好色荒淫，竟想用上千小儿心肝为自己炮制壮阳药；车迟国王则一味地佞道灭僧。皇帝不用说了，大臣们也一样。铜台府尹偏听一面之词，严刑逼供，将原本无辜的唐僧师徒，"一个个都推入辖床，扣拽了滚肚、敌脑、攀胸"（第九十七回）；而那位凤仙郡贤明郡侯治下，偏偏"一连三载遇干荒，草子不生绝五谷"，"三停饿死两停人，一停还似风中烛"（第八十七回），由此不难体会作者对现实的失望之情。在嬉笑怒骂的外表下，一颗拳拳的赤子之心在流血。现实与理想的巨大反差，使他的认识更加深刻，批判的锋芒更加犀利。对天国神界诸佛群仙的揶揄，对人间国度昏君佞臣的嘲讽，实则寄寓着作者对现实的无限感慨。"坐观宋室用五鬼，不见虞廷诛四凶"，"胸中磨损斩邪刀，欲起平之恨无力"（《二郎搜山图歌》，《吴承恩诗文集笺校》第31页）。他的希望，他的失望，都在这一部稗官之中。

也正因为如此，百回本《西游记》的思想意蕴要复杂、厚重得多。自成书以来，便不断有人试图追索其旨，"或云劝学，或云谈禅，或云讲道"（鲁迅《中国小说史略》第十七篇）。明代人认为作品的主题是收束放纵之心，清代人认为是阐扬金丹心法，今人则认为是"安天医国""诛奸尚贤"……正所谓"横看成岭侧成峰，远近高低各不同"。从不同角度切入，总会获得不同的审美感受，这正是作品的魅力所在。鲁迅先生对此作了精辟的论述，认为作者虽系儒生，"此书则实出于游戏，亦非语道，故全书仅偶见五行生克之常谈，犹未学佛，故末回至有荒唐无稽之经目，特缘混同之教，流行来久，故其著作，乃亦释迦与老君同流，真性与元神杂出，使三教之徒，皆得随宜附会而已"（鲁迅《中国小说史略》第十七篇）。指出了作品三教同源的创作背景，也点出了作者"以文为戏"的创作观念之一斑。不错，这种游戏笔墨是与作者"性敏多慧""复善谐剧"的性格密不可分的。但关键在于掩藏在诙谐滑稽的外表下的那颗忧时伤世的热切之心，二者互为表里，遂使嬉笑怒骂皆成文章。

至于有人问作者的思想究竟是倾向于佛还是道？应该看到的是《西游记》讽刺了佛，也揶揄了道，它的批判矛头指向的是整个宗教神灵世界。因为这个虚幻的彼岸世界正是现实社会的倒影、折光，所以他对佛道二教的态度其实是一样的。可以说表面上儒释道三教思想都有（所谓"望你把三教归一，也敬僧，也敬道，也养育人才，我保你江山永固"），但他的骨子里其实还是一位不折不扣的儒者，所以儒家的"修（身）、齐（家）、治（国）、平（天下）"思想才会不时地闪烁在小说的字里行间。

借神魔略呈世态，是《西游记》的一大特色，也是初兴期神魔小说主体意识增强的一个标志。对现世的关怀是创作者在宋元平话等"旧瓶"中装入的"新酒"。《封神演义》的作者也是如此。一方面不遗余力再造神谱，一方面依然没有抛弃对周文王仁政的歌颂，对商纣横暴残虐的痛詈。这种对仁君、仁政的呼唤无疑具有时代的进步性，联系现实，不难体会作者的一片苦心。

从总体上说，初兴期神魔小说多为世代累积型作品，一方面作者没能摆脱传统题材的影响，情节框架多所承袭；另一方面又能自出机杼，翻陈出新，内容上表现出鲜明的时代感。艺术形式上又有所改观，摆脱了稚拙芜陋的通病，体制结构渐趋完善。此期神魔小说的创作对于小说类型的演进无疑具有开创性意义。在题材选择上注重离奇、怪诞，多以非现实形象为着力塑造的主人公，表现形式上以幻笔见长。借幻写真是《西游记》等经典作品成功的秘诀，以后的神魔小说创作基本上是沿袭着此期创作者所开辟的道路前进的。

第三节　神魔小说的发展

世德堂百回本《西游记》问世之后，神魔小说不论在创作和接受方面，都呈现出一种稳步上升的势头。主要表现为，同类作品数量猛增，尽管艺术质量无法媲美于前，但可以感受到创作者（准确地说应该是编纂者）的努力倾向。出现这种现象的主要原因，一方面是《西游记》等经典的魅力使得效響者日众；另一方面是这类作品刊行后，带来了可观的经济效益，这一点仅从此期一些作者的身份上就能得到证明。如余象斗、朱鼎臣等都是身兼书贾与编撰者双重身份。他们具有一定的文化水准，有别于纯粹的商人，目光独到，一旦有利可图，可以亲自上阵，但毕竟和纯粹的文人还有一定差距，所以难免因袭、模仿，甚至大段抄袭。

一、东南西北话"四游"

世德堂百回本《西游记》问世以后，产生的轰动效应令人刮目。这只要翻检其后《西游记》的多种版本就可略知一二。①

《鼎锓京本全像唐僧取经西游记》，约刊行于万历三十一年（1603）（从序文所署"癸卯夏廿一日"推知），署名"华阳洞天主人校，书林杨闽斋梓行"，二十卷一百回。据世德堂本翻刻而成。

《唐三藏西游记》，二十卷一百回。卷首同样有陈元之序。不论是署题还是回目和世德堂本都相同，但文字却不到前者的三分之一，是名副其实的节本。

《唐三藏西游释厄传》，十卷，卷一署"羊城冲怀朱鼎臣编辑，书林莲台刘永茂绣梓"，人们习惯称之为"朱本"，约有十三万字。

《西游记传》，四卷，题"齐云杨致和编，天水赵毓真校，芝潭朱苍岭刊"，人们习惯上称之为"杨本"，有七万多字。

《李卓吾先生批评西游记》，不分卷，一百回。卷首有署名"幔亭过客"（袁于令）的题词。文字上和世德堂本接近。此本存世者今有十一种之多，可见其传播流布之广。

抛开前述各种《西游记》版本之间错综复杂的嬗递关系不论，之所以会出现多种版本，最合理的解释就是经济因素的介入。世德堂百回本《西游记》刊行以来，风靡一时，见有利可图，众商家一拥而上，于是就有了繁简相殊、面貌各异的《西游记》。

如果说前述各种不同版本《西游记》的炮制出笼，最直观地表明了《西游记》的"火爆"程度，那么在《西游记》强大影响下产生的其他作品则从另一侧面作了最好的补充，"四游记"就是典型。"四游记"包括《东游记》《南游记》《北游记》

---

① 参见李时人：《西游记版本叙略》，《西游记考论》，浙江古籍出版社1991年版。

以及"杨本"《西游记传》。

　　《东游记》，又名《东游记上洞八仙传》，全名
《新刻八仙出处东游记》，二卷五十六回。讲述八
仙出身修行，最主要是"八仙过海"的故事。铁
拐李、汉钟离、蓝采和、张果老、何仙姑、吕洞
宾、韩湘子、曹国舅先后修行成仙。一日赴王母
蟠桃会，酒后乘兴横渡东海，各显神通，惊动龙
宫。龙王太子垂涎八仙法宝，发动袭击，双方大
战，互有胜负。八仙一时兴起，火烧水晶宫，甚
至移泰山填平了东海，最后还是观音等出面调停，
方才罢战讲和。

八仙上寿图

　　《南游记》，一名《华光天王南游志传》《五显
灵官大帝华光天王传》，四卷十八回。讲的是西方如来弟子妙吉祥，本为火之精，
因犯戒两次投胎，拜妙乐天尊为师，伏妖有功，被玉帝封为火部兵马大元帅，又因
好胜负气，屡闹天宫。后来为救母，又大闹阴司。最后与孙大圣不打不相识，结为
兄弟，复归佛前。

　　《北游记》，一名《北游记玄帝出身传》，又名《北方真武祖师玄天上帝出身
传》，四卷二十四回。讲的是玉帝因贪恋人间琼花宝树，指三魂之一投胎，后又屡
次转世，不断修行，终被封为北方真武大将军，收服了龟蛇等三十六员天将。因妖
孽作乱，遂指一化身，在武当山永镇。

　　此三部小说，加上"杨本"《西游记传》被习惯上合称为"四游记"。[①]"四游
记"中的《南游记》《北游记》为余象斗一人所编，书林余氏梓行（《南游记》书后
牌记"书林昌远堂"有剜版痕迹，应为余氏原刻的翻版）；《东游记》同样是书林余
氏梓行，卷首有余象斗的"引"。在这个"引"中，余氏为自己苦心编撰、发行的
《华光传》（即《南游记》）等被盗版而痛心疾首，近乎破口大骂，个中消息耐人寻
味。说起来，只有"杨本"《西游记传》题为"齐云杨致和编"，"芝潭朱苍岭刊"，

<hr>

① 迄今为止我们所能见到的最早的《四游记》合刊本为清代嘉庆、道光间的产物，尚未见到《四游记》的明代合
刊本。但"四游记"产生于同一历史时期已是公认的事实。

表面看起来，似乎与余象斗无关。但有人认为"'芝潭朱苍岭刊'是翻刻时换上去的"，换句话，此书一样是余象斗原刻的翻刻本。如此看来，"四游记"的四种作品，"很有可能全都经过余象斗的编辑删润"（黄永年《西游证道书·前言》），应该是《西游记》风行之后，书贾精心策划而成，是一项有计划、有规模的商业行为的产物。

当然，《东游记》《南游记》《北游记》除了外在的版本证据昭示着浓重的商业化痕迹之外，不论取材还是手法，都对《西游记》亦步亦趋，广义上甚至可以称为《西游记》的续书。三者的主人公都是当时人们心目中占据特殊位置的神灵。不论是八仙、华光，还是真武大帝，都是如此。以真武大帝为例，"玄武"（宋代为避讳改称"真武"）的信仰，本来起源于原始的星辰崇拜与动物崇拜，一直到宋代才开始成为人格神，得到帝王的敕封，在元朝颇受统治者的青睐，但大红大紫却始于明朝的永乐年间。燕王朱棣登基以后，真武得到了前所未有的荣封，被敕封为"北极镇天真武玄天上帝"，并在其所谓修炼地武当山大兴土木，建造宫观。又在北京修建真武庙，定为京师九庙之一，指定专职官员礼祭。有明一代御用监、局、司、厂、库等衙门中，百分之百都建有真武庙。可以说，真武信仰经过明成祖的大力推广，直接影响后世。嘉靖年间还流传有真武显圣救火的传说（刘若愚《酌中志》卷十七），由此可见其影响之一斑。永乐帝推崇真武，并宣称自己是真武帝在人间的化身，无非是借神愚民，为自己篡位寻找合理借口。然而这一行为的直接后果，是真武大帝在民间迅速"蹿红"。于是《北游记》便把他作为主人公，说他是玉皇三魂之一投胎人间，最后经过修行，降妖伏魔，证果朝元，威灵昭著。明刊本后还附有真武的崇拜仪轨，包括设贡、忌食、圣养之要、御讳、圣降之辰及玄武圣号劝文多段。由此可见，作者最大限度地利用了民间信仰，他的创作初衷，绝不是什么"出于胸臆"，而是着眼于效益。他所以选择了真武，选择了八仙，选择了华光，因为他们都是民间喜闻乐见的神灵，以之为主人公，自然不愁作品的销路。实则是顺应了读者的接受意识，迎合了他们的神灵崇拜心理，展现"闾巷间意"。

除了选材上有惊人的一致，这几部作品从情节结构到人物塑造，承袭模仿的痕迹宛然可见。这一方面固然是由于《西游记》等小说在艺术上已臻化境，余象斗等后来者限于才力，难以比肩，因袭在所难免。但同时必须看到，由于经济利益的驱动，这几部作品篇幅都较短，明显为急就章，失之草率。编者根本无暇，也无心精雕细琢。翻开这几部小说，书中的情节、人物总会给人似曾相识的感觉。《南游记》《东游记》干脆让孙悟空直接出场。华光因冒充孙悟空偷桃奉母，引起误会，二人一场大战，华光以火烧败了大圣，结果惹怒了大圣的女儿月孛星君，她代父出战，大败华光。最后二人居然尽释前嫌，义结金兰。《东游记》中的孙大圣则在龙华会上仗义助八仙对抗天兵，威风不减当年。其他像"华光与铁扇公主成亲""华光占清凉山假变观音"等情节也明显脱胎自《西游记》。

　　除了选材、情节、结构都惊人地相似之外，还有一点较为一致，即作者对宗教的态度。虽然作品的主人公多为民间祀奉的神灵，但在作者笔下多呈现出人格化趋势。比起初兴期的作品，可能在人物塑造上有水平高下之分，但在"将神人化"这一点上，无疑是一致的。作者对宗教的态度是为我所用，借幻象巧妙地表达他们对现实的关心和对自我价值的肯定。所以这些神仙们除了一身上天入地、变化腾挪的法术以及神奇莫测的法宝之外，还有一颗同世俗人一样的凡心，一样充满了喜怒哀乐，一样重视亲情友情，讲究忠孝节义。华光为救母而上穷碧落下及黄泉，不惜大闹三界，最后竟然"取出三角金砖丢起，向如来脑前便打"。这种无视尊卑等级的反抗精神与当年大闹天宫的齐天大圣几无二致。相似的还有八仙，只因酒后一时兴起，"八仙过海，各显神通"，和东海龙王父子闹起了纠纷，盛怒之下，险些烧干了东海，杀了摩揭太子不算，还将虾兵蟹将"斩首无数"，最后一不做二不休，干脆将东海填平。又和玉帝派来的天兵展开恶战，要不是如来、老君、观音等出面，真不知该如何收场。如此的好勇斗狠，与其说他们是远离红尘的世外仙真，毋宁说是一群快意恩仇的江湖豪侠。这些作品中的神道形象大多被剥蚀了头上的神光，展示给我们的是一张张可笑又可爱、充满了人情味儿的面孔。将神人化，无疑是神魔小说创作成功的一大关键。但遗憾的是此期作品除了华光、八仙等极个别形象之外，多数神灵形象还是不够突出。原因就在于，编创者的主体意识不强，一味顺应接受，追奇逐幻，忽视形象塑造与意蕴寄托，在神鬼杂出的破阵斗法中淹没了人物性格，以致形象浅白，缺乏感染力。

　　尽管此期编创者尽了自己最大的努力，成就却是有限。除"四游记"之外，此期还有一些作品，诸如《三宝太监西洋记》《铁树记》《飞剑记》《咒枣记》等，都属仿作。其中的《铁树记》《飞剑记》《咒枣记》三书的创作时间接近，并且同为邓志谟一人手笔。邓氏为江西饶安人，落魄书生，后来成为福建建阳余氏家族萃庆堂书坊塾师,小说的创作就在这一时段,所以很容易让人联想起"四游记"的成书,三书恐怕也是建阳余氏的"命题作文"。如此一来,创作成就可想而知,只能算差强人意。

总而言之,在神魔小说的发展过程中,过多介入的商业因素是一把双刃剑,既促进了小说的编创、流通,同时也削弱了作品的艺术水准。

二、"另类"的《三教开迷归正演义》

当然,此期作品中也不乏思想艺术皆有可观者,《三教开迷归正演义》就颇值得注意。此书二十卷一百回,存白门万卷楼刊本,题"九华潘镜若编次","兰隅朱之蕃评订"。叙明代万历年间福建莆田有位林兆恩,人称三教先生,收徒儒生宗孔(字大儒)、羽士袁灵明、行脚僧宝光三人,兴立三教盛会。因为狐精从地狱逃脱,放出了众多地狱迷魂,为祸世人。于是宗孔等兄弟三人,立志外游破迷,祛邪除妖。最后,超化群迷,功德圆满,宝光、灵明均成正果,宗大儒建勋立功,荣归故里。有趣的是,作者把自己当成了书中人物介绍给读者,这在中国小说史上大概还是第一次。第一回写林兆恩开讲,座中一人生得"浓眉秀目,厚背耸肩","年近五旬,乃都城内一个武解元,姓潘,别号镜若",这段夫子自道提供了不少信息,至少我们知道了潘镜若的若干人生经历:他生于嘉靖中叶,中年以后弃文从武,三十六岁中了武举,但晚年不得志。至于那位批点者朱之蕃,更是当时名流,他号兰隅,万历间进士,曾做到吏部右侍郎之职。而书中所提到的林兆恩及创三教会也确有其人、其事,黄宗羲《南雷文案》卷八《林三教传》有专门记载。林氏所倡导的三教合一之说,当时极具影响力,潘镜若当是他的崇拜者。不过,这里我们要强调的是这部作品的价值所在。

这部作品的出现,标志着神魔小说创作转型期即将到来。顾起鹤在《三教开迷传引》中说本书意在"提撕警觉世道人心","是传开迷心,归正路,欲以举世尽归王道之中,乃参三教而合一"。小说教化色彩很浓。值得注意的是,宗孔(儒)、宝光(释)、灵明(道)所代表的三教度化的群"迷",其实就是各种社会恶德乃至人性缺陷的化身。叹贫迷、做官迷、豪气迷、狂妄迷、风月迷、嫉妒迷……归根到底不脱"酒色财气"。这些为害世人的地狱迷魂,名虽为妖,实则暗藏寓意。化尽群迷,也即意味着摒弃恶德。这一点和《西游记》中的祛除"六贼",摒弃"二心"

的象征意义异曲同工，和以后的《东度记》《斩鬼传》等作品不论在创作宗旨还是艺术手法上都是一脉相通的。象征寓意是此类作品的突出特点，《三教开迷归正演义》对寓意形象的塑造已经成为一种刻意的追求，意欲借"三教开迷"而"驱邪荡秽，引善化恶，以助政教"（《三教开迷归正演义·凡例》）。以后《东度记》所标榜的"借酒色财气、逞邪弄怪之谈"，"扫魅还伦，尽归实理"（《东度记引》）及《斩鬼传》"取诸色人，比之群鬼，一一抉剔，发其隐情"，实则是对这种讽喻手法不折不扣地继承与发展。由此可见《三教开迷归正演义》在神魔小说类型演变中的重要意义。从现有资料看，它无疑是神魔小说中"寓意讽刺类"的先声。作者借为害人世的地狱群迷，对社会上的种种弊端加以抨击，以图举世尽归王道。

综合起来说，此期小说对于开创期作品有因袭、有发展，秉承了《西游记》《封神演义》等作品所创立的文体规范，发挥了此类作品"奇""幻"的优势，使神魔小说的创作整体上向前稳步发展。但我们又必须看到，由于经济因素的过多介入，此期创作出现浓重的商业化倾向。主要表现为多数作品篇幅较之前期大大缩短，便于刊刻、流通。而且一些创作者本身就是书商，文学水平不高，态度草率，唯利是图，使作品在情节结构、人物塑造各个方面因袭模仿成分过多，自出机杼者少。当然，这也是神魔小说发展过程中的一个必然阶段——在曲折中前进。此期出现了像《三教开迷归正演义》这样艺术手法上有所创新的作品，标志着神魔小说创作新时期即将来临。

第四节　神魔小说的因革

从明崇祯元年（1628）起，至清康熙六十一年（1722）止，这九十多年的时间，神魔小说创作出现不少变数。佛道类、史话类减少，寓意讽刺类作品却明显增多。从明末的《东度记》《西游补》等创作开始，一直到康熙年间的《历代神仙通鉴》《斩鬼传》等问世，与前两期相比，求新、求变成为此期大多数创作者的自觉追求，他们在努力摆脱前期商业化所带来的负面效应，试图寻求创作的新途径。

此期小说创作不再单纯地顺应读者，而是经历了从"谐于里耳"到"入于文心"的又一次飞跃。创作者主体意识空前高涨，主要标志是：创作态度严谨，杜绝了前期商贾活跃期间，因急功近利而粗制滥造的现象。一人在一年（或更短时间）内"炮制"多部作品的现象看不到了。相反，一部小说从酝酿到脱稿花上几年甚至几十年的，倒是屡见不鲜。如徐道创作《历代神仙通鉴》（又名《三教同原录》），历时55年，从顺治二年（1645）到康熙三十九年（1700）方告杀青。刘璋的《斩鬼传》从初稿到定稿则耗费了13年时间（从康熙二十七年到四十年）。这种创作态度极大地保证了他们的作品尽可能杜绝商业气息，真正成为"出于胸臆之编"。这是此期小说创作形势改观的一个前提。

一、朝代改易、作家心态变化与小说艺术自身发展

此期神魔小说创作产生较大变化的原因令人深思。可以说是朝代改易以及由此引发的创作主体心态的微妙变化催生了新局面。

明清易代，社会鼎革，在作家的心里投下了浓重的阴影。他们当中有些是由明入清者，在明亡前夕，以知识分子特有的敏锐，预感剧变将临，对山雨欲来风满楼的情势忧心忡忡，对摇摇欲坠的朱明王朝充满了失望、愤慨与焦虑之情。所以，董说的《西游补》才会刻意讥弹明季世风，才会出人意想地借行者之眼写"踏空儿"凿天，"把一个灵霄殿光油油儿从天缝中滚下来"（《西游补》第三回）。这富有寓意的情节分明昭示了作者眼见明王朝大厦将倾，却无力回天的绝望情绪，写行者出入"三世"，历经"六梦"，实则融进了自己对世事变迁、人生无常的感悟。董说的《西游补》可以作为明亡前对社会时局充满忧患意识的一类作家心态的写照。也有一类作家，眼见世风日下，人心不古，希望通过自己的殷殷劝诫，能够重振纲常，使沉迷者解悟，如《东度记》便"假圣僧东度而发明人伦"，企冀着"扫魅还伦尽归实理"（《东度记》世裕堂主人序）。还有一类作家，民族意识强烈，对清政权采取不合作态度，隐居林泉，著书以为寄托，所以作品中往往充满时代的沧桑感。虽然出于各种原因，他们在作品中语涉隐讳，时时掩饰，但拨开迷雾，读者还是能够体会到他们的苦心。如《希夷梦》实是借周宋之际的史事，隐指明清易代。否则，宋亡后，大臣陆秀夫所抛出的传国玉玺就不会大书"大朱受命之宝"（《希夷梦》卷三十九）。同样，《历代神仙通鉴》名义上是为众仙真作传，可作者的着眼点却是"聚古今之精英，实治乱之龟鉴"，"藉龟鉴以为本"。联系其创作年代（从顺治二年

即开始创作），实是大有寓意。题"驷溪云间子集撰"的《草木春秋演义》虽是游戏笔墨，戏以中药作为人名敷衍成篇，但颇值得玩味的是，书中以巴豆、大黄等虎狼之药作为番邦狼主，而汉朝君臣则多为清凉温和之剂。作品出现在明末清初这一特定历史时期，选择的又是匈奴侵汉，也即夷夏之争的敏感题材，作者又口口声声称颂汉朝"仁政之君"以及诸将士竭忠效命，努力汗马，贬斥巴豆、大黄负欺君之罪，敢以干戈犯界，感叹"一朝之摧折不亦天乎"！实在耐人寻味。

结合作品的实际情况，可以说明清鼎革，时局动荡不安，给作家的创作思想带来了极大的变化。比如，明末清初出现了一大批"时事小说"，流泻时代巨变所带给作家的愤慨、不平。而神魔小说的创作同样没能摆脱时势变迁的影响，只是作家选择了更为隐晦的手法，将欲吐之言，"不可显著而隐约出之，不可直言而曲折见之"（《续西游补杂记》）。浓烈主体意识的贯注，使此期神魔小说的创作出现了新的生机，基本摆脱了前期创作中商品化所带来的负面影响。

当然，此期神魔小说创作发生变化还有另外一个原因，即小说艺术自身发展规律的要求。神魔小说从明初《三遂平妖传》开其端，至《西游记》《封神演义》等问世，不论是思想性还是艺术手法都已达到极致，后来者实难比肩，只有沿袭着他们创下的文体规范，亦步亦趋。虽然作品数量猛增，但过度的因袭模仿使该派创作陷入极其尴尬的局面。千部一腔、千神一面的格局在神魔小说的创作中也不可避免。循此发展，此流派的创作生机必将渐次断绝。这一境况也促使创作者不得不煞费苦心，另辟蹊径。努力的结果，便是此期神魔小说从内到外都有了不小的改观，从山穷水尽，走向了柳暗花明。

二、因袭与变革

之所以将此期定为神魔小说的因革期，是因为作家在创作中有因袭，有变革。

（一）因袭：依傍旧题者多

说此期作品因袭传统，是因为依傍旧题者较多。选材上对前两期多有承袭。仅严格意义上的《西游记》续书就有两部——《西游补》和《后西游记》。① 二书内容

---

① 另有一部《续西游记》，成书时间颇难确认，关于作者，清袁文典《滇南诗略》指为明初人兰茂，而毛奇龄在《西河全集》中认为是明末清初的季诡，两说相去甚远，所以暂不讨论。

上各有侧重，并不雷同。《西游补》，明末董说著，现存崇祯间初刊本。全书从《西游记》第六十一回"三调芭蕉扇"之后横切开去，补出十六回妙文，写唐僧师徒离开火焰山，悟空化斋，为鲭（情）鱼精所迷，陷身空空世界的万镜（境）楼，又进入古人世界、未来世界。在过去、现在、未来三个不断变幻的时空中往来，逐渐迷失，最后被虚空主人唤醒，借幻境点出"悟通大道，必先空破情根"的主旨。《后西游记》①，共四十回。述唐宪宗时，僧俗曲解真经，不识妙理，在悟空等的策划下，唐半偈、小行者、猪一戒、沙弥等斩妖伏魔，再上灵山，求取"真解"的故事。对这两部续书，历来褒贬不一。鲁迅先生对《西游补》的评价极高，"惟其造事遣辞，则丰赡多姿，恍惚善幻，奇突之处，实足惊人，间以俳谐，亦常俊绝，殊非同时作手所敢望也"（《中国小说史略》第十八篇）。对于《后西游记》，则以为比起《西游记》"行文造事并逊"（《中国小说史略》第十七篇）。也有人认为，"《后西游记》虽不能媲美于前，然嬉笑怒骂皆成文章"（刘廷玑《在园杂志》卷三）。抛开这些评价不论，这两部续书比起前期的《东游记》《南游记》等"续书"确实不可同日而语。

除去这两部《西游记》的续书，另外还有多部作品与前期小说有瓜葛，如《东度记》（又称《扫魅敦伦东度记》）与发展期的《达摩出身传灯传》在题材上多有重合之处，皆以达摩度世化人为线索，但侧重点各有不同，意趣也迥然有别。其他关于济公题材的作品，此期出现了两部：一为二十回本《醉菩提全传》，一为三十六则《济颠大师全传》（别称《济公全传》《麟头陀传》），与《钱塘湖隐济颠禅师语录》关系密切（关于三书渊源，参见胡胜《济公小说的版本流变》，《明清小说研究》1999年第3期）。另外还有一部《斩鬼传》化用了前期《钟馗全传》的情节，但立意上已从侈谈神怪转向了揶揄世态。关于八仙中的吕洞宾，前期既有《东游记》，又有《飞剑记》，而此期则出现了一部自称"唐弘仁普济孚佑帝君纯阳吕仙撰"，"奉道弟子憺漪子汪象旭重订"的《吕祖全传》，一改前期作品中有关吕祖的多种"不实"之辞，抛弃了诸如"大摆天门阵""三戏白牡丹""酒醉岳阳楼""飞剑斩黄龙"等在民间广为流传的故事，另起炉灶，重塑了一位潜心修道、济世度人

---

① 关于《后西游记》的作者，一说为吴承恩（清吴玉搢《山阳志遗》卷四谓"或云有《后西游记》，为射阳先生撰"）；一说为梅子和（清袁文典《滇南诗略》）。因刘廷玑在刊于康熙五十四年（1715）的《在园杂志》已论及此书，所以亦将之视为明末清初作品。

的世外仙真形象。

（二）变革创新：寓意讽刺类作品大量出现

通过以上的简单排比，不难看出此期作品对前期多有继承。但此期最引人注目的不是因袭，而是创新，标志就是寓意讽刺类作品大量出现。这类作品是神魔小说的一个变种。总体框架依然是神魔故事，不脱谈天说地，斩妖伏魔的旧套；但侧重于以幻寓理，借幻刺世。

这类作品主要有：《东度记》《西游补》《后西游记》《斩鬼传》《希夷梦》[①]等。说它们是神魔小说，绝对没错。它们讲述的都是离奇幻怪的神魔故事，一般小说书目，也都把它们归类于神魔（或者神怪）名下。前文说过，《西游补》《后西游记》是借助《西游记》取经故事框架而来。《东度记》则以达摩老祖及其弟子尼总持等扫魅还伦为线索。《希夷梦》则是写宋太祖篡周，周将韩通殉国，其弟韩速与闾邱仲卿耻侍新朝，出逃避世，在希夷老祖（陈抟）洞中入梦，在海外浮石国建功立业，醒来后顿悟。《斩鬼传》写终南举子钟馗参加科考，得中头名状元，因唐王重貌不重才，愤而自尽，死后奉阎君之命斩鬼的故事。这几部作品不同于其他类型小说在具体情节中掺杂魔幻成分，即只以魔怪作为一种点缀，像《三国演义》《水浒传》等，而是完全依靠魔幻世界建构情节，神魔小说的一切特点它都具备，但又有那么一点不同。鲁迅先生评价《西游补》时说："全书实于讥弹明季世风之意多。"（《中国小说史略》第十八篇）一些评论者以为"《后西游记》虽不能媲美于前，然嬉笑怒骂皆成文章"（刘廷玑《在园杂志》卷三）；"《西游》之文讽刺世人处尚少。《后西游》则处处有讽刺世人之词句"（张冥飞《古今小说评林》）；还有人认为，《后西游记》所写"十恶山""解脱山""弦歌村""灵台方寸山"等寓意与18世纪英国班扬的《天路历程》所写的乌克里斯琴到达天堂前所经历的"困难山""耻辱谷""名利场""销魂地"等在构思上极为相近（刘上生《中国小说艺术史》，湖南师范大学出版社1993年版，第229页）；《东度记》的构思也"甚似彭扬之《天路历

<hr>

① 《希夷梦》现存最早刊本为嘉庆十四年新镌本堂藏版本，但其成书应更早。据书前《南游两经蜉蝣墓并获〈希夷梦〉稿记》中出现的"丙午仲春"推算，从明亡至清嘉庆十四年间，丙午年有三：一为顺治五年（1648），一为雍正四年（1726），一为乾隆五十一年（1786）。结合书中具体情节，作者虽语意隐晦，但还是流露出强烈的民族意识。如卷五出现了人名"师可法"，疑即"史可法"。卷三十九记陆秀夫抛出传国玉玺，明书"大朱受命之宝"，语义甚明。书中对卖国求荣的奸佞之臣更是痛加贬詈。由此知作者对明清易代似有极大愤慨。联系清前期文化政策，其成书于康雍年间或更为合理。

程》，而变化更多，取境更为复杂"（郑振铎《西谛书话》）。这些研究者可谓独具只眼。他们有的注意到了《西游补》《后西游记》的讽喻色彩，有的看到了《东游记》等作品的寓意性，觉察了它们与传统神魔小说相比的微妙变化。

在早期神魔小说中，《平妖传》《封神演义》等作品偶尔也有讽刺世情的成分，但信笔拈来者居多，寓意成分并不多见。《西游记》讽刺、寓意的成分倒不少，但因为经典的特殊性，无法把它简单归结为寓意讽刺类。发展期出现了《三教开迷归正演义》，可惜一花独放，至此期寓意讽刺类神魔小说才充分发展起来。它们都是借鬼神喻人事，或讽刺劝诫，或暗寓哲理。这类作品中的形象多为寓意性的。形象的构成、地名的设置，多有深意。像《西游补》中的鲭鱼精，"鲭""情"谐音，已暗点为"情"的化身、"情"的象征，打杀了鲭鱼精，意味着斩断了情的束缚，所谓"空破情根"。《后西游记》中的十恶大王、缺陷大王等又是人生缺憾的象征。至于《斩鬼传》中的缠绵鬼、冒失鬼之流，实则是阳世众生道德缺陷的外化。这些鬼怪的形象一反传统的牛头虎首、豺声狼视之状，符号化为一种理念的化身。其优点是讽喻性强，发人深省，缺点是比较抽象，缺乏作为小说人物的可感性，不生动，稍不留意，便流于浮滑，近乎骂街了。

与形象寓意性相关的是，此类小说的整体构思也多具寓意性质，或是作者理念的幻化，或是寄托作者对人生的某种感悟。《西游补》《希夷梦》都是典型的梦幻小说，通过主人公的奇异梦境，展示作者对现实的理性思索。《西游补》的主旨一如《西游补答问》所言："西游不阙，何以补也？……悟通大道，必先空破情根；空破情根，必先走入情内；走入情内，见得世界情根之虚，然后走出情外，认得道根之实。《西游补》者，情妖也；情妖者，鲭鱼精也。"点明了鲭鱼世界的象征意义。悟空误入青青世界、古人世界、未来世界，一番变幻，最后猛醒，"也无鲭鱼精，乃是行者情"。作品之所以笼罩在这样一种虚无的氛围之中，大概和作者的人生经历密不可分。董说（1620—1686），出生于浙江吴兴南浔镇，《乾隆乌程县志》说他"少补弟子员，长工古文词，江左名士争相倾倒"，当时应是一位不折不扣的偶像级人物。一生涉猎极广，精研五经之外，天文象数、史学历学、文字音韵乃至医学皆有涉足，著述甚丰。董说的一生是坎壈的一生。尽管少有才名，然而20岁时应举，却以落第告终。25岁那年，明朝灭亡，彻底击碎了他的功名心。从此绝意仕进，醉心佛书。34岁（顺治十年，1653）萌生出家之志，37岁正式出家为僧。《西游补》作于他21岁那年（崇祯十三年，1640）。这位早熟的天才作家，自小喜欢做梦，一生创作更是与"梦"结下不解之缘，诗文中与梦相关的作品极多，曾作《昭阳梦史》《梦乡志》两书，还设梦社。另自刻印章"梦史""梦乡太史"（参见刘复《西游补作者董若雨传》[①]）。其实这是一位生活在痛苦的迷狂状态中的天才作家，个人际遇、朝代改易对他原本脆弱的神经的冲击可想而知，他的梦境其实未尝不是对现实的逃离，是悲剧意识的消解，最终不得不遁入空门。《西游补》中的梦境应作如是观。

《希夷梦》则是通过描述两位逃世者海外一番壮为，醒来却是南柯一梦，表现对历史循环、朝代兴替的思索，流露出一种人生空茫的感慨。《希夷梦》的作者汪寄，号蜉蝣，新安人，生平不详。据书前"吴序"探究其创作缘起所言："岂其肤有所受而无所诉，始为此言欤？岂其目有所观而不能堪，乃为此言欤？岂其因时势必须如彼，立法必须如彼，功始可收，患始可除，托而为言，已备采择欤？岂其怀仁抱德，待价未沽，鬓丝齿脱，不忍无闻以殁，发而为此言，以存其不朽之名欤？"是否作者因为自己的独特经历欲吐之而后快，偏又无法畅所欲言，只能托之一梦？这一切都因为他生平的缺失不得而知了。然而从他人的零星描述："淡泊无求，性孤寡合"，"于和风丽日，则杖履寻山；风雨晦冥，则挥毫消遣"，"殁后之枢尚不知陈埋何所"（《南游两经蜉蝣墓并获〈希夷梦〉稿记》），又依稀可窥见一位淡世轻身的世外隐者。作家究竟经历了什么使他孜孜于"翻黄粱等文案，而为三百年之大梦"，欲使"深奸隐恶，法所不及，而笔所不容。凶猾为之寒心，方正因之壮气"（《希夷梦自序》），实在是耐人思索。淡泊的人生表象下蕴藏的却是如火的热情，这样也就可以理解为什么作品褒忠殛叛的情感是如此强烈。梦境是一种逃避，是一种寄托，也是一种发泄。

寓意讽刺类神魔小说特征除寓意而外，还有讽刺与劝诫。作者写神魔，最终还是借神写人，写自己的人生感慨，表现自己对现实人生的关怀。这一点《西游补》更为典型，将讽刺锋芒直指明代最高统治者。第二回借宫人之口说："皇帝也眠，宰相也眠，绿玉殿如今变成'眠仙阁'哩。"对所谓"中兴之君"醉生梦死的淫靡生活施以辛辣嘲讽。第四回借放榜一节，将八股取士科举制度下，士子们可悲可

---

① 见董说：《西游补》，上海古籍出版社1983年版。

叹可悯可笑的种种心态揭露得淋漓尽致，对造就"一班无耳无目、无舌无鼻、无手无脚、无心无肺、无筋无骨、无血无气"的秀才们的科举制度鞭辟入里，一针见血。第九回行者审秦桧，秦桧道："爷爷，后边做秦桧的也多，现今做秦桧的也不少，只管叫秦桧独受苦怎的？"行者道："谁叫你做现今秦桧的师长，后边秦桧的规模！"联系明末洪承畴等降将行径，斥奸之意分明。可以说整部作品讽刺的锋芒无处不在。

和讽刺相伴的还有孜孜不倦的道德劝诫。《斩鬼传》的作者借群鬼隐刺众生，发愿"誓必斩绝此等，始见清平世界"，但还是"剿抚并用，犹为网开一面"（瓮山逸士《斩鬼传序》）。烟霞散人在《自序》中也说："故作是传者，具一副大慈悲心，行大慈悲事。盖以继王政之所不及，而欲效明王佛，使人知所畏而为善也。"点明劝善宗旨。与《斩鬼传》相似，《东度记》世裕堂主人序说："道人说魅扫魅，观者有感，愿为忠良，愿为孝友，莫谓天道人伦不孚，试看善人获福。至于编中，徵诸通载者一，矢谈无稽者九。总皆描写人情，发明因果、以期砭世。勿谓设于牛鬼蛇神之诞，信为劝善之一助云。"在行文中也念念不忘告诫："人能举动循天理，变怪妖魔永不生。"如第六十九回，冤魂迷人却还有分别：忠臣孝子难、敬兄爱弟之人难迷，隆师重友之人难迷……说穿了，只要为人正气，邪魔难侵。劝诫的意味非常明显。

（三）变革创新：创作艺术求精、主体自觉求新

之所以将此期视做神魔小说的因革期，并不仅仅是因为寓意讽刺类作品猛增。还在于此期神魔小说从总体上看，比之前期都有所变化。除了寓意讽刺类之外，其他一些作品也多有创新、改进之举。《历代神仙通鉴》从开天辟地叙起至明季宣德止，历述三教群仙始末。以"通鉴"形式为神仙作传，所谓"藉龟鉴以为本"的神魔小说应该是第一部。在编撰目录时，又有意名"节"，不称"回"。全书"三峡共二十二卷，一卷九节，每卷计三万六千余字"（见第二十二卷，第四、五节）。由此看来，全书的章节划分、字数多寡都是经过了周密考虑的。其他像《希夷梦》称"卷"，不称"回"，全书四十卷，其实就是四十回。《济颠大师全传》本是在二十回《醉菩提》基础上演变而来，但仅从回目上说，已不同于早期那种简单则目的形式，而是双目且对仗工稳。而《吕祖全传》则在形式上完全采用了第一人称，假托吕祖自述。《草木春秋演义》就更为别致了。通部人物都以中草药为名。所有这些现象说明，此期神魔创作者在艺术上精益求精，自觉求新意识极为强烈。

从总体上说，此期创作无疑在神魔小说发展史上具有重要意义。它体现了一种

小说类型在发展过程中努力突破自身局限的一种自觉。特别是寓意讽刺类神魔小说的出现，为濒临绝地的创作带来了转机，虽然没能从根本上遏止神魔小说创作走向衰微的势头，但这种以幻刺世、以幻寓理的创作手法无疑启迪了以后现实性讽刺小说的创作。主体意识的高度自觉，使创作基本上摆脱了经济因素的影响，带来了艺术上的精益求精，这是此期小说创作的价值所在。但过于浓烈的理性的贯注有时又影响了人物的塑造，使之成为空洞的理念化身，使小说创作又滑向了另外一个极端。

第五节　神魔小说的衰微

　　清前、中叶本是中国古代小说发展史上硕果累累的繁盛期，不仅产生了《红楼梦》《儒林外史》等光耀千秋的巨著，作品数量之多也令人吃惊。据粗略统计，清代前期、中期的白话中长篇小说（包括亡佚者）总计两百五十多部。比较而言，此期神魔小说数量上明显偏少，只有二十多部，而且在艺术质量上也明显落后于前期。流派自身的文体特征越来越不明晰，和其他小说类型之间的界限也渐趋模糊。此时一部作品往往融会神魔、世情（包括才子佳人）、讲史演义、英雄传奇、公案侠义等几种类型特征。在因革期曾经为神魔小说创作另辟蹊径的寓意讽刺类作品，在此期虽然竭力踵武前贤，产生了《海游记》《妆钿铲》《飞跎全传》等作品，但已失去含蓄、温婉的风格，笔无藏锋，落入下乘。

一、"尴尬"的《绿野仙踪》

　　此期作品炒冷饭的多，另起炉灶的精品少。而那些相对取得一定成就的作品，如《绿野仙踪》等，无一例外地袭取了其他小说类型的优长。所以，此期神魔小说创作最大的特点是混合交叉现象明显，一部作品常常成为融会神魔、世情、讲史演义、英雄传奇、侠义公案等多种成分的"混血儿"。

　　以《绿野仙踪》为例，它无疑是清中叶小说中的佼佼者。此书有百回抄本和八十回刻本存世。小说写明代嘉靖年间，士子冷于冰因触犯权奸严嵩，功名无望，加上屡次觌面无常，于是出家访道。火龙真人为其真诚所感，传下桃木剑、雷火珠

○　第三章　神魔小说

等护身法宝，命其济世度人，积累功德。冷于冰遵照师嘱，几十年间，惩贪官，警豪强；救良善，济灾民；平叛乱，退海寇，积累功德无数。其间还度化了袁不邪、温如玉、连城璧、金不换、锦屏、翠黛一干弟子，最后功行圆满，白日飞升。《绿野仙踪》的作者李百川本一介书生，却几经商海沉浮，潦倒穷愁，借著书以遣怀，诚如他自己在序中所说："转思人过三十，何事不有，逝者如斯，惟生者徒戚耳。苟不寻一少延残喘之路，与兴噎废食者何殊……总缘蓬行异域，无可遣愁，乃作此呕吐生活耳。"是人生的起落沉浮，使他饱经了人间冷暖、世态炎凉，于是驱笔遣愁。正是这种穷愁著书的心态保证了作品的艺术水准。作家对社会的黑暗腐朽认识极为深刻，冷于冰与温如玉，是一组发人深省的对应人物。冷于冰才高八斗，却难敌权奸翻云覆雨的黑手，科场的屡战屡败，让他猛醒，他毅然放弃了尘世的荣华富贵，一心修仙。然身在绿野，心在凡尘。他并没有真正"出世"，而是成为披着仙衣的儒者，他的"仙踪"，其实一时一刻也没有离开尘世。修仙成为实现自己"修齐治平"人生理想的另外一种途径。另一人物温如玉则是彻头彻尾的花花公子，流连美色，贪恋富贵，空有一身仙骨，却难摆脱俗缘的羁绊。冷于冰是度人者的典范，温如玉是被度者的代表。作家通过度人、被度的一系列矛盾，揭示了世态炎凉。不论是艺术手法还是思想深度都达到相当高度。艺术上别的不说，单是结尾几回，就显得功力不凡。因为中国长篇章回小说大多有头大尾小的毛病，如《三国演义》《水浒传》等皆是草草收煞。而《绿野仙踪》则笔力一振，余兴未尽，所以郑振铎称赞："第九十三回以下，写'入幻境四子走旁门'，凡浩浩荡荡的六大回，才回顾到前文，那末一兜转，笔力直有千钧之重。"[1]

关于该书的评价历来很高，拣典型两例细细品味一番很有意思。当时的评论者说："愿善读说部者，宜疾取《水浒》《金瓶梅》《绿野仙踪》三书读之，彼皆谎到家之文字也；谓之为大山，大水，大奇观书，不亦宜乎？"（百回本《绿野仙踪》陶家鹤序）今人则说："这部小说，比《儒林外史》涉及的范围更广大，描写社会的黑暗面，比《外史》也更深刻，而其技巧与笔力也更是泼辣；几乎是纵横如意，无孔不入。"（郑振铎《清初到中叶的长篇小说的发展》）

这就暴露出一个问题。一部神魔小说，评论者一再将之与《水浒传》《金瓶梅》

---

① 郑振铎：《清初到中叶的长篇小说的发展》，《郑振铎文集》第七卷，人民文学出版社1988年版，第189页。

《儒林外史》等一流作品相提并论，评价不可谓不高，但仔细一想，为什么没有人把它和《西游记》《封神演义》相比呢？说穿了其实原因很简单。这虽然是一部神魔小说，但其中的世情描写精彩绝伦，而神魔部分倒显得平板乏味。李百川塑造冷于冰这一形象，用他自己的话说："于《列仙传》内添一额外神仙，为修道之士悬拟指南。"（《绿野仙踪自序》）循此意本应写成一部"大制作"的神魔经典，结果却背道而驰。作品写神魔斗法的情节乏味干瘪，千篇一律。那冷于冰除了使用雷火珠、桃木剑（后来又加上戮目针）几下三脚猫的把式外，能力实在有限。有意思的是作者一涉及世情的描写便显得如鱼得水，游刃有余。如果单讲《绿野仙踪》的世情部分，确实和《金瓶梅》《儒林外史》旗鼓相当。作者笔下各色人等，上至皇帝宰相、王孙公子、奸党权阉、忠臣义士，下至落魄文人、龟奴帮闲、娼妓鸨母，无不穷形尽相，入骨三分。尤其是下层小人物，诸如苗秃子、萧麻子两位帮闲，腐儒齐贡生和他的老婆庞氏等简直呼之欲出，显示出作者高超的生活洞察力和驾驭文字的功力。作者对世情的深刻体认与他长期沉郁下僚、贫困交加的身世是分不开的，是"一腔不得已"的发泄，但不可否认，对《金瓶梅》等世情小说的借鉴，是他获得成功的一个重要原因。

　　《绿野仙踪》的尴尬其实折射了此期神魔小说创作普遍的两难境界：亦步亦趋，已无路可行；旁搜曲致，又往往背离创作初衷。

二、渐行渐远的"神魔"

　　除了《绿野仙踪》，其他如《蟫云楼》《瑶华传》《婆罗岸全传》《雷峰塔奇传》等几部作品也都有人情化的倾向，小说的神魔味渐趋淡化。

　　比如《蟫云楼》虽然篇幅不长，却集中了神魔、世情、公案多种因素于一体，并且多半还受了长期流行的才子佳人模式的影响。小说基于唐传奇《柳毅传》，只是在柳毅传书、龙女感恩相许的基础上又添加了许多情节。落魄士子柳毅为人正气，乐于助人，先后得虎女虢儿、龙女螭娘垂青，最后金榜题名，并在二女的帮助下平寇定乱，斩邪除魔，深受皇帝嘉赏。先后任杭州郡守、广东提刑。在任期间，他勤于职守，勤破疑案多起，尤以铁鞭蛇伤人案轰动一时。最后御赐蟫云楼，夫妻三人白日飞升。作品结构有些靠近才子佳人路数，只是才美相逢、小人拨乱、金榜题名的模式稍加变化，才子变得文武双全，佳人成了法力通神的仙女而已。

《瑶华传》则既有世情小说的性质又有英雄传奇成分，神魔色彩则退居其次。从书前弁言可知，是有意"仿红"之作，只是作者自视甚高，不肯承认罢了。作者对因果报应的框架运用自谓别出心裁。将主人公写成雄狐转世历劫，托生为福王之女，剑仙无碍子将之训练成文武双全的奇女，代朝廷平叛。后云游天下，以偿夙债，最后功德圆满，位列剑仙。小说写雄狐转生为福王之女，借此展开笔墨，对王公贵族的荒淫腐朽生活多有揭露，有一定认识价值。《瑶华传》与一般仙真出身修行传有区别，不仅因为主人公是犯戒妖狐，更在于它转世为人后，其行为经历更像人间剑侠，颇多英雄传奇的韵味。与此命意相近的还有《婆罗岸全传》，叙一白花蛇因犯淫戒遭天谴而转世。一世为犬，二世沦为妓女，三世出家为僧。以其二世皮肉生涯为着墨重点，铺叙世情，更像狭邪小说。

《雷峰塔奇传》则是敷演民间流传已久的白蛇故事。据书前吴炳文的序可知，本书是在旧有白蛇故事基础上改编而成。从宋元话本的《西湖三塔记》《白娘子永镇雷峰塔》，到雍乾间黄图珌《雷峰塔》传奇，白蛇故事一直处于流传变异之中，白娘子的形象也一直在变化，她终于从最初充满妖气的精灵慢慢演化为温柔贤淑的贤妻良母。身上的妖气越来越淡，人情味越来越浓。她与许仙的爱情悲剧也因此获得越来越多的同情。

以上这几部神魔小说不论是改编旧作还是独创，都有一个共同特点：以描写世情见长，神魔成分退居其次，被淡化处理，沦为背景。

此期神魔小说除与世情小说纠缠不清以外，与讲史演义、英雄传奇的界限也越来越模糊。如《走马春秋》《锋剑春秋》《征西说唐三传》《平闽传》，一般小说书目都视之为"讲史"。[①]本来神魔小说中的史话类与讲史关系密切，与讲史演义、英雄传奇相似之处甚多。而此期创作者之间又有意相互借鉴，使得彼此渗透更为明显，近乎你中有我、我中有你的状态。像《杨文广平闽全传》和《征西说唐三传》都是由英雄传奇演变而来的神魔小说。其中《征西说唐三传》更为典型。它本是"说唐系列"小说中的一部，接续《说唐后传》的《薛家府传》而叙薛家将始末。作者本意也许想写一部英雄传奇，但实质上已走火入"魔"，成了神魔小说。如果说前几

---

① 参见孙楷第：《中国通俗小说书目》卷二、卷三，人民文学出版社1982年版；（日）大塚秀高：《增补中国通俗小说书目》卷三，日本汲古书院1987年版。

部"说唐系列"小说中的神魔成分还处于小份额辅助位置，那么，《征西说唐三传》中的神魔成分已经喧宾夺主。全书九十回，非神魔情节大概只有十三回不到（前九回与末四回）。主要人物除唐太宗、薛仁贵等少数以外，多半于史无征，纯为杜撰。两军阵前的争战，完全是法术神通的较量，胜败取决于气数的旺衰，破阵斗法的模式活脱就是《封神演义》的翻版。

另外值得一提的是《走马春秋》和《锋剑春秋》。二者情节相连。其中《走马春秋》是由《七国春秋平话后集》发展演变而来。《锋剑春秋》晚出本的两个名字是《后列国志》《万仙斗法兴秦传》，分别概括了它的一部分文体特征。它是典型的讲史演义与神魔小说的混合体。书叙秦始皇兴兵欲灭六国，以大将王翦为先锋，王翦为上界九天应元雷声普化天尊托生，奉玉皇敕旨、千佛文牒坠落凡尘，拜海外拗离国云光洞海潮圣人门下。王翦以"诛仙剑"扬威阵前，所向披靡。孙膑父兄先后死于剑下。孙膑为报仇下山击败王翦，于是引发了以海潮老祖与南极仙翁为代表的两个仙人集团间的混战。最终天命难违，孙膑不得不葬母归山，秦并六国。本书是《封神演义》的仿作，行文中处处以《封神演义》的续书自居。孙膑俨然又一姜子牙，骑牛架拐，手执杏黄旗，不同的只是孙膑欲以人力而胜天。小说整体上也是没有摆脱《封神演义》旧套。

曾经在因革期为神魔小说创作独辟蹊径的寓意讽刺类作品此期倒是不少，但艺术质量大不如前。《平鬼传》前面说过是承《斩鬼传》而来，除情节略有不同，立意命笔毫无新意。《海游记》"似仿《希夷梦》而文甚拙"[1]。《飞跎全传》《妆钿铲》等滑稽有余，讽刺不足。它们的缺陷都非常明显，已无法和前期同类作品相提并论。

通过以上分析，不难看出，清中叶以来的神魔小说创作已不可遏止地走向衰微。一些作品要么因袭旧作，了无新意，要么靠汲取其他流派的优长，为自己助兴，吸引读者眼球。不管创作者是否出于自觉，它都说明了当神魔小说的创作要靠不断汲取其他流派的优长来维继的时候，它的衰微期就不可遏止地到来了。此期《绿野仙踪》等作品之所以获得盛赞，是因为其中出色的世情描写，这多少有点讽刺意味。神魔小说这一流派在经历了朝代改易、文化政策倾斜、读者审美趣味转移等多种因素的影响之后，渐渐变得面目全非。

---

[1] 孙楷第：《中国通俗小说书目》，人民文学出版社1982年版，第206页。

思考题

1. 怎样理解神魔小说的定义?

2. 作为"世代累积型成书",《西游记》的演进过程如何?

3. 怎样理解"四游记"的创作背景及其商业化特征?

4. 怎样理解因革期神魔小说作家心态的变化?

5. 神魔小说衰微的主要原因是什么?

第四章　世情小说

　　章回小说在继讲史演义、英雄传奇之后，与神魔小说差不多同时，出现了一种以普通人的日常生活为题材的作品。这种小说不再以描述历史进程为己任，不再以富有传奇色彩的英雄人物为主人公，而是把目光对准芸芸众生，描摹他们日复一日的饮食起居、人伦交际、婚丧喜庆、生儿育女、家长里短和喜怒哀乐等，这就是世情小说。

　　鲁迅先生曾把这种小说叫作"世情书"，又称"人情小说"（《中国小说史略》）。细分的话，两者又稍有区别。称之为"人情小说"，是因为其内容"大率为离合悲欢及发迹变态之事，间杂因果报应，而不甚言灵怪"，这是相对"神魔"而言的，故以"人情"相对。而称之为"世情书"，则是因为其"描摹世态，见其炎凉"，这是相对讲史演义和英雄传奇而言的。人世间的事，有刀光剑影、鼓角铮鸣的王朝更替，更有天罡地煞的横空出世，不关心这些轰轰烈烈的大事，而专一注目于人情世态，这就是"世情"。

　　依据上述概念，世情小说的涵盖面极广，举凡神魔小说、讲史演义和英雄传奇之外的作品几乎都可以归入世情小说中。但按照习惯，一些个性特征相当明显甚至已经有了固定称呼的作品群，我们没有放在世情小说之内。比如讽刺小说、谴责小说、狭邪小说以及色情小说等。另外，由于世情小说的主要代表作是以白话、长篇的形式出现的，同时也因为本书有有关传奇和话本的专章，文言小说以及话本形式的白话短篇小说，即使它的内容有关世态人情，我们也不放在此中。

　　世情小说与话本有直接的承继关系。鲁迅先生认为，它的来源应该是话本小说中的"银字儿"（《中国小说史略》）。"银字儿"是"小说四家数"之一，有"烟粉、灵怪、传奇、公案"四个子目，据胡士莹《话本小说概论》解释，烟粉"讲烟花粉黛，人鬼幽期的故事"；灵怪"讲神仙妖术的故事"；传奇"讲人世间悲欢离合的奇闻轶事"；公案"讲摘奸发复和朴刀杆棒发迹变泰的故事"。可以想见，"银字儿"是小说四家中内容特别丰富的一家，它不像讲史、说经和说铁骑儿，有明确的题材范围，不出于史事、宗教或战争，而是包容了生活万象。这种表现内容的丰富性，正是世情小说的显著特点。可以说，世情小说是将"银字儿"所表现的内容综合概括而形诸长篇的笔墨之中。

世情小说由《金瓶梅》的出现而奠定其地位。《金瓶梅》的故事开头出自《水浒传》，但相对《水浒传》而言，《金瓶梅》是典型的节外生枝，它放弃的是武松日后"替天行道"的主干，而一头栽进西门庆家的琐屑生活中。它的"那种耐心描写一个中国家庭中卑俗而且肮脏的日常琐事，实在是一种革命性的改进，在以后中国小说的发展中也鲜有任何作品能与之比拟"（夏志清《〈金瓶梅〉新论》）。

《金瓶梅》之后，描写世情成为章回小说的一个主要内容，出现了一批以世情为题材的小说。除直接为《金瓶梅》写的续书外，受《金瓶梅》影响而产生的还有《玉娇梨》《平山冷燕》等一批小说。这些小说也即所谓的"才子佳人小说"。它的特点是专一描写婚恋嫁娶，而且婚恋双方固定为饱读诗书的才子和貌如天仙的佳人。这一类作品文人气很浓，叙述语言基本属书面语，情节总不外乎才子佳人互相倾慕，偏有个无才的纨绔因贪佳人之貌而夹在中间，或者是由于其他的什么原因，平地弄出很多波折，最后总是才子佳人得偕连理。

才子佳人小说之外，亦有将目光对准炎凉世态的市井小说。这类作品从数量和影响上来说，可能比不上才子佳人小说，但它与《金瓶梅》的继承关系却可以说更紧密：小说的主人公不是理想中的才子佳人，而是生活中的普通男女，可能也生得"唇红齿白，眉秀目清"，但却"读书欠些聪明，性地少些智慧"（《醒世姻缘传》）；故事背景不固定为官宦之家，即使主人公生活在官宦人家，作品也会讲述他周围其他各色人等的故事；小说语言往往不避俚俗，口语成分很大。如果说才子佳人型作品的理想化色彩比较浓的话，描写世态的作品则现实性很强，能比较广泛而真实地反映当时的社会生活。比如，《醒世姻缘传》就被称为"是一部晚明的浮世绘"（金性尧《醒世姻缘传·前言》）。

世情小说发展到清代中叶，上述两种世情小说的分支合二为一，出现了一部异峰突起的作品——《红楼梦》，成为世情小说的集大成者。《红楼梦》之后，世情小说逐渐走向末流。写人情的一支变而为狭邪小说，也就是鲁迅先生所说的"特以谈钗黛而生厌，因改求佳人于倡优，知大观园者已多，则别辟情场于北里而已"（《中国小说史略》）；写世态的一支则流为谴责小说，专一揭露社会，尤其是官场上的丑态。

第一节　世情小说的开山之作《金瓶梅》

一、《金瓶梅》的创作缘起和作者

世情小说由《金瓶梅》的出现而奠定其地位。关于《金瓶梅》的创作缘起，明清之际最流行的说法是"苦孝说"。大抵是说有个孝子为了替父报仇，投仇人所好，作《金瓶梅》让他读，趁机加害于他。清人顾公燮的《消夏闲记》记载，孝子是王世贞，仇人是严世蕃。起因是王世贞家藏《清明上河图》，严世蕃强索之，王父不舍得，用赝品替代，事泄被杀。王世贞为报父仇，作《金瓶梅》献给严世蕃，趁其专心读书之际，买通修脚工，微伤其脚，暗上腐药，使其溃烂，不能上朝，失去皇帝的宠信，渐渐至败。《寒花庵随笔》则辨析其仇人应为唐顺之，王世贞报仇的手段是染毒于书页，唐顺之"以指润口津揭书，书尽，毒发而死"。另有"老儒说"。明代袁中道的《游居柿录》记载："旧时京师，有一西门千户，延一绍兴老儒于家。老儒无事，遂日记其家淫荡风月之事，以西门庆影其主人，以余影其诸姬。"明代谢肇淛的《金瓶梅跋》则说："永陵中有金吾戚里，凭怙奢汰，淫纵无度而其门客病之，采摭日逐行事，汇以成编，而托之西门庆也。"（《金瓶梅资料汇编》）现在看来，这些文字记录传说和猜测的成分居多，都不尽可靠。

《金瓶梅》没有留下作者姓名。十卷本《金瓶梅词话》之前，有欣欣子的序，称"兰陵笑笑生作《金瓶梅传》"。兰陵笑笑生的真实身份，迄今尚不能确定。明人沈德符《万历野获编》称"闻此为嘉靖间大名士手笔"。据此，很多人作了种种推断，作者之说多达数十种。现存《金瓶梅》有两个版本系统，一为词话本，现存最早的是刊于万历四十五年（1617）的《新刻金瓶梅词话》；一为说散本，以刊于明末清初的《新刻绣像批评金瓶梅》为代表，此书大量删去了词话本的韵文，故称"说散本"。清代康熙年间，张竹坡据"说散本"评点的《第一奇书金瓶梅》，在后世最为风行。

二、《金瓶梅》的意义和价值

《金瓶梅》问世之初，以抄本的形式在文人中间流传。有一些文人，如袁氏兄弟（宏道、中道）、陶望龄、汤显祖等对它表示了赞赏。袁中郎《与董思白书》中说："《金瓶梅》从何得来？伏枕略观，云霞满纸，胜于枚生《七发》多矣。"沈德符《万历野获编》则称："袁中郎《觞政》以《金瓶梅》配《水浒传》为外典，予恨未得见。"同时，它也获得了"秽书"的称号。作为辩护，凡是为其写序作跋的人，都说它有劝惩的意义，"劝惩说"可以说是最早出现的对《金瓶梅》价值的肯定。从《金瓶梅》的整体结构、情节框架和标举的口号来说，作品确实有所谓"劝惩"的意思，但《金瓶梅》真正的价值却不在于此。

（一）第一部文人独创的长篇小说

《金瓶梅》与明代"四大奇书"的其他三种相比，没有所谓的"本事"。《三国志演义》《水浒传》和《西游记》分别取材于三国历史、宋江起义和玄奘取经的史实，而《金瓶梅》则没有。它只是接着《水浒传》中潘金莲故事的话头，然后便"节外生枝"地讲述自己要讲的故事。它也没有像"四大奇书"中的其他三种那样，都具有漫长而复杂的成书过程，在作品问世之前都有相同题材的故事曾流传民间，并见诸其他艺术形式，如"说话"、南戏、杂剧等。基于此，可以基本肯定，《金瓶梅》不属于那种世代累积型的作品，而是由文人独立创作的，这在章回小说的创作史上，可说是首开风气。作为第一部文人独创的长篇小说，《金瓶梅》在成书形式上给中国章回小说的创作带来了深远的影响。

（二）以日常生活、世态人情为小说题材

就题材内容而言，《金瓶梅》既非史事（如《三国志演义》），亦非神话（如《西游记》），而是对现实生活的反映，并且也不是现实中轰轰烈烈的大事（如《水浒传》），只是琐屑的生活小事。将这样一种脱离史传、远离神魔、疏离英雄的日常生活作为小说题材，使得《金瓶梅》在中国小说发展史上成了一个里程碑。它已跳出历史和传奇的圈子而处理一个属于民众自己的创造世界，里边的人物均是世俗男女。用小说来表现这一题材，开了世情小说的先河。

《金瓶梅》以西门庆家为中心，生动地描绘出当时社会的世态人情。小说从《水浒传》的第二十三回开始铺陈，写潘金莲私通西门庆，谋害亲夫武大郎。武松替兄报仇，不料错杀别人，被发配。金莲即搬进西门庆家，成为他的第五房小妾。西门庆其时正妻已经过世，留下一个女儿，续弦叫吴月娘，妾已有李娇儿、孟玉楼和孙雪娥。西门庆有了潘金莲以后，又勾搭上了邻居和结拜兄弟花子虚的老婆李

瓶儿。花子虚死后，李瓶儿曾与庸医蒋竹山有短暂婚史，但很快又投入西门庆的怀抱，成为第六房妾。作品用很大的篇幅描写这群妻妾之间的日常生活和勾心斗角。

潘金莲是这群妻妾中最为活跃的人物。她身边有两个丫环，一个是粗笨的秋菊，是潘金莲凌辱的对象；另一个是机敏的春梅，成为潘金莲的伙伴。潘金莲重点打击的对象是晚于她进门的李瓶儿。李瓶儿生了儿子官哥儿之后，潘金莲更是变本加厉。最后，她训练的雪狮子猫吓死了官哥儿，气死了李瓶儿，而她也发展到公然与正室吴月娘翻脸的地步。

西门庆原本是开生药铺的，由于他的经营，也由于他多次娶有钱人的遗孀做老婆，他渐渐成为一个富商，同时开了当铺、绒线铺和绸缎庄，并有了"千户"（地方上的军官）的职衔。虽说家里已有几房妻妾，但他却没有停止过寻花问柳的生活，终因纵欲过度而死在潘金莲手中。他死的当口儿，月娘生下儿子孝哥。

西门庆死后，朋友辈都相继离去，仆人和店铺里的伙计也都携钱财货物而逃。他的那些妾也逃的逃，嫁的嫁。潘金莲被仇视她的月娘卖给了服刑归来的武松，被武松所杀。春梅亦被月娘卖给周守备。月娘还赶走了女婿（也是潘金莲和春梅的情夫）陈经济。

春梅在守备家很快被扶正。她救活了沦为乞丐的陈经济，与其私通，守备手下的虞侯张胜见状杀了陈经济。春梅也因纵欲过度而死。孝哥十五岁时，月娘遇见老和尚普静。普静用法力让吴月娘看到：孝哥原是西门庆转世。吴月娘答应让孝哥出家。

鲁迅先生在《中国小说史略》中对这部作品评价很高，说："作者之于世情，盖诚极洞达，凡所形容，或条畅，或曲折，或刻露而尽相，或幽伏而含讥，或一时并写两面，使之相形，变幻之情，随在显见，同时说部，无以上之。"

（三）反映当时社会的金钱观、道德观和社会风气

当《金瓶梅》把世态人情展现在我们面前的时候，我们不能不惊叹作者的冷峻与客观。小说的主角西门庆，开始时只是一个破落户财主，开一个生药铺，"不甚读书，终日闲游浪荡"，"专在县里管些公事，与人把揽讼事，找钱，交通官吏，知县、知府都和他来往"。他的特点是肯撒漫花钱，尤其是当他以婚姻为手段暴富以后。他进献大量财物，博得了京中蔡太师的欢心，得了理刑副千户的官职，后来又升为千户，并成了蔡京的义子。当妻子吴月娘劝他少做歹事的时候，他说："咱闻那佛祖西天，也止不过要黄金铺地；阴司十殿，也要些楮镪营求。咱只消尽这家私，广为善事，就使强奸了嫦娥、和奸了织女、拐了许飞琼、盗了西王母的女儿，也不减我泼天富贵。"这是西门庆从自己生活中提炼出来的对金钱的认识：钱就是一切，有了钱无论做什么坏事都不要紧，而且只要你肯花钱，钱就能带来更多的钱。他的这种认识正是基于明代金钱主宰一切的社会状况。由于城市经济的繁荣、市民阶层的兴起，金钱正以前所未有的力量出现在明代的政治舞台上，造成一种不同于以往等级制所造成的、带着铜臭的黑暗。

西门庆年轻时就寻花问柳，广蓄妻妾，后来做了官，在外面是一本正经的"西门老爹"，一出衙门仍然拈花惹草，恣意放浪。家里妻妾成群，他还时常到妓院去，并且与许多有夫之妇发生关系。在西门庆周围，没有一个女人拒绝过他。她们往往在利诱之下与之一拍即合。西门庆与店铺主管韩道国的妻子王六儿有私情，王六儿并不向丈夫隐瞒，而韩道国也竟然说："等我明日往铺子里去了，他若来时，你只推我不知道，休要怠慢了他，凡事奉承他些儿。如今好容易赚钱，怎么赶的这个道路！"大有额手称庆之意。对有些女人来说，不存在钱财方面的问题，但她们也同样愿意同西门庆苟合。这说明小说所要表现的，并不是西门庆这样一个有钱有势的色情狂的性罪恶，而是要通过他和他周围的人展示社会道德的沦丧，社会风气的败坏。

在西门庆家里，那些妻妾以及下人的媳妇，几乎完全丧失了人生的意义，得到西门庆的恩宠成了她们唯一追求的目标，她们的全部生活就围绕这一点而展开。争风吃醋、勾心斗角，成了最主要的活动。其中的主角就是潘金莲，相对于别的妻妾来说，她是最泼辣的一个，对西门庆也比别的妻妾强硬。她虽然总体上不敢违拗西门庆，但却有非常强烈的控制这个男人的欲望。她时常说："要这命做什么？活一百岁杀肉吃？他若不依，我拼着这命，兑在他手里，也不差什么！"为此，她和宋惠莲暗中斗法，设计陷害来旺儿；她以恶毒的态度对待李瓶儿以及她的儿子官哥儿；她残酷地折磨丫鬟秋菊，粗暴地对待自己的母亲。她过分强烈的性欲最后害死了西门庆。小说想暴露的是所谓"淫"的罪恶，而我们在她身上所看到的，则是这个豪绅之家本质上的肮脏和不合理。

西门庆生前，有以应伯爵为首的所谓"十兄弟"，都是些冲着他的钱而来的帮闲。作者用漫画式的笔法来描写他们，写他们在西门庆生前奉承拍马，揩油沾光，死后却冷肚冷肠。通过他们的丑态把世态炎凉表现得淋漓尽致。

（四）运用大量鲜活的市井俚词

《金瓶梅》使用了大量的市井俚词，鄙俗之言，人物语言口吻逼真，惟妙惟肖。潘金莲叫秋菊找鞋，秋菊找到了宋惠莲的一只绣鞋，潘金莲指着西门庆对春梅说：

> 你看他还打张鸡儿哩。瞒着我黄猫黑尾，你干得好茧儿！来旺媳妇子的一只臭蹄子，宝上珠也一般收藏在藏春坞雪洞儿里拜帖匣子内，搅着些字纸和香儿，一处放着。甚么稀罕物件，也不当家化化的，怪不的那淫妇死了堕阿鼻地狱。

这段话生动地表现出潘金莲又气又恨的刻毒心理。正是以这样鲜活的语言，《金瓶梅》成功地塑造了潘金莲、西门庆等一系列人物形象。

三、如何评价《金瓶梅》中的性描写

《金瓶梅》中有大量性描写，详细地描述两性间嬉戏的姿势和语言。作者显然有意识地把这一类描写固定在几个人物身上。就男性而言，主要是西门庆；女性则比较多，除了潘金莲之外，其他还有李瓶儿、王六儿、宋惠莲等。这种笔墨的多少，并不决定于人物的重要与否，比如吴月娘，是西门庆的正室，也还年轻貌美，落在她身上的笔墨也不少，但却很少有性事描写。说明作者还是把性活动看作是一种罪过，因此对吴月娘这样的"善人"就不恣意落笔。

因为《金瓶梅》中有大量直接描写性活动的文字，明清以来都视《金瓶梅》为"淫书"，屡屡下诏令禁止出版和流传。也有读者斥之为"鄙秽百端，不堪入目"的。虽然这些描写不能说都十分必要，但也有它暴露的意义。西门庆和李瓶儿幽会时夸奖她肤色白净，潘金莲偷听到后，"就暗暗将茉莉花蕊儿搅酥油淀粉，把身上都搽遍了。搽得白腻光滑，异香可掬，使西门庆见了爱他，以夺其宠"。潘金莲在伺候西门庆时做的肮脏变态的卖娇动作，如意儿知道后就特意模仿。通过这些描写，"人们可以看到在两性关系的最隐秘的方面，男人如何把女人变为非人，看到过去那个时代的男人的性心理，也看到人性的不那么可爱的一面"（梅节《金瓶梅词话·序》）。

《金瓶梅》大量性描写的出现和当时的社会状况有密切的关系。鲁迅先生在《中国小说史略》中指出："成化时，方士李孜僧继晓已以献房中术骤贵，至嘉靖间而陶仲文以进红铅得幸于世宗，官至特进光禄大夫柱国少师少傅少保礼部尚书恭诚伯。于是颓风渐及士流，都御史盛端明、布政使参议顾可学皆以进士起家，而俱借'秋石方'致大位。瞬息显荣，世俗所企羡，侥幸者多竭智力以求奇方，世间乃渐不以纵谈闺帏方药之事为耻。风气既变，并及文林，故自方士进用以来，方药盛，妖心兴，而小说亦多神魔之谈，且每叙床笫之事也。"鲁迅先生所说的这一类小说，有《金主亮荒淫》《如意君传》《绣榻野史》等多种。当时还有一种以性为话题的搞笑作品，如《笑谈》《谑浪》等。在这样的社会背景下，《金瓶梅》直露地描写性活动，恐怕不能完全排除媚俗的意识。

第二节　世情小说的发展

一、偏向人情的才子佳人型作品

明清之际，出现了一批专以描写青年男女婚恋为题材的小说，因其婚恋双方一定是饱学书生和美貌小姐，被称为"才子佳人小说"。小说在一定程度上继承了唐传奇描写恋爱婚姻的传统，但摒弃了其中神、灵、鬼、怪、奇的成分，而接受《金瓶梅》表现内容日常生活化的影响，写普通青年男女的婚恋故事。这些作品几乎无一例外地具备三个特征：一对郎才女貌的主人公，一段或权贵压迫或小人捣乱的曲折过程，以及一个洞房花烛、金榜题名的大团圆结局。

（一）《玉娇梨》

《玉娇梨》，二十回，作者天花藏主人，真实姓名不确，是清初重要的小说作家。女主角为太常正卿白太玄的女儿红玉和白太玄的外甥女卢梦梨，红玉寄居其舅舅家的时候又曾名无娇，合为"玉娇梨"。男主角为贫寒书生苏友白。

小说写红玉才貌俱佳，被杨御史看中，欲求为媳。白太玄父女发现杨御史的儿子杨芳没有真才实学，拒绝这门亲事。杨御史恼羞成怒，把白太玄荐去塞外。为防意外，白太玄把女儿红玉寄居在其舅舅吴翰林家，改名无娇，假称是吴翰林的女儿。吴翰林发现苏友白才貌双全，派人去为红玉提亲。苏友白窥见吴翰林的女儿无艳容貌不佳，以为是红玉，拒绝婚事。后来又有财主张轨如窃取苏友白的诗稿冒充才子，妄想骗娶红玉，以及苏友白的学中朋友苏有德企图浑水摸鱼等。苏友白则通过红玉的丫鬟嫣素与红玉有了诗简往来，彼此仰慕，约定由苏友白央吴翰林前来提亲。苏友白路遇盗贼，分文全无，穷窘时得到女扮男装的卢梦梨的赞助，并说好将妹妹（也即卢梦梨自己）也嫁给苏友白。后来，白太玄和苏友白各自隐姓埋名在山水间相识，因为张轨如告诉苏友白说，红玉已死，卢梦梨又一下子踪迹全无，苏友

《玉娇梨》插图

白答应娶老者的女儿为妻。苏友白"秋试春帷双得意"后前来成亲，这才发现，原来老者的女儿就是红玉，红玉也发现原来父亲找来的才子就是自己的心上人。卢梦梨也早已举家到了舅舅白太玄处，与红玉共事一夫。

不论就故事情节，还是从人物形象来说，这个作品都是非常典型的才子佳人小说。权贵以势压人，小人拨乱其间，才子金榜题名，佳人洞房花烛，这些几乎都成了才子佳人小说的规定套数。美貌而有才华也成为才子佳人们的固定特征。小说一个比较明显的特点，是男女双方对于婚姻的正视和主动。不仅白太玄和吴翰林积极地为女儿、为外甥女寻找合适的配偶，红玉自己对此也非常热心。她在丫鬟面前毫不忸怩，公然让她传诗递简，还亲自前去偷看苏友白。整个择婿的过程，父女两个都有商有量，甚至"开一个和诗之门，以为择婿之端"。卢梦梨更是大胆，隔园望见苏友白"气宇不凡，诗才敏捷"，就女扮男装和苏友白并坐而谈，顶着妹妹的名义谈婚论嫁。红玉在知道这件事后，非但不怪她，还惊喜地夸奖她说："妹子年纪小小，不意倒有这等奇想，又有这等俏胆，可谓美人中之侠士也！"这些描写，或多或少透露出了一些自由恋爱、自主婚姻的气息，清新可喜。

小说写杨御史看上红玉，欲聘之为媳，尚在情理之中，后面又写杨御史看上苏友白，欲招之为婿，并同样因遭到拒绝而怀恨报复，就有点不自然了。白太玄收留远族送来的侄子为儿的一段，与整个故事的发展没有任何联系，纯属赘疣。除了这

一两处的缺点外，小说总体来说还是写得比较紧凑，语言也比较简洁流畅。

（二）《宛如约》和《定情人》

《宛如约》全称《新刻才美巧相逢宛如约》。分四卷，共十六回，偶句标目。虽题"惜花主人批评"，却无评语，也不题撰人。一般认为当是早期的才子佳人小说。《定情人》全称《新镌批评绣像秘本定情人》，不题撰人。有序，署"素政堂主人题于天花藏"。共十六回，偶句标目。

此二书和《玉娇梨》一样，都是典型的才子佳人小说。基本情节不外乎"寻访—钟情—波折—团聚"。连起波折的原因也完全相同：都是权贵求亲不成，挟私报复。结局也都是二女自愿双栖，共事一夫。撇开像"长枕大被"这样的恶俗描写不说，《宛如约》中的赵如子在为自己谋求幸福婚姻的主动程度上比卢梦梨有过之而无不及。卢梦梨是钟情于苏友白才女扮男装自荐的，赵如子则干脆扮成男子四处游走去寻访意中人。尽管作者给她一个父母双亡的特殊背景，但一个闺中女子，这样来为自己谋幸福，的确是别开生面。

《定情人》较为突出的则是关于"情"的阐释和描写。男主人公双星和朋友庞襄曾有过一番关于婚姻的讨论，所发的议论的确让人耳目一新。他不仅把"门楣荣耀"排除在择偶的条件之外，甚至连一般才子孜孜以求的"绝色"也不作为唯一条件，说："诸女子虽尽是二八佳人，翠眉蝉鬓，然觌面相亲，奈吾情不动何！"一定要情"为其人所动"，才肯论婚娶，"不遇定情之人，情愿一世孤单"。一旦定情江蕊珠，他便一往而深，不仅拒绝驸马屠劳的招婿之请，宁可道远涉险，出使国外，而且即使按蕊珠的遗言娶了彩云，也坐怀不乱，分榻而寝。虽然小说最后还是让他双美齐得，但对男性的用情专一写到这样地步，已是才子佳人小说中不多见的了。

（三）《平山冷燕》

《平山冷燕》与《玉娇梨》同为明末清初开才子佳人小说风气的代表性作品。有的版本题为"荻岸散人（或荻岸山人、荑荻散人等）编次"，有的则不题撰人。二十回，偶句标目，句式参差。小说写燕白颔与山黛、平如衡与冷绛雪两对才子佳人的婚恋故事，因其在写燕白颔和平如衡两个才子的同时更用力于塑造山黛和冷绛雪两个才女的形象，故又称"四才子书"。作者所谓的"才"，主要就是指诗文上的功夫。作品中不少诗文，小说中人对其大加称赞，然究其本来，其实平平，难怪清代文人何焯以《平山冷燕》体"自谦。作者极力褒扬这几个才貌出众的青年男女，其实并未写出其鲜明个性。

小说的长处在于情节的构思，读者明明知道这四人最终要得偕连理，但还是会被作者设计的曲折情节所吸引。这两对青年男女在生活中都有过接触，但又都不便道出自己的真实身份，因此幻化出许多变身，平如衡和冷绛雪同时又是所谓"题诗女子"和"和诗少年"；燕白颔和山黛又各为"阁上美人"和"阁下少年"；燕白颔和平如衡托名为赵纵、钱横，山黛和冷绛雪又假扮作"青衣记室"。一面是自己钟情的对象、耳闻的佳人，另一面是皇帝钦赐的婚姻。如此种种，令人眼花缭乱。直到最后百川归一，两对才子佳人喜结良缘。

小说将山黛和冷绛雪写得既有貌又有才，且其才华大有压倒须眉之势，而且都性格倔强，威武不能屈，这与"女子无才便是德"的鼓吹相比，显然是进步的。

（四）《好逑传》

《好逑传》，清同治五年（1866）秋镌萃芳楼藏版题为《第二才子书好逑传》，又名《侠义风月传》，署名"名教中人编次"。全书十八回，回目用单句，句式参差，上下回对偶。小说写御史公子铁中玉和兵部侍郎小姐水冰心的婚恋故事。

故事的总体构思仍在一般才子佳人小说的套中，无非是豪门公子觊觎佳人美貌，豪取巧夺；最后却是佳人得配才子，终成眷属。然一波未平，一波又起，情节颇有吸引人之处。男女主人公虽不脱才子佳人窠臼，但铁中玉的膂力和侠气，水冰心的智慧和胆略则是一般才子佳人所没有的。

铁中玉不仅"人品秀美"，且能使一柄重二十余斤的铜锤，一手能将人"拦腰一把提将起来，照众家人只一扫，手势来得重，众家人被扫着的都跌跌倒倒"。他生就一副侠肝义胆，路见不平，便要拔刀相助。他与水冰心的结识，就产生在这拔刀相助的过程中。此外，他还帮过韦佩、救过侯孝，送还过李大户的逃妾，是"既美且才，美而又侠"的奇男子。

水冰心在母亲亡故、父亲远谪边关的情况下，面对蛮横的贵族公子过其祖和为虎作伥的叔叔水运，以及串通一气的知县、按院等官员，从不露一丝怯色。她心机灵活，虑事周到，用自己的智慧挫败了过其祖一次又一次的阴谋。当铁中玉遭人暗算，危在旦夕的时候，她当机立断，把他接到家中养病，敢作敢为，光明磊落。

作者力图表现"英雄做事，只要自家血性上行得过，不必定做腐儒腔调"，让

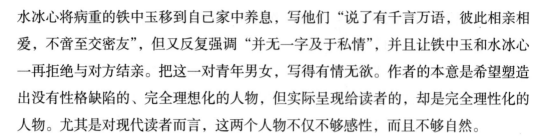

水冰心将病重的铁中玉移到自己家中养息，写他们"说了有千言万语，彼此相亲相爱，不啻至交密友"，但又反复强调"并无一字及于私情"，并且让铁中玉和水冰心一再拒绝与对方结亲。把这一对青年男女，写得有情无欲。作者的本意是希望塑造出没有性格缺陷的、完全理想化的人物，但实际呈现给读者的，却是完全理性化的人物。尤其是对现代读者而言，这两个人物不仅不够感性，而且不够自然。

因铁中玉和水冰心俱出生于官宦之家，各种描写多有涉及官场，看似漫不经心之笔，却对官场刻画得入木三分。比如，新按院冯瀛到任，过公子出境远远相迎，又备盛礼恭贺，又治酒相请。冯按院见公子意甚殷勤，主动提出："世兄若有所教，自然领诺。"随即为过公子发下一张牌到历城县来，强令水冰心与过其祖"一月成婚"。历城县知县暗暗上了一角文书，禀明真相，冯按院大怒，又发一牌，词语甚厉。后来，水冰心亲到按院，诉说种种，冯按院"初听见说过公子许多奸心，尚不在念，后听到遣家奴走阙下，击登闻上陈，便着了忙"，连忙下了一道禁止强婚的告示。过公子去找他，他也躲避不见。直到把水冰心的家人找回来，他才叫了过公子来，诉说："连日世兄累累赐顾，本院不敢接见者，恐怕本赶不上，耳目昭彰，愈加谈论。今幸那本章赶回来了，故特请世兄来看，方知本院不是出尔反尔，盖不得已也。"翻覆之间，可见官场一斑。

二、偏向世态的市井型作品

与上述作品专一描写才子佳人不同，世情小说也有一部分着力于描写世态人情。大致又可分为两种情况：其一，仍以才子佳人故事为大框架，但在较长的篇幅中兼叙很多婚恋之外的情节，从中表现世态。其二，虽然也有婚恋故事，但主人公的身份地位、小说所宣扬的主题，与才子佳人小说已有较大区别，往往包含的内容比较丰富，反映人情世态相当鲜活。

（一）《快心编》

《快心编》，题天花才子编辑。分三部刊行。初集封面题《醒世奇观·新镌快心编全传》，十回；二、三集均题《快心编传奇》，分别为十回和十二回。大多以七言偶句标目（少数用八言偶句）。讲述凌驾山和李丽娟、石琼和裘翠翘、柳俊和兰英的婚恋故事。与一般才子佳人小说相比，它有几个不同：

首先，男主人并不是习见的所谓"才子"。石琼因家中"无力读书"，熟习的是

"兵书战策""枪刀武艺"，或为报仇，或为仗义，挥刀杀人，大有江湖好汉风范。柳俊更是戏子出身，本事也不在读书，而在于"射箭有百步穿杨之技，骑马有挟山超海之能"。在这两个人身上，作品描写了很多厮杀打斗，战阵回合。他们如何从出身微贱的小人物，成长为朝廷命官，成为小说描写的一个重要内容。

其次，小说虽有才子佳人遇合的描写，但主人公辗转流离，很多事件与婚恋基本无涉，如凌驾山和丁孟明的矛盾、石家与郝家的仇恨、草贼与官兵的对阵、道士的幻术骗人等。正是在描写这些事件的过程中，呈现出种种世态。

原书《凡例》中说："编中点染世态人情，如澄水鉴形，丝毫无遁。"小说确实有不少地方刻画世态人情入木三分。吏部侍郎刘邈，听说儿子看上了御史李绩的女儿，做了抢亲的事，也"写书信责备儿子"，然而"心里到底护短，写信回家来，都是半推半就，带教训带商量的话"，最后做媒不成，竟假公雪忿，借举贤的名义，举荐李绩到朝鲜去，让他去受"那路上风霜劳苦"。丽娟的叔叔李再思，从贪财开始，一步步在刘世誉的诱惑下出卖了亲侄女，前前后后的内心活动都写得非常真实细腻。作者更能闲中着色，寥寥数笔，画出炎凉世态。如石虹受了郝家的凌辱，一路喊叫："倚富杀人。"众人问时知是郝家难为他，便闭口结舌，不来兜搭。还有一等轻薄的道："你这老头儿还不快走，却在此处絮絮叨叨，想是打得不爽利么？"石琼杀了潘山虎，为地方上除了一大害，众乡人"便要公备礼来酬谢，又要送酒席来款留"，石琼拒绝了，"这些乡人小器的多，虽则感激不浅，然叫他腰里打出些钱来，原有些牵强的。看见佩珩回了，便顺水推船，竟不再说"。有时作者急于要剖析世情，竟不惜"连篇累叶"生发议论，虽然从艺术上来说不能算是成功之笔，但也可见作者对世情的深刻认识。

（二）《金云翘传》和《二度梅全传》

《金云翘传》，二十回，题青心才人编次，偶句标目。以明代草寇徐海和其宠姬王翠翘的事迹为基础，与史实出入很大，可以看作完全虚构。这部作品在名字上沿用才子佳人小说的老套，以才子金重、佳人王翠云、王翠翘三人姓名合成，也以二女共事一夫作结，但实际所写却是王翠翘的传奇故事：王翠翘"性喜豪华"，敢作敢为，看上了邻园的富家秀士金重，就钻墙逾穴与他约会，通宵饮酒赋诗，私订终身。金重离开期间，王翠翘家被人栽赃，为救父兄，翠翘当机立断，自卖其身，给临淄客人马不进为妾。马不进其实却是龟头，翠翘落入娼家。好不容易从良，做了束守的外室，又被束守之妻宦氏折磨得死去活来。逃出宦氏的魔爪后，翠翘再度沦落娼家，被草寇徐海看中，做了夫人。借徐海的兵力，翠翘为自己报仇雪恨。徐海听从翠翘之劝，接受招安，被乱箭射死。督府把王翠翘配给一军长，翠翘投水自杀，被人救起后与金重完聚。

小说较少有一般才子佳人小说中"吉人天相"的描写，王翠翘的苦难被写得实实在在：受骗失身，毒刑拷打，精神折磨……读者正是随着王翠翘的苦难历程，看到了社会上形形色色的丑恶。作者很可贵地把王翠翘这个受尽蹂躏的女子写成了精神比较高尚的孝女、侠女，很能打动读者。

《二度梅全传》，四十回，题惜阴堂主人编辑、天花主人编次，偶句标目。虽然也是才子佳人、一夫二妻的框架，但却用更多笔墨描述了朝廷中忠奸两党的抗争，以及忠臣的子弟们如何在颠沛流离之后东山再起。小说抨击奸臣颇为用力，也对世态人情有所表现。情节比较曲折，但巧合太多，荒诞的描写也不少。忠臣梅魁的形象有些脸谱化，不太近人情。

（三）《醒世姻缘传》

《醒世姻缘传》，署名西周生撰。胡适《〈醒世姻缘传〉考证》认为"西周生"应该就是《聊斋志异》的作者蒲松龄。也有疑为清代文人丁耀亢的。全书一百回，七言偶句标目，是一部百万言的长篇小说，除了在此之前的《金瓶梅》和在此之后的《红楼梦》，这样的长篇作品在世情小说中不多见。成书时间大约在顺治末康熙初。

小说以因果报应为主要框架，写一男数女的两世姻缘。第二十二回之前写前世姻缘，第二十三回起为今世姻缘。前世姻缘中的男主人公晁源即为今世姻缘中的男主人公狄希陈。晁源生前射杀了一只仙狐，还宠信其妾小珍哥，迫使妻子计氏自杀身亡。晁源转世为狄希陈后变得非常窝囊，仙狐成了他的悍妻薛素姐，对他百般凌虐；计氏成了他的妾童寄姐，也拼命折磨他，小珍哥成了狄希陈的丫鬟小珍珠，被童寄姐虐待致死。尽管小说一上来就让读者明白姻缘前定，冤冤相报是天意，但作品所提供的明代社会鲜活生动的生活场景还是有较高的阅读价值。作者在《引起》中说，他"拈出通俗言，于以醒世道"，目的就是告诉人们，好婚姻也罢，恶姻缘也罢，"此皆天使令"，因此要人们"顺受两毋躁"。但作品的实际意义是远远超出于此的。

小说采取的是冷眼旁观的态度和客观叙述的方法，但批判性很强。除了晁夫人这个大善人和极少几个好人外，上至大小官员，下至市井细民，其基本形象都不那么光彩，还有许多更是极其丑陋的，比如无赖秀才汪为露、族中一霸晁无晏、恶厨子尤聪等。小说对官场、衙门等的描写比《金瓶梅》更多、更详尽。比如，狄希陈点卯选官时洛校尉对他说的话，将一本官场经念得清清楚楚。小珍哥迫计氏自尽而坐牢时，晁源"拿了许多银子到监中打点：刑房公礼五两，提牢承刑十两，禁子头役二十两，小禁子每人十两，女监牢头五两，同伴因妇每人五钱"，结果是"打发得那一干人屁滚尿流，与他扫地的，收拾房的，铺床的，挂帐子的，极其掇臀捧屁"。牢房里竟是这样一番景象：

> 一间房内，糊得那窗干干净净，明晃晃的灯光，许多妇人在里面说笑……珍哥揉着头，上穿一件油绿绫机小夹袄，一件酱色潞绸小绵坎肩；下面岔着绿绸夹裤，一双天青纻丝女靴；坐着一把学士方椅，椅上一个拱线边青段心薄绒垫子。地下焰烘烘一个火炉，顿着一壶沸滚的茶。两个丫头坐在床下脚踏上。

后来因送了典史八十两银子，外加一副五两重的手镯、每个一钱二分的金戒指十枚及两石稻米，就干脆在监牢里面"与珍哥盖了间半大的向阳房子：一整间，拆断了做住屋；半间，开了前后门，做过道乘凉。又在那屋后边盖了小小的一间厨房，糊了顶格，前后安了精致明窗；北墙下磨砖合缝，打了个隔墙叨火的暖炕……可着屋周围又垒了一圈墙，独自成了院落"。钱财的力量、官吏的贪赃枉法，就在这样不动声色的描写中得到了充分展示。

在描写家庭生活方面，《醒世姻缘传》比《金瓶梅》要简单得多。前世姻缘主要写晁源宠妾虐妻，今世姻缘则写狄希陈如何被妻妾凌虐。笔墨夸张，至有不尽可信之处。小说最精彩的是对世情的描写，官员、秀才、厨役、银匠、僧尼、道婆、无赖、混混等都写得面目生动，刻画人物心理也十分到位。

《醒世姻缘传》的主角虽然还是官绅之家，但毕竟还在市井之间，接触的面很广，因此小说包括的内容很丰富，可以说是一部反映其时人情世态的百科全书式的作品。

三、《林兰香》

《林兰香》，六十四回，题随缘下士编辑、寄旅散人评点。随缘下士、寄旅散人生平无考。问世时间大约不迟于雍正、乾隆年间。①

小说写明朝洪熙元年，开国功臣耿再成之孙耿朗，16岁考校得优等，虚授兵部观政，待20岁后正式任职。耿朗先聘副御史燕玉的女儿燕梦卿，后燕玉遭诬陷，拟充军边陲，燕梦卿愿没身官奴，以代父罪。耿朗遂另娶尚书之女林云屏为妻。后燕玉昭雪，燕梦卿获赦，甘居侧室，仍嫁给耿朗。耿朗先后又娶布商之女任香儿、林云屏的姑表妹宣爱娘、宦家女平彩云、燕梦卿的丫鬟春畹为妾。任香儿恃宠中伤，导致耿朗与燕梦卿反目，燕梦卿抑郁而亡。耿朗中年病死后，春畹将燕梦卿的儿子耿顺抚养成人，袭泗国公爵位。

此书很明显地受到《金瓶梅》的影响，一开头便申明："林者何？林云屏也……兰者何？燕梦卿也，取燕姑梦兰之意……香者何？任香儿也。"小说的男主人公耿朗也像西门庆一样，先后娶了六房妻小。小说着力描写这群妻小之间的种种矛盾，也与《金瓶梅》颇多相似。

所不同的是，《林兰香》所涉及的社会生活面要比《金瓶梅》广。"比如写事件，有两仪山彭氏三兄弟夫妇的用兵和出征甘凉，有内监石亨、曹吉祥借口土木之变有功而掀起夺权的暴乱，有科考舞弊案及办案者的执意制造冤狱等。所涉及的人物极为众多，举凡内监、大僚、侠客、高士、童仆、丫鬟、妓女、艺人、奸商、恶棍、妖人、流氓……从各自的身份和行事中编织成一个比较全面的社会网"②。就人物而言，几个女性都写得个性比较鲜明。尤其是燕梦卿，这个有才有貌、有胆有识的女子，对各种事情的处理都做到了好得不能再好，但是却难逃悲剧的命运。作者既细腻地从正面描写她的心理，也通过其他人物之口从侧面多所衬托，让读者对这一人物的命运产生深切的同情，也不由得对人情世态感慨系之，正如作者所说："闺人之幽闲贞静堪称国香者不少，乃每不得意于夫子，空度一生。大约有所掩蔽，有所混夺耳。"这是为女子抱不平，也将读书士子怀才不遇的喟叹尽入其中。男主

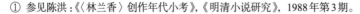

① 参见陈洪：《〈林兰香〉创作年代小考》，《明清小说研究》，1988年第3期。

② 于植元：《〈林兰香〉论》，《明清小说论丛》第一辑，春风文艺出版社1984年版。

人公耿朗也跳出了才子十全十美的模式，而是一个材质平平，贪恋酒色，性格软弱，缺少主见的人。

《林兰香》的作者驾驭语言的能力比较强，如写燕梦卿、林云屏，则温婉文静；写宣爱娘带几分淘气，任香儿则带几分俗气；至于写到李寡妇的笔墨，就粗鄙到极处了。缺点是内容过于庞杂，叙述时有道学气。

从世情小说的发展来说，《林兰香》可说是上承《金瓶梅》，下启《红楼梦》。描写耿府品花、赏雪、联诗等日常活动时的铺张，很容易让人想到日后《红楼梦》中的"富贵温柔之乡，花柳繁华之地"。尤其是末后，小说写耿顺建一小楼，将遗物尽贮其中，以期永久流传。不料一场大火，焚烧净尽，很有点《红楼梦》"好一似食尽鸟投林，落一片白茫茫大地真干净"的味道。可以说，《红楼梦》作者受到它的影响是完全有可能的。

四、《歧路灯》

《歧路灯》，一百零八回，李观海作。李观海（1707—1790），字孔堂，号绿园。河南宝丰人。《歧路灯》的创作断断续续用了将近30年时间。脱稿后一直以抄本流传，1924年才有石印本。1980年中州书画社出版了栾星的校注本。

小说以60余万言的篇幅讲述了一个浪子回头的故事，所以叫作"歧路灯"。前十二回写河南祥符县出身缙绅之家的谭忠弼为人端方耿直，40岁时续弦王氏生下一个儿子，叫谭绍闻。谭忠弼把教育孩子当作头等大事，临终留给绍闻"用心读书，亲近正人"八个字。第十三至八十二回，写父亲死后，谭绍闻因母亲溺爱，外人诱惑，逐渐堕落，致使破家荡产。第八十三回到一百零八回写谭绍闻痛定思痛，在义仆王中和父辈友执的帮助下，终于改过自新，和儿子一起读书应试，为官作宦，重振家业。

小说总体构思和主要内容，正如作者自己所说，是希望为站在人生岔路口的少年人点燃一盏指路灯，这个意义即使在今天也还是有价值的。不过，作者完全是按照封建社会的伦理道德和人生价值观来指路的，现在看来有许多地方难免有陈腐迂执之嫌。作品的第一和第三部分也由于这个原因而显得不太好看。

小说最生动也最有价值的是第二部分，也即谭绍闻误入歧途的那部分。没有了父亲的严格管教，谭绍闻走出书房碧草轩，同一帮乱七八糟的人交了朋友。读者便跟着他看到了社会上形形色色的怪态和丑恶：骄横跋扈的公子盛希侨，钻头觅缝的帮闲夏鼎，老于江湖的戏班主茅拔茹，设局诱赌的恶棍张绳祖，诓骗亲姐的无赖滑鱼儿，还有信口雌黄的风水先生，贪贿害人的尼姑，拐骗银子的道人，受贿徇情的官吏，杀人越货的强人……他所出入的豪宅、酒楼、赌场、尼庵、衙门、旅店等，也都有生动的描述。

小说在人物形象的塑造上很有特点。主人公谭绍闻和他的结拜兄弟盛希侨都属转变型人物，这在世情小说中相当罕见。作者对人物的转变过程又都有很好的把握。谭绍闻性格软弱，爱面子，时常因为"不好意思"拒绝而陷入别人设下的圈套，这既是他逐渐堕落的原因，也是他日后改正的基础。小说详细地描写他刚开始或赌或嫖时如何从脸红心跳，渐渐到习以为常；也同样详尽地表现他如何一次次发誓改过，又一次次重蹈覆辙，整个过程真实可信。盛希侨作为一个纨绔子弟的形象更是呼之欲出。一方面，他公子习性，好的是吃喝嫖赌，斗鸡走马；另一方面，他性情豪爽，无害人之心，有助人之义。他既是谭绍闻堕落的重要诱因，也屡屡在谭绍闻有难时伸出援手。最后随着年龄的增长和阅历的增加，他的转变也还是可信的。

小说还成功塑造了王春宇和王隆吉父子这一对商人的正面形象。王春宇是正经的生意人，品行没有什么歪处，也明白事理，但又因为他毕竟是商人，正如他自己所说："他们那个讲读书的事，我一毫不在行"，所以他"糊涂荐师长"，弄了个误人子弟的先生来，气伤了谭忠弼，耽误了谭绍闻；又因为是商人，在生意需要的时候，就把一个可能读书很有前程的儿子王隆吉留在了家里。小说虽然对王春宇的这一选择表示遗憾，但却给予这对父子很好的下场：王隆吉"十五六岁时，竟是一个掌住柜的人了。王春宇见儿子精能，生意发财，便刚心留他在家，自己出门，带了能干伙计，单一在苏、杭买货，运发汴城。自此门面兴旺，竟立起一个春盛大字号来"。小说结束的时候，写谭绍闻的儿子洞房花烛、金榜题名，作者也没有忘记交代"舅爷王春宇的生意已发了大财，开了方，竟讲到几十万上"，表现出作者对读书科考之外的生活道路的宽容与肯定。

谭府的仆人中，王中是作者精心塑造的义仆形象。但正如作品中其他作者所想褒扬的人物一样，他被赋予了太多理想化色彩，反倒显得不太可亲和可信。尤其是最后还让王中"掘地得窑金"，并拾金不昧，靠这注钱财赎回谭家的产业，实在有点生硬。但整个谭府中人，作者还是安排得恰到好处的。除了王中以外，管账相公阁楷也是正人君子，但他不像王中那么耿直，而是识得时务，留得余地，全身而退，又始终不忘旧主。其他如冰梅的和顺婉转，老樊的本分憨厚，德喜、双庆的势利，虽着墨不多，但都点染得当。

《歧路灯》的作者有相当好的文学修养，叙述故事比较紧凑，语言朴实但不乏生动，避免了世情小说中经常出现的一些毛病，比如情节枝蔓，语言或者不够简练，或者太过书面化等。

第三节　世情小说的巅峰之作《红楼梦》

一、伟大小说家的诞生和旷世杰作的问世

曹雪芹，名霑，字梦阮，号雪芹、芹圃、芹溪；一说字芹圃，号梦阮。生卒年无确切记载，依据各种史料推算，生年有二说：一为"乙未说"，即康熙五十四年（1715）；一为"甲辰说"，即雍正二年（1724）。卒年则有三说：一为"壬午说"，即乾隆二十七年（1762）；一为"癸未说"，即乾隆二十八年（1763）；一为"甲申说"，即乾隆二十九年（1764）。

曹雪芹少年时代家世显赫，他的好朋友敦敏曾做诗说是"秦淮风月忆繁华"（《赠芹圃》）。清初，五世祖曹振彦随多尔衮入关，成为专为宫廷服务的内务府人员，家族开始发达起来。四世祖曹玺曾任江宁织造。曾祖母孙氏做过康熙帝玄烨的保姆。三世祖曹寅做过康熙帝的伴读、御前侍卫，后亦任江宁织造。父辈曹颙、曹頫亦相继接任江宁织造。江宁织造表面上只是负责监造各种衣料及皇家缯帛用品，实际上却是皇帝派驻江南、督察军政民情的私人心腹，同时因其控制着江南的丝织业而获利无数。曹家三代四人担任江宁织造达60年之久，曹寅并其妻兄李煦轮番兼理盐政达十年之久，都是极其能够获利的职位。康熙六次南巡，四次以织造府为行宫。

曹家不仅家世显贵，而且是书香门第。祖父曹寅为清代名士、文学家、藏书家。有《楝亭诗钞》《楝亭词钞》《楝亭藏书十二种》，著名的《全唐诗》就是他主

《红楼梦》插图 "《西厢记》妙词通戏语"

持刻印的。家中精本有三千二百八十七种之多。雍正五年（1727），曹頫获罪落职，家产被抄。次年，全家北返，家道遂衰。乾隆初年，似又有一次重大祸变。从此曹家就一败涂地了。曹雪芹晚年移居西郊，生活极其清贫，过着"满径蓬蒿老不华，举家食粥酒常赊"的生活（敦诚《赠曹雪芹》）。奉宽《兰墅文存与石头记》注十一说曹雪芹"作书时，家徒四壁，一几一兀一秃笔外无他物"。

出身于诗礼簪缨之族的曹雪芹多才多艺。虽其诗作仅存两句（题敦诚《〈琵琶行〉传奇》："白付诗灵应喜甚，定叫蛮素鬼排场"），但《红楼梦》中有大量的诗词创作以及通过人物之口表述出来的诗歌理论足以证明曹雪芹的诗才。从其友敦敏《题雪芹画石》和张宜泉《题芹溪居士》等诗中知雪芹亦能画。他性格疏放，能说会道，"风雅游戏，触景生春"（裕瑞《后红楼梦书后》）。人常比之阮籍、山简、王猛等有鲜明个性的人。

曹家兴盛之时，到处都是"烈火烹油、鲜花着锦"式的繁华，然而，整个封建王朝已到了盛极而衰的转折点上。政治上，统治阶级内部的斗争十分激烈，曹家的两次祸变都与此有关。经济上，大肆奢华成为封建王朝难以支撑的一个重要因素，这在曹家也浓缩地得到了体现。文学上，已有长篇世情小说问世。从个人来说，曹雪芹经历了曹家由盛而衰的过程，生活给他提供了极为丰富的创作素材，他又才艺出众，这都是曹雪芹创作《红楼梦》的基础。曹雪芹创作《红楼梦》大约用了十年时间。《红楼梦》第一回中两次提到这个时间概念："曹雪芹于悼红轩中，披阅十载，增删五次。""字字看来皆是血，十年辛苦不寻常。"

《红楼梦》前八十回的作者，据袁枚《随园诗话》、永忠《延芬室稿》和明义《题〈红楼梦〉小序》等史料，可以确定是曹雪芹。《红楼梦》在乾隆十九年（1754）之后，以抄本的形式流传，仅八十回。乾隆五十六年（1791）北京萃文书屋木活字排印一百二十回《新镌全部绣像红楼梦》，前面有程伟元的序，说："不佞以是书既有百廿卷之目，岂无完璧？爰为竭力搜罗……数年以来，仅积有廿余卷，一日偶于鼓担上得十余卷……乃同友人细加厘剔，截长补短，抄成全部，复为镌版，以公同好。《红楼梦》全书，殆至是告成矣。"按照程伟元的说法，《红楼梦》的后四十回是他"竭力搜罗"的结果，也就是说原稿还是曹雪芹的，他和友人所做的工作是"细加厘剔，截长补短"，也就是修补整理。提出后四十回为续书的是清代的德与，确指后四十回为他人所作的是裕瑞，俞樾引张问陶《船山诗草·赠高兰墅鹗同年》诗自注："传奇《红楼梦》八十回以后俱兰墅所补"，基本确定后四十回的作者为清代文人高鹗。

《红楼梦》的版本大致可分为两个系统，一是八十回抄本系统，有脂评《石头记》八种，脂评《红楼梦》四种；二是一百二十回系统，有程甲本和程乙本。

二、封建大家庭盛极而衰的全景式展示

贾府是充分具备18世纪中国封建社会政治、经济、思想特征的一个正统的封建大家庭。它与上层统治阶级有千丝万缕的关系：长女元春进宫并册立为妃，成为贾府在政治上的靠山；亲戚中，升了九省检点的王子腾，当过巡盐御史的林如海，皇商薛蟠等，使贾府与朝廷的军事、经济甚至外交活动都有了关联。王熙凤很自豪地说过："凡有外国人来，都是我们家养活。粤、闽、滇、浙所有的洋船货物都是我们家的。"这样一个封建大家庭，确实可以看作是封建社会的一个缩影。作者冷眼旁观地写了这个显赫家族的衰败过程。

贾府衰败的原因，首先在于政治上的"一损俱损，一荣俱荣"。统治阶级内部矛盾的风吹草动都给贾府带来不安定因素。元春死后，贾府便失去了政治上最重要的靠山。甄家的查抄治罪，更给贾府蒙上了一层阴影。

其次，是经济上的入不敷出。贾府的"入"，除了官俸以外，主要靠实物地租。但由于旱涝不定、盗贼蜂起等原因，地租的收纳并不能如意。而另一方面，贾府则习惯了惊人的奢侈生活。秦可卿出殡的时候，队伍像"压地银山样的"；元春省一回亲，"银子化得象淌海水似的"。不仅在遇到大事情上如此，贾府中人平时的吃穿用度也奢华得惊人。史湘云办螃蟹宴的时候，刘姥姥惊呼："阿弥陀佛！这一顿的银子，够我们庄稼人过一年了！"可这却还是因为史湘云拿不出钱，薛宝钗替她想的"省事"又"便宜"的主意。在穿着上，贾府拿出来的料子，必是"上好的"，

"如今上用内造的，竟比不上这个"。平时的用具"去了金的，又是银的"。王熙凤早看出了这种经济上的危机，说："家里出去的多，进来的少，凡有大小事儿，仍是照着老祖宗手里的规矩，却一年进的产业，又不及先时的多；省俭了，外人又笑话，老太太、太太也受委屈，家下也抱怨刻薄。若不趁早儿料理省俭之计，再几年就都赔尽了。"贾蓉也知道："这二年，那一年不赔出几千两银子？头一年，省亲连盖花园子，你算算那一住花了多少，就知道了。再二年，再省一回亲，只怕就精穷了！"用冷子兴的话来说：贾府"外面架子虽没倒，内囊却也尽上来了"。架子不能倒，这意味着贵族的地位和尊严，而要支撑这架子，就必须把内囊尽上来。而内囊都尽上来，又加速了这个"架子"的倒塌。而且，由于长期靠尽内囊撑着架子，要么不倒，要倒就是"忽喇喇似大厦倾"，一败涂地。

再次，就是贾府下一代人思想上的安尊富贵和离心离德。贾府中的年轻一代大致有这么几种情况：一种堪称为补台人物，以王熙凤、贾探春等人为代表。她们都积极"运筹谋画"、力图补台，本身也有一定的能力。比如王熙凤，"模样又极标致，言谈又爽利，心机又极深，竟是男人万不及一的"；贾探春"言语安静，性情和顺"，"精细处不让凤姐"。但她们都是女流之辈，终究不能成为封建大家庭的栋梁。另外，她们自身也有种种问题。王熙凤在为贾府这个大家庭打理财政的时候，从来也没有忘记过自己的私利。按照赵姨娘的说法："这一分家私不都叫他搬了娘家去，我也不是个人！"贾探春虽然没有这一份私心，但她却处于庶出的地位，连自己的母亲也会给她掣肘。这就造成了补台人物不能补台的情况。也就是两人判词上所写的"才自精明志自高，生于末世运偏消"和"凡鸟偏从末世来"。另一种年轻人为拆台人物，分为两类：一类是贾珍、贾琏、贾蓉之辈，他们虽然袭了官，但"那里干正事，只一味高乐不了"。他们表现得特别短视和肤浅，对个人乃至家族的前程漠不关心，而只是安尊富贵，注重眼前的、个人的享乐。在他们身上，集中体现着封建统治阶级的腐朽没落的特征。他们的作为，客观上加速着本阶级的灭亡。他们属于不会补台的一群。再一类便是贾宝玉。他不仅是"不管事"而且是"行为偏僻性乖张，那管世人诽谤"，表现出一种与本阶级离心离德的倾向。王熙凤早就看出，"他又不是这里头的货"。对贾宝玉来说，不是不能补台和不会补台的问题，而是他根本就不想补台。由这样三种人组成的下一代，显然无法承担起振兴这个封建大家庭的重任，而只能看着它日渐衰落。

还有就是贾府人际关系上的重重矛盾。对此感到痛心疾首的贾探春说："咱们可是一家子呢，一个个都象乌眼鸡似的，恨不得你吃了我，我吃了你！""可知这样大族人家，若从外头杀来，一时是杀不死的……必须先从自家里自杀自灭起来，才能一败涂地呢！"主子之间矛盾重重，贾母因鸳鸯事件而特别愤怒的时候就直说："你们原来都是哄我的！外头孝顺，暗地里盘算我！弄开了她，好摆弄我！"主子与奴才，甚至奴才之间的矛盾也日渐尖锐。抄检大观园，是主子与奴才，也是主子与主子之间矛盾的一次爆发，司棋、晴雯等女孩成了矛盾爆发的牺牲品。

作者从这些方面生动地描绘了这个封建大家庭的衰败过程及其原因，从而深刻地表现出封建王朝盛极而衰的必然趋势。

三、《红楼梦》情爱描写的内涵和意义

（一）以情爱写封建礼教的虚伪和丑恶

《红楼梦》素以言情小说著称，作者也毫不讳言小说"旨在言情"。作者对宝黛爱情的描写细腻委婉，如同一首哀歌，唱出了那个时代年轻人在爱情上的不幸。小说把对性有兴趣的人分成两类，一类是"皮肤滥淫之蠢物"，如贾琏、薛蟠、贾瑞；另一类则是"天份中生成一段痴情"的"闺阁良友"，即贾宝玉。"皮肤滥淫"和"痴情"的区别在于"欲"和"情"的关系，前者有"欲"无"情"，后者则"情"大于"欲"。对于前者，作者显然是不满的，《红楼梦》中的暴露性文字都给了前者；而对于后者，作者却是同情和赞赏的。

作为统治阶级成员，贾府的贵族享有多种合法的权益，即使在性关系上也是这样。王熙凤在撞见贾琏与别的女人私通之后，哭闹到贾母那儿，但她却很知趣地不说贾琏偷情，而说"琏二爷要杀我"。后来，贾母知道了事情的原委，果然说："什么要紧的事！小孩子们年轻，馋嘴猫儿似的，那里保得住呢？从小儿人人都打这么过。"贾蓉也说过："脏唐臭汉"，"何况咱们这宗人家，谁家没风流事？"甚至身为女性的邢夫人还为其丈夫打抱不平说："大家子三房四妾的也多，偏咱们就使不得？"连那么循规蹈矩的袭人都敢和贾宝玉偷试"云雨情"，可见，男性贵族纳妾、偷情等行为在贾府是被默许的一种权利，而被禁止的恰恰是我们今天视为正常的爱情关系，其中最典型的就是宝黛爱情。

宝玉和黛玉并不是一见钟情的，尽管他们之间也有电闪雷击的一瞬，粉碎了林黛玉心中"宝玉不知是怎样一个惫懒人呢"的猜想，但林黛玉依旧谨慎地想着："看其外貌，最是极好，却难知其底细。"他们的爱情基础是"从小儿一处长大，脾气性情都彼此知道"，而爱情的关键则是各自都认定对方为"知己"。

本来，宝黛结为夫妻的可能性并不是不存在。兴儿曾在尤二姐跟前说过："将来准是林姑娘定了的。"薛姨妈和王熙凤也都在林黛玉面前说过类似的话。但这与他们之间有没有爱情无关。生活在那样的一个封建大家庭中，他们无法为自己的爱情争取一个归宿。作为对照和陪衬，小说写了两个争取爱情与婚姻自由的女孩子。一个是司棋。王熙凤曾嘲笑她说："这倒也好，不用他老娘操一点心儿，鸦雀不闻，就给他们弄了个好女婿来了。"另一个是尤三姐。尤三姐说过："不是我女孩儿家没羞耻，必得我拣一个素日可心如意的人，才跟他。要凭你们拣择，虽是有钱有势的，我心里进不去，白过了这一世了！"不愿随便嫁个有钱有势的人，要与相爱的人结为伴侣——这与林黛玉的内心感受完全一样，只不过黛玉说不出来，她却"破着没脸"说出来了。司棋和尤三姐的举动在当时的社会环境下是反常的，司棋为此而被赶出了贾府，最后惨烈地死去。尤三姐也因为她的"破着没脸"而引起了柳湘莲的疑心："难道女家反赶着男家不成？"结果也酿成了一场悲剧。可见，正常的爱情在受压制、被摧残。《红楼梦》的情爱描写就这样向我们展示了封建礼教的虚伪、丑恶和不合理。

（二）以情爱写离经叛道的思想

《红楼梦》描写宝黛爱情还有一个重要的意义，那就是作为他们爱情基础的离经叛道思想。贾宝玉特殊的生活环境，造就了他独特的思想和性格。他在"天份中生就一段痴情"，只对世间一切自然的、美好的东西感兴趣，他身边的姐姐妹妹，就是这种美好的代表。与此相比，追求仕途经济的道路既乏味又可憎。他始终想躲避这一切，希望永远生活在孩童般的天真之中。能理解他的这份情怀、"从来不说混账话"的，就是林黛玉。他们在思想情感上的这种共通，是对传统人生道路的背离，也是作者对生命意义的严肃反思，它的意义是超出于爱情描写之上的。

正是在这个基础上，作者塑造了贾宝玉这一个"闺阁良友"的形象。

从表面上看，贾府中如同皇帝一般高高盘踞在上的是年迈的女主人贾母，而实际上，贾母的尊荣只是由于辈分的关系，如果处在一个平面上，贾府与整个封建社会一样，是男尊女卑的。即使厉害如凤姐，也要顶着"贤惠"的名儿，靠"弄小巧"来陷害尤二姐。但作者却在开卷伊始，就发表了一番宣言，称"念及当日所有之女子，一一细考较去，觉其行止见识皆出我之上；我堂堂须眉，诚不若彼裙钗"；"闺阁中历历有人，万不可因我之不肖，自护其短，一并使其泯灭也"。在作品中，作者这种理论的身体力行者就是贾宝玉。按照贾宝玉的理论："女儿是水做的骨肉，男子是泥做的骨肉，我见了女儿便清爽，见了男子便觉浊臭逼人。"这已经不是平等，而是颠倒，是矫枉过正的一种破坏。作者不仅让贾宝玉有理论阐发，还描写了他一系列"作养脂粉"的行动：平儿受了贾琏和王熙凤的气后，他把平儿让到屋里，让她换衣，吩咐"拿些个烧酒喷了，熨一熨；把头也另梳一梳"，又看她洗脸，劝她上粉，"又将盆内开的一支并蒂秋蕙用竹剪刀铰下来，替他簪在鬓上"，"见方才衣裳上喷的酒已半干，便拿熨斗熨了，叠好；见他的绢子忘了去，上面犹有泪痕，又搁在盆中洗了晾上：又喜又悲"。

宝玉"作养脂粉"，当然要考虑"平儿又是个极聪明、极清俊的上等女孩儿，比不得那起俗拙蠢物"，但更多的是对她身世处境的同情，他的怜香惜玉中很少有爱欲的成分，而是对美好的一种珍惜。值得注意的是，这种美好不仅是女孩子的外在美，也包括女孩子内在的美——清净洁白。生活在深闺之中，她们较少急功近利，较少沾染世俗恶习，这是贾宝玉喜欢她们的重要原因。而一旦女孩子成人出嫁，这种纯洁很可能会失去，因此在贾宝玉的眼里，女孩与女人是有区别的："怎么这一些人，只一嫁了汉子，染了男人的气味，就这样混账起来，比男人更可杀了！"即使是漂亮女孩子，贾宝玉也是作区分的。他说过："好好的一个清静洁白的女子，也学的沽名钓誉，入了国贼禄鬼之流！这总是前人无故生事，立意造言，原为引导后世的须眉浊物，不想我生不幸，亦且闺阁中亦染此风，真真有负天地钟灵毓秀之德了。"很清楚，贾宝玉对女孩的钟爱是有其深刻内涵的，绝不是简单的对异性的爱慕。因此他"作养脂粉"的意义，也绝不仅仅是对男尊女卑的传统观念的颠覆，而是对传统人生道路的极大反叛。

四、《红楼梦》杰出的艺术成就

（一）取材和创作手法

《红楼梦》在取材上较之《金瓶梅》更有所发展。《金瓶梅》与之前的章回小说相比，已经有了从历史到现实、从英雄到平民、从神魔到凡人的变化，但《金瓶梅》毕竟还是借了《水浒传》中的现成人物来展开故事，背景仍不是当时的社会，而是宋代。《红楼梦》则在一开始就申明是"按迹循踪""实录其事"，"不假借汉唐名色"，也就是说，它的故事的背景不是以往的任何一个朝代，然而又并不就是清代，而是"无朝代年纪可考"。也就是说，它的取材既有现实性又有典型性。

惜春为大观园作画时，薛宝钗教导她说："你如照样儿往纸上一画，是必不能讨好的。这要看纸的地步远近，该多该少，分主分宾，该添的要添，该藏该减的要藏要减，该露的要露……安插人物，也要有疏密，有高低。"分主宾，有添减，有藏露，有疏密高低，这也正是作者在创作《红楼梦》时所用的典型手法。在贾、史、王、薛四大家族中，小说以贾、薛为主，余为宾；贾、薛两家，以贾为主，薛为宾；贾家荣、宁二府，又以荣为主，宁为宾。在人物塑造和事件选择上也是如此。庚辰本第十九回脂砚斋的批语说："按此书中写一宝玉，其宝玉之为人，是我辈于书中见而知有此人，实未目曾亲睹者。"这个脂砚斋所没有见过的贾宝玉，就是经过添减藏露处理之后的文学人物。相对其他的章回小说，《红楼梦》可以说没有多余笔墨，在看似平淡琐细的日常生活事件中，展开故事情节，塑造人物形象，完成作者对所要表达的主题的呈现。

（二）故事梗概

《红楼梦》的故事大致可分为六个部分：

第一至五回是序幕。开头是"作者自云"，交代创作意图；然后是石头和甄士隐的故事，交代创作方法，介绍主要人物的关系和命运。

第六至十五回是故事的开端。笔触正式伸进荣国府，主要描写的对象是贾宝玉和王熙凤。通过第六、七、八、九、十四、十五回，描写了贾宝玉这一贵族少年在情窦初开之时与异性及同性的交往接触。第七、十二、十三、十五回则向读者展示王熙凤的生活、胆识、才能和手段。

第十六至二十二回是发展。主要写大观园的建制、进大观园前的准备以及宝黛感情的发展。

第二十三至五十四回是高潮。写贾府兴盛时期的情况，有诸钗的生活情景以及宝黛爱情的成熟等。

第五十五至八十回是转折。通过描写"大小人等都作起反来了"，预示贾府走下坡路的开始。第六十四回以后，转向对尤氏姐妹命运的描写。第七十七回以后，贾府中比较重要的人物也开始了悲剧命运，如抱屈而死的晴雯、误嫁中山狼的贾迎春和屈受贪夫棒的香菱。

后四十回是高鹗为《红楼梦》续写的结局。其中最为精彩的是宝黛爱情的结局。这一对有情人终于在封建家长的作用下被彻底分离。爱的理想破灭了，林黛玉抱恨而终。宝玉在与宝钗结婚后，应家人的要求参加了科考，可是在考试结束的路上抛却尘缘，撒手而去。贾母、王熙凤等相继死去，贾府终于不可避免地走上了衰败之路。末后虽然提了"兰桂齐芳，家道复初"的话头，但小说也就此结束了。

（三）结构上匠心独具

《红楼梦》的结构既继承了传统章回小说的某些形式，又有其匠心独具之处。小说的序幕部分形式上接近于话本的"篇首""入话"和"头回"，为整个故事的展开起铺垫作用，但又不完全相像，甄士隐、贾雨村和英莲的活动都要延续到最后。它与《水浒传》《说岳全传》等章回小说开头的因果报应框架也相类似，但又显然要立意高远得多。石头的故事是甄士隐在梦中听僧道讲的，而甄士隐的故事又写在僧道所说的那块石头上，它所显示的是扩展了的现实，或者说是现实的多样化，也即提出了所谓"真实的"现实和幻想的现实之间的关系问题。这种哲学层面上的思考和表现，使《红楼梦》在章回小说中脱颖而出，成为无可争辩的巅峰之作。

（四）题材上以平常事件反映复杂内容

《红楼梦》以日常生活为题材，但记叙事件绝不琐碎，往往能在看似平常的事件中反映出丰富复杂的内容。比如刘姥姥进大观园，在嬉笑热闹的背后，通过刘姥姥失惊打怪的言语行动，让庄稼人生活的贫寒艰辛与贾府生活的华靡奢侈形成对比；通过刘姥姥以及她的土产的大受欢迎，反映出这个富庶大家庭精神的空虚、生活的无聊；通过凤姐、鸳鸯等捉弄刘姥姥的举动，展现出贾府各色人等的音容笑貌和地位、态度；通过刘姥姥的装疯卖傻，写出了生活窘迫的下层人物既可悲可怜又狡黠机智的形象。

（五）自然环境描写和心理描写有长足进步

与其他的章回小说相比，《红楼梦》在自然环境描写和心理描写上有长足的进步。在描绘大观园的建制时，不再采用或诗或词笼统描写的形式，而是采用白描手法，将大观园匠心独具的美好景色真实地展现在读者眼前。如写稻香村：

> 忽见青山斜阻。转过山怀中，隐隐露出一带黄泥墙，墙头皆用稻茎掩护。有几百枝杏花，如喷火蒸霞一般。里面数楹茅屋，外面却是桑、榆、槿、柘，各色树稚新条，随其曲折，编就两溜青篱。篱外山坡之下，有一土井，旁有桔槔辘轳之属；下面分畦列亩，佳蔬菜花，一望无际。

> （第十七回）

作者还善于把自然风景和人物活动结合起来，写出一个个充满诗情画意的场面，如宝钗扑蝶、湘云眠芍、黛玉葬花等。

在心理描写上，《红楼梦》也从描述人物简单的心理活动发展到了刻画人物复杂的内心世界。当林黛玉无意中听到贾宝玉说"林妹妹不说这些混账话"的时候，她心里——

> 不觉又喜又惊，又悲又叹。所喜者：果然自己眼力不错，素日认他是个知己，果然是个知己；所惊者：他在人前一片私心称扬于我，其亲热厚密，竟不避嫌疑；所叹者：你既为我的知己，自然我亦可为你的知己，既你我为知己，则又何必有金玉之论呢！既有金玉之论，也该你我有之，又何必来一宝钗呢！所悲者：父母早逝，虽有铭心刻骨之言，无人为我主张。况近日每觉神思恍惚，病已渐成，医者更云："气弱血亏，恐致劳怯之症。"我虽为你的知己，但恐不能久待；你纵为我的知己，奈我薄命何！

> （第三十二回）

宝玉挨打之后，让晴雯送了两块家常旧的绢子给黛玉，黛玉体会出绢子的意思来，不觉神痴心醉，想到——

> 宝玉能领会我这一番苦意，又令我可喜。我这番苦意，不知将来

可能如意不能，又令我可悲。要不是这个意思，忽然好好的送两块旧帕子来，竟又令我可笑。再想到私相传递，又觉可惧。他既如此，我却每每烦恼伤心，反觉可愧……

（第三十四回）

这样细腻的心理描写实为章回小说所罕见。

（六）语言流畅、生动

《红楼梦》开篇的时候，曾批评过一般小说"'之乎者也'，非理即文"的情况，就它自身的语言来说，的确是清楚流畅，笔墨干练。人物语言也很生动，鲁迅称为"能使读者由说话看出人来的"（《看书琐记》）。贾琏偷娶尤二姐后，让心腹小厮兴儿留下答应，受惯凤姐拘束的兴儿，在"斯文良善"的尤二姐面前，变得特别口齿伶俐，形容王熙凤说：

> 我告诉奶奶：一辈子不见他才好呢！"嘴甜心苦，两面三刀"，"上头笑着，脚底下就使绊子"，"明是一盆火，暗是一把刀"，他都占全了。

（第六十五回）

贾宝玉在薛姨妈处喝酒，李嬷嬷一味阻拦，搬出贾政来吓他，宝玉"心中大不悦，慢慢的放下酒，垂了头"。看到贾宝玉扫兴，林黛玉立刻挺身而出，尖刻地说："必定姨妈这里是外人，不当在这里吃，也未可知。"亲戚之间的礼数，是贾府相当看重的。林黛玉一句话，把宝玉能不能喝酒的问题，转移到了是不是与薛姨妈见外的问题，李嬷嬷就只能"又是急，又是笑"了。这种一针见血的话，只有林黛玉才说得出。这个痴情的女孩，心中唯一的想头就是维护心上人，而自己给人留下一张嘴"比刀子还利害"的印象却顾不上了。

《红楼梦》不仅可以"由说话看出人来"，而且作者能在同一场合下运用各种描写方法准确地展现各人的不同地位和性格差异。刘姥姥在大观园的宴席上演出滑稽戏的时候，豪爽的湘云"撑不住，一口茶都喷出来"，病弱的黛玉笑得"岔了气，伏着桌子嗳哟"，宝玉有贾母"搂着叫'心肝'"，娇小的惜春要奶母"揉揉肠子"，王夫人则"手指熙凤，说不出话来"。在主子乐不可支的同时，奴才们则忍着笑、躲着笑、蹲着笑。

（七）人物塑造典型、鲜明

《红楼梦》林林总总描写了几百个人物，大多形象鲜明，性格生动。不仅贾宝玉、林黛玉等主要角色成了文学史上不朽的典型，一些次要，甚至很次要的角色也都写得面目生动，比如像焦大或傻大姐这样的角色，虽然出场次数不多，但都能给读者留下深刻的印象。不仅性格不同的人物面貌迥异，性格特征比较接近的人也绝不雷同。鲁迅在《中国小说的历史的变迁》中讲到，《红楼梦》"要点在敢于如实描写，并无讳饰，和从前的小说叙好人完全是好的，坏人完全是坏的，大不相同，所以其中所叙的人物，都是真的人物。总之自有《红楼梦》出来以后，传统的思想和写法都打破了"。也就是说，《红楼梦》所描写的已经不是传统小说中的平面型人物，而是生活中的立体型人物，是具有鲜明个性和不完美性的"真的人物"。

（八）影响巨大，续书众多

《红楼梦》是章回小说的巅峰之作，问世之初就激起了极大的反响。乾隆、嘉庆年间，京城已"见人家案头必有一本《红楼梦》"（郝懿行《晒书堂笔录》）。光绪初，士大夫中已有了"红学"的说法（李放《八旗画录注》）。甚至有人宣称"开谈不讲《红楼梦》，纵读诗书亦枉然"（《京都竹枝词》）。褒之者，称之为"小说中无上上品"（杨恩寿《词余丛话》）；贬之者，谓之"海淫之甚者"（梁恭臣《北东园笔录》）。这些各趋极端的评语，从不同的角度印证了《红楼梦》的巨大影响。

正因为《红楼梦》影响极大，各种续书纷纷出现。计有《后红楼梦》三种，《续红楼梦》二种，《红楼圆梦》二种，《新石头记》二种，另有《红楼梦影》《红楼梦补》《补红楼梦》《增补红楼梦》《红楼补梦》《红楼重梦》《红楼复梦》《红楼演梦》《红楼后梦》《红楼再梦》《红楼续梦》《红楼圆梦》《红楼幻梦》《绮楼重梦》等不下二三十种。

这些续书大致不外乎两种动机：一种是被原著的悲剧故事打动，但又不能接受和理解其悲剧意义，于是通过撰写续书，改变悲剧结局，求得自我满足。比如写黛玉、晴雯死而复生；写黛玉有兄曰林良玉，广有家财；写黛玉峻拒宝玉，重兴荣国府；写黛玉、晴雯、袭人、紫鹃等悉为宝玉所有；等等。另一种是借续书写心中块垒，与原著的关系仅仅是借其人物而已。如吴趼人写《新石头记》就明确说：

"不过自己随意所如，写写自己的怀抱罢了。"这些续书的出现，也从一个方面证明了《红楼梦》的魅力和影响。

世情小说是明清章回小说中极其重要的一支。其中《金瓶梅》和《红楼梦》是世情小说的两座丰碑。其他作品或是模仿，或是变异，都不能超乎其上。比如被称为"学步《金瓶梅》"（萧相恺《世情小说简史》）的《醒世姻缘传》，虽有反映社会生活面广、语言鲜活等特点，但终究步人后尘之处多而别开生面之处少，简单而又生硬的两世因缘的故事框架，更使本来能够提供给读者以深层思考的事实变得索然寡味。《歧路灯》之于《红楼梦》的情况也是如此。至于《金瓶梅》和《红楼梦》的众多续书更是难以望其项背。

才子佳人小说作为世情小说的一支，其本身未见得有多高的成就，但它在世情小说发展史上的作用却不可小觑。有人曾经说，"《红楼梦》全影《金瓶梅》"（阚铎《〈红楼梦〉抉微》），但从《金瓶梅》中的泼贱淫妇潘金莲，到《红楼梦》中多愁多病的林妹妹，显然不是直接"影"过来的。《红楼梦》在开头讲述"《石头记》缘起"时，曾反复提到才子佳人小说，尽管持的是批评态度，但作者在创作前对其的关注程度还是不难想见的。而从才子佳人小说中那些既美丽又多才的佳人身上要"影"出一个林黛玉来就不为难事了。至于《红楼梦》作者在思想和写作水平上要远远高出于才子佳人小说的作者，那是另外一个问题。晚清的狭邪小说，其活动场所虽然从大观园变成了梨园、妓馆，男女主人公也分别成了嫖客和妓女，但作者却还是把他们当才子佳人来写的，也应该承认是其变异后的余绪。

世情小说以家庭生活为题材范围、以普通人物为文学形象、以日常琐事为描写对象，其所取得的成就在古典小说中璀璨夺目。后世作品中，数量最多、成就最高的作品，也非世情小说莫属。

▣ 思考题

1. 世情小说的概念和特征是什么？有哪些类别？是如何发展而成的？

2. 世情小说有哪些代表作？其在明清小说中的地位如何？

3. 为什么说《金瓶梅》在中国古代小说史上具有独特的地位和价值？

4. 《红楼梦》的巨大成就表现在哪些方面？

第五章　公案侠义小说

公案侠义小说是中国古代小说的主要流派和类型之一，究其内涵，则有广义、狭义之分。广义的公案侠义小说是公案小说、侠义小说和公案侠义小说这三类小说的合称，狭义的公案侠义小说则专指清代中后期出现的一类兼具公案、侠义特点的新型小说。

大体说来，公案小说是指以审案、判案为题材，专写狱讼之事的一类小说，小说人物主要有审判官员、凶手及受害者等，核心事件为断案。它既包括以"公案"为名的短篇小说集和长篇章回小说，如《龙图公案》《施公案》《彭公案》等，也包括以断案为核心事件的小说作品，如《三现身包龙图断冤》《简帖和尚》《合同文字记》等。作为公案小说，审案、判案必须成为整篇作品的核心事件，占有相当的比重和篇幅。否则只能算是公案片段，或具有公案因素，还不能被称作公案小说，比如《水浒传》《金瓶梅》《红楼梦》等小说中皆有不少审案、判案的描写，但它并不是全书的核心事件，所占比重、篇幅也不大，因而不能算是公案小说。

侠义小说是指以行侠仗义、除暴安良为题材的一类小说。作品的主人公多为武功高强、见义勇为的豪侠义士，主旨在颂扬扶弱抗暴、救人危难的侠义精神，行侠过程、兵器武功及打斗场面的描写是作品的重心所在。作为侠义小说，一般要具备如下几个要素：一是在作品中设置一个相对独立的绿林或江湖世界，二是塑造了一个或一批个性鲜明的豪侠义士形象，三是对行侠过程、兵器武功及打斗场面有较为具体的描写。同公案小说一样，侠义小说既有文言之作，也有白话作品；既有鸿篇巨制，也有短篇佳作。

公案小说、侠义小说都是中国古代小说的重要流派和类型，具有较为丰富的内涵和价值，可供多层面的开掘，既可作文学层面的赏析和研究，也可进行文化层面的解读和探讨。这些小说具有浓郁的民间色彩，是中国古代下层民众生存状态与心灵世界的文学化反映。因此，可以把公案小说、侠义小说作为透视中国古代下层民众社会文化心态的一个窗口。

公案小说和侠义小说本是两种不同类型的小说，有着各自的产生渊源和发展轨迹，到了清代，逐渐合流混类，形成了兼具公案、侠义特点的公案侠义小说。

第一节　公案侠义小说的渊源与发展

就其源流而言，公案侠义小说可谓源远流长，它既是特定时代诸种社会文化要素相互作用、影响的产物，也是中国古代小说自身发展演进的结果。

一、公案小说

作为一个具有鲜明题材特色的小说流派和类型，公案小说的产生和发展需要特定的社会文化基础与文学积累。首先，审案、断案只有在法律制度建立并较为完善的情况下才会出现，才能在文学作品中得到反映。在此前提下，才有可能产生公案小说。其次，依文学发展的一般规律而言，具体小说类型多是在作为一种文学样式的小说发育成熟之后才会形成，也就是说公案小说的发展成熟时间应晚于小说文体的独立。

汉魏六朝时期，中国封建法制体系初步建立，小说也在这一时期孕育产生。尽管这一时期小说作品所写多为神鬼灵怪之事，但也有不少人间现实生活的描写。案狱诉讼、审案判案之事作为现实人生的组成部分，自然也会在作品中得到一定的表现。如《搜神记》中的《严遵》《东海孝妇》《苏娥》等都属这类题材的作品。这些小说已初具公案小说的雏形，尽管其人物、故事较为粗略，但对后世公案小说的创作有着深远的影响。

唐代是公案小说的重要发展期，这一时期出现了一批较为精彩的公案之作，如《苏无名》《崔思兢》《谢小娥》等。这些作品不仅在艺术上达到较高的水准，堪称佳作，提升了公案小说的文学品位，而且在数量和规模上也比汉魏六朝时期有了明显的增加，对公案小说的发展起到积极的推动作用。

公案小说发展成熟，成为一个独立的小说流派和类型是在宋元时期。这一时期，公案小说成为民间说话艺术的重要分支。据《醉翁谈录》记载，当时的小说至少有灵怪、烟粉、传奇、公案、朴刀、杆棒、妖术、神仙8个题材类型，各有自己的题材范围与艺术特色。同时，该书还收录了16篇公案作品，其中1篇为私情公案，15篇为花判公案，"私情公案""花判公案"名目的出现，说明公案小说已发展成熟，其内部产生了依据题材和文体而进行的类型区分。从今天所能知见的宋元时期的公案小说作品来看，无论是作品的数量、规模还是艺术水准，皆有可观之处，呈现出较为成熟、完备的形态。其中不少作品对各种艺术表现手法的运用较为娴熟。在描写的细腻入微、情节的曲折奇巧、悬念的巧妙设计、语言的生动传神等方面，皆有可称道处，特色鲜明，引人入胜，整体艺术水平非前代同类小说可比。

二、侠义小说

再看侠义小说。侠义小说的渊源可追溯到先秦至汉代，这一时期流行尚武之风和游侠之风，游侠作为一个特殊的群体，在社会上发挥着重要作用，受到人们的关注。司马迁在《史记》一书中专门设立《游侠列传》和《刺客列传》，记载这些人物的传奇事迹。这些人物传记写得生动传神，代表着当时叙事艺术的最高成就，对后世侠义小说的发展产生了深远的影响，为侠义小说的创作提供了成功的典范。

汉魏六朝时期是侠义小说的孕育期。这一时期的侠义作品数量虽然不多，但颇有精彩之作，如《搜神记》一书的《干将莫邪》篇，塑造了一位果敢、机智的侠客形象，给人印象至深。同类作品还有《李寄》《周处》等。

至唐代，侠义小说得到较大发展，并发展成为一个成熟的小说流派和类型，描写行侠仗义的作品是唐代小说中最具光彩的篇章，不仅数量多，而且佳作纷呈，出现了《郭代公》《谢小娥传》《红线》《昆仑奴》等一批优秀作品。唐代文人素有任侠尚义的风尚，这在当时的诗歌中有不少反映。唐代中后期，中央政权式微，藩镇割据，相互争斗，不少权臣豪强蓄养侠士刺客，使此风更盛。这些都在小说作品中得到了生动形象的文学化表现。

唐代侠义小说塑造了一批面目各异的侠客形象，其中有志图天下的虬髯客，有古道热心的昆仑奴、许俊、古押衙，有怒杀奸妇的冯燕，也有一介书生柳毅。小说中的女侠形象更是光彩夺目，为中国小说史增色不少，如为父夫复仇的谢小娥，为人排忧解难的红线，来去无踪、近乎神仙的聂隐娘等，构成了一个绚烂多彩的侠客人物画廊。这些侠客形象有一些共同的特点，那就是急人之急、解人危难、不求回报、没有任何功利色彩、具有独立的人格精神，体现了唐代文人的志趣和理想。

宋元时期，通俗小说中出现了一批侠义题材的作品，如话本中的朴刀、杆棒类小说《杨温拦路虎传》《史弘肇龙虎君臣会》等。这些作品主要描写草莽英雄发迹变泰的传奇事迹，他们武功高强，依靠个人的力量扶弱抗暴，建功立业。作品对其行侠过程及打斗场面的描写较为详细，塑造了一批个性独具的侠客形象，对通俗小说中侠义小说的发展具有重要的推动作用。

值得注意的是，这一时期还出现了文言侠义小说专集，即吴淑的《江淮异人录》。这部小说集共收录25篇侠义作品，所写多为行为怪异的剑侠人物，有些作品写得相当精彩。比如《洪州书生》，全文虽只有三百来字，但写得波澜起伏，悬念丛生。作品中的侠客形象以文质彬彬的书生面目出现，这在先前的小说中并不多见，书生兼侠客身份的安排应该说是一种创新，而且也是成功的。文言小说所特有的那种隽永含蓄之美，在这篇作品中得到了充分的展现。该书是最早的侠义小说专集，扩大了侠义小说的影响，对后世侠义小说集的编撰具有重要影响。

第二节　明代的公案小说

与宋元时期相比，明代公案小说无论是在创作动机、传播方式，还是在文本形态、艺术品格等方面，皆呈现出许多新的特点。其一，这一时期一批短篇公案小说集纷纷刊印，并出现书判体公案小说这种形式独特的作品类型；其二，话本体公案作品出自冯梦龙等人的生花妙笔，代表公案小说在这一时期的最高文学成就。其间有不少文学现象值得深入探讨。以下稍作介绍分析。

一、"似法家书非法家书，似小说亦非小说"的明代短篇公案小说集

明代短篇公案小说集是指明代中后期出现的一批公案小说专集，所收皆为短篇之作，今可见者有十余种，如《百家公案》《廉明公案》《诸司公案》《新民公案》《海公案》《详刑公案》《律条公案》《详情公案》《龙图公案》等。这些短篇公案小说集出现的时间较为集中，大多在万历二十年（1592）至崇祯年间。其中《百家公

案》《廉明公案》《诸司公案》等最先出，受到欢迎。稍后，《新民公案》《海公案》等模仿之作出现。因市场销售较好，《详刑公案》《律条公案》《详情公案》等争相刊出。《龙图公案》一书最晚出，系抄撮诸书而成，是明代短篇公案小说集的代表作。到了崇祯以后，除《龙图公案》屡有翻印外，其他小说集则湮没无闻，罕为人知。短时间内成批出现，受到欢迎，转眼间又销声匿迹，备受冷落，这是一个很值得注意的文化现象。这是当时私人书坊主直接操纵的结果，是通俗小说商业化运作的产物。

明代短篇公案小说集受当时法律书籍的影响较大，文体介于法律文书与小说之间，兼具法律和文学的双重特性，正如孙楷第先生所概括的："似法家书非法家书，似小说亦非小说。"（《日本东京所见小说书目》）。作为公案小说，它们"既不同于话本小说和白话短篇小说（拟话本）说公案的形态，又有别于文言公案，可以说是一种特殊的文体"（鲁德才《明代各诸司公案短篇小说集的性格形态》）。

（一）法律特性

总的来看，这类小说的法律特性主要表现在如下几个方面：

首先，从编排体例来看，明代短篇公案小说集除《百家公案》《海公案》《龙图公案》等几种外，多数是依据案情分类编排，如人命、奸情、盗贼、婚姻等，门类多寡不一。

其次，从作品取材、故事源流来看，明代短篇公案小说集有不少作品是从法家书中抄引、改编而来。如《廉明公案》有64则判词直接从《萧曹遗笔》中采录，《诸司公案》有33则故事由明张景增补的《疑狱集》改写而成，《海公案》则有18则故事来自《折狱明珠》。

再次，从结构形式来看，这类小说受到当时法律文书的重要影响。

（二）文学特性

明代短篇公案小说集毕竟是似法家书而不是法家书，它们仍是小说，虽取材自法家书，却大都经过文学化的改编加工，尽管体制特殊，法律味浓，但它"有许多小说因素，抑或说有点小说样子，个别篇目写得很精彩"（鲁德才《明代各诸司公案短篇小说集的性格形态》），正如《三国志演义》《东周列国志》等讲史演义小说受史传影响甚深，但人们并不会把它当史书看而当小说读一样。明代短篇公案小说的文学特性可以从以下两个方面得到说明：

首先，除《廉明公案》中64则仅有状、诉、判词而无故事叙述外，其他各书的作品大多都有人物，有情节，具备了小说的基本要素，属文学作品。尽管不少篇目状词、诉词、判词占了较大篇幅，但它们只是小说的一个组成部分，所起作用再大，还是为整篇小说服务的。明代短篇公案小说集的多数作品写得平淡无奇，缺少可读性，但其中也不乏一些精彩篇目。

其次，明代短篇公案小说集虽多处取材自法家书，但也有相当多的篇目由文言笔记、话本、戏曲、词话等而来。最典型的莫过于《百家公案》，其卷首包公出身源流故事及10多篇断案故事由《明成化说唱词话》而来，其14则故事采自元人郭霄凤志怪小说集《江湖纪闻》，其第二十七回《判刘氏合同文字》、第二十九回《判除刘花园三怪》系宋元话本，其第五回《辨心如金石之冤》抄自明人陶辅小说集《花影集》。《百家公案》之外，其他诸集也是如此，这些篇目由小说、戏曲、词话而来，自然也属文学作品。

事实上，明代短篇公案小说集也经历了一个从法律到文学的转变过程。其中《廉明公案》面世较早，模仿改编的痕迹也最为明显，全书有一多半篇目只列状词、诉词、判词，而无故事的叙述。其后出现的《诸司公案》《新民公案》《海公案》虽然也从法家书取材，但已比较重视故事性。到《龙图公案》则将状词、诉词、判词大多删去，文学意味更浓。有些短篇公案小说集如《百家公案》《海公案》《龙图公案》等，以一个清官为核心人物，贯穿全书，已初具长篇小说的雏形，对后世章回体公案小说的形成产生了直接影响。

这些作品通过形形色色的案件描写，为读者展现了一幅明代中后期广大乡村、市井民巷的生活画卷，涉及社会的各个阶层。因为题材的关系，它们更多的是反映当时社会生活的阴暗面，具有一定的现实批判色彩。以《百家公案》一书的案情为例，其中既有妻妾之间的残杀，如《判妒妇杀妾子之冤》，也有奸情引发的悲剧，如《判奸夫误杀其妇》；既有见财起意的小偷小摸，如《判石牌以追布客》，也有杀人越货的严重命案，如《灭苦诛贼伸客冤》；既有停妻再娶的家庭纠纷，如《判停妻再娶充军》，也有豪强衙内的祸害乡邻，如《决秦衙内之斩罪》。这些案件很少有事关王朝安危、军国大计的大案要案，多由财产、婚姻之类民事纠纷引起，当事人也多为下层平民百姓，作品较为真实地反映了他们日常生活中的焦虑和关注，其伦理道德观念也由此可见。通过这些案件的描写，作品反映了他们对各种丑恶现象的憎恶和对美好、和谐生活的向往。这是应该给予肯定的。

不过，从文学的角度来看，这些小说集的印刷大多比较粗糙，校勘不精，且文字浅近俚俗，不够精致，正如研究者们所指出的，"文意甚拙，盖仅识文字者所为"（鲁迅《中国小说史略》）；语言"崖略仅存，全无文采"（孙楷第《戏曲小说书录解题》）；"其中的地理、历史、制度，都是信口开河，鄙俚可笑"（胡适《〈三侠五义〉序》）。更为严重的是，诸书之间相互抄录，其人物、情节不仅缺少细致、生动的描摹和刻画，而且大同小异，重复雷同，模式化的现象较为严重，原创性不足，文学水准不高。

（三）结构形式：书判体

需要说明的是，文学水准不高，并不是说这类作品在艺术上就没有特点，比如其结构形式就颇为值得注意。这表现在：正文中穿插诉状、判词等法律文书，而且所占篇幅较大，有些作品甚至仅有状词、诉词和判词，而无故事的叙述。这种结构形式既不同于文言类公案小说，也与话本体公案小说存在着较大差异，可谓一类比较特殊的公案小说，人们多称其为书判体公案小说。

大体说来，书判体公案小说的结构方式主要有两种：一种是将状词、诉词和判词穿插在作品中，将作品分成几个大的故事段落，即案情的发生、诉讼的开始、案件的审理及案件的判决。本来这些公案小说作品的篇幅就不长，几篇较长的法律文书穿插进来，自然很是醒目，成为全文的焦点和核心，并起着结构上的组织作用。多数书判体公案短篇小说集采用这种方式。另一种方式则较为少见，主要见于《海公案》一书。它是将故事的叙述与三词分开，先将故事完整地讲述出来，然后再附上状词、诉词和判词。

这些法律文书的穿插在作品中具有卒章显志、强化主题的功能。它是作品的一个有机组成部分，是小说情节发展的一个重要环节，同时还起着结构上的组织作用。判词和状词、诉词等结合在一起，将作品分成几个大的故事单元，起着调节故事发展节奏的功能。再者，判词自身也有相当的文学价值，可供读者把玩品味，那些文采飞扬、别具一格的判词也可以为整部作品增色。

书判体公案小说系由宋元时期的同类小说发展而来，这一时期的书判体公案小说如收于《醉翁谈录》中的1篇私情公案《张氏夜奔吕星哥》及15篇花判公案，在风格上与明代同类作品有所不同，前者供状、判词均为拟作，文学意味浓，更接近传奇小说；后者更多取材于法家书，法律意味较浓。

总的来看，明代短篇公案小说集是法律与文学结亲所生的混血儿，具有两栖特性，就像孙楷第所说的，"似法家书非法家书，似小说亦非小说"。这种较为特殊的文学现象反映了中国古代小说发展演进的一个侧面，即在与其他文类不断交融的过程中，不断产生新的文体样式。

二、融合文人、民间话语的拟话本公案小说

拟话本小说在明代中后期的繁荣与冯梦龙、凌濛初等开明文人的积极推动有着直接关系，经他们的精心打磨，拟话本小说发展成为一种成熟且富有表现力的小说样式，与章回小说分庭抗礼。其间，书坊主出于牟利目的，对这类小说的创作和传播也起到了较大的推动作用。书坊主刊印何种类型、题材的小说作品，与下层民众的欣赏趣味密切相关，他们完全是随行就市，以读者的喜好为选择标准。这势必会影响到小说的创作，使作者从题材、表现方式、语言诸方面去考虑市场的实际需要。"三言""二拍"中公案题材的作品占有相当的比重，其原因也可由此得到说明。

拟话本公案小说的数量，根据黄岩柏《中国公案小说史》一书的统计，并参照其他相关资料，大致如下："三言"共有120篇作品，其中40篇属宋元旧作，在剩下的80篇作品中，有18篇属公案小说；"二拍"共80篇作品，其中公案之作25篇，所占比例更大。《型世言》共40篇作品，其中公案之作有13篇。由此可见拟话本小说对公案题材之重视。到清初，随着公案小说创作、出版热潮的消歇，拟话本公案小说在话本小说集中所占的比重已远不能与"三言""二拍"相比。

拟话本小说中公案作品的创作承宋元时期"说公案"之余绪，又受到当时创作风气、出版习尚的影响，是中国古代公案小说发展演变过程中的一个重要环节。由于创作主体、写作旨趣、语言载体、传播方式及文化语境等发生了一系列变化，明代拟话本公案小说较之宋元话本公案小说、明代短篇公案小说集，有不少新的特点，以下结合其中的具体作品予以介绍和分析。

（一）题材拓展

明代拟话本公案小说在题材表现领域有着较大的拓展，其关注点在下层民众生活与命运的展示，这与宋元话本公案小说是一致的，但在表现的丰富性和多元性上

则远远超过后者。从"三言""二拍"、《型世言》中的公案作品来看，由男女情爱、婚姻引发的案件占了将近一半，仍是重点题材。与此同时，这些作品对家族、家庭内部的财产纠纷及社会上发生的谋财害命、行骗案件也给予了特别的关注，而宋元话本公案小说中类似题材的作品只有《合同文字记》一篇。

婚恋、家庭、钱财，这是人们日常生活中时时面对的基本问题，它们在拟话本公案小说中以案件这种极端形式得到了较为充分的反映。这种关注对作者来讲是自觉选择的结果，正如小野四平所说的："宋代的话本作者身上所缺少的对于判案这一话题（即主题）的问题意识，可以认为在明代的短篇白话小说作者身上已表现得十分强烈。"（小野四平著、施小炜等译《中国近代白话短篇小说研究》）

（二）人物塑造

就人物形象的塑造来看，明代拟话本公案小说对断案官员的描写和刻画无论是在篇幅长度，还是在细致生动方面，都较宋元话本公案小说有较大的发展，达到较高的文学水准。在宋元话本公案小说中，官员只是一个没有质感的形象符号，代表着法律与正义，审案、判案过程的描写极其简单。如《合同文字记》，包拯将双方当事人传到开封府厅上，只是问了几句话，"取两纸合同一看，大怒"，然后就开始结案。再如《简帖和尚》，钱大尹只是听皇甫殿直说了一下案情，立即"大怒"，结束审理。这里的钱大尹与前文的包相公、《曹伯明错勘赃记》中的蒲左丞等都因缺少丰富、细腻的描绘而显得形象模糊，即便将他们互换也无所谓。他们审案、断案过程的描写也是简单平淡，往往三言两语带过，缺少波折。明代拟话本公案小说的情况则有所不同，表现在：它塑造了一批面目各异、真切可感的审案官员形象。这些官员形象因有具体的描绘和刻画而成为活生生的人物形象，而不再单单是一个抽象的角色或符号。作品注意突出他们独特的个性，如《陈御史巧勘金钗钿》中的陈御史，少年得志，聪察多智，通过乔装私访而使凶手落入法网；《滕大尹鬼断家私》中的滕大尹最有机变，能依法办案，却又有些贪婪，在装神弄鬼中审清疑案；《乔太守乱点鸳鸯谱》中的乔太守善于机变，不拘律文，乱点鸳鸯谱却能皆大欢喜；《硬勘案大儒争闲气　甘受刑侠女著芳名》中的朱熹，心胸狭窄，因与人不和，不惜枉法制造冤案。他们同为执法官员，但秉性、气质各异，这种秉性和气质在作品中得到了较为充分的展示。

在宋元话本公案小说中，尽管清官所占篇幅甚少，没有得到充分的描写，但已开清官崇拜风气之先，其中包拯的形象已在多篇作品中出现。至元代杂剧、明成化刊本说唱词话中，描写清官的作品已形成规模，成为一种重要的题材类型。明代短篇公案小说集的出现，标志着对清官的歌颂和崇拜达到高峰，其中既有以个人统率全书的专集，如《百家公案》《新民公案》《海公案》《龙图公案》等，也有一人一案的公案故事汇编，如《廉明公案》《诸司公案》《明镜公案》《详刑公案》《详情公案》等。上述作品尽管人物、情节各异，但对清官的歌颂和赞美是比较一致的。明代拟话本公案小说尽管在清官形象的塑造上以褒扬为主，描绘了一批面目各异的清官形象，如《陈御史巧勘金钗钿》中的陈御史、《汪大尹火焚宝莲寺》中的汪大尹、《姚滴珠避羞惹羞　郑月娥将错就错》中的李知县、《赵六老舐犊丧残生　张知县诛枭成铁案》中的知县张晋等。但这种褒扬是有分寸的，远没有先前同类作品中的那份狂热与盲目，这与作者有一定的社会地位、对审案判案的运作过程较为了解有关。在这些作品中，清官审案不再是顿悟似的一下找出凶手，而是要经过一个相对曲折的过程。如《姚滴珠避羞惹羞　郑月娥将错就错》中的李知县，起初在复杂的案情面前，他也曾手足无措，做出错误判断，但他知错能改，最终用计捕获案犯。有些篇目则走得更远，写出清官身上的缺陷，甚至将审判官员写成带有负面色彩的人物形象。如《滕大尹鬼断家私》中的滕大尹，他虽能做到依法办案，但并非一般意义上的清官，因为他"看见开着许多金银，未免垂涎之意"，最后竟以装神弄鬼的手段骗走事主的一千两黄金。从作品叙述的口吻来看，作者显然对此举颇有非议。类似的作品还有《初刻拍案惊奇》卷二十六《夺风情村妇捐躯　假天语幕僚断狱》，作品中的林断事虽然精明多智，断出无头案，但其个人品格有瑕，他喜爱男风，袒护行为不法的门子，这与人们心目中的清官形象颇有差距。在《二刻拍案惊奇》卷十二《硬勘案大儒争闲气　甘受刑侠女著芳名》、《型世言》第二十九回《妙智淫色杀身　徐行贪财受报》等作品中，审案官员或心胸狭窄，或贪婪多欲，皆被描写成反面角色。在明代拟话本公案小说中，还有一些抨击官场腐败、感叹世风日下的议论性文字，这种关心时政、积极入世的理念显然属于那些身为士人却不得志者，而不属于那些说书艺人、书坊老板。

（三）结构布局

在结构布局方面，明代拟话本公案小说的安排也颇具匠心，案件新奇、复杂，波折迭起，扣人心弦。其中既有较为常见的冤情设计，如《金令史美婢酬秀童》

《玉堂春落难逢夫》等，也有颇见机趣的破谜解疑，如《滕大尹鬼断家私》《李公佐巧解梦中言　谢小娥智擒船上盗》等；既有较为少见的案中之案，如《沈小官一鸟害七命》《一文钱小隙造奇冤》等，也有别出心裁的惩恶除奸，如《酒下酒赵尼媪迷花　机中机贾秀才报冤》《妙智淫色杀身　徐行贪财受报》等。这些变化增加了作品的可读性，提升了公案小说的文学品格。

（四）文人色彩

与宋元话本公案小说、明代短篇公案小说集相比，明代拟话本公案小说具有鲜明的文人色彩。尽管冯梦龙、凌濛初、陆人龙等人在创作时利用了一些现成的公案素材，但在经过一番点石成金式的改写润饰之后，作品面貌产生了质的变化。这表现在：作品不再像前代同类作品那样重复雷同，千人一面，而是呈现出鲜明的个人风格，如冯梦龙的"三言"开合自如，于娴熟的叙述中透出灵巧和机智；凌濛初的"二拍"求新求奇，文笔舒缓，陈腐的说教中带有激愤；陆人龙的《型世言》则更关注现实，意气风发，评点人生。这种艺术风格的差异，既表现在题旨意趣上，表现在题材选择上，同时还表现在运笔行文上。

拟话本公案小说的文人色彩还表现在思想理念的表达上。宋元话本公案小说中也有议论，但多是三言两语带过，议论的内容不外乎劝善说教，言语间带有命运不可捉摸的宿命感。明代短篇公案小说集中有不少故事后附有评语或按语，内容也是说教一类，间有对清官的赞美和歌颂。相比之下，明代拟话本公案小说中的议论不仅篇幅较长，而且所议论的内容也更为丰富，且有一定的深度。其中占主体的仍是说教文字，但口吻与宋元话本有所不同，这与两类作品作者的身份有关。宋元话本使用的是平等、朋友式的口吻，而明代拟话本公案小说则带有一种以案说法的姿态，居高临下地向读者指点人生，流露出文人士大夫所特有的那种使命感和优越感。如《初刻拍案惊奇》卷十一《恶船家计赚假尸银　狠仆人误投真命状》文前有一段议论文字，最后几句云："如今所以说这一篇，专一奉劝世上廉明长者：一草一木，都是上天生命，何况祖宗赤子！须要慈悲为本，宽猛兼行，护正诛邪，不失为民父母之意。不但万民感戴，皇天亦当佑之。"这与"若是说话的同年生，并肩长，拦腰抱住，把臂拖回，也不见得受这般灾晦"之类宋元话本中常用的套语语气是不同的，不难从言语口吻间看出说话人身份、地位的差别。从议论的内容来看，宋元话本公案小说强调遏止欲望，安分守己，随遇而安，而明代拟话本公案小说则更关注对伦理道德的循依与执法的公平性、有效性。

此外，拟话本公案小说的议论中还带有许多个人化的感慨和情绪，其中有对黑暗现实的抨击，有对世风日下的不满，也有惆怅莫名的身世感言。这在凌濛初的"二拍"和陆人龙的《型世言》中表现得更为明显。如上文所提到的《恶船家计赚假尸银　狠仆人误投真命状》篇，作者直言"如今为官做吏的人，贪爱的是钱财，奉承的是富贵，把那正直公平四字抛却东洋大海"；《型世言》第二回《千金不易父仇　一死曲伸国法》也有同样的议论："近来官府糊涂的多，有钱的便可使钱……有势的又可使势。"言语相当尖锐，这样的议论在宋元话本公案小说、明代短篇公案小说集中是很少见到的。再如《初刻拍案惊奇》卷二十九《通闺闱坚心灯火　闹囹圄捷报旗铃》论科举与世风的那段文字，分明是一个仕途不得志文人的愤世之语，具有鲜明的个人色彩和抒情性。

从上述分析可以看出，明代拟话本公案小说具有较为鲜明的文人色彩。这类作品包含许多个人化、文人化的因素，是一种独立的文学创作，而不是一般的编纂加工，这还可以从作品摆脱模式化这一点上得到体现。明代短篇公案小说集诸书之间相互抄引，有些甚至直接由各书抄撮汇编而成，形成重复和雷同。就同一部书来看，被收在同一类中的作品除题材类型相同外，其故事情节、人物形象也都大同小异，类型化、雷同化的现象十分明显。明代拟话本公案小说则不然，尽管也可以根据案情对作品进行分类编排，但每一类中的作品在人物设置、情节安排、结构布局、意旨理念等方面还是会表现出较大的差异，同中有别，没有同类作品类型化、雷同化的弊病，具有原创性。比如，同是因乘船遭劫落难，最后由女子复仇的故事，"三言""二拍"中就有三篇，即《醒世恒言》卷三十六的《蔡瑞虹忍辱报仇》，《初刻拍案惊奇》卷十九的《李公佐巧解梦中言　谢小娥智擒船上盗》、卷二十七的《顾阿秀喜舍檀那物　崔俊臣巧会芙蓉屏》。这三篇作品中的主要人物皆是劫后余生的女性，但她们的性格、遭遇及结局各不相同：第一篇中的女主人公蔡瑞虹，全家遇害后，侥幸得脱，先后被歹徒凌辱、受商贾所骗、卖与人做妾，还被逼做骗局中的诱饵，饱受磨难，但关键时刻意志坚强，不忘复仇，最终让自己的后夫惩治凶手，自己也自杀身亡；第二篇中的谢小娥，落难后受人启发，解出梦中之谜而得知凶手姓名，然后打入盗贼内部，靠自己的坚韧和智慧为全家复仇，后皈依佛门，不知所终；最后一篇中的王氏遭劫后投身尼庵，因旧画而得以与丈夫重逢，受人之助，否极泰来。三篇作品的题材相同，故事模式也比较接近，但在写法上各有侧重，风格各异，并不给人雷同之感。

三、《合同文字记》系列作品解读

以下以凌濛初《初刻拍案惊奇》第三十三卷的《张员外义抚螟蛉子　包龙图智赚合同文》（以下简称《包龙图智赚合同文》）这篇作品为例，通过与前代同题材作品的比较，对明代拟话本公案小说的思想意蕴和艺术特点稍作分析。

该作品讲述了一个由析产继立引发的案件。这个故事在宋金时期就已通过说书艺人之口广为传播，到元代，有人据此编成杂剧《包待制智赚合同文字》在舞台演出。至明代，该故事被《清平山堂话本》《百家公案》《海公案》等小说集收入，凌濛初又据杂剧改编成拟话本小说，最终使这个口耳相传的故事定型为案头之作。

将"合同文字故事"演变过程中的三个典型文本即《清平山堂话本》中的《合同文字记》、杂剧《包待制智赚合同文字》及《张员外义抚螟蛉子　包龙图智赚合同文》对照来看，相互间的文本形态有着诸多不同，除文体形式的区别所造成的差异外，还有不少意味深长的人物、情节方面的修改。经不断加工润饰，分家析产主题得到更为艺术化的表现，其意蕴也变得更为丰富，道德劝诫功能也因此而得以强化。

现在所看到的《合同文字记》虽云话本，但难以确知它到底是说书人的底本，还是演出时的简略记录本，从其粗疏拙朴的形态看，显非供案头阅读而作。它更接近口头流传的民间故事，属民间话语。它虽受传统观念影响，有较强的血亲宗法意识，但更着眼于财产的争执和分配结果，言义而不忘言利，并将两者统一起来。它称赞刘安柱"孝义两双全"，但对其义并未多作渲染，道德说教的意味并不浓。从艺术表现的角度看，《合同文字记》在人物塑造、情节设计、结构布局诸方面没有更多的讲究，只是很简略地讲述了一个故事，显得幼稚质朴，有时"莫名其妙"，"在情理上这也是有漏洞的"[①]。但它提供了一个基本的故事框架，为后世其他文学样式的改编奠定了基础。

相比之下，元杂剧《包待制智赚合同文字》在情节安排上有不少新的改变。

---

① 赵景深：《〈清平山堂话本〉》，《中国小说丛考》，齐鲁书社1980年版，第86—87页。

首先，刘天瑞夫妻投奔的不再是姨夫张学究，而是素不相识的富户张秉彝，受到其热心照顾，并得以在临终前托孤。其次，侄儿刘安柱归亲认宗，不是简单地被伯父拿砖头打破头，而是先被伯母骗去合同文字，再被其亲手打伤。最后，包公审案时，也不是"取两纸合同一看，大怒，将老刘收监问罪"这么简单，而是巧设计谋，引伯母入套，赚去合同文字，然后再审理结案。仅从内容方面看，它比话本《合同文字记》要丰富、曲折得多，更具文学性，也更为引人入胜。全剧按情节的发展可以分成五个紧密联系的故事段落：兄弟定约、旅店托约、祭扫还约、伯母骗约和包公赚约。这种矛盾集中、单线推进、严密完整的结构很适合戏剧这一体裁形式。

拟话本《包龙图智赚合同文》基本上沿用了这一新的设计，但又在一些细节、文句方面做了改动。故事人物的改动也是耐人寻味的，富户张秉彝代替姨夫张学究最直接的目的是与伯母形成对比。另一个改动也同样意味深长，那就是起先《合同文字记》中刘添祥后妻婆婆王氏"带着前夫之子来家"，后来在杂剧及拟话本小说中又变成"带过一个女孩儿来，唤作丑哥"。前夫之子，俗称"拖油瓶"，属外姓，没有财产继承权，如冯梦龙《喻世明言》卷十《滕大尹鬼断家私》中，妾生庶子理直气壮地要求继承财产，其理由之一就是："我又不是随娘晚嫁，拖来的油瓶，怎么我哥哥全不看顾？"女儿本来就没有继承权，再加上是拖油瓶带来的，就更没有继承财产的资格。这种改动使伯母争夺家产的理由变得更为不充分，是非曲直也更加分明。

值得注意的是侄儿刘安柱、伯母王氏和伯父刘添瑞这三个人物形象的改动。在《合同文字记》中，直接的矛盾冲突在侄儿和伯母、伯父之间展开。作品强调"刘晚妻欲损相公嗣"，"刘安柱孝义两双全"，但因篇幅较小，描写粗疏陋朴，未能得到充分展现。在拟话本中，这两个人物被塑造成两种对立的道德人格的化身，行为方式也趋于极端化。侄儿成了孝义的代名词，他归乡的目的已无继承家业的成分，只是为了孝义，"不要家财，则要傍着祖坟上埋葬了俺父母这两把儿骨殖，我便去也"。当包公动手让他打伯父以消怨气时，他死活不肯，"我须是他亲子侄，又不争甚家和计。我本为行孝而来，可怎生忿而归"。而且对义父张秉彝也是知恩必报，"今日个父子相依，恩义无亏，早则不迷失了百世宗支，俺可也敢忘昧了你这十载提携"。显然，这种安排是为了使身为家族正宗的侄儿兼具道德上的优势。

在极端美化侄儿的同时，伯母被作者运用文学技法加以丑化，处于道德的负极。她同民间分家故事中的嫂子形象基本相同，这一形象在公案小说中是不多见的。她为了让女儿、女婿独占家产，不惜采用骗合同文字，拒绝承认侄儿身份，并对其进行毒打等种种不道德手段，与张秉彝的宽厚仁爱形成极大的反差。这正如《包龙图智赚合同文》中所说的："螟蛉义父犹施德，骨肉天亲反弄奸。"在道德方面，具有明显外姓夺产意图的伯母处于劣势。

非常有意思的是伯父刘添瑞形象的调整。在《合同文字记》中，他是一个糊涂、粗鲁的长者，听信刘婆谗言，不分青红皂白，就用砖头将侄儿打成重伤，站在侄子的对立面。到了杂剧《包待制智赚合同文字》中，这位伯父已不再动手打人，反倒有些同情侄儿，只是由于妻子的凶狠泼辣，才未能与侄儿相认。在拟话本《包龙图智赚合同文》中，他更偏向侄儿一方，对妻子的做法感到不满，只是不见合同文字，"为此委决不下"，用包公的话说，就是"朦胧不明"。他的态度已从妻子一方转向中立。这一调整有强调刘安住孝义，维护骨肉血亲的用意，但更重要的是，它改变了矛盾冲突双方力量的对比。

伯父形象的改变，使伯母失去了强有力的支持，和她站在一起的是更没有名分的外姓女儿、女婿。显然，无论从血缘、名分上还是从道德上，其力量都不足以与侄儿抗衡，在作品中，义父张秉彝、岳父李社长乃至包公都是侄子的支持者或助手，而且前者还握有合同文字，这个合同文字可不同于上文所讲的不被法律和舆论承认，没有效力的遗嘱。一旦到了官府，伯母的失败也是顺理成章的事。

上述从话本到杂剧、拟话本，情节、人物、结构的一系列变化必然会带来文本意蕴的变化。道德层面的善与恶的对立冲突居文本的表层，义与利、血缘、宗亲方面的冲突则隐入文本的深层。这样，文本也就被纳入具有较强训诫色彩的奖善惩恶模式中，通过包公的审判，善有善报，恶有恶报，各得其所。文本的意蕴也因此更为丰富，更有层次，但同时劝善说教的意味也显得更浓。为了"奉劝世人，切不可为着区区财产，伤了天性之恩"，为了宣扬这种理念，后来的杂剧、拟话本对人物、情节的调整基本上是以文学手段美化所支持的一方，丑化反对的一方，并改变双方力量的对比，展开一种看似善恶实力悬殊，实则相反的冲突。

需要说明的是，这种精致且具有较多戏剧意味的故事所提供的仅是一种观念和情绪，而不是一种思考或质疑。这种以观念图解生活的做法虽然有较为精致的文学修饰做包装，但与民众的真实心态距离较远。这类作品一般不会去做这样的假设：让有血亲、名分的侄子处于道德的负极，而没有名分的伯母和她的孩子却孝顺仁义。因而故事最终只是在表层展开冲突，缺乏应有的深度。

相比之下，拟话本《包龙图智赚合同文》更具文人色彩，因其主要供案头阅读而作，情节安排也更为合理、严密，文理更为精细、周详，自然，其劝诫教化意味也更浓。它强调这场冲突所带来的人生教训，通过文学描写，强化宗族观念，肯定血缘亲情，并将其上升到善恶、正邪对立冲突的高度给予维护。

四、《龙图公案》：明代公案小说的代表之作

说《龙图公案》是明代公案小说的代表之作，主要有两个方面的含义：一是该书所收作品大多出自先前刊行的短篇公案小说集，可视为明代短篇公案小说的精选本；二是该书在明代短篇公案小说集中刊印次数最多，影响也最大。

《龙图公案》的编著者不详，有的学者认为可能就是该书的评点者"听五斋"，他是一位下层文人，因穷困潦倒而对社会颇多不满，时发激愤之言。该书版本众多，有繁本和简本之分，繁本皆为100则，简本分66则和62则两种，大概是书坊主为节省篇幅，由繁本删节而成。

《龙图公案》一书虽是短篇公案小说集，但各篇皆以包公为核心人物，所写案情多是民间刑事或民事案件，主要为私情、奸情、继立析产、谋财害命等。作品以审案、断案这种较为极端的形式描绘了市井乡村的人生百态和精神世界，着重反映了社会中

明舆畊堂本《新刊京本通俗演义增像包龙图判百家公案》插图

阴暗、冷酷的一面，揭示了社会存在的诸种弊端和问题，体现了一般民众的思想意识和审美情趣，反映了较广的生活面，全书可以看作是一幅明代下层社会的民俗风情画。

该书极力歌颂包公的清正廉洁，具有十分浓厚的清官崇拜意识，是社会下层民

众思想意识文学化的反映，这与拟话本公案小说、文言笔记体公案小说有所不同，后者具有较多的社会批判意识，富有文人色彩。《龙图公案》一书所写断案、审案，有些是依靠包公个人的智慧和机巧，但也有不少是靠神鬼显灵、托梦等超自然手段解决，对此不能粗暴地斥之为封建迷信，也不能简单地将其作为判断小说艺术水准的主要标准，因为鬼神的出现固然有迷信的成分在，但在更多的时候，它是一种寄托理想、抒情言志的艺术表现手段，运用得当，往往能起到为作品增色的效果，比如蒲松龄《聊斋志异》中那些描写鬼狐花妖的精彩之作。《龙图公案》诸篇虽未达到这样的艺术水准，但也并非完全在宣扬封建迷信，应多从艺术的角度来看。

《龙图公案》大多篇目虽由明代短篇公案小说集而来，但并非简单地照搬照抄，不少地方经过文学化的润饰加工，比如删去原作中的诉状判词，不再像法家书那样按类分目，对小说原来的题目也全部进行了加工，两两对应，较为工整，如《阿弥陀佛讲和》和《观音菩萨托梦》、《嚼舌吐血》与《咬舌扣喉》等。这样，较之先前的短篇公案小说集，文学意味更浓。总的来看，书中多数作品篇幅较短，重在对案件的叙述，不在人物形象的塑造，艺术水准整体上虽不算很高，但也有一些曲折有趣、剪裁得当的篇章，如《锁匙》《石狮子》《金鲤》《玉面猫》《兔戴帽》等，可读性还是比较强的。

在《龙图公案》一书中，有12篇形式颇为独特的作品，它们分别是：《忠节隐匿》《巧拙颠倒》《久鳏》《绝嗣》《恶师误徒》《兽公私媳》《善恶罔报》《寿夭不均》《屈杀英才》《侵冒大功》《尸数椽》《鬼推磨》。这12篇作品有一个共同的特点，就是所写虽也是判案，但大多并非一般公案作品中常见的具体案件，而是要对人世间存在的一些不公平现象进行解释和裁决。这种裁决，多是在阴间地府中由包公进行。

这12篇作品还有个共同的特点，那就是故事性较弱，主要是对人世间存在的不公平现象如巧拙颠倒、善恶罔报、寿夭不均等进行评述和裁决，论辩色彩较浓。从形式上看，这类作品都有状词和判词，而且全文的核心和引人之处，即在这些法律文书，不少判词带有调侃和幽默的意味。结合《醉翁谈录》一书所收录的花判公案作品来看，可以发现两者在内容、形式上基本相同。因此，可以说《龙图公案》中的这12篇作品正是宋元花判公案作品的后裔和嫡传，因时代背景及作者的不同而有所变化，增加了较浓的批判色彩，减弱了轻松和诙谐意味。《龙图公案》的编撰者把自己的作品放在集子里，并非为了凑数，他起码有两个明确的目的：一是为了表明自己对人世间一些不公平现象的见解；二是想借此显示自己的才华，得到社会的承认。

研究者通常认为《龙图公案》的编撰者是下层文人，在一个以科举取士、官本位的社会里，落第穷书生的失意和落魄是可以想象到的。他需要得到社会的认可，而将自己的作品放到编撰的小说集中，让千万人传看，也未尝不是一种心理上的补偿和发泄的渠道。而且，他并非自己站出来高谈阔论，而是通过包公之口道出，尽管这是受全书体例所限，但未尝没有借重包公代言的意思在。以包公在民间的声望，他可以从这种代言的形式中体会到一种虚拟的权威感。总的来看，这12篇作品也可算作公案小说，最起码，它还保留着公案小说的审案、判案形式。

《龙图公案》对后世的公案小说创作影响较大，像《施公案》《三侠五义》等小说都直接受其影响，其审案、断案部分有不少是依据该书改编加工而来；该书以清官包公贯穿全书，这种结构形式已粗具长篇小说的雏形，《施公案》《三侠五义》等小说正是在此基础上采用连缀式结构，发展成鸿篇巨制的。

第三节　明代的侠义小说

有明一代，受诸种社会文化因素的积极影响和推动，中国古代小说的发展呈现出新的景象，至明代中后期，达到繁盛。这主要表现为作品数量众多，品类齐全，佳作纷呈。侠义小说正是在这种较为有利的时代文化语境中获得了新的发展，较之前代同类作品呈现一些新的特点。

总的来看，这一时期虽已有一些具有较高艺术水准的侠义小说作品出现，但作为通俗小说类型或流派的侠义小说还没有发展成熟。与讲史演义、英雄传奇、神魔小说、公案小说等相比，侠义小说的作品数量还不算多，没有形成规模，而且也缺乏具有代表性的经典作品。不过也不可否认，这一时期的侠义小说有着自己的特点，为清代侠义小说的兴盛和繁荣奠定了坚实的基础。

一、《水浒传》的典范效应

说到侠义小说在明代的发展，不能不提及《水浒传》这部小说的巨大影响和典范效应。有不少研究者直接将《水浒传》算作侠义小说，甚至称其为长篇武侠小说的开山之作。这种说法不能说没有道理，但还不够准确，因为《水浒传》一书虽然包含不少侠义成分，但还不能算是严格意义的侠义小说。它题材特殊，作品有深厚、沉重的社会内容，其内涵和意蕴非侠义小说所能涵盖。准确地说，《水浒传》是一部包含侠义因素的小说，但并不就是侠义小说。

《水浒传》虽然不是严格意义上的侠义小说，但它以其高超的文学成就和巨大的艺术魅力树立了侠义小说的典范，该书有关江湖世界和英雄豪杰的描写对后世侠义小说的创作有着十分深远的影响。

大体说来，《水浒传》在侠义描写方面有如下几个值得注意的典范效应：

首先，《水浒传》描写和展现了一个相对独立的江湖世界。这个江湖世界尽管与社会各个阶层有着十分密切的联系，或者说江湖世界自身就是一个特殊形态的小社会，但其相对的独立性是显而易见的。这个江湖社会是绿林豪杰们施展身手的大舞台，在这里奉行的是其特有的思想观念和行为规则，比如杀富济贫、讲究义气、不近女色等。宋江在现实生活中不过是一个低级的文吏，但在江湖世界却名声显赫，很多好汉仰慕其人，纷纷投奔他，这也可以从其在押解路途中的种种奇遇看出来。后来的侠义小说受其启发，为义士豪杰们在现实社会之外设置了一个施展才艺的活动空间和背景。直到现在，侠义小说仍在沿袭着这一文学传统。

其次是对绿林豪杰的描写。在《水浒传》一书中，作者塑造了一批栩栩如生的豪杰形象，如林冲、鲁智深、杨志、武松、李逵、燕青等。作品不仅写出了他们的共性，比如武艺高强、爱憎分明、行侠仗义、除暴安良等，同时也特别注重写出他们的个性，且写得特别成功，给读者印象至深。比如林冲的冷静克制，鲁智深的豪爽洒脱，杨志的精明干练，武松的勇武刚烈，李逵的粗野鲁莽，燕青的聪明伶俐等。只要听到这些人说话，或看到他们的行动，不用介绍姓名，就能知道他们是谁。

这种个性既有先天的成分，更是后天各种社会文化因素影响作用的结果，这在林冲身上体现得最为明显。他入伙梁山、走上反抗道路之所以远不如鲁智深、李逵等人坚决，是因为他是东京八十万禁军教头，过着尊荣富足的生活。如果不是高俅父子的一再逼迫，他是不会走上这条反抗之路的。再如杨志，他是将门之后，身负才艺，一心想重振家风，建功立业，如果不是当时政府腐败无能，断绝了他的仕进之路，他也是不会加入梁山队伍的。走上梁山的结果是一样的，但方式和原因却各不相同，人物的个性由此而得到展现。其后的侠义小说在人物塑造方面，深受《水浒传》一书的影响，有些甚至直接模仿，这些作品大多在人物言行的怪异方面做文章，以这种手法来突出人物的鲜明个性。

最后是比武过招、打斗场面的描写。此前的小说作品虽也曾写到比武过招，但打斗场面的描写多较为简略，特别是文言小说，更是如此。《水浒传》一书在此方面进行了发展和创新，仅就武松这个人物而言，就有许多精彩打斗场面的描写，比如斗杀西门庆、醉打蒋门神、大闹飞云浦、血溅鸳鸯楼等。作品对打斗双方的动作、招式，都进行了相当细腻、详细的描写。

这些打斗的描写不仅较为详细，而且相当丰富。《水浒传》一书描写了各种形式的打斗，令人眼界大开，其中既有徒手的搏击，也有兵器的较量；既有地上的过招，也有马上的征伐，更有水中的激战。无论是作战的场合，还是使用的兵器，甚或拥有的武功等，各不相同，各有特色，可谓丰富多彩。这种描写大大拓展了侠义小说的表现空间，并有许多创新之处，给人耳目一新之感，具有很强的艺术感染力。后来的侠义小说受到启发，皆在此方面大做文章，对打斗场面进行更为丰富多彩的描写，并有许多新的拓展。这类描写遂成为侠义小说塑造人物形象、吸引读者的主要艺术手段。

《水浒传》对后世侠义小说的影响是多方面的，甚至在一些细小的地方，也可以看到其影响。比如在《水浒传》一书中，一百零八位梁山好汉，个个皆有绰号，如及时雨、智多星、黑旋风、花和尚、霹雳火、小李广等。这些绰号往往能形象、真切地概括梁山好汉的形貌特征或气质秉性，是塑造人物的一种有效手段，受到读者的欢迎。后来的侠义小说大都沿袭了这种写法，人物有绰号几乎成为一种创作惯例，成为这类小说的一个文体标识。

二、明代侠义小说的新变

在明代章回小说中，虽有一些包含侠义因素的作品，如《水浒传》《禅真逸史》《禅真后史》等，但它们还都不是严格意义上的侠义小说，这样的作品要到清代才出现。不过，在拟话本小说和文言小说中，却有着不少侠义小说作品，它们不仅数量多，而且水准高，代表着明代侠义小说的成就和新发展。下面分别进行简要介绍。

（一）拟话本小说中的侠义小说

明代拟话本小说以"三言""二拍"及《型世言》最具代表性，艺术成就也最高，这里以这六部拟话本小说集为主要研究对象，介绍、分析其中的侠义作品。

在这六部拟话本小说集中，可以称作侠义小说或包含侠义因素的作品主要有如下一些：《杨谦之客舫遇侠僧》（《喻世明言》）、《李汧公穷邸遇侠客》（《醒世恒言》）、《赵太祖千里送京娘》（《警世通言》）、《刘东山夸技顺城门　十八兄奇踪村酒肆》《程元玉店肆代偿钱　十一娘云冈纵谭侠》（以上《拍案惊奇》）、《硬勘案大儒争闲气　甘受刑侠女著芳名》《神偷寄兴一枝梅　侠盗惯行三昧戏》（以上《二刻拍案惊奇》）、《淫妇背夫遭诛侠士蒙恩得宥》（《型世言》）。通过这些作品，我们可以看到侠义小说在明代的一些新发展。

总的来看，上述作品有如下几个值得注意的特点：

一是作品塑造了一批面目不同、性格各异、个性鲜明的侠客形象。这些侠客虽然共同遵守着救人之急、解人危难的侠义信条，但其行为方式却迥然不同，其中既有以真实武功见长的英雄好汉，也有那种半人半仙的神秘剑客。作品重点在强调其性格中怪异、奇特的一面，比如《杨谦之客舫遇侠僧》中的那位侠僧，他起初以惹是生非、不守规矩的姿态出现，后来为了行侠，竟然让自己的侄女以小妾的身份去保护他人。《赵太祖千里送京娘》中的赵匡胤为了恪守侠义的信条，坚决拒绝京娘及其家人合情合理的求婚，结果导致京娘自杀。不管他们的言行是否妥当，从中皆可见其鲜明的个性，给人印象至深。可以说，每篇作品都展示了一种侠客的形态，绝不雷同，达到了较高的艺术水准。有些侠客来无影，去无踪，身份来历不明，给人一种神秘感，增加了作品的魅力。

二是作品写出了侠客的复杂形态。这些侠客从身份上来看，很不相同，或为僧人，或为盗匪，或为妓女。身份的不同带来了其思想观念、行为方式的差异。有些侠客的行为比较容易理解，比如赵匡胤的千里送京娘。有些则与现代人的思想观念存在着较大差异，如《淫妇背夫遭诛　侠士蒙恩得宥》中就塑造了一位颇为另类的

明清小说分类选讲

古侠形象。作品中的邓氏，人生得很漂亮，"说不得似飞燕轻盈、玉环丰腻，却也有八九分人物"。由于对丈夫窝囊怯懦品性的不满，一心想寻找情人，后来终于遇到具有侠士气质的耿埴。有了情夫后，她不断虐待丈夫，想将其除掉。终因行为太过分，被耿埴一气之下杀死。当冤案出现后，耿埴挺身而出，承认了自己的所为。结果，耿埴不但免罪，而且受到人们的尊敬，认为其具有古侠之风。像耿埴这样的侠客与一般侠客的行为方式迥然不同，他的出现意味着侠客的形态趋于多元化和复杂化，作品因此而获得了更大的表现空间和更为丰厚的文化内涵。

有些作品在描写侠义之外，还包含一定的寓意，颇具启发意义，给读者留下了较大的思考空间。如《刘东山夸技顺城门 十八兄奇踪村酒肆》，作品不仅塑造了几个栩栩如生、个性鲜明的侠客形象，写得一波三折，惊心动魄，新鲜别致，而且还通过生动、精彩的故事揭示了这样一个道理：强中更有强中手。就像作品结尾所总结的："人生一世，再不可自恃高强。那自恃的，只是不曾逢着狠主子哩。"阅读这样的作品，不仅能获得艺术享受，而且能得到一些人生的启迪。

（二）文言小说中的侠义小说

在明代文言小说中，也有不少侠义题材的作品，它们大多散见于各类文言小说集中，如宋濂的《秦士录》，李祯的《青城舞剑录》，宋懋澄的《刘东山》《侠客》，徐士俊的《汪十四传》，胡汝嘉的《韦十一娘传》，《鸳渚志余雪窗谈异》一书中的《侠客传》等。这些作品继承了前代侠义小说的创作传统，颂扬侠义精神，塑造了一批个性鲜明、武功高强、具有传奇色彩的侠客形象，对侠客神奇武功及打斗场面的描写，也时有精彩之笔。这些作品大多立意纤巧别致，情节曲折多变，风格简约明快，达到了较高的艺术水准。需要说明的是，这些小说自身还成为同时期和其后白话小说创作的素材，比如"三言""二拍"中就有不少作品取材于此。

值得注意的是，这一时期还出现了一批侠义小说的专集。这些侠义小说集主要有如下两种类型：

一种是专门的侠义小说集，如王世贞所编的《剑侠传》、周诗雅所编的《续剑侠传》、邹之麟的《女侠传》等。这些侠义小说集中的作品并非编者个人所撰，而是历代侠义小说的选集，其中《剑侠传》分一卷本和四卷本两种，一卷本选收作品11篇，四卷本选收作品33篇。《续剑侠传》"哀集古今书传所载侠行，上起春秋，下逮于元，凡一百一十九事"（孙楷第《戏曲小说书录解题》卷一）。《女侠传》分豪侠、义侠、节侠、任侠、游侠和剑侠六类。这些侠义小说集的选编者颇具眼光，将前代较为优秀的侠义小说作品萃为一编，对侠义小说的创作和传播产生了积极的推动作用。由此可见明人对侠义小说的关注及其流派和类型意识。

一种是类书或小说集中的侠义部类，如《艳异编》《续艳异编》《广艳异编》等书的义侠部，《古艳异编》一书的豪侠部，《情史》一书的情侠类等。其中《情史》的情侠类又细分为侠女子能自择配者、侠女子能成人之事者、侠女子能全人名节者、侠丈夫能曲体人情者、侠丈夫代人成事者、侠客能诛无情者等小类，展现了侠义的丰富形态。这些侠义部类与《剑侠传》《续剑侠传》《女侠传》等侠义小说集一样，所选大多为前代及明代较为优秀的侠义小说作品。从明代类书或小说集设置侠义部类之举，同样可以看出侠义小说在当时所受关注的程度。

上述侠义小说集的编撰既是对前代侠义小说创作的一次总结，同时也为后世的侠义小说创作提供了素材和典范，在中国小说发展史上自有其意义和地位。

第四节　清代公案侠义小说

清代公案侠义小说的出现既是中国古代公案小说、侠义小说发展演进过程中的一个重要环节，同时也是清代中后期一个引人注目的文化现象。

从表面上看，它不过是两个小说流派的合流，但细究起来，它又是特定时代各种社会文化因素有机融合、相互作用的结果。这类新型小说的出现，契合了当时下层民众的文化心理，反映了他们的焦虑和愿望，满足了他们的心理诉求，恰如鲁迅先生所讲的"为市井细民写心"，"正接宋人话本正脉，固平民文学之历七百余年而再兴者也"（鲁迅《中国小说史略》）。

从清代道光直至民国年间，公案侠义小说的流传非常广泛，影响深远，大大超过同一时期其他流派的小说，成为透视清代中后期大众文化心态的一个窗口。

一、清代公案侠义小说概况

清代公案侠义小说是清代中后期出现的一类新型小说，其特点是公案和侠义因素的融合，即"叙侠义之士，除盗平叛的事情，而中间每以名臣大官，总领一切"（鲁迅《中国小说的历史的变迁》）。主要人物为清官、侠客与罪犯（包括匪侠盗贼、土豪劣绅、恶僧凶尼等），中心事件为案件的侦破与罪犯的擒拿。作品结构多采用连缀式，由清官和侠客贯穿一系列破案擒盗故事，表现出以奇、险为特色的新奇、阳刚之美。

清代公案侠义小说有3个系列，包括近20部作品，篇幅庞大，内容丰富。这些作品在成书刊印之前，其主要故事情节多以戏曲、说唱等艺术形式流传过，后经人改编整理成书，属于累积型成书，对此鲁迅先生有准确的概括："草创或出一人，润色则由众手。"（鲁迅《中国小说史略》）

清代文德堂刊本《施案奇闻》插图

清代公案侠义小说3个作品系列的情况大体如下：

（一）《施公案》及其续书

《施公案》，又名《施案奇闻》，97回，撰作者不详。这是最早出现的一部公案侠义小说。从其卷首序文尾署"嘉庆戊午孟冬月"字样来看，该书成书当在乾嘉之际，故事形成和流传的时间则会更早。全书内容文字简略粗糙，不像是文人创作的小说，当是根据民间艺人的说唱改编整理而成。光绪十九年（1893），《施公案后传》一百回面世，它是《施公案》第一部也是最有影响的一部续书。其后，三续、四续直至十续《施公案》相继刊行。到光绪二十九年（1903），上海书局、广益书局将《施公案》正集及续书各集合在一起以《施公案全传》为名刊出，全书长达五百二十八回。

（二）《三侠五义》及《小五义》《续小五义》

《三侠五义》一百二十回，《小五义》《续小五义》各一百二十四回。《三侠五义》的初创者为清代著名说书艺人石玉昆，他以演说包公故事而闻名，在当时曾有"编来宋代包公案，成就当时石玉昆"之说（子弟书《石玉昆》）。其后，文良等人根据说唱本《龙图公案》及其他艺人的说书整理成小说《龙图耳录》。同治末至光绪初，问竹主人和入迷道人又进行一番整理加工，将《龙图耳录》更名为《忠烈侠义传》，于光绪五年（1879）刊行。10年后，著名学者俞樾又稍加修订，将书名改为《七侠五义》刊行。《小五义》《续小五义》是《三侠五义》的续书，它们与石玉昆无关，而是出于另一位说书艺人之手，也是在说书底本基础上改编整理而成，保留了许多说唱的痕迹。

（三）《彭公案》及其续书

《彭公案》，一百回，贪梦道人编著，其生平不详。该书在成书前，其主要故事已在民间有较为广泛的流传，贪梦道人不过是个收集整理者。《彭公案》的续书很多，曾续至二十集，实际上在社会上流传较广的是前三部续集，后面的续书没有什么影响，如今已很难看到。

总的来说，清代公案侠义小说的产生和盛行是诸多社会文化因素影响、作用的结果，与当时的社会文化环境、读者的接受心理、审美趣味以及其他相关艺术形式的繁盛等皆有着较为密切的关系。从文学传承这一方面来看，直接影响并促成清代公案侠义小说产生的是以《水浒传》为代表的英雄传奇小说和以《龙图公案》为代表的侠义小说，尤其是前者的影响更大，这不仅表现为题材选择、人物塑造方面的启发，而且还表现为创作思路和方向的提供，正如鲁迅先生所说："事实虽然来自《龙图公案》，而源流则出于《水浒》。"（鲁迅《中国小说的历史的变迁》）

在清代公案侠义小说崛起之前，通俗小说的创作处于《红楼梦》的巨大影响之下，其续作、仿作多达50多种，多数作品艺术水准不高，久而久之，令人生厌。在此情况下，惊险刺激、故事性强、极富娱乐色彩的《施公案》《三侠五义》《彭公案》等清代公案侠义小说刚一面世，就给人耳目一新之感，自然会受到热烈欢迎。

二、《三侠五义》的奇险之美与悬念设计

（一）"奇"的风格

奇是中国古代通俗小说的主要风格，这一风格在《三侠五义》一书中得到了较为充分的展现，有人称赞它"事迹新奇，笔意酣恣"（俞樾《七侠五义序》）。

首先，这种奇表现为故事情节之奇。虽然全书所写都是破案、断案，但这些案件却是光怪陆离，无奇不有。其中既有赵大谋财杀人案、郑屠强奸杀人案这样的一

般刑事案，也有刘妃谋害太子、襄阳王造反这样的大案要案。在侦破疑案、擒拿罪犯的过程中，更是奇事百出，险象环生，一波未平，一波又起，其中既有展昭二试刺客项福、白玉堂皇宫盗三宝，又有众英雄诛杀采花贼花冲、白玉堂命丧铜网阵，这些都是现实世界中闻所未闻的奇事。

其次，这种奇表现为人物之奇。《三侠五义》塑造了一批新型人物形象，无论是投身官府的官侠，如展昭、蒋平，正邪兼具的白玉堂，还是作奸犯科的采花大盗，如邓车、花冲，都与先前小说中的侠客形象有着很大的不同。这些侠客不仅相貌奇，本领也奇，如混江鼠蒋平，"面黄肌瘦，形如病夫"，"三分不像人，七分不像鬼"，相貌可谓奇丑，但本领却极高，"能开目视物，能在水中整个月住宿"，而且为人风趣幽默，足智多谋。类似的人物在作品中还有许多。

最后，这种奇表现为器物、景物之奇。作品中兵器、阵势的描写，花样百出，翻空出奇，令人眼界大开。如陷空岛、铜网阵、逆水泉、军山水寨的描写，无不十分奇特，显示了作者丰富的想象力。至于侠客们所使用的兵器，也非十八般兵器所能概括，仅仅是宝剑，就有展昭所用的巨阙剑、丁兆兰家传的湛卢剑等不同。至于暗器和迷魂药的描写，更是神奇无比，如金头太岁甘豹使用的蒙汗药、五鼓鸡鸣断魂香，都有十分独特的效用。不仅他本人会使用，其徒弟白面判官柳青、妻子甘婆都会使用。这些新奇的描写，不见于先前的同类小说，是全书最为引人入胜之处。这些描写显示了作者丰富的想象力和不俗的创造力，对读者有着很大的吸引力，正如鲁迅先生所言："别开生面，很是新奇，所以流行也就特别快，特别盛。"（鲁迅《中国小说的历史的变迁》）

（二）"险"的风格

险是清代公案侠义小说原创者有意追求的一种风格，同时也是作品吸引读者的重要艺术手段，它让读者在情节的急转突变、大起大落间，得到一种如释重负后的轻松和愉悦。

首先，这种险表现在人物命运的安排上。在《三侠五义》一书中，包公虽是朝廷重臣，担负着维护社会治安的重任，但他是文职官员，没有武功，因此一直成为那些心狠手辣、武艺高强的盗匪的谋杀对象，加之包公喜爱微服私访，又总是给对手以可乘之机。因此，包公的性命安危往往成为维系故事、展开情节的重要环节。如金龙寺受困、土龙岗遇险、受项福刺杀、被妖道魇镇等，每一次包公都处于危险之中，让读者为之担惊受怕。包公的落难往往是情节展开的契机，由此又引出侠客与盗匪之间惊心动魄的恶斗。总之，包公和众侠客总是不断地被置于危险的境地，读者则一直处于高度紧张的精神状态，非读完全书，难以消解。全书的魅力正在于此。

其次，这种险的风格还表现在故事场景的精心设置上。在作品中，展昭等侠客不仅要和艺高心黑的盗匪面对面作战，而且还要面对极端险恶的环境。其中既有穷山恶水，如逆水泉，也有人为设置的机关阵势，如军山水寨、铜网阵。这些环境障碍越是凶险，对侠客们的威胁也就越大。在小说中，破阵打阵常常是故事情节发展的重要关目，读起来惊心动魄、扣人心弦。凶险情节、场景的设置和描写，有力地衬托了侠客们的大智大勇，同时也体现了作品重娱乐的特点。

（三）悬念设计

奇险风格的实现需要对人物、情节进行精心安排，悬念的设计是达到这一独特效果的重要艺术手段，它通过人物命运、故事情节出人意料的不断变化形成一种艺术张力，使读者产生一种挥之不去的强烈期待心理。在《三侠五义》中，悬念的构成主要靠情节的突变急转，以情节的起伏转折、故事的跌宕变化制造悬念。构成悬念的事件一般为包公的遇难或宝物的丢失。如白玉堂盗走皇宫三宝后，查明何人所盗、如何找回宝物就成为一大悬念，而包公受困和宝物被盗只是一系列悬念的开端，其后的故事皆是围绕着这件事而展开，由此又构成许多小的悬念。比如在找回皇宫三宝这一大背景下，又有展昭是否能制伏白玉堂、展昭如何走出陷空岛、白玉堂是否归顺等一系列悬念。正是这些大大小小的悬念，使读者始终处于一种紧张急切的期待状态，吸引他们读完全书。

为了保持悬念的张力，强化读者的期待心情，作品还经常使用情节延迟法，即故意宕开紧张的关键情节，岔开话题，另叙他事，以推迟悬念的解决。如包公在审完杨氏婚姻讼案后，忽然得了一种怪病，昏迷不醒，从而构成悬念。接下来作品不再写包公的怪病，反而笔锋一转，去写展昭。直到后来展昭斩除妖道，读者才知道包公之病系奸臣庞吉请妖道作法所致，产生一种恍然大悟的解脱感和轻松感。书中所写郑屠强奸杀人案、白玉堂结交颜查散等处也是如此。将故事发展的缘由及结局向读者保密，以曲折离奇、惊险刺激、反复多变的情节来维系悬念，这就是《三侠五义》吸引读者的秘密所在。

至于悬念的解决，则往往较为简单，包公或侠客们陷入困境时，总有高人相救，可谓大难不死，有惊无险。如包公金龙寺遇险，有展昭挺身相救；颜查散遇刺，有智化、艾虎相救；马汉中毒箭，有蒋平、卢方帮助找解药。总之，好人一般不会死，像白玉堂的三探冲霄楼，受害身死，属于例外。不过这一例外却是公案侠义小说在艺术手法上的一种难得的突破和创新，受到读者的赞赏。

三、清官与侠客的结盟：公案侠义小说的文化内涵和艺术品格

从现实生活的实际状况来看，清官和侠客无论是身份地位、思想观念，还是行为方式、活动区域，都存在着很大的差异。前者是执法者，具有官方身份，以法律主持正义与公平，维护社会正常的生活秩序和道德规范；后者则多以违法者的形象出现，以暴抗暴，法外行法，是社会的异己分子和不安定因素，经常受到官府的打击和镇压。同时也要看到，两者尽管在现实生活中担任的社会角色是对立的，不过从其社会功能及其对民众的影响来看，还是存在共同之处的，比如都主张扶弱抗暴，扬善惩恶，追求公平与正义。在一般民众的心目中，不管是清官还是侠客，都是他们的保护神，为弱者提供保护，只不过表现方式不同而已。对一般民众来讲，包拯的严惩小衙内与鲁智深的拳打镇关西可以达到同样的目的，都是他们所需要的，同样受到欢迎。两者并不冲突，可以互补。这是清代公案侠义小说产生的文化心理基础。

通过《施公案》《三侠五义》这两部较早面世的公案侠义小说可以看到这种合流的轨迹。这两部小说的前半部主要是写清官破案故事，到后面才有行侠仗义的描写，侠客逐渐取代清官，成为小说的核心人物。这是民间说书艺人在艺术上的大胆创新和尝试。起初，他们讲述的是传统的公案故事，生存的需要及与同行间的激烈竞争迫使他们不断进行创新，以争取听众。于是，有些说书艺人大胆地将侠客引入公案，于断案之外，又加江湖恶斗，以多种元素吸引观众，这种新奇的形式受到欢迎，结果形成了多家书坊争相刊印，续书一出再出的繁盛景象。观众、读者的欢迎意味着最大的认可，这说明清官和侠客的合流结盟契合下层民众的文化心理和审美需求。

需要指出的是，清代公案侠义小说所描写清官、侠客的结盟是不平等的，因为它是单向的，是侠客向清官的屈服和认同，正如鲁迅先生所概括的："凡侠义小说中之英雄，在民间每极粗豪，大有绿林结习，而终必为一大僚隶卒，供使命奔走以为宠荣，此盖非心悦诚服，乐为臣仆之时不办也。"（鲁迅《中国小说史略》）有些

学者据此认为清代公案侠义小说思想反动，品格低下。对清代公案侠义小说的艺术品格问题，还需要具体、辩证地来看。

首先，清官、侠客的这种结盟方式合乎历史的实际。在中国古代，侠客以武犯禁，法外行法，屡屡受到官府的打压，生活在流亡、危险的不安定状态中。官府的残酷镇压使侠客队伍出现分化，我行我素，不改立场者固然有之，归顺官府，效忠朝廷者也不乏其人。官府也采取打击与招降的两手政策，以一部分侠客对付另一部分侠客。如西汉时酷吏王温舒，"少时椎埋为奸"，后任广平都尉，"择郡中豪敢任吏十余人，以为爪牙"，并"把其阴重罪"，使他们死心塌地为自己卖命。结果，"捕郡中豪猾，郡中豪猾连坐千余家"（司马迁《史记·酷吏列传》）。这与《施公案》及其续书中施仕纶收降黄天霸、贺天保，并利用他们去剿灭同类于六、于七等，属于同一种性质。

侠客作为社会的异己力量，其思想观念及行为方式与社会通行的儒家思想及其道德规范是矛盾的。这样，在生命危险之外，他们又多了一层心理负担。《施公案后传》中有一段侠客计全劝何路通的话很能说明这一问题："为人须习正道，世上百艺俱能养人，想你我幼年之间，不务正业，打劫为生，空混了半生，年纪都不小了，须想个养老的主意，才能保得住，收个结果……你我也老了，王法也紧了，这时候想不出个收场结果来，也就难为了一世男子。"这段话从市井细民的角度如实道出了侠客的生存困境，反映了他们的忧患和忏悔意识。也正是为此，他们有可能投身官府，谋求生存之路。对那些具有匪侠身份的侠客来讲，重返正常的社会并得到认可，无疑是一个极大的诱惑。投身官府，谋得一官半职，不失为理想之举。在《三侠五义》中，王朝、马汉、张龙、赵虎等人也正是这样做的，包拯复官后，他们就"将山上喽罗粮食金银俱各分散，只带了得用伴当五六人，前来开封府投效，以全其行"。

这种清官、侠客的结盟方式还是当时社会现实的一种反映。鲁迅先生在分析清代公案侠义小说兴盛的原因时，曾结合当时的社会文化背景及民众心态谈及这一点："其先曾经有过几回国内的战争，如平长毛、平捻匪、平教匪等，许多市井中人，粗人无赖之流，因为从军立功，多得顶戴，人民非常羡慕，愿听'为王前驱'的故事，所以茶馆中发生的小说，自然也受了影响了。"（鲁迅《中国小说的历史的变迁》）社会风尚会影响到文学，经过文学化的加工夸饰，便出现了这种"以一名臣大吏为中枢，以总领一切豪俊"的清官与侠客的结盟方式。

其次，结合中国古代侠义题材的作品来看，行侠意识和以儒家思想为代表的主流文化之间存在着矛盾，这种矛盾一直在困惑着作家与读者，我们可以将这种矛盾简化为忠与义的冲突。《水浒传》对此有十分详尽的描写和表现，宋江带领梁山好汉平田虎、王庆，征方腊，这与《施公案》中黄天霸协助施仕纶剿除其他绿林盗侠的做法并无本质的区别。《施公案》《三侠五义》《彭公案》等小说都是地地道道的平民文学，植根于民间，流传于民间，所流露的是广大下层民众的思想和情绪。从思想上来看，它所宣扬的不过是当时一般平民都能接受而且为官府所认可的忠孝节义等伦理道德观念，并没有什么特别深刻或离经叛道的想法。对此，《三侠五义》的改编整理者问竹主人有十分明确的认识："至于善恶邪正，各有分别，真是善人必获福报，恶人总有祸临，邪者定遭凶殃，正者终逢吉庇，昭彰不爽，报应分明，使读者有拍案称快之乐，无废书长叹之时。无论此事有无，但能情理兼尽，使人可以悦目赏心，便是绝妙好辞。"（问竹主人《忠烈侠义传序》）清代公案侠义小说的原创者们多是文化素养不高的民间说书艺人，他们不可能有曹雪芹、吴敬梓那么深刻的思想和见解。清代公案侠义小说与《水浒传》等作品对忠义的选择是一致的，只不过更为自觉，忠君思想及伦理意识更为浓厚而已。因此，特定的社会文化背景及大众心态决定了清官、侠客结盟的方式只能是后者的归顺和屈服，而不可能相反。

《水浒传》因其豪侠题材的选择与表现，明清两代屡受查禁。清代公案侠义小说选择了相同的题材，但采取了不同的表现方式，突出忠君、伦理色彩，赋予侠客以合法身份，因而得到官方认可，得以在社会上流传。据记载，从咸丰到光绪时期，宫廷中多次上演过《罗四虎》《连环套》《恶虎庄》等公案侠义戏。可见，连最高统治者皇帝都认可这种清官、侠客结盟的方式。

第五节　晚清公案小说和侠义小说

清代公案侠义小说只是代表了公案小说和侠义小说发展趋势中的一种，与此同时，那些没有合流的公案小说和侠义小说也分别按照各自的轨迹发展演进。到了晚清时期，这两类小说又有所发展，呈现出新的面貌和特色，它们和受西方小说影响而产生的新小说一起，构成了晚清文坛丰富多彩的景观。此后，由于社会文化语境的变迁，新小说的创作成为主流，古典意义上的小说难以为继，走向式微。从这个角度来看，晚清公案小说和侠义小说代表着中国古代通俗小说的终结。

一、晚清公案小说的蜕变与转型

（一）晚清公案小说的三种分化趋势

维新变法前后，受政治、法律等思想观念的转变，西方侦探小说的译介，近代报刊的兴起以及出版业的繁荣等诸多社会文化因素的影响，公案小说的创作发生了蜕变和转型，呈现出分化的趋势，归纳起来主要有三种，即对旧小说的沿袭、对侦探小说的借鉴及对侦探小说的模仿。

1. 沿袭传统公案小说

从晚清到民初，传统公案小说的创作在喧闹的新小说之外也是一派红火的气象，一方面是公案侠义小说的大受欢迎，续书一出再出，其中《施公案》续至10集，《三侠五义》续至24集，《彭公案》续至20集；另一方面，在公案侠义小说之外，《狄公案》《杀子报》《跻春台》《案中奇缘》等公案小说仍沿袭清官断案、清官崇拜的老路继续发展。不过，这些小说在情节的曲折、叙述的细致、文字的雅驯等方面已非原先的《龙图公案》《施公案》等小说可比，在艺术水准上有着较为明显的改进和提高。

2. 借鉴侦探小说

受西方侦探小说的影响，有些作家借鉴其叙事手法，使公案类作品以新的形态出现。这种借鉴分两种：一种是在小说中插入侦探故事片段，如《老残游记》《二十年目睹之怪现状》；一种是以新手法改造公案小说，如《九命奇冤》《李公案奇闻》。

《老残游记》《二十年目睹之怪现状》虽非公案小说，但它插入了探案、断案的描写，并借鉴西方侦探小说的技法，这在当时成为一种创作时尚。这两部小说的作者刘鹗、吴趼人都读过西方侦探小说，并受其启发和影响，这在其作品中可以看得出来。如在《老残游记》一书中，白子寿对老残说："这种奇案，岂是寻常差人能办的事？不得已，才请教你这个福尔摩斯呢。"研究者通常认为《二十年目睹之怪现状》的回评系作者本人所写，其第十三回的评语说："跟着那女子走来走去，竟类是个侦探。"该书第三十三回的回评也说："下半回直可当侦探案读。"可见作者的借鉴是自觉的、有意识的。《老残游记》用6回的篇幅描写白子寿、老残对魏谦父子冤案的侦破与纠正，单独抽出来，就是一篇中国式的侦探故事。《二十年目睹之怪现状》所写九死一生跟踪小乔、九死一生和王端甫寻访秋菊的段落虽非侦探故事，但描写的路数却是大体相同的。

《老残游记》一书别开生面，专讲清官的害民扰民，与传统公案小说唱反调。这种揭露、批判是自觉的，有的研究者认为，《老残游记》对公案小说的拟讽有一石二鸟之效："一方面借机抒发自己臧否人物的目的，另一方面也在改换公案小说人物造型及布局间，对其身处的文学传统重加反省。"① 研究者多爱提及这部作品中所描绘的玉贤、刚弼这两位清官酷吏形象，他们虽不贪赃受贿，但其残暴专横所造成的社会危害并不比贪官少。作者在第十六回的回末评语中明确指出："赃官可恨，人人知之；清官尤可恨，人多不知。盖赃官自知有病，不敢公然为非；清官则自以为我不要钱，何所不可，刚愎自用，小则杀人，大则误国。……历来小说皆揭赃官之恶，有揭清官之恶者，自《老残游记》始。"

3. 模仿侦探小说

稍后，有人干脆抛开传统的路数，直接模仿西方侦探作品，创作中国式的侦探小说。这类小说模仿的痕迹明显，有些甚至就是西方侦探小说的改写，如发表于《月月小说》第二年（1908）第十期的《两头蛇》，系由柯南道尔的《斑点带子案》而来，人名、地名改变，但故事情节基本相同。其他如《女侦探》《失珠》《汽车盗》《侦探误》等作品不过是照葫芦画瓢，显得比较幼稚，乏善可陈。但这些作品毕竟是中国侦探小说的开始，已走出传统小说的藩篱。这一时期，侦探小说基本以译述为主，创作较少，且多片言短制。这种局面直到进入民国时期才有改观，出现了像程小青、孙了红这样的侦探作家，他们创作了一系列中国式的侦探小说，塑造了霍桑、鲁平等中国神探形象，受到读者喜爱。遗憾的是，中国近现代始终没有产生很成熟的，能够与国外侦探小说并驾齐驱的同类作品。但是，从公案到侦探，这

---

① 王德威：《〈老残游记〉与公案小说》，《想象中国的方法：历史·小说·叙事》，生活·读书·新知三联书店1998年版，第69页。

正是晚清公案小说转型的总体走向与趋势。

（二）晚清公案小说的新变

不管是借鉴还是模仿，在新思潮及西方侦探小说的冲击和影响下，公案小说的转向和变异势不可免，其变化是全方位的。这主要表现在如下几个方面：

1. 清官的丑化与边缘化

传统公案小说，无论是由一人贯穿始终的《龙图公案》《于公案奇闻》，还是一人一案的《廉明公案》《诸司公案》，都是清官唱主角，清官在公案小说中不仅是正义与道德的理想化身，而且在作品中居于核心地位，接案、审案、判案无不由其承担，不可缺少。到了晚清时期，这一情况发生重大转变，除公案侠义小说仍在唱清官崇拜的老调外，其他小说多对清官持批判与贬斥态度，这在晚清谴责小说中表现得特别明显。就连态度较为温和的《李公案奇闻》也受到这一时代思潮的影响，作品中虽也出现了陈臬台、程方壶等清官形象，但歌颂和描写的力度、热度已大不如传统公案小说。

清官形象被丑化或淡化的同时，其地位及功能也出现了边缘化的趋势。从人物设置上看，晚清公案小说中增加了侦探这一新型人物形象，专司侦破案件、擒拿罪犯，而先前这一职能是由清官或其手下的侠士承担。侦探型人物的出现及其核心地位的确立，势必要削弱清官的地位，使其成为配角，或隐于台后。

2. 叙事重心的转移

晚清以前的公案小说重点在对罪犯的审判惩罚，小说往往先写作案过程，后写清官的审案、断案，读者的关注点在如何判明案件的是非曲直及对案件当事人的处置。在晚清公案小说中，叙事的重点由判案转移到破案，即由对罪犯的惩罚转移到对罪犯的寻找。显而易见的是场景的转移，小说中官衙的审理已让位于市井街巷的巡查，根据案情的进展串联起来。叙事时间及结构也有变化，比较突出的是倒叙手法的普遍运用，小说往往先由案发写起，然后是案件的侦破，最后才是作案过程的描述，《李公案奇闻》中的公案故事都是按照这种模式来写的。

3. 叙事角度的变化

中国古代公案小说基本采用第三人称的全知叙事，读者借作者之眼明察秋毫，对清官或罪犯的行踪一清二楚，能吸引他的只能是案件自身的新奇与公平裁决，缺少使人欲罢不能、提心吊胆的悬念。西方侦探小说的译介，使中国的小说作者看到了讲述故事的多种方式和角度，随后，第一人称叙事、限知叙事等方式被频频采用。那些侦探小说的模拟之作深受福尔摩斯探案故事的影响，有些采用第一人称限知叙事的方式，如《女侦探》《失珠》《暴死奇案》等，也有不少采用第三人称限知叙事。叙事角度已与传统公案小说有了很大不同。

叙事角度的变化只是表面现象，在其背后则是小说意趣功能、创作、阅读方式的潜在变迁。由无所不知的全知叙事到有所不知的限知叙事，表明小说的功能由重说教向重娱乐偏移，作者与读者的高低错位变成平起平坐，作者洞察一切的霸气也已变成故弄玄虚的引诱，读者的被动受教变成积极的介入。

二、《九命奇冤》与《李公案奇闻》

以下以《九命奇冤》《李公案奇闻》这两部较为典型的作品为例，对公案小说在晚清时期转型过程中所呈现的一些新变化稍作介绍和分析。

（一）《九命奇冤》：对传统公案小说的重写和改造

研究者通常将《九命奇冤》与成书于嘉庆年间的同题材小说《警富新书》放在一起进行比较，认为它取材自《警富新书》一书。这种比较是有意义的，从中可以看出《九命奇冤》对传统公案小说的重写和改造。对公案小说的创作来讲，《九命奇冤》出现的意义绝不仅仅是比较突兀的对话式开头、倒叙手法的运用，引人注目的是其对传统公案小说精神的改造与置换。以前常被研究者忽略的一个重要事实是，《九命奇冤》保留了不少传统公案小说的写作范式，如清官微服私访模式的沿用、以犯罪和惩罚场面的描写构成全书的主干等，这使得《九命奇冤》与西方侦探小说、传统公案小说都保持着一定的距离，显示出一种较为复杂的形态。研究者阿英在探讨该小说时从创作动机入手，这种切入角度是很能说明问题的。《警富新书》属传统公案小说，写作动机是人们所熟知习见的劝善警世，而《九命奇冤》有意选择同样的题材，应该说是含有一种重写公案小说的目的。

但这种重写已不再是对传统公案小说范式的沿袭，而是一种脱胎换骨。首先在文本形态上，新的开篇方式和结构布局使作品呈现出全新的面目；其次，作者叙事的立场和观照角度也不是以往的劝人安分守己、听天由命，而是借故事的叙述表达个人对社会的看法和见解。他要通过作品说明，在吏治"顶好"的雍正时期，"却是贪官污吏，布满广东，弄到天日无光，无异黑暗地狱"，正如阿英所说的："要揭发所谓清明时代的虚假，攻击官吏的贪污"①。作品故事时间是雍正时期，但着眼点却在晚清的现实，这与作者对晚清社会黑暗的批判和揭露是一致的。就连强调《九命奇冤》对本国小说传统继承较多的吉尔伯特也承认："与公案小说不同的是，它所强调的并不是明断的官吏。像其他晚清小说一样，它的主导主题是抨击道德的败坏、迷信以及贪婪所造成的极大罪恶。"②这与传统公案小说歌颂清官、劝善警世的精神是相悖的。尽管还有传统公案小说的一些特征，但骨子里却已是一种新型的小说了。

《九命奇冤》对传统模式的有意保留，说明作者并非要彻底否定传统，从吴趼人编著《中国侦探案》一书也可以看出这一点，他对传统公案小说还是有一些留恋的。他自述编撰该书的动机在于破除国人对西方侦探小说的迷恋，"不得不急辑此侦探案"。他编著的34则公案故事"不尽为侦探所破，而要皆不离乎侦探之手段"，目的是要证明"谁谓我国无侦探耶"（吴趼人《中国侦探案》之《凡例》《弁言》）。这些故事多采自野史笔记，从故事情节上看，有些作品所描写的推理断案手段的确可以与西方的侦探小说互相发明。但问题在于，作者费了不少工夫仅从浩如烟海的笔记传闻中辑得34则，可见传统小说中此类描写之缺乏。再者，这些故事不脱清官审案的老套，片言短制，十分简略，是无法和西方侦探小说相比的。正如当时有人所说的："虽其间不无可取，而浮泛者太多，事涉迷信者，更不一而足，未足与言侦探也。"③但这件事颇有象征意味，它可以被视作传统公案小说与西方侦探小说的一次正面交锋，而《中国侦探案》出现后的毫无声息正形象地说明了传统公案小说在这一时期的命运。吴趼人身为新小说的主力干将，大胆采用西洋小说的写作技法，同时又留恋传统，立足本土。既先锋又保守，融新旧于一体并达到一种奇妙的和谐，这正是晚清时期所特有的文化现象，是从古典到现代的必要过渡。

（二）《李公案奇闻》：呈现新旧交融、中外合璧的过渡形态

《李公案奇闻》也是晚清时期颇为值得注意的一部公案小说。说值得注意，是因为它受西方侦探小说的影响，采取了一些新的写法，体现了这一时期公案小说创作的一些新变化。这表现在如下几个方面：

---

① 阿英：《晚清小说史》，东方出版社1996年版，第181页。
② （英）吉尔伯特：《〈九命奇冤〉中的时间：西方影响和本国传统》，米列娜编、伍晓明译：《从传统到现代——世纪转折时期的中国小说》，北京大学出版社1991年版，第131页。
③ 半农：《〈匕首〉弁言》，《中华小说界》第1年第3期，1914年。

首先，其前十八回李公协助官府侦拿盗贼小白鮻的描写，一改往日清官审案的套路，讲述了一个相当精彩的中国式侦探故事。故事的主角并不是清官程方壶，而是尚未出仕，但实际执行侦探任务的李公。这个案子自始至终是由还未出仕的李公所破，李公实际上是按侦探形象来塑造的，而直接负责此案的县令程方壶只起着协助作用，属后台人物，远不如李公重要。清官是封建社会的特有产物，晚清以后，随着思想观念、制度体制的一系列变化，其赖以生长的土壤已变，自然难以在小说中再担任主角。

其次，作者先从发案写起，再写侦案破案，最后才揭出案情真相，严格采用限知叙事，这同柯南道尔笔下福尔摩斯的探案路数基本相同，已非传统的公案小说可比。以李公侦破大盗小白鮻杀人案为例，案发时李公也在场，而且属嫌疑人之一。他对案情也不了解，只隐隐约约觉得一个人可疑，于是以此为线索，化装侦察。后来才揭示案件系大盗小白鮻所为，再到后面，才知道其作案动机，直到案犯被擒，整个案子才算是水落石出，真相大白。限知叙事的采用使凶手问题始终成为一个很强的悬念。故事重心不在对罪犯的惩罚，而是如何侦破案件并擒拿罪犯。

需要说明的是，《李公案奇闻》还保留了传统公案小说的创作模式。到了下半部，作品放弃侦探小说的写法，又回到清官审案的老路。整部作品既有创新，又有沿袭，呈现出新旧交融、中外合璧的过渡形态。

三、晚清侠义小说的繁盛

晚清侠义小说的兴起与清代公案侠义小说的流行及影响有着十分密切的关系，两者有着大体相同的时代文化背景，作品的特色与风格也较为接近。清代公案侠义小说就其公案和侠义这两个内容要素而言，前者多是沿袭旧有的题材和思路，很难再有突破，对读者的吸引力有限；相比之下，后者则多有创新，无论是人物的塑造还是场景、兵器的描写，都令人耳目一新，实际上这类小说最能吸引读者的也正是其写侠义的部分。也正是为此，清代公案侠义小说后来逐渐向纯粹的侠义小说转化，如《施公案》《三侠五义》《彭公案》等小说的续书，越是后续的，侠义的成分就越重，有些甚至已没有了审案、断案的描写，变成纯粹的侠义小说了。正是在这种创作风气的影响下，陆续出现了一批长篇侠义小说，改变了先前侠义小说单篇短制的情况，并在晚清形成了一个侠义小说创作的热潮。

晚清侠义小说大体上可以分为两类：

一类是以《永庆升平》前后传、《圣朝鼎盛万年青》等作品为代表的话本体侠义小说。这类小说系在民间说唱的基础上改编整理而成，秉承清代公案侠义小说之余绪，专门描写绿林间的恩怨争斗。作品塑造了一批个性鲜明、栩栩如生的民间豪侠形象，如马成龙、马梦太、胡惠乾、方世玉等。在艺术上，这类作品渲染打斗破阵的场面，注重技击招式和各类兵器的描绘，情节曲折多变，惊险刺激，悬念丛生。风格粗朴豪放，语言生动传神，民间色彩浓郁，具有很强的可读性。这类小说对后来的武侠小说创作影响深远，就连当下的不少武侠影视作品都从中取材。

另一类则以《七剑十三侠》《仙侠五花剑》等小说为代表，它们大多是个人的独立创作，具有较多的文人色彩。这类小说更多地继承了以唐传奇为代表的文言侠义小说的传统，并有新的发展。小说人物多为独来独往、行为怪异的剑客侠士，作品重点在剑侠术士间的比武斗法，对武功的描写具有超自然和荒诞色彩，想象力丰富，风格较为典雅，这与话本体侠义小说的风格形成较为明显的对比，是一种新的侠义小说类型。这类侠义小说对后世武侠小说的创作同样有着深远的影响。

这两类侠义小说尽管风格各异，但都盛行于晚清，受到读者的欢迎，形成了一股侠义小说的热潮，这种热潮一直持续到民国时期，涌现出向恺然、赵焕亭、李寿民等名家，出现了《江湖奇侠传》《近代侠义英雄传》《蜀山剑侠传》等广为流传的经典作品。正是由于这类小说的开创奠基之功，20世纪五六十年代和80年代，港台和大陆地区又兴起了两次武侠小说的创作高潮，出现了梁羽生、金庸、古龙等名家。直到今天，这类小说仍有较大的市场和读者群。

▌思考题

1. 简述中国古代公案小说和侠义小说的概念、渊源和特征，并与讲史演义小说、英雄传奇小说、神魔小说等其他流派和类型的小说进行比较。

2. 明代短篇公案小说集的体制有什么特点，这些特点是如何形成的？

3.《水浒传》对侠义小说的创作有哪些方面的影响？

4. 分析清代公案侠义小说的文化内涵和艺术品格。

5. 简要分析《三侠五义》的奇险之美与悬念设计方式，并举例说明。

6. 晚清公案小说与前代公案小说相比，发生了哪些方面的变化？

第六章　讽刺谴责小说

讽刺小说和谴责小说的概念是由鲁迅先生提出来的。鲁迅先生在《中国小说史略》中揭示了讽刺小说的三个基本特点：第一，讽刺小说应该切近人情，合乎情理，不能过于夸张怪诞，乃至不合情理，否则，就似戏剧中的"打诨"，读者一笑了之，达不到讽刺的效果。第二，讽刺应该出于作者的社会道义，"秉持公心，指擿时弊"，而非泄私愤，发怨毒。第三，讽刺不是谩骂，讽刺小说应该具有文学性，在风格上应该"戚而能谐，婉而多讽"，寓严肃于诙谐，委婉曲折地表达意旨，使读者在品味咀嚼中，有所自省，加深对社会弊端和人性弱点的认识。在鲁迅先生看来，与讽刺小说相比，谴责小说也是旨在"匡世"，具有讽刺小说前两个特征，但是由于作者对政治的失望，谴责小说在痛斥政治癫败，讥刺风俗浇薄时，过于直露攻讦，近乎"骂世"，失去了讽刺小说寓庄于谐、婉而多讽的特征。等而下之者如"黑幕小说"之类，则徒为诮呵谩骂，失去文学的形象性和感染力，难以进入艺术的殿堂了。

讽刺，是中国文学的光辉传统，只要社会有弊政，人间有不平，人性有丑恶，文学就有讽刺。在诗学上，先秦时就出现"美刺"说，刺，就是讽刺。历代的讽喻诗、讽刺诗，即使遭受文字狱等政治迫害，也绵延不绝。散文上，《史记》就绵里藏针，以史讽今。唐代以降的小品文，更是嬉笑怒骂皆成文章。戏曲中的喜剧，在诙谐中寓讥刺，在调笑娱乐中警示人心。小说史上，讽刺更有着久远的历史。讽刺是贯穿小说史的一股重要的精神力量，许多小说家都以笔杆为投枪，揭露社会矛盾、现实弊端和人性弱点。讽刺，是小说写作的一种常用手法，四大奇书《水浒传》《三国志演义》《西游记》《金瓶梅》都大量运用讽刺，《红楼梦》中也不乏讽刺。但是，并非运用讽刺手法的，都是讽刺小说。只有大量运用讽刺手法，主旨在讽刺时政世俗和人性丑恶的小说作品，才称得上讽刺小说。

第一节　讽刺谴责小说的源头、内容与意义

一、源头

讽刺谴责小说的源头，我们可以追溯到先秦诸子和史书。庄子以冷眼观世，以热肠刺俗，《庄子》就是一部愤世嫉俗的大书，其中寓言的笔法，比比皆是。《庄子·列御寇》中有一则故事：

> 宋人有曹商者，为宋王使秦。其往也，得车数乘。王说（同"悦"）之，益车百乘。反于宋，见庄子，曰："夫处穷闾阨巷，困窘织屦，槁项黄馘者，商之所短也；一悟万乘之主，而从车百乘者，商之所长也。"庄子曰："秦王有病召医，破痈溃痤者，得车一乘；舐痔者，得车五乘：所治愈下，得车愈多。子岂治其痔邪？何得车之多也！子行矣！"

这是一则讽刺极为辛辣的小小说。能为人主所用，是士人的最高理想，曹商得到宋、秦两国君主的赏赐，自然觉得无比荣耀，于是在庄子面前炫耀。庄子则讽刺其所谓功名，不过是靠丧失人格尊严得来的。这则小故事对那些寡廉鲜耻、热衷功名利禄者的讽刺，真是痛快淋漓，入木三分。《孟子·离娄下》有一则"齐人有一妻一妾"的故事，富有戏剧性，这位"齐人"每天去坟墓偷吃祭祀所剩下的酒肉，却回来"骄其妻妾"，吹牛"所与饮食者则尽富贵也"，终于被其妻妾识破。它讽刺了官场中那些苟求富贵的钻营者卑鄙无耻的丑陋灵魂。《战国策·秦策》中描写苏秦发迹前后他嫂子前倨后卑的情态，也是生动地勾画出俗世中目光短浅、贪图富贵者的丑态，让人忍俊不禁。《史记》是对后代小说产生深远影响的一部著作，其中也多有讽刺故事和讽刺描写。

先秦诸子和史书，有的是叙述简短的讽刺性故事来表达自己的哲学见解和社会态度，有的是在叙事中穿插讽刺性的描写，以凸显人物的性格，寄寓作者的讥讽态度，虽然这些故事还不是完全独立的文学文本，多是镶嵌在哲学表达和历史叙

述中，作者也并非有意识地来写讽刺文学，但是他们的一些讽刺手法，如寓言、夸张、自相矛盾、言行冲突、前后对比等，为后世讽刺小说所借鉴，可以说是讽刺小说的滥觞。

二、主旨内容

讽刺小说因其讽刺对象的不同，具有不同的主旨内容，表现出不同的意义。

（一）讽刺生活中的普通人

有的是讽刺生活中普通人的性格和品质上的缺点毛病，如愚蠢、吝啬、自我吹嘘、爱占小便宜等。这种讽刺，多是简短的笑话、小故事，近乎雅谑，是温和善意的，目的在于使被讽刺者改正缺点，使读者警醒自己，别犯同样的错误。古代的《笑林》（魏邯郸淳）、《启颜录》（隋侯白）、《谐噱录》（唐刘讷言）、《杂纂》（唐李商隐）、《笑府》（明冯梦龙）等，多属此类。这类作品诙谐幽默，但切中人病，笑中有讽，足以警悟人心。《文献通考》卷二百十五引李焘曰："其言虽不雅驯，然所诃诮，多中俗病。闻者或足以为戒，不但为笑也。"如魏邯郸淳《笑林》中有一则《鲁人执竿》：

> 鲁有执长竿入城门者，初竖执之，不可入；横执之，亦不可入，计无所出。俄有老父至，曰："吾非圣人，但见事多矣。何不以锯中截而入！"遂依而截之。

鲁人愚呆，而老父不仅愚蠢，还自作聪明，作者不下判断而两人口角活现。这则讽刺笑话，算得上是幽默嘲笑型的。

（二）讽刺官场的黑暗腐败

把批判的矛头对准官场的腐败黑暗，揭露官僚阶层徇私舞弊、草菅人命、卖官鬻爵等种种罪恶是古代讽刺小说中最为重要的主题。但是，就像古代的讽喻诗讽刺各级官吏而最终则是"愿得天子知"一样，这类讽刺小说，虽然作者多以辛辣的讽刺、严正的批判态度，揭露了官僚政治的罪恶，但仍把改变现实的理想寄托在最高的帝王和少数英雄人物或清官身上。如刘璋《斩鬼传》中的钟馗，是得到皇帝的追封而斩妖除害的，最后驱除人间邪魔后又接受玉帝的赐封。张南庄《何典》揭露鬼蜮世界官场的罪恶，从乡村无赖到"阎罗王殿下第一个权臣"识宝太师，无不恶贯满盈，但是，最后还是英明的阎罗招募天下英雄来平定叛乱，恢复秩序。

（三）讽刺科举制度

自唐代科举取士制度实行以来，种种弊端和罪恶也相继产生，而且这是广大士人所真切感受的。于是，考官昏庸贪财、弄虚作假，士人苟且钻营、寡廉鲜耻，乃至世风不淳，唯功名利禄是瞻等，都成为讽刺小说的讽刺内容。从唐至清，这类小说一直很盛行，而且小说的主题从对个别试官和士人的讽刺，发展到对整个科举制度的罪恶、对科举制度影响下的封建文化弊端的揭露。蒲松龄大半生在科举制度中挣扎，其《聊斋志异》的《司文郎》中描写了一位"以鼻代目"来品第文章的鬼僧，不正是讽刺那些有眼无珠的昏聩考官吗？《王子安》《叶生》等则描绘了读书人受科举缰锁羁绊的可悲可怨又可怜的命运。吴敬梓的《儒林外史》则将对科举弊端的指摘上升到揭示出"一代文人有厄"的高度。这类讽刺小说，往往都饱含着作者的辛酸和血泪，写得较为真切传神，寄寓着作者对糊涂昏庸试官的讥讽。对深中科举之毒的人物，作者的态度往往是"哀其不幸，怒其不争"，既有嘲讽，也有同情。

（四）讽刺世风人情

世风浇漓、人情势利也常是讽刺文学针砭的对象，《战国策》中苏秦之嫂前倨后恭的丑态，历代都在上演。唐代《玉泉子》中有一篇《及第前后》，叙述钟陵大将的女婿赵悰没有及第时，穷悴不堪，妻族都看不起他。妻子回娘家都不能与族人同席，而是"以帷隔绝之"。后女婿及第喜讯传来，"妻之族，即撤去帷帐，相与同席，竟以簪服而庆遗焉"（赠送首饰衣服表示庆贺）。《儒林外史》中，前倨后恭的则换成了岳丈人。范进中举前，岳丈胡屠夫把他骂得狗血喷头："像你这尖嘴猴腮，也该撒泡尿自己照照！不三不四，就想天鹅屁吃！趁早收了你心！"一旦中了举人，一口一个"贤婿老爷"，涎着脸皮说："我的这个贤婿，才学又高，品貌又好，就是城里头那张府、周府这些老爷，也没有我女婿这样一个体面的相貌。"见女婿衣裳后襟滚皱了许多，一路低着头替他扯了几十回。这是由科举制度造成的浇薄的世风，是可悲可叹的。小说作者通过这些世俗人物势利心态的描写，来揭露科举制度败坏整个社会风气、腐蚀各层人士的心灵，具有发人深省的震撼力。

（五）讽刺婚姻制度、宗教僧侣

此外，对婚姻制度的批判、对宗教僧侣丑行的揭露，也是古代讽刺小说的重要内容。而且，一般来说，容量较大的讽刺小说，往往涉及社会生活的方方面面，角角落落，像夏禹铸鼎、温峤燃犀一样，抉隐发伏，将社会和人心中的丑恶暴露在光明之中。

三、意义：匡世警心

讽刺小说将社会和人生中丑恶的一面暴露出来，给予讥刺、嘲讽、否定和鞭挞，其意义在于匡世警心。

所谓"匡世"，就是作为一种道德舆论力量，通过暴露和讽刺来匡正邪恶，使之复归于善，复归于正，即古人所谓"惩创人之逸志"。所谓"警心"，一方面是使被讽刺者从罪恶、丑陋的暗昧中觉醒，自觉其丑，从而改邪归正；另一方面使普通读者躬自反省，检点自己思想灵魂深处的卑污，从而具有提高人生境界的意义。讽刺小说的道德价值，可谓大矣。

当然在具体的小说中，"匡世"和"警心"是难分彼此的。比如吴敬梓的《儒林外史》锋芒直指封建社会的科举取士制度，作者是通过描写在科举幻影下被扭曲了的士人心灵来揭露科举制度的弊害，因此是"匡世"和"警心"的结合。闲斋老人在《儒林外史序》中说："善者，感发人之善心；恶者，惩创人之逸志。"《儒林外史》就是旨在"醒世""警世"，好似暮鼓晨钟，发人深省。

第二节　幻设型的讽刺小说

明清时期的讽刺小说，据其内容大致可分为幻设型和写实型两类。

幻设型的讽刺，是用寓言、虚构、变异等手段展现非现实的冥幻世界，以托讽社会现实。其产生的原因有二：一是古代文网森严，作家动辄得咎，幻设型讽刺拉开与现实生活的距离，不失为作家规避文祸的手段。二是讽刺旨在矫正世俗，中国人的鬼神观念很浓厚，幻设型讽刺小说写奇怪新异的冥幻世界，更能激起普通民众的欣赏兴味，为百姓所喜闻乐见。

幻设型讽刺小说写作的内容可分以下三种：

一、冥界鬼故事

古人认为，与现实世界相对应还有一个阴间冥界。现实社会黑暗残酷，难以活命，那么冥界是怎样的呢？许多讽刺小说为我们展示冥界的生活。明人瞿佑《剪灯新话·修文舍人传》中"命分甚薄"的夏颜客死他乡，他描绘了幽冥之乐："地下之乐，不减人间。……冥司用人，选擢甚精，必当其才，必称其职，然后官位可居，爵禄可致，非若人间可以贿赂而通，可以门第而进，可以外貌而滥充，可以虚名而躐取也。"鬼域之光明公正，反照鉴人间的黑暗邪恶，而这不过是那些蹭蹬人间、命运坎坷者入地无门的幻想而已。更多的小说中，鬼域如人间一样，充斥着贪官污吏，贿赂公行，颠倒是非，草菅人命。唐代有一部小说《唐太宗入冥记》，写唐太宗因杀死哥哥而被阎王传唤到阴间勘问，与判官崔子玉各怀鬼胎，互相拉拢包庇的故事。以黑暗的鬼界影射现实，是鬼故事的基本主题。鲁迅在《〈何典〉题记》中说："谈鬼物正像人间，用新典一如古典。……作者便在死的鬼画符和鬼打墙中，展示了活的人间相，或者也可以说是将活的人间相，都看作了死的鬼画符和鬼打墙。"

小说家常塑造出斩鬼英雄，一扫鬼域黑暗，曲折地表达他们对拨云见天的人间英雄的期盼。清乾隆时期刘璋的《斩鬼传》将人心视作冥界，写钟馗被追封为驱魔大神，受阎君差遣到人间斩鬼，将讹鬼、假鬼、奸鬼、捣大鬼、冒失鬼等38种鬼通通驱除。钟馗本要去冥间斩鬼，阎君却说："要斩妖邪，倒是阳间最多。"看来人世尚比不得阴间。阎君所谓的人世之鬼，藏于人心，"大凡人鬼之分，只在方寸间。方寸正，鬼可为神。方寸不正，人即为鬼"。所以钟馗所驱除之鬼，都是人心的恶魔，"是些习染成性的罪孽"。钟馗斩鬼，就是正心诚意，驱除心魔。《斩鬼传》活现了人间众生的心魔。如第四回写仔细鬼临死时的场景：

> 仔细鬼听见龌龊鬼死了，看自己也是一身重伤，料来不能独活，遂吩咐儿子："为父的苦扒苦挣，扒赚的这些家私，也够你过了。只是我死之后，要急将我一身之肉卖了，天气炎热，若放坏了，怕人不肯出钱。"说着流下两行伤心泪来，大叫一声，呜呼哀哉了。不多一时，又悠悠复活，他儿子道："爹爹还有甚么牵计处？"仔细鬼道："怕人家使大秤，你要仔细，不可吃了亏，就是牵计这个。"说毕，才放心死去。

这段细节描写与《儒林外史》中严监生临死为两根灯草断不了气的场景，有异曲同工之妙，吝啬到如此程度，不是心中之魔吗？

钟馗故事，明代有《钟馗全传》，清代还有《平鬼传》，都揭露和讽刺了社会的丑恶，表达人们对黑暗邪恶势力的愤慨，寄寓着人们对于铲除人间邪恶的英雄人物的盼望。

乾嘉时期一位"高才不遇"的张南庄用滑稽的方言俗谚写了一部十回的《何典》，叙述鬼蜮世界三家村中一位财主活鬼的家庭变故。活鬼娶妻雌鬼，生了儿子活死人，不久活鬼遭人诬陷，惹上官司，遇上个"又贪又酷""又极好色""要财不要命"的土地老爷，被打个半死，雌鬼央人买通土地，"果然钱可通神"，被放回家。不料又突染重病，不治而亡。雌鬼守不得寡，很快改嫁了"浪子心性"的刘打鬼。刘打鬼赌尽了家当，气死了雌鬼。孤儿活死人先寄养在娘舅形容鬼家，后靠乞讨过活，在脱空祖师庙解救险遭色鬼强暴的花娘。此时城隍包庇色鬼命案，硬坐他人，屈打成招，激起青胖大头鬼和黑漆大头鬼的造反，各级官吏望风降附。活死人和花娘应阎王招募，杀死叛逆，建功封赏。这部小说，正如刘复在《重印〈何典〉序》中所说："无一句不是荒荒唐唐乱说鬼，却又无一句不是痛痛切切说人情世故。"作者描绘了"赃官墨吏尽贪财"的鬼蜮世界，正是人间社会的真实写照。小说中，各级官吏都互相勾结，视财如命，贪赃枉法，闹得乌烟瘴气。识宝太师"是阎罗王殿下第一个权臣，平日靠托了阎王势，作威作福，卖官鬻爵，无所不为的"（第五回）；与土地老爷讲话，"是非钱不行的。若没钱时，凭你亲爷娘活老子，话出灵天表来，他也只当耳边风。他乌眼睛见了白铜钱，少不得欢天喜地"（第二回）。轻脚鬼"曾做过独脚布政"，就"富贵双全"，"坑缸板都是金子打的"（第六回）。就是这帮官僚，加上"个个如狼似虎"的牢头禁子，逼得百姓起来造反。小说还将讽刺的矛头指向鬼域中的世俗世界，如"吃白食诈人的"地痞无赖、坑人的庸医、"钻在铜钱眼里"的鬼庙和尚等。正如缠夹二先生所评曰："醋八姐之见钱眼开，牵钻鬼之损人不利己，俱属世间常事，何足怪哉？"

此外，蒲松龄《聊斋志异》、沈起凤《谐铎》、纪昀《阅微草堂笔记》等短篇小说集中，也多有鬼世界的描绘。这类讽刺小说，采用荒诞的手法极尽讽刺之能事，描写黑暗残暴的冥界阴间，实则影射罪恶腐朽的现实人间社会，在滑稽怪诞中蕴含着严正的社会批判主题。

二、幻境故事

幻境故事与阴司冥界不同，作者多以入梦、游历、探险等形式描绘非现实的幻境以寄寓讽刺主旨。早期的志怪小说中多有幻境描写。唐代传奇小说中沈既济的《枕中记》、李公佐的《南柯太守传》和佚名的《樱桃青衣》都是著名的梦幻故事。

明末董说的《西游补》是一部具有强烈讽刺意味的幻境小说。小说叙孙悟空三调芭蕉扇之后，为鲭鱼（情欲）精所迷惑，进入虚幻的青青（情情）世界，进万镜楼，或见过去，或求未来，忽化美人，忽化阎罗，得虚空主人一呼，始离梦境。《西游补》虚设幻境，打破时空的限制，孙悟空的奇幻游历，或见大唐皇帝，或见项羽、虞美人，或上灵霄，或审秦桧，看穿世事纷纭，骂尽人间丑恶。其中，孙悟空揶揄皇帝"一月一个"，耽于女色，荒于朝政，昏庸糊涂，真假不分。孙悟空变化为虞姬时，项羽就真假不分，一刀砍了真虞姬的头。朝臣们个个奴颜媚骨，膝行上阶，口称"万岁"，不敢抬头。正是这些奴才充斥朝廷，才可能使秦桧等奸臣兴风作浪。第九回孙行者审秦桧，是极畅快之事，极畅快之文。其中，高总判禀：

> 爷，如今天下有两样待宰相的：一样是吃饭穿衣、娱妻弄子的臭人，他待宰相到身，以为华藻自身之地，以为惊耀乡里之地，以为奴仆诈人之地；一样是卖国倾朝，谨具平天冠，奉申白玉玺，他待宰相到身，以为揽政事之地，以为制天子之地，以为恣刑赏之地。

讥刺之切，甚逾锋刃，骂尽天下利欲熏心、弄权误国的朝臣。《西游补》中，孙悟空以游历的方式，阅尽人间是非善恶；以审判者的身份，对人世的奸邪罪恶痛下针砭，纵横恣肆，寓庄于谐，"化嬉笑怒骂为文章"。《西游补》写于明崇祯十三年，多讥弹明季世风，对帝王群臣的讽刺也多有现实背景。明朝中后期，皇帝多昏聩荒淫，或沉湎女色，或息心道教，任少数宦官专权，横行朝野，闹得举国昏暗，人人自危，朝不保夕。《西游补》虽描写幻境，然机锋所向，正在现实。其中秦桧哀叫："后面做秦桧的也多，现今做秦桧的也不少，只管叫秦桧独独受苦怎的？"正是直指明代的现实政治，作者借孙悟空酷刑严惩秦桧，表达对当时乱臣贼子的愤慨。鲁迅先生在《中国小说史略》中称赞它："造事遣词，则丰赡多姿，恍惚变幻，奇突之处，时足惊人，间以俳谐，亦常俊绝，殊非同时作手所敢望也。"①

幻境故事上天下地，不受时空的限制，作家可以驰骋想象，自由抒写。明清时期，幻境故事成为小说的一大类型，其中多有以讽刺为主旨的小说，蒲松龄《聊斋志异》就多有入幻故事（如《罗刹海市》等）。落魄道人的《常言道》也是以幻境托讽。这里且说一说《镜花缘》。

清人李汝珍嘉庆年间创作的小说《镜花缘》，大旨在为天下薄命红颜女子立传吐气。其中，作者着力叙写了唐敖父女两度漂洋过海游历异境。天上百花因为在一天开放而被谪入人间，其中十二种名花飘落外洋。有一天，梦神指示失意无聊的唐敖去海外探访名花，使百花团聚。于是唐敖出海访问了君子国、大人国、无肠国、黑齿国、两面国、女儿国等二十余国。后又写唐敖女儿唐小山博取功名，出海寻父等故事。这部小说，正如作者所说："虽以游戏为事，却暗寓劝善之意，不外讽人之旨。"（第二十三回）唐敖海外所遇奇幻的国度，寄寓着作者对社会现实丑恶弊端的抨击，如白民国的学馆先生吹嘘学问渊博，却白字连篇，把"幼吾幼以及人之幼"，读成"切吾切以反人之切"。这正是现实社会中不学无术而自命不凡之人的写照。淑士国的国民则正相反，假装斯文，连酒保都满口之乎者也。这是对封建士大夫故作风雅的嘲讽。两面国国民，两面三刀，背后藏着一张恶脸，满是毒气。他们见什么人说什么话，看对方是读书人，就"和颜悦色，满脸谦恭"；看对方旧帽破衣是穷人，就"陡然变了样子，脸上冷冷的，笑容也收了，谦恭也免了"，活画出世人伪善、势利的丑态。此外狡猾奸诈、反话讹人的小人国，脸厚而悭吝的无肠国，到处搜刮、贪得无厌的长臂国，喜欢阿谀奉承的翼民国，阴鸷褊狭、心肺俱烂的穿胸国，连睡觉都害怕的伯虑国，由谎精托生的豕喙国，酒囊饭袋、好吃懒做的犬封国和结胸国等，这些故事看似荒诞不经，却寓意深刻，活灵活现地描绘出世间的众生相，对人性中丑陋、阴暗、邪恶的一面，给予深刻的揭露。《镜花缘》也描写了幻想中的君子国、大人国。君子国人有才有德，待人宽恕，知恩必报。大人国国民"遇见恶事，都是藏身退后；遇见善事，莫不踊跃争先"，民风淳朴。当然，这不过是作者的乌托邦理想，但反过来更表现了作者对悖谬的现实的唾弃。

① 鲁迅：《中国小说史略》，上海古籍出版社1998年版，第122页。

三、人与物互变故事

受本土"万物一体"观念和外来佛教因果轮回观念的影响,古代人常认为人与物是可以直接互相变幻的。物可以变幻为人,人也可以变化为物。古代讽刺小说,也常常以这种人物变幻的方式来构思情节,寄寓讽刺主旨。花妖狐媚可以变化为人,作祟人间;而当人失去人性时,也可以化作禽兽来害人。这类讽刺小说历代笔记中记载较多,如宋代黄休复《茅亭客话》卷八载《葭萌二客》,写一个贪图钱财的税卡官,夫妇俩变成老虎残害百姓的事。明代马中锡的《中山狼传》,是一则人们耳熟能详的寓言故事,其中的狼可以"人立而啼",正是那类忘恩负义、恩将仇报的恶人的化身。作者对其给予了辛辣严峻的讽刺。

总体上来说,幻设型讽刺小说中,作者较少受到客观生活和现实政治文网的限制,可以发挥大胆的想象、幻想和虚构,幻化出奇异的境界和人物,借以对现实社会的黑暗、弊端和人性的缺点、丑恶进行揶揄讽刺,在看似诙谐荒诞的艺术世界中,蕴含着作者对社会人生犀利的解剖和深刻的批判。

第三节 《儒林外史》与写实型的讽刺小说

作者直面现实社会的黑暗,洞察人性深处的丑恶,加以如实逼真地描绘和揭露。这类讽刺小说,可称之为写实型的讽刺小说。写实型讽刺小说的历史进程,可以分为三个阶段:融合在世情小说中的讽刺、以吴敬梓《儒林外史》为代表的纯写实讽刺小说和晚清的谴责小说。

一、世情小说中的讽刺

讽刺,作为一种独立的小说形态,出现得较晚,如鲁迅认为"迨吴敬梓《儒林外史》出……乃始有足称讽刺之书";但是讽刺作为一种艺术手法运用于小说创作之中,讽刺现实的创作精神贯注在小说创作之中,是较早且较为普遍的。

明清时期的话本小说、文言小说，多运用讽刺手法，将锋芒直指现实社会中的不合理现象，加以嘲讽讥刺。冯梦龙的《喻世明言》《警世通言》和《醒世恒言》，凌濛初的《初刻拍案惊奇》《二刻拍案惊奇》中就多有讽刺之笔，有些小说主旨就在于惩恶警心。这些小说，多直接描写世俗人情，刻画众生相。在描绘纷繁复杂的现实世界时，对于丑陋、邪恶、阴暗的社会现象和人物，作者也极尽讽刺之能事，给予挖苦、讥刺和鞭挞。

我们且看明代最著名的世情小说《金瓶梅》中的讽刺。鲁迅评论《金瓶梅》"或刻露而尽相，或幽伏而含讥，或一时并写两面，使之相形"，"著此一家，即骂尽诸色"。《金瓶梅》作者常用悖谬反讽的手法来讽刺笔下人物，这些人往往说是一套做是一套，说话都是冠冕堂皇，但是行为上则险恶奸诈、荒淫无度、劣迹斑斑。作者以"行"对"言"的自我否定，来揭露人物的伪善面目和丑恶灵魂。如第三十三回的一个场景：

> 须臾，围了一门首人，跟到牛皮街厢铺里，就哄动了那一条街巷。这一个来问，那一个来瞧，都说韩道国妇人与小叔犯奸。内中一老者见男妇二人拴做一处，便问左右看的人："此是为什么事的？"旁边有多口的道："你老人家不知，此是小叔奸嫂子。"那老者点了点头儿，说道："可伤！原来小叔儿要嫂子的。到官，叔嫂通奸，两个都是绞罪。"那旁边多口的，认的他有名叫陶扒灰，一连娶三个媳妇，都吃他扒了，因此插口说道："你老人家深通条律，像这小叔养嫂子的，便是绞罪；若是公公养媳妇的，却论甚么罪？"那老者见不是话，低着头，一声儿没言语走了。

老者自己乱伦，还对别人说出一通堂堂正正的话，真是恬不知耻到极点。作者通过他人之口，直接撕下他的"画皮"，暴露其丑。

《金瓶梅》中的西门庆，贪赃枉法、好色荒淫，但是他说的话却不失大官人身份，都正大在理。第三十四回里，刘太监的兄弟刘百户拿皇木盖房子，被告到衙门，落在西门庆手里。西门庆因为与刘太监平日相交，"时常受他些礼"，因此就敷衍了这桩案子。而夏龙溪则主张收刘家一百两银子。于是，西门庆在应伯爵面前谩骂夏延龄："贪滥蹋婪的，有事不问青红皂白，得了钱在手里就放了，成什么道理！我便再三扭着不肯，你我虽是个武职官儿，掌着这刑条，还放些体面才好。"真是绝妙的嘲讽！西门庆自己的官就是买来的，他还配谈什么刑条！

《金瓶梅》有时用漫画式的笔法来描绘众生丑陋，如第十二回写西门庆和应伯爵、谢希大、祝实念、孙寡嘴、常峙节几个人在李桂姐家欢乐饮酒：

> 临出门来，孙寡嘴把李家明间内供养的镀金铜佛，塞在裤腰里。应伯爵推逗桂姐亲嘴，把头上金琢针儿戏了。谢希大把西门庆川扇儿藏了。祝实念走到桂卿房里照脸，溜了他一面水银镜子。常峙节借的西门庆一钱银子，竟是写在嫖账上了。

这是用漫画式的夸张笔法，勾勒了这些人的丑恶嘴脸。《金瓶梅》中不仅有这类戏剧性的丑化描写，还有一些不露声色的冷笔描写，通过人物的丑行劣行给予尖锐的讽刺。如第四十九回蔡御史在西门庆家吃酒后，看到两个妓女，"盛妆打扮，立于阶下"，蔡御史犹豫了一会儿，嘴里说"恐使不得"，行动上却"月下与二妓携手，不啻恍若刘阮之入天台"。作者冷眼逼视，让蔡御史的丑恶嘴脸自己暴露无遗，正是后来《儒林外史》中常用的"无一贬词，而情伪毕露"的讽刺手法。

《金瓶梅》是世情小说的开山之作，对后代世情文学具有深远的影响，它用讽刺笔法暴露社会黑暗的创作精神也得到后代小说的继承，《儒林外史》和晚清谴责小说在讽刺笔法上都受到《金瓶梅》的启发。

二、《儒林外史》的思想深度

写实型讽刺小说在思想内容上有一个共同的特点，就是具有强烈的政治性和现实性，作者以直面现实的态度，以写实手法，直击弊政，暴露罪恶。以《儒林外史》为标志，写实成为讽刺小说的主流。吴敬梓的《儒林外史》代表着中国古代讽刺小说的最高成就。

自司马迁《史记》设"儒林列传"以来，"士之抱遗经以相授受者"，就成为历代正史列传的重要组成部分，构成封建正统意识形态的思想命脉，而吴敬梓的儒林"外史"，则以讽刺的艺术手段消解这种意识形态的尊严，揭露封建正统文化和制度戕害人性的罪恶。正如鲁迅《中国小说史略》所说，《儒林外史》矛头所向，尤在士林。《儒林外史》假托明代社会为背景，展现了封建末世围绕科举制度的各层文士的众生相，揭示了受科举文化腐蚀的士人心态和浮偷浇薄的世风。

《儒林外史》中描写了一批沿着科举阶梯艰难攀爬、丑态百出的人物。周进是作者着力刻画的第一个人物，六十多岁，还是个童生，在薛家集做塾师，形容枯槁，生活落魄。更为辛酸的是，遭到一个少年新秀才尖酸刻薄的挖苦，忍受新科举人王惠的嘲弄，胸中蓄积无穷的怨苦，终于一头撞在贡院号板上，幸亏几个商人相助，为他捐个监生，总算跌跌撞撞爬上官僚阶层。好在周进还有点良心，任广州学道考童生时，遇到五十四岁、面黄肌瘦、花白胡须的范进，便生起了怜悯心，有心提携，范进于是科场侥幸，以至喜极而疯。周进的坎坷和范进的侥幸，是封建时代许许多多达官贵人仕途的缩影，老腐迂儒，胸无点墨，凭着满腔的执着、赤诚和运气，从受人作践的人摇身一变而为可以作践他人的人了。

《儒林外史》中还描写了科举仕途中一批灵魂扭曲、丧失人性的人。严贡生是一位恶乡绅，倚仗官势，媚上欺下，横行乡里，作恶多端，甚至于对至亲骨肉也使出手段侵吞其家产。严监生的妻舅王仁、王德，一个是府学廪膳生员，一个是县学廪膳生员，却是十足的假道学，口口声声说"我们念书的人全在纲常上做工夫"，却在妹妹尚未死时，两人做主，让严监生将侧室扶正，还在他们结婚之日"替他做了一篇告祖先的文，甚是恳切"。至后来严贡生来争夺赵氏家产时，"那两位舅爷王德、王仁，坐着就像泥塑木雕的一般，总不置可否"，仁德何在！作者对这类口中全是纲常伦理，所作所为尽是虚假伪善，丧尽天良，唯利是图的士人，尤为痛恨，用笔也更为犀利辛辣。

吴敬梓由对于科举制度扭曲人性的讽刺进而深入到对程朱理学滞塞人心、戕害人性的深刻剖析。马二先生是书中一位八股制艺的虔诚信徒，他本性善良厚道，仗义疏财，一片热肠，"共考过六、七个案首，只是科场不利"，但是对于八股科举仍迷恋不疑，他评论说：

> "举业"二字是从古及今人人必要做的。就如孔子生在春秋时候，那时用"言扬行举"做官，故孔子只讲得个"言寡尤，行寡悔，禄在其中"。这便是孔子的举业。讲到战国时，以游说做官，所以孟子历说

《儒林外史》第十四回插图"冯二先生游西湖"

齐梁，这便是孟子的举业。到汉朝用"贤良方正"开科，所以公孙弘、董仲舒举贤良方正，这便是汉人的举业。到唐朝用诗赋取士，他们若讲孔孟的话，就没有官做了，所以唐人都会做几句诗，这便是唐人的举业。到宋朝又好了，都用的是些理学的人做官，所以程、朱就讲理学，这便是宋人的举业。到本朝，用文章取士，这是极好的法则。就是夫子在而今，也要念文章、做举业，断不讲那"言寡尤，行寡悔"的话。何也？就日日讲究"言寡尤、行寡悔"，那个给你官做？孔子的道也就不行了。

　　这一段话可谓讽刺辛辣的"举业论"。处处把"举业"与"做官"联系起来，"举业"就是朝廷诱惑天下人的钓饵。在马二先生看来，文章选本才是书，做八股文才是为学，为学的目的就是做官。充斥马二先生心中脑中的就是举业，所以当科场失意后，他便操起选政，刊刻墨卷，还是围着举业转。马二先生信奉的是程朱理学，批选墨卷也是"采用《语类》《或问》上的精语"，程朱理学滞塞心胸，已使他完全失去人的灵气和生命活力，显得迂腐不堪。马二先生游西湖，对于自然美景已经无动于衷，只是套用《中庸》"载华岳而不重"之类话头，已然没有了生命的灵感和情趣。作者笔下的马二先生是可悲可怜而并不可恨的人物。为什么一个鲜活的生命会变得如此没有灵气，是程朱理学戕害的结果！作者通过塑造马二先生的形象，揭示了程朱理学扼杀人的感性生命、消磨人的灵动活力的罪恶。

　　同样作为程朱理学之牺牲品的还有王玉辉的女儿。吴敬梓没有过多着笔于王玉辉女儿如何殉节，而是着重叙写那个做了三十年秀才，立志要纂三部书嘉惠来学的父亲如何成就女儿的殉节，以及他内心中情和理的冲突。王玉辉不是一个"伪君子"，他怂恿女儿殉节，认为"这是青史上留名的事"，是"一个好题目"的死法，这不是他的虚伪，而是出自一个接受了几十年程朱理学熏陶的读书人的真实思想。我们觉得他的话不合人情天理，这不能归因于王玉辉的虚伪，而是因为毒害王玉辉思想的那种程朱理学是非人性、反人道的。作者是将王玉辉当作一个儒士来叙述的，吴敬梓将笔触伸入王玉辉的内心深处，写人的自然情感对理学壁垒的冲击。王玉辉在老妻面前仰天大笑道："死的好！死的好！"大笑着，走出房门去了。而在苏州见到船上一个少年穿白的少妇，"他又想起女儿，心里哽咽，那热泪直滚出来"。这"热泪"是源于天然的人性，是自然真情的真实流露。王玉辉的精神世界中存在着理学与天然人性的剧烈冲突，这种矛盾在煎熬着他，所以在老朋友灵柩前，他"恸哭了一场"，"又大哭了一场"，哭老朋友？还是哭死去的女儿？毋庸多问了。此时理学的闸门彻底打开，真情的洪涛奔涌不止。正如评论者所述：

> 吴敬梓正是抓住"良心与礼教之冲突"这一裂缝撕开去，通过王玉辉被扭曲的性格，通过王玉辉的痛苦痉挛，形象地、有血有肉地显示出，以"天理"灭"人欲"，以礼教压抑人性，是违反自然的；正常人性、人情是灭不了也不当灭的。[1]

吴敬梓笔下还活跃着一帮丑态各异的假名士。明代中后期，名士之风尤为盛行，一批游离于科举仕途之外的文士，附庸风雅，故作逍遥，以博得高名，实则不学无术，品行卑劣。吴敬梓以讽刺笔锋撕毁这些名士的虚假面目，揭露假名士的种种丑态。娄氏二公子拜访杨执中，是小说中的一幕讽刺喜剧。两位公子以礼贤好士、求贤若渴的心情迎来的却是老阿呆杨执中、奸拐尼僧的地棍权勿用，"半世豪举，落得一场扫兴"。也显现出娄氏二公子的疏狂无识，懵懂空虚。卧闲草堂评云："此叶公之好龙而不知其皆鲮鲤也。"《儒林外史》还叙写西湖斗方诗人赵雪斋、景兰江、浦墨卿、支剑锋、胡三公子等，南京名士杜慎卿、季苇萧、来霞士、郭铁笔、萧金铉、诸葛佑、季恬逸等，这些名士性格各异，但是共同的一点就是，弄虚作假，故作风流，装腔作势，庸俗不堪，完全是漂浮于现实社会中的一帮于事无补的寄生虫。

---

① 李汉秋：《〈儒林外史〉研究》，华东师范大学出版社2001年版，第43页。

科举仕途的跋涉者和举业之外的名士集团，构成《儒林外史》的士林社会。这个士林社会已经完全背离了传统儒士明道经世、励志化俗的精神，而是围绕着功名富贵在蝇营狗苟。可怕的是这个士林社会的乌烟瘴气在毒害青年人，在污染整个社会。匡超人是个小本经纪人，又是个大孝子，得马二先生资助回乡尽孝，好学上进，感动了知县，后考了童生，中了秀才。老父亲临死时谆谆告诫他："功名到底是身外之物，德行是要紧的。我看你在孝弟上用心，极是难得，却又不可因后来日子略过的顺利些，就添出一肚子里的势利见识来，改变了小时的心事。"匡超人恰恰是向着老父亲担心的方向发展。他到了杭州，与景兰江、浦墨卿一班名士厮混起来，本性渐失，恶念频生，先是为了钱，代人做枪手，后又停妻再娶，到处招摇撞骗，忘恩负义。就在匡超人劣迹斑斑，丧尽天良，灵魂堕落时，温州学政"把他题了优行，贡入太学"，这对于温州学道所谓"士先器识而后辞章"，不啻为一场绝妙的讽刺。为什么一个好端端的青年会堕落至此？这是吴敬梓在小说中思考的一个问题，症结不在匡超人自身，而在整个社会风气、世道人心坏了。吴敬梓借郑老爹说话："而今人情浇薄，读书的人都不孝父母。"问题就出在科举上，"读书人既有此一条荣身之路，把那文行出处，都看得轻了"。整个社会风气、乡俗民风也显得鄙俗不堪：范进中举前家里等米下锅，无人救助；中举后，许多人来奉承他。五河县势利熏心，人们心中、眼中只有个彭乡绅。这是一个怎样的世界！吴敬梓将科举文化对道德人心、民风乡俗的败坏，写得入骨透辟。

当然，吴敬梓讽刺世道人心的丑恶鄙俗，揭露科举制度的罪恶荒唐，但并没有弃绝这个病态的社会，他并没有绝望。他在社会最下层的百姓身上还是看到善良和淳朴的种子，鲍文卿地位卑贱，是个做戏的，但是他的品行识度是那些饱读墨卷的士人远远不可企及的。小说中老一辈子人都还能保守善良本分的善性，而在科举文化熏陶下的一代在堕落，作者借作品寄寓着"一代不如一代"的隐忧。

吴敬梓是以理想主义观念来审判那个窳败的现实社会的。第三十六回"泰伯祠名贤主祭"、第三十七回"祭先贤南京修礼"，是全书的"一大结束"。作者着力写由襟怀冲淡的真儒虞育德、辞爵还家的庄尚志、品行文章天下第一的杜少卿主事祭祀古今第一个贤人泰伯，实际上寄寓着作者抛弃旨在功名富贵的科举文化，恢复原始儒家礼乐文化的社会理想。祭祀泰伯祠之后，作者紧接着叙写郭孝子千里寻父，"此作者寓意所在"（天目山樵评），作者希望原始儒家礼乐文化能主导世风，返归于上古三代。第五十六回，在士人不再讲究礼乐文章之时，市井中间又出现了会写字的季遐年、会下棋的王太、喜欢画画的盖宽、会弹琴的荆元，这四位市井奇人在维持生计之外，不贪恋功名利禄，而是雅好琴棋书画，风流自在，寄寓了吴敬梓对理想的市民生活的憧憬。但是，由于没有真正的现实基础，吴敬梓笔下的理想人物及其生活写得较为呆板、枯燥，没有上半部人物那么生动传神。

三、《儒林外史》的讽刺艺术

《儒林外史》是一部优秀的讽刺小说，其讽刺手法大致表现在如下几方面：

一是作者并不出场，不直接参与故事进程，不显露态度，而是静观其行，通过人物自己的表演，自曝其丑。此即所谓"冷嘲"。鲁迅先生称《儒林外史》"婉而多讽"，所谓婉，主要指《儒林外史》的这个特征。如第四回，张静斋和范进去高要县打秋风，严贡生在关帝庙设宴款待。席上，严贡生道："实不相瞒，小弟只是一个为人率真，在乡里之间，从不晓得占人寸丝半粟的便宜，所以历来的父母官都蒙相爱。"话音刚落，一个小厮走来道："早上关的那口猪，那人来讨了，在家里吵哩。"卧闲草堂本评语曰：

> 才说不占人寸丝半粟便宜，家中已经关了人一口猪，令阅者不繁言而已解。使拙笔为之，必且曰："看官听说，原来严贡生为人是何等样。"文字便索然无味矣。

黄小田补批云："一部书多用此诀。"的确，这种淡淡叙来，不置褒贬而是非立见的讽刺方式，在《儒林外史》中随处可见。如第六回写严监生之死：

> 话说严监生临死之时，伸着两个指头，总不肯断气，几个侄儿和些家人，都来乱着问，有说为两个人的，有说为两件事的，有说为两处田地的，纷纷不一，只管摇头不是。赵氏分开众人走上前道："爷，只有我能知道你的心事。你是为那灯盏里点的是两茎灯草，不放心，恐费了油。我如今挑掉一茎就是了。"说罢，忙走去挑掉一茎。众人看严监生时，点一点头，把手垂下，登时就没了气。合家大小号哭起来，

准备入殓，将灵枢停在第三层中堂内。

浴血生《小说丛话》中说："读《儒林外史》者，盖无不叹其用笔之妙，如神禹铸鼎，魑魅魍魉，莫遁其形。然而作者固未尝落一字褒贬也。"精到地概括了《儒林外史》讽刺艺术的特征。

二是将讽刺对象的言行乖谬矛盾白描出来，自形其丑。《儒林外史》第四回，范进母亲去世，刚谢了孝，他就与张静斋去高要县见老师：

清同治十三年（1874）齐省堂增订活字本《儒林外史》卷三插图

知县安了席坐下，用的都是银镶杯箸。范进退前缩后的不举杯箸，知县不解其故。

静斋笑道："世先生因遵制，想是不用这个杯箸。"知县忙叫换去，换了一个磁杯、一双象牙箸来。范进又不肯举。静斋道："这个箸也不用。"随即，换了一双白颜色竹子的来方才罢了。知县疑惑他居丧如此尽礼，倘或不用荤酒，却是不曾备办。落后，看见他在燕窝碗里，拣了一个大虾元子送在嘴里，方才放心。

吴敬梓尊崇古礼，深恶这类违制悖礼的行径，因此用谑语诛之，疏疏几笔白描，前后行为自相否定，揭露了范进虚伪的道学面目。这种讽刺方法，常常是运用对比方式表现出来的。范进中举前后，胡屠夫的态度前倨后恭，简直是一幕讽刺短剧，市井小人的卑劣丑态昭然若揭。

三是通过人物语言自露己丑，也是《儒林外史》常用的讽刺手法。讽刺对象往往自我标榜和吹嘘，但是每多说一句，自己的丑恶就多暴露一层。《儒林外史》第二十回，匡超人吹嘘自己的举业选本"外国都有的"，"家家隆重的是小弟，都在书案上，香火蜡烛供着'先儒匡子之神位'"。竟然连"先儒"是活人还是死人都不知道，不是十足的滑稽吗？第四回，张静斋、范进与汤知县议论刘基是洪武三年开科的进士，第三名，后来入了翰林，简直是盲人骑瞎马的乱撞，不通妄诞之极。吴敬梓常采用这种手法，让人物自我暴露其丑，作者则不置一喙。

四是采取所写人物的行为品质与他人的评论之间的乖谬舛悖来增强讽刺力量，甚至达到一石击双鸟的讽刺效果。《儒林外史》写匡超人曾经在危难之际受到马二先生的资助，然而在与冯琢庵评论马二先生操选政时却说："这马纯兄理法有余，才气不足。所以他的选本，也不甚行。"（第二十回）这一方面通过匡超人的口表明马纯上的评选只知程朱理学那一套话头，毫无才情妙趣；另一方面又讽刺匡超人的忘恩负义。

清同治十三年（1874）齐省堂增订活字本《儒林外史》卷二插图

《儒林外史》是一部讽刺小说，广泛地涉及上到帝王，下及戏班、修补匠，而"机锋所向，尤在士林"，通过对士林病态的呈现，来为科举文化把脉。在《儒林外史》中，没有一个生来就十恶不赦的坏人，对于这些陷入功名富贵中的士人的所作所为，我们只会怜悯悲哀，不会鄙弃愤怒，因为这不是他们的原罪，他们也是科举文化和制度的受害者。黄安谨评《儒林外史》说："作者之意，为醒世计，非为骂世也。"可谓诛心之评。

第四节　晚清谴责小说

讽刺小说到了晚清（1900年后），又兴起了一个高潮，出现了大量以暴露现实政治黑暗罪恶为主题的小说，鲁迅称之为谴责小说。在新小说、翻译小说竞相亮相的近代文坛上，晚清谴责小说，以其强劲的现实批判性挺立其间，成为近代文坛一个重要的现象。其中以《官场现形记》《二十年目睹之怪现状》《老残游记》《孽海花》最为著名，鲁迅先生《中国小说史略》称之为"四大谴责小说"。

一、《官场现形记》与《二十年目睹之怪现状》

李宝嘉《官场现形记》约1903年4月至1905年6月连载于《世界繁华报》，后单独刊行。小说以1900年前清政府软弱无能，屡吃败仗，对外割地赔款，对内残酷搜刮百姓血汗的社会现实为背景，谴责封建末世到来时官场的腐败、黑暗、残暴和罪恶。作者以手中之笔为解剖刀，将封建官场政治的溃烂痈疽完全暴露出来，燃犀照渚，活现出官场妖魔鬼怪的原形。各级官僚嗜财如命，为攫取金钱不择手段，因为钱可以买到官，官又可以得到更多的钱，整个官僚机器就是围绕着钱财运转的。第二十五回，黄胖姑说："一分钱一分货，你拼得出大价钱，就有大官做。"第三十、三十一回，冒得官（人名）假官之事被揭发，为了保住官，他亲手把自己的女儿送给上司羊统领玩弄。这些官僚为了乌纱帽，把道德人伦一概抛撒，做出形同禽兽的事来。封建官僚阶级除了对于金钱的贪恋外，他们唯一的享乐就是纵欲，烟、酒、嫖、赌，成了他们个人生活的全部内容。

小说中封建政治集团的各层官吏，在洋人面前，奴颜婢膝，尽显媚态。他们怕洋人怕得灵魂出窍。第五十三回，文制台一见洋人，顿时胆丧气衰，帮着洋人镇压国内百姓的反抗，完全成了洋人的走狗。第五十五回，梅飏仁升署海州直隶州后，海上来了三只外国兵船，把他吓得手足无措，电报打到南京，制台也登时大惊失色。总兵衔参将萧长贵，恭恭敬敬地双手高捧履历，跪接洋人，丧尽国格。

如果说，见到洋人时晚清官吏是温顺的羊，那么对于老百姓，他们则是凶残的狼。第十四回，胡统领剿匪，是一出荒诞的闹剧，而遭殃的是老百姓。胡统领剿匪，却害怕匪，踌躇不前。一旦知道没有土匪，胆子便大起来，煞有介事地闹了一番，士兵在严州各地奸淫掳掠，甚至抓捕良民当强盗，虚报功劳。

李宝嘉笔下的封建官僚和萦绕四周的善于钻营的佐杂胥吏，是国家的蠹虫，百姓的大敌，他们的贪婪荒淫，腐败黑暗，已经使清帝国的大厦摇摇欲坠了。作者是一位改良主义者，作这部小说给贪官污吏看，"是专门指摘他们做官的坏处，好叫他们读了知过必改"（第六十回）。但是，这种善良的愿望被丑恶的现实击得粉碎。李宝嘉在《活地狱》中感慨："世界昏昏成黑暗，未知何日放光明。书生一掬伤时泪，誓洒大千投众生。"满腔悲愤，茫然奈何。他还没有找到拯救社会民生的出路。

吴趼人的《二十年目睹之怪现状》，1903年前后发表于《新小说》杂志。小说以"九死一生"二十年察看全国各地的店铺为线索，展示封建末世蛇虫鼠蚁、豺狼虎豹、魑魅魍魉横行官场的180余种怪现状，揭露封建制度的堕落、腐败和黑暗。和《官场现形记》一样，小说绘出官场群丑图。这些官吏唯利是图，毫无亲情人性可言。第二回，九死一生的伯父子仁，料理弟弟丧事后卷走亡弟万金财产，当侄子九死一生来讨要时，却置之不理，使九死一生潦倒他乡。黎景翼为了争夺财产，伪造父亲的家信，逼胞弟吞鸦片自尽，并将弟媳一百元卖给妓院。书中着墨较多的苟才，为了巴结制台，夫妇双双跪在儿媳妇面前，逼迫媳妇做制台的姨太太。苟才垂泪道："媳妇啊！这两天里头，叫人家逼死我了。……只望媳妇顺变达权，成全了我这件事，我苟氏生生世世不忘大恩！"苟氏翁媳的一席对话，将封建人伦道德的伪善面目撕扯得粉碎。苟才最后被他的儿子龙光勾结江湖医生害死了。贪婪私欲，已经使人丧失了最起码的人性，变得卑污龌龊，成了金钱欲望的奴才。

吴趼人笔下一帮在洋场厮混的酸才子，胸无点墨，却故作风雅。第三十五回"竹汤饼会"，揭开才子们虚伪的面纱，暴露他们丑恶的灵魂。或称玉溪生是杜牧的别号，或说杜甫叫玉溪生，为弄清杜甫是什么人，两人还要查《幼学句解》《龙文鞭影》，有人竟然闹出颜真卿撰写苏轼《前赤壁赋》的笑话。作者采用夸张漫画的笔法，绘写出假名士腹中空枵而假斯文的丑陋嘴脸。

小说中的九死一生有作者自己的影子。他冷眼觑世，热肠助人，行侠好义，排纷解难，表现出一个正直知识分子的社会良知。作者也塑造了一位理想的父母官蔡侣笙的形象。蒙阳县闹蝗灾很厉害，县令蔡侣笙动用公款赈济百姓。而各邻县匿灾不报，闹得上头疑心蝗灾不实，勒令缴还。蔡侣笙变卖了所有家产还债，最后还是革职严追。蔡侣笙仁政的失败，告诉人们，当整个封建政治制度腐朽溃烂时，靠少数"青天大老爷"是无法扭转时局、改变命运的。可惜，作者并没有找到救世的前途，所以"救世之情竭，而后厌世之念生"（李葭荣《我佛山人传》）。小说最后以商业大失败结局，发出"悲欢离合廿年事，隆替兴亡一梦中"的感慨，表现出孤寂落寞的情绪。

二、《老残游记》与《孽海花》

《老残游记》，洪都百炼生著，发表于1903年的《绣像小说》。百炼生即刘鹗，擅甲骨、器物、水利、医道，学识广博。书前《自叙》，作者称此书是老残感情深痛的哭泣之作。老残哀痛的是大厦将倾，无力挽回；民不聊生，冤苦无告。

小说以老残一梦开始，梦见在洪波巨浪中的破船，隐喻风雨飘摇的清政府。老残建议送一个罗盘给掌舵者，实际上隐喻为清政府指出改革弊政、改良政治的方向。书中的老残是一位摇串铃走江湖的医生，串街走巷，游历各地，耳闻目睹老百姓遭遇天灾人祸，生不如死的悲惨生活，实地了解并展示了晚清社会各层官僚的腐败、残暴和罪恶。老残用近似反讽的方式，叙述了玉佐臣和刚弼两位"清官"的所作所为。玉佐臣是个"清官"，把曹州府治理得路不拾遗，政绩显赫，官声远扬，因此加官进爵，但他滥杀无辜，残忍酷虐，曹州府百姓过着噤若寒蝉的生活，简直是个地狱世界。他用百姓的鲜血铺就了自己的升官路。老残见了忍无可忍，斥骂了这个实在令人憎恨的酷吏，作诗咏其事："冤埋城阙暗，血染顶珠红。……杀民如杀贼，太守是元戎。""清廉得格登登的"刚弼，也是一位肆加滥行、视民如盗的酷吏，在齐河县会审贾家十三条命案，屈打成招，老残再也无法忍受，终于挺身干预，才救活了两条性命。老残通过这两个"清官"的描写，揭露了封建官僚政治与人民为敌的本质。"赃官可恨，人人知之，清官尤可恨，人多不知。盖赃官自知有病，不敢公然为非，清官则自以为不要钱，何所不可？刚愎自用，小则杀人，大则误国，吾人亲目所见，不知凡几。历来小说皆揭赃官之恶，有揭清官之恶者，自《老残游记》始。"（第十六回评）

《孽海花》，曾朴著，1905年开始编撰，后不断增续，至1932年合刊为十五卷三十回。小说以同治戊辰科状元、兵部左侍郎洪钧和姜赵彩云为生活原型，以金雯青和傅彩云的恋爱婚姻故事为主线，叙述金雯青中状元，授江西学政，娶名妓傅彩云为妾，携带出使德、俄等国，傅彩云在国外出尽风头，红杏出墙，气死金雯青，傅彩云耐不住寂寞离沪出走等情节，抨击了官僚阶层买官鬻爵，公行贿赂，昏庸无能，自私虚伪的本质，展现晚清三十来年的光怪陆离、溃烂腐败的政治社会。最高层的慈禧太后，独揽大权，控制光绪皇帝，甚至要篡改爱新觉罗氏的血统；生活上穷奢极欲，在战事危急关头，挪用海军军费来供自己寻欢作乐，令人发指。而那些官僚把国家危亡置之度外，关心的是个人的权利和前程。庄岭樵（影指张佩纶）等一班官吏面对法国军队，贪生怕死，迟报军情。冯子材打了胜仗，威毅伯（影指李鸿章）却只知讲和，马马虎虎逼着朝廷签订和约，人不知鬼不觉依然把越南暗送。日本出兵朝鲜时，国内民众开战呼声震天，威毅伯却静等英法出面调停，丧失了国家数万里海权。上层官吏干着丧权辱国的勾当，中层官僚如龚尚书、黎石农、米筱亭、姜剑云等古董癖、考据家，浑浑噩噩，醉生梦死。金雯青自称在地理上头下了数十年苦功，可他亲手画的交界图却将国土拱手让给他国。名士如李莼客故作清高，拿腔作势，过着空虚无聊的生活。而与这种昏暗政治相对应的，是外国列强的觊觎入侵，中华民族危难深重。

与李宝嘉、吴趼人不同，曾朴对科举制度培养的官吏已经失去信心，对封建专制政体已失去希望，他同情反抗清政府的秘密社团，肯定虚无党的个人冒险，寄希望于革命党，称赞孙中山的共和革命思想，热情讴歌"现在的革命，要组织我黄帝子孙民族共和的政府"，表现出鲜明的革命倾向。

晚清的谴责小说，是沿着《儒林外史》的写实方向一路走下来的。李宝嘉借书中人物之口自称《文明小史》"比泰西的照相还要照得清楚些，比油画还要画得透露些"，是"国民的写照"。《二十年目睹之怪现状》第十四回评语说："绘影绘声，神情毕现，无殊抉此辈之心肝而表暴之。指陈弊窦处，竟是一面显微镜。"《儒林外史》下半部还有一些情节或杂采于笔记，或出于作者的想象，缺少真正的生活实感，与之相比，晚清谴责小说与现实的关涉度更为紧密。具有社会良知和责任感的作者们生在罪恶累累的封建末世，"生负盛气，有激辄发"（李葭荣《我佛山人传》），而且立意在匡世救俗，因此常常是意浮于辞，谴责主题表达得较为直露，讽刺描写过于夸张，甚至荒诞。正如鲁迅先生所批评的，"辞气浮露，笔无藏锋"，因此，小说可以激起读者拍案扼腕，但不耐咀嚼回味。

▌思考题

1. 讽刺小说的讽刺主旨大致有哪些类型？
2. 阅读"钟馗捉鬼"类小说，谈谈其社会主题。
3. 简要分析《儒林外史》中"马二先生"的形象。
4. 通读《儒林外史》，举例说明这部小说的主要讽刺手法。
5. 评述晚清谴责小说的思想意义和局限。

第七章　传奇志怪小说

　　自鲁迅《中国小说史略》提出"六朝之鬼神志怪书"及"唐之传奇文"后，"志怪"与"传奇"便开始成为六朝和唐代具有代表性的小说类别，并成为中国古代文言小说的两大传统类型。

　　志怪兴起于六朝，指以记述"鬼物奇怪之事"为主的短章之制；而传奇盛于唐代，指"篇幅漫长，记叙委曲"的搜奇记逸之作。志怪与传奇在题材、艺术手法上有一定的区别，但二者并非泾渭分明，"用传奇法而以志怪"（鲁迅《中国小说史略》）的《聊斋志异》可谓二者绝佳的统一。明清两代，话本与章回小说盛行，不过传奇与志怪小说亦绵延不绝，自成一道绚丽风景，甚至在一定时期达到高潮，受到读者的普遍欢迎，如中篇传奇小说在明代前中期的兴盛。此外，明清两代的传奇小说与志怪小说的创作，各自出现了攀上小说艺术高峰的代表作，如蒲松龄的《聊斋志异》、纪昀的《阅微草堂笔记》等。

　　志怪小说与传奇小说都属于文言小说范畴。就文体而言，因为志怪小说处于文言小说的第一个发展期，此时小说观念还未自觉，小说文体亦未独立。但从现代意义上来说，志怪小说之所以成为一个门类，在于其具有区别于其他小说门类的文体特点，概括说来主要有如下几点：第一，形式短小，多为"丛残短语"，且以笔记体的方式独立出现。第二，故事情节较为粗略，但结构较为完整。第三，大多以人物为中心，但形象并不鲜明独特。第四，故事内容多为奇异的人、鬼、物等。第五，创作方法标榜实录，但具有超现实性。至于传奇小说的文体特点，主要体现在"有意为小说""多幻设语""大率篇幅漫长，记叙委曲"（鲁迅《中国小说史略》）；此外，还体现在人物形象鲜明，细节描写较多，注重文采和想象，结构精密，情节具有戏剧性。

第一节　明代的传奇志怪小说

　　明代文言小说的发展，主要体现在传奇小说的发达。明代的传奇小说，大多以文集或选集（选本）的形式出现：不仅有追摹唐传奇并盛行一时的"剪灯三话"，还出现了具有话本色彩的中篇（或者说长篇）传奇小说，形成"传奇风韵""弥漫天下"的事实。

　　明代中后期，随着社会思潮的活跃和市民文化的兴起，传奇小说的创作再次繁盛。同时随着民间刻书业的兴盛，出现不少传奇小说选本，如王世贞《艳异编》、吴大震《广艳异编》、冯梦龙《情史》等，这些编者大多有较高的文学素养，受明代中后期"重情"社会思潮的影响，所选多为男女奇艳情事，呈现出才情相兼的审美理念。这些传奇小说选本，各具特色，对"传奇风韵"的张扬和传奇小说文本的留存产生了积极作用。

　　明代志怪小说虽作品不少，但大多效仿六朝作品，正如鲁迅先生所言"大抵简略，又多荒怪，诞而不情"（鲁迅《中国小说史略》），粗陈梗概，乏于文采，已不复六朝与唐宋盛况。

一、"剪灯三话"

　　瞿佑《剪灯新话》是明代初期影响最大的传奇小说集，它上承唐传奇风韵，下启有明一代传奇之风。其后仿作迭出，成就较突出者有李昌祺《剪灯余话》、邵景詹《觅灯因话》、赵弼《效颦集》、雷燮《奇见异闻笔坡丛脞》、陶辅《花影集》、钓鸳湖客《鸳渚志余雪窗谈异》等，此外还有已失传的丘燧《剪灯奇录》、周人龙《挑灯集异》、陈钟盛《剪灯纪训》、无名氏《剪灯续录》等，形成"剪灯类"系列。其中，《剪灯新话》《剪灯余话》和《觅灯因话》合称"剪灯三话"，是明初传奇小说的代表作。

　　瞿佑（1347—1433），一作瞿祐，字宗吉，号存斋，钱塘（今浙江杭州）人。少时以文学名世，诗词俱佳。著名诗人杨维桢至钱塘，年方14岁的瞿佑见其《香奁八题》，即席奉和，俊语迭出，杨维桢大为赏识，誉为瞿家"千里驹"。当地文人凌云翰曾作咏梅词《霜天晓角》、咏柳词《柳梢春》各100首，号"梅柳争春"，瞿佑一日之内全部作和，凌云翰惊叹不已，呼瞿佑为"小友"。由此瞿佑声誉大振。明末文学家周清源在《西湖二集·吴越王再世索江山》中也赞道："国初钱塘一个有才的人，姓瞿名佑字宗吉，高才博学，风致俊朗，落笔千言，含珠吐玉，磊磊惊人。"瞿佑著述很多，但大多散佚，仅存《剪灯新话》《归田诗话》《咏物诗》3种。

明刻本《剪灯新话》封面

瞿佑年轻时即对小说有浓厚兴趣，曾编辑"古今怪奇之事"（《剪灯新话》自序）为四十卷《剪灯录》，后来又编撰小说集《剪灯新话》。《剪灯新话》成书于洪武年间，带有鲜明而深刻的时代烙印和作者的生活印迹。《剪灯新话》故事多以元末明初的社会动乱为背景，"远不出百年，近止在数载"（《剪灯新话》自序），那时战火频仍、社会动荡不安，百姓家破人亡，瞿佑在小说里真实地反映出这一悲惨的景象。如卷三《爱卿传》，写赵子本是嘉兴大户，为功名远赴大都不果。至正十七年，元兵拒张士诚于嘉兴，却"不戮军士，大掠居民"，待赵子回家乡后，"城郭人民皆非旧矣，投其故宅，荒废无人居，但见鼠窜于梁，鸮鸣于树，苍苔碧草，掩映阶庭而已"。而娇妻爱爱因反抗乱军的强暴，早已自缢而死，曾是簪缨贵族、家资巨万的赵子惨遭家破人亡。卷四《太虚司法传》描述兵燹之后的村庄情景："荡无人居，黄沙白骨，一望极目。"再如附录的《秋香亭记》，战乱使道路不通，音讯阻隔，分开了商生与杨采采这一对恋人，待十年后国家统一二人再遇时，采采已嫁作他人妇。采采寄书倾诉当时的悲惨状况：

> 天不成全，事多间阻。盖自前朝失政，列郡受兵，大伤小亡，弱肉强食，荐遭祸乱，十载于此。偶获生存，一身非故，东西奔窜，左右逃逋；祖母辞堂，先君捐馆；避终风之狂暴，虑行露之沾濡。欲终守前盟，则鳞鸿永绝；欲径行小谅，则沟渎莫知。

孤苦无依的采采面临着生死抉择，要生存就得背弃盟誓，要忠于爱情则必死无疑，但选择生存之后，却又难忘昔日之恩爱，"虽应酬之际，勉为笑欢；而岑寂之中，不胜伤感"。这一切苦难都是战乱造成，正如采采所言，"是好姻缘是恶姻缘，只怨干戈不怨天"。

乱离动荡时代背景下的小说内容，赋予《剪灯新话》以下三个方面的思想主题。

第一，揭露社会黑暗和吏治腐败。如卷二《令狐生冥梦录》，写"家资巨富，贪求不止，敢为不义，凶恶著闻"的乌老病死三日复苏，原来其家人"多焚楮币，冥官喜之"，得以还阳。令狐譔得知后，忿曰："始吾谓世间贪官污吏受财曲法，富者纳贿而得金，贫者无赀而抵罪，岂意冥府乃更甚焉。"并愤而赋诗批判，被冥府追捕，令狐譔借写供状之际，进一步控诉人世地府的不公，冥王有感其刚直不屈，特许放还。令狐譔借机游览地府，看到受罪最重的是"谋害忠良，迷误其主"的秦桧等历代误国之臣。瞿佑通过这篇小说批判官场的贪赃枉法和大臣们的误国殃民。其他如《三山福地志》《永州野庙记》《太虚司法传》《修文舍人传》等，都通过阴司冥府、因果报应等隐喻来揭露社会的黑暗和不公。

第二，表现乱世士人的心态和遭遇。瞿佑多才，却命运坎坷，幼时即背井离乡，经历丧亲与别离情人之痛。瞿佑仕途坎坷，晚年还因诗蒙祸，被关入监牢。在瞿佑避乱期间，他与文人多有交游，因此对士人在乱世的心态和遭遇有深刻的理解和同情。与宋代文人的尊崇地位相比，明代文人的地位要下降很多，加上社会的黑暗和腐败，才学之士未能得到重用而施展才华。如卷四《修文舍人传》里，"博学多闻，性气英迈"却"命分甚薄，日不暇给"的夏颜，死后在冥府得到重用，通过冥司用人的"选择甚精，必当其才，必称其职，然后官位可居，爵禄可致"，批判人间"可以贿赂而通，可以门第而进，可以外貌而滥充，可以虚名而躐取"的畸形的选才办法，表现士人的抑郁心理。由于贤者不能居其位，以及战乱带来的社会动荡，士人的心态出现分化，一部分转而追求太平安乐的生活，如卷二《天台访隐录》所描述的桃源乐土；而更多的士人则希望能在乱世大展拳脚，以博取功名富贵，如卷一《华亭逢故人记》贾生赋诗曰："四海干戈未息肩，书生岂合老林泉！袖中一把龙泉剑，撑拄东南半壁天。"展现了建功立业的抱负，而这抱负发展到极端，则走上了"大丈夫不能流芳百世，亦当遗臭万年"这类功利至上、道德沦丧的歧途。瞿佑笔下的这些怀才之士在乱世之中身处"贫贱长思富贵"与"富贵复履危机"的两难处境，非常贴切地反映出当时士人的复杂心理。

第三，表现青年男女追求婚姻自主的精神。瞿佑笔下有浪漫的爱情韵事，如卷一《金凤钗记》《联芳楼记》以及卷二《渭塘奇遇记》等，皆是有情人终成眷属。除此之外，瞿佑还真实揭示了战乱带来的婚姻爱情悲剧。如卷三《爱卿传》《翠翠传》、附录《秋香亭记》等篇中的主人公，因为战乱，她们或为保贞节自尽，或为乱军所掠，与爱人相见不得相认，最终抑郁而亡；或为了生存，不得不改适他人，却忍受着思念的煎熬。瞿佑所表现的这些爱情悲剧真实感人，体现了沉重的历史感和深厚的现实意义。

《剪灯新话》出版后，大为风行，时人认为是唐传奇之流亚。如凌云翰《剪灯新话序》将它与唐传奇《长恨歌传》《东城老父传》等并提；吴植《剪灯新话序》云："其词则传奇之流。"鲁迅先生亦言《剪灯新话》"文题意境，并抚唐人"（鲁迅《中国小说史略》）。但《剪灯新话》对唐传奇的模仿，并非一成不变的因袭。与唐传奇相比，《剪灯新话》在文体上有两个显著变化：一是议论显著减少，如正文二十篇，仅有两篇发表议论，两篇附录中只有《秋香亭记》一篇有议论；二是"诗笔"大量增加，超过半数的小说含有诗文，正如《续修四库全书总目提要》所言，全书"所记唱答，诗词动盈篇幅"。《剪灯新话》所羼入的诗词，并未脱离故事情节。如卷三《翠翠传》，金定千辛万苦找到妻子翠翠，翠翠已被掳为他人妇，金定以兄长身份见之，缝诗于单衣内表心迹，翠翠亦赋诗回曰："一自乡关动战锋，旧愁新恨几重重！肠虽已断情难断，生不相从死亦从。长使德言藏破镜，终教子建赋游龙。绿珠碧玉心中事，今日谁知也到侬！"翠翠这首诗倾诉了内心的痛苦和以死明志的决心，金定得诗后，遂抑郁感疾而死。这首诗表现了人物心理，推动了情节发展。《剪灯新话》中的其他诗词大多与此类似，并非无病呻吟，因其情真意切而能够打动读者。

传奇发展到唐代已达顶峰，鲁迅先生言《剪灯新话》虽"文题意境，并抚唐人"，而"文笔殊冗弱"，不逮唐传奇。但《剪灯新话》自有其特色和创新，受宋元话本的影响，《剪灯新话》内容走向世俗化，贴近百姓生活，宣扬了大胆的情爱观。与唐传奇主人公多为官宦士子和大家闺秀不同，《剪灯新话》中的主角多为普通的富户或者经商的平民，爱情观上也体现出反礼教的世俗性，女性角色显得更为

明清小说分类选讲

主动。如《联芳楼记》中以粜米为业的富户闺秀薛兰英、薛蕙英姐妹，夏夜窥见商贩郑生在船首洗澡，慕其俊雅温和，遂"以荔枝一双投下"表爱慕之心，后用秋千垂下竹兜，将郑生吊上所居闺楼，两情欢好，无夕不会。双方父母知道后，并未谴责这种偷情行为，而是成全了他们。《渭塘奇遇记》里收租的王生与酒肆主人的女儿一见钟情却未能互诉衷情，女子因此而染疾并在梦中与王生相会一年。次年王生复来收租时，女子大胆告诉父亲，她的父亲非但不责怪，还主动促成二人的婚事。再如《翠翠传》的翠翠与同学金定私订终身，父母主动向男方家提亲，许下这门亲事。这些都体现了世俗化的爱情观。

就艺术特征而言，与唐传奇"叙述宛转"相比，《剪灯新话》将含蓄蕴藉的描写直白化，通过行动、语言、心理活动、内心独白等来塑造人物形象，而且具有浓郁的生活气息，能引起读者的共鸣。如卷二《渭塘奇遇记》肆主的女儿对张生一见钟情，"见生在座，频于幕下窥之，或出半面，或露全体，去而复来，终莫能舍"。情窦初开少女的爱恋、挑逗、期待的复杂心理，通过这几句话简洁而又生动地表现出来，与莺莺的欲迎还拒相比，充满了生活气息。最突出的例子是卷一《三山福地志》对元自实心理活动的描写。元自实曾借贷二百两银子给缪君做路费到福州赴任。后元自实挈家到福州避乱，生活无着落。缪君背恩忘义，不还银子，还假意许诺除夕夜送钱米，自实信以为真，在家中等候：

> 至日，举家悬望，自实端坐于床，令稚子于里门觇之。须臾，奔入曰："有人负米至矣。"急出俟焉，则越其庐而不顾。自实犹谓来人不识其家，趋往问之，则曰："张员外之馈馆宾者也。"默然而返。顷之，稚子又入告曰："有人携钱来矣。"急出迓焉，则过其门而不入。再住扣之，则曰："李县令之赆游客者也。"怅然而惭。如是者凡数度。至晚，竟绝影响。明日，岁旦矣，反为所误，粒米束薪，俱不及办。妻子相向而哭。自实不胜其愤，阴砺白刃，坐以待旦。鸡鸣鼓绝，径投缪君之门，将俟其出而刺之。……自实不敢隐，具言："缪君之不义令我狼狈！今早实砺霜刃于怀，将往杀之以快意，及至其门，忽自思曰：'彼实得罪于吾，妻子何尤焉。且又有老母在堂，今若杀之，其家何所依？宁人负我，毋我负人也。'遂隐忍而归耳。"

这段描写心理变化的脉络十分清晰，自实的窘迫、焦急、期待、绝望的情绪及忠厚善良的性格特征通过这段文字很好地表现了出来。

《剪灯新话》问世后，影响颇广，"客闻而求观者众"（《剪灯新话序》），"读之使人喜而手舞足蹈，悲而掩卷堕泪者，盖亦有之"（凌云翰序）。而且"不惟市井轻浮之徒争相诵习，至于经生儒士，多舍正学不讲，日夜记忆，以资谈论"（《英宗实录》卷九十）。但遭到正统文人的反对，明正统七年（1442），时任国子监祭酒的李时勉上疏皇帝，请求将《剪灯新话》列为禁书。《剪灯新话》虽为禁书，然因其故事有助谈资，故禁而不止，明清两代影响颇大，不仅仿作者众，而且其部分篇章被明清小说选本收录，甚至被改编成话本小说与戏曲。

《剪灯余话》完成于永乐十七年（1419），共四卷二十篇，后附《贾云华还魂记》。宣德八年（1433）张光启刻印时增入《至正妓人行》，故今传本为五卷二十二篇。作者李昌祺（1376—1451），名祯，以字行，另有侨庵、运甓居士等别号，庐陵（今江西吉安）人，永乐二年（1404）进士，预修《永乐大典》，由翰林院庶吉士擢礼部郎中，迁广西左布政使。永乐十七年（1419），李昌祺因过失被撤职，罚役房山，一年后赦免回京，洪熙元年（1425）重新起用为河南左布政使，正统四年（1439）告病致仕。李昌祺为人刚严方直，居官有政声，《明史》载其致仕后"家居二十余年，屏迹不入公府。故庐裁蔽风雨，伏腊不充"。且学问赅博，富于才情，著有诗文集《运甓漫稿》《客膝轩草》《侨庵诗余》等。

《剪灯余话》在篇名、题材、结构、情节和艺术手法上与《剪灯新话》亦步亦趋，是李昌祺"复爱之，锐欲效颦"之作（自序），故称"余话"。与《剪灯新话》相比，《剪灯余话》篇幅更长，如《贾云华还魂记》一文。这缘于李昌祺在小说中炫耀才学，追求词采华丽，故而小说中羼入大量诗词，使作品显得冗长、松散。《剪灯余话》故事多发生在元代或明初洪武年间，亦带有较强的时代色彩，如《长安夜行录》《武平灵怪录》《秋夕访琵琶亭记》等篇对元末的动荡和社会的黑暗多有反映。而《剪灯余话》最精彩的篇章是有关爱情婚恋的作品，如《鸾鸾传》《琼奴传》《芙蓉屏记》《凤尾草记》《秋千会记》《贾云华还魂记》等，皆曲折委婉、情节跌宕，同情和肯定青年男女追求幸福爱情的行为，表现出一定的反封建倾向。

《剪灯余话》出版后，有人将它与《剪灯新话》一论短长。如明孙绪《沙溪集》卷一三《杂著·无用闲谈》言："瞿宗吉与李昌祺所著《剪灯新话》《余话》，瞿笔路固敏劲，然剽窃者多，甚至全篇累行誊录。李虽用事险僻，少涉晦涩，要之皆其胸臆中语，非窃之他人也。……然则学术识见瞿不逮李远甚，世竟优瞿而劣李，其异于矮人观场者无几。"二者之优劣，仁者见仁。

《剪灯余话》对后世文学影响也颇大，其部分作品不仅被小说选本收录，还被改编成话本小说与戏曲；且其有关人鬼恋爱、狐妇的描写，如《胡媚娘传》等，开《聊斋志异》先河。

同《剪灯新话》的命运一样，作者李昌祺也因此书而不为当时正统势力所认同，不得入"乡贤祀学宫"，一部小说连累了"耿介廉慎"的李祯的清白。叶盛《水东日记》卷一四："景泰中，韩都御史雍以告之故老进列先贤祠中，祯独以尝作《剪灯余话》不得与。"明都穆《都公谈纂》云："景泰间，韩都宪雍巡抚江西，以庐陵乡贤祀学宫。昌祺独以作《余话》不得入。"明人王圻《稗史汇编》云："李布政昌祺，为人正直不阿，于才学亦赡淡少双，其作《剪灯余话》虽寓言小说，然多讥失节，有为而作也。同时诸老，多面交而心恶之。"

《剪灯新话》《剪灯余话》之后继者不乏其人，至万历年间，出现邵景詹《觅灯因话》。邵景詹，号自好子，始末不详。《觅灯因话》共二卷八篇。邵景詹在《觅灯因话小引》中借"客"之口说："是编可续《新话》矣。"然与《剪灯新话》《剪灯余话》之着重矜才炫怪与鬼神怪异相较，《觅灯因话》则意在劝诫，多记元明来遗闻琐事。其中部分小说，如《桂迁梦感录》《丁县丞传》等，鞭笞见利忘义之徒，显示出时代特征。《觅灯因话》各篇篇幅较短，文字朴素雅洁、顺畅自然，无堆砌诗词之病，较《剪灯新话》《剪灯余话》等具有更强的雅俗共赏特征。

二、宋懋澄《负情侬传》与《珠衫》

宋懋澄（1569—1620），字幼清，号稚源，华亭（今上海松江）人。[①]万历四十年（1612）举人，之后三赴南宫而不获，布衣终老，是明代后期有名的藏书家、诗文家及小说家。《九籥集》和《九籥别集》中共收有文言小说44篇，《刘东山》《葛道人传》《侠客》《海忠肃公》等篇皆脍炙人口，其中最有名、影响最大的是以爱情婚恋为题材的《负情侬传》与《珠衫》这两篇作品。

---

① 参见陆勇强：《宋懋澄生卒年考辨及其他》，《明清小说研究》2004年第3期。

　　《负情侬传》即以著名的杜十娘为主角的故事，是明万历年间盛传一时的社会新闻。小说讲述名妓杜十娘与李生欢好，杜十娘一心脱籍从良，而李生因资财耗尽无颜回家见父亲，把杜十娘转卖给新安商客，杜十娘悲愤交加，投江自尽。这篇小说塑造了一个勇于追求爱情、有胆有识而又刚烈的女性形象。士子与妓女题材自唐传奇以来就屡见不鲜，如《霍小玉传》《李娃传》等，《负情侬传》却颇有出新之处，它大大丰满了杜十娘这一女性形象，杜十娘在从良过程中是积极主动的，她抗拒鸨母的压力，迫使鸨母主动提出让她从良。她自己有足够的银子，但为考验李生，并没有和盘托出，而是在李生积极筹钱无门时，以他人名义拿出来。与李生归家时，杜十娘借姐妹之手馈赠给自己，准备到家时才拿出来；当得知李生把她转让他人时，她并没有把财宝拿出来让李生回心转意，而是带着千金财产投身滔滔江水。杜十娘最后虽然输给了传统社会中人们对妓女的偏见，输给了世俗的拜金主义，但她维护了自己的人格尊严。她的刚烈赢得了时人的理解和同情：杜十娘投江后，目击者"皆欲争殴新安人及李生"；宋懋澄则深慨杜十娘的贞烈行径，评价说："噫！若女郎，亦何愧子政所称烈女哉！虽深闺之秀，其贞奚以加焉！"认为杜十娘是最贞洁的，将她比成正史中的烈女。

　　《负情侬传》就艺术上来说，是明代传奇中独具成就的作品，虽处于明代"诗文小说"的大潮之中，但通篇没有一首诗词，干净利落，文笔简洁典雅，体现出宋懋澄深厚的古文功底。在情节的营造上，委婉曲折，悲喜相承，时出意料之外。小说中出场人物不少，但人物形象的塑造在有限的篇幅中并不显得单薄芜杂，而是通过语言、容颜、表情特征等细致入微的描写，塑造了不同的人物性格。如鸨母的无情，李生的懦弱、自私和不坚定，新安客的巧舌如簧，杜十娘的胆识和刚烈，皆栩栩如生。文章结尾，宋懋澄云：

　　　　余于庚子秋闻其事于友人。岁暮多暇，援笔叙事。至"妆毕而天已就曙矣"，时夜将分，困惫就寝，梦披发而其音妇者谓余曰："妾羞令人间知有此事。近幸冥司见怜，令妾稍司风波，间豫人间祸福。若郎君为妾传奇，妾将使君病作。"明日，果然。几十日而间。因弃置筐中。丁未，携家南归，舟中检筐稿，见此事尚存，不忍湮没，急捉笔足之，惟恐其复祟，使我更捧腹也。既书之纸尾，以纪其异；复寄

> 语女郎："传已成矣，它日过瓜洲，幸勿作恶风浪相虐。倘不见谅，渡江后必当复作。宁肯折笔同盲人乎？"时丁未秋七月二日，去庚子盖八年矣。舟行卫河道中，距沧州约百余里。不数日，而女奴露桃忽堕河死。

这样的结尾既是对前文的补充，丰富了杜十娘刚烈的性格；又充满神秘色彩，可谓虚中有实，实中有虚，加强了小说的虚构色彩。

《珠衫》则充满了市井色彩。小说写一楚商人到粤经商，其妻与新安客相通，两情欢好。新安客返乡，其妻以祖传珍珠衫相赠。后新安客与楚商人在旅舍相遇，言及情事，并以珠衫为证。楚商人归家休妻，其妻改嫁，楚商人把原嫁妆十六箱相赠。后楚商人误伤人命，审案官员即其妻之后夫。审案官员在妻子的苦苦哀求下，免去楚商人抵命之罪。后审案官员了解实情，见其夫妻旧情依在，令其团圆。但楚商人已再娶，即新安客之妻，原妻反为侧室。《珠衫》的主旨是揭示"天道太近"的因果报应思想，不如《负情侬传》情致深婉，但故事性强，情节更为曲折，叙述层次更清晰，语言简朴明快，且充满时代气息，反映了当时社会市民的新婚恋观、贞节观。在古代社会的女性礼教中，女性失节，特别是出于情欲而失节，是大罪，但楚商人得知自己妻子失节后不仅没有按照传统伦理宗法处罚妻子，反而在妻子再嫁时以嫁妆相赠，后来审案官员又让两人团圆。这种婚恋观和贞操观，显然反映了传统的三从四德和守节观已经逐渐失落，从而在某种程度上肯定了情欲，并以此为基础建立了一种新的道德观念。

《负情侬传》和《珠衫》对当时和后世文学都产生了极大影响，冯梦龙将其分别改编为《杜十娘怒沉百宝箱》与《蒋兴哥重会珍珠衫》，收入"三言"。由这两篇小说改编而成的戏剧作品更多，如郭彦深《百宝箱》传奇、夏秉衡《八宝箱》、梅窗主人《百宝箱》皆本之杜十娘故事；而袁于令《珍珠衫记》、柳氏《珍珠衫》、闲闲子《远帆楼》、叶宪祖《合香衫》等皆由珍珠衫故事改编而来。

三、《钟情丽集》与中篇传奇小说

明代传奇史的亮点是一批"中篇传奇小说"的出现，中篇传奇根据作品篇幅来划定，字数在一万字左右或以上都可归入其中，内容皆以男女情爱婚姻为主。自元代《娇红记》肇其端后，明代大致出现四十几部中篇传奇，如《贾云华还魂记》《钟情丽集》《怀春雅集》《三奇合传》《天缘奇遇》《花神三妙传》《刘生觅莲记》等。《钟情丽集》虽非杰出之作，但在中篇传奇史上有着重要的承上启下地位，它的问世打破了七十年来中篇传奇创作的沉寂，在其带动下，弘治至嘉靖间出现了中篇传奇创作的高潮。

《钟情丽集》成书于明成化末、弘治初，题"玉峰主人"著，明人多以为作者是邱濬，如张志淳《南园漫录》卷三《著书》曰，"观邱濬著《钟情丽集》，虽以所私拟元稹，而淫猥鄙俚，尤倍于稹"，后人一般认可此说，但也有异说。《钟情丽集》以单行本形式刊印后，为多种小说汇编及明清通俗类书所选录，如《国色天香》《绣谷春容》《万锦情林》、四种《燕居笔记》（何大抡、林近扬、余公仁、博古斋庚订）、《闲情野史》《一见赏心编》《风流十传》《花阵绮言》《艳异编》《艳情逸史》等。各选本之间出入颇大，以林近扬本《燕居笔记》所收较为完备。

《钟情丽集》承继《娇红记》的婚恋主题，高扬"钟情"之帜。辜生与瑜娘为了爱情，一个以死抗争，一个病入膏肓，他们不靠鬼神帮助，不凭中状元求得皇上主婚，而是凭借生死不渝之心感动祖姑，得其帮助而缔结良缘，将《娇红记》的悲剧结局改为喜剧。

与明代出现的反对理学、肯定情欲的思潮相符，《钟情丽集》肯定情欲，如瑜娘《喜迁莺》云："记得此去，早筑盟坛，共定风流策。也不难，愁更休烦梦，务要身亲经历。欲使情如胶漆，先使心同金石。"辜生《菩萨蛮》亦云："不缘色胆如天大，何缘得入天台界。"但他们强调爱情的忠贞是一男一女之间的至情，正如瑜娘所咏："百年伉俪兮一旦分张，覆水难收兮拳拳盼望。倘若不遂所怀兮死也何妨，正好烈烈轰轰兮便做一场。莫教专美兮待月西厢，何心偃仰兮苦恋时光。"辜生《钟情》赋亦高呼："誓此情兮，生死不渝；身虽异处，情非二途。"

之后的中篇传奇大体沿袭了《钟情丽集》大团圆的模式，但如《双卿笔记》《寻芳雅集》《花神三妙传》《天缘奇遇》《刘生觅莲记》等，皆放纵情欲，渲染享乐主义。因此可以说，自《娇红记》确立的一男一女的至情，至《钟情丽集》以后便结束了。

与一般传奇小说的文体相比，中篇传奇小说最明显的外在特征就是"诗笔"的大幅度增加，及因此而导致的篇幅极大增长。因为元明中篇传奇小说中"诗笔"所占比重之大，孙楷第断之曰："凡此等文字皆演以文言，多羼入诗词，其甚者连篇累牍，触目皆是，几若以诗为骨干，而第以散文联络之者。"并名之曰"不文不白之'诗文小说'"。①《钟情丽集》中，诗文在小说中的功用已日渐完善，成为有意识的文学行为。在与辜生论及《西厢记》《娇红记》时，瑜娘说：

> 与其景慕他人，孰若亲历自己？妾之遇兄，较之往昔，殆亦彼此之间而已。他日幸得相逢，当集平昔所作之诗词为一集，俾与二记传之不朽，不亦宜乎？

可见诗词见证了二人的爱情，与二人爱情的进展密不可分。同时，中篇传奇小说以主人公命名篇名的传统发生改变，诗文亦逐渐融入中篇传奇小说的情节、主题以及叙述中。

虽为"诗文小说"，但《钟情丽集》的文体在很大程度上表现出受说话叙事艺术影响的痕迹，出现类似说话人显身的情况。如《钟情丽集》中辜生初见瑜娘后因眷念之情而吟了二三十首诗，虽然此等文可谓"诗文小说"，但也不能全为诗文，故这二三十首诗不能尽录，此时叙述者插入："不克尽述，特揭其尤者，以传诸好事焉。"至于瑜娘与辜生暂别后瑜娘寄柬给辜生，曰："莫为蒲柳之姿，堕却云雷之志。"此时叙述人又插入："若此之言，非见理分明者，安能及此耶？但恨不见全篇以书记焉。"而且在叙述过程中还有以"那""盖""但见""正是"等引起的语句，这些语句与以往文言小说不同，在叙事中有如同说话人介入叙事进程一样的规范性。②这种情况在此后的中篇传奇中也普遍存在。因为这种俗化特征，时人也常把它们与话本等同视之。如《国色天香》《万锦情林》《燕居笔记》等通俗小说选本，既选录有传奇小说，又有话本小说。明人甚至将传奇小说称为话本，如中篇传奇小说《刘生觅莲记》中云："因至书坊，觅得话本，特与生观之。见《天缘奇遇》鄙之……见《荔枝奇逢》《怀春雅集》留之。"《天缘奇遇》《荔枝奇逢》《怀春雅集》等皆是传奇小说，在此则以"话本"称之。

---

① 孙楷第：《日本东京所见小说书目》，人民文学出版社1958年版。
② 参见（日）冈崎由美：《明代长篇传奇小说的叙事特征》，《'93中国古代小说国际研讨会论文集》，开明出版社1996年版。

四、《高坡异纂》等明代志怪与志人小说

志怪小说，在魏晋六朝成熟，发展至宋则达到极致。至明，志怪小说逐渐转变为以祸福报应寓劝惩的单一模式。因此，虽然明代笔记数量丰富，但总体而言，成就并不大，并未出现经典之作。较有影响者有杨仪《高坡异纂》、钱希言《狯园》、闵文振《涉异志》、都穆《谈纂》、陆粲《庚巳编》、徐桢卿《异林》、祝允明《志怪录》和《语怪》、郑仲夔《耳新》、王同轨《耳谈》等。

明代志怪小说，大多标榜实录，且叙述简略，故事情节荒诞。如杨仪《高坡异纂》三卷。杨仪，字梦羽，常熟（今江苏常熟）人。嘉靖五年（1526）进士及第，官至兵部郎中、山东按察副使等，所著有《高坡异纂》《螭头密语》《古虞文录》等。据《高坡异纂·自序》，杨仪早年不信志怪故事，后来多见怪异之事，始信之。该书所采故事，"或本于父老之真传，或即其耳目之睹记，凿凿皆有依据"，著书目的则是"著造物之难测，证古人之不诬"，与六朝志怪"明鬼神之不诬"传统一脉相承。"然书中所记，往往诞妄。如黄泽为元末通儒，赵访之所师事，本以经术名家，而仪谓刘基入石壁得天书，从泽讲授，直可谓齐东之语。至谓织女渡河，文曲星私窥其媟狎，织女误牵文曲星衣，上帝丑之，手批牵牛颊，伤眉流血，竟公然敢于侮天矣。小说之诞妄，未有如斯之甚者也。"[1]

此外，明代的志人小说也较多，但成就并不高，大体仿《世说新语》而有所拓展，内容并无新意。其中何良俊《何氏语林》最有影响。何良俊，字符朗，华亭（今属上海市）人。《何氏语林》三十卷，书名系因袭晋裴启《语林》，但体例、门目、风格则全拟刘义庆《世说新语》。书分三十八门，其中三十六门系依《世说新语》之旧，何良俊仅增"言志""博识"二门。全书采辑两汉至元代文人言行，凡二千七百余条，编者剪裁镕铸，极具简澹隽雅之致，颇得六朝小说之神韵。明代仿《世说新语》者，还有李绍文《明世说新语》、曹臣《舌华录》、焦竑《玉堂丛语》和《焦氏类林》、郑仲夔《兰畹居清言》等。晚明时期大量涌现仿《世说新语》体轶事小说，是当时社会崇尚名士的世风影响下的产物。

---

① 《四库全书总目提要》"《高坡异纂》"条。

第二节　清代的传奇小说

清代传奇小说，可以两个系列概括。第一个是效仿《虞初志》的张潮所辑《虞初新志》、郑醒愚所辑《虞初续志》、黄承增所辑《广虞初新志》等辑选系列，由明人辑选前人的小说名篇转向辑选时人的著述。第二个是以《聊斋志异》为代表的创作系列。

一、张潮与《虞初新志》

张潮（1650—1707），字山来，号心斋，歙县（今属安徽）人。康熙三十年（1691）以岁贡出任翰林院孔目，然性恬淡，不乐仕进，故实未出仕。张潮博学多识，诗词文曲皆有涉猎，著作有《心斋聊复集》《花影词》《幽梦影》《心斋杂俎》等。性嗜书，广泛搜藏天下之书，并编刻《昭代丛书》《檀几丛书》以推广。

张潮《虞初新志》的编纂，据《自序》和《总跋》，初成于康熙二十二年（1683），后不断有增补，康熙三十九年（1700）方付梓出版，共二十卷。《虞初新志》继明代《虞初志》而来。虞初，西汉人，《汉书·艺文志》著录《虞初周说》九四三篇，今不存。《文选·西京赋》张衡云："小说百家，本自虞初。"后世称虞初为小说之祖。《虞初志》为明代文言小说选集，编者不详，除卷一所收梁吴均《续齐谐记》外，其余都为唐代作品，《柳毅传》《周秦行记》《莺莺传》《任氏传》等传奇名篇俱在列。该书所选作品小说性强，情文并茂，具有代表性，所以风靡一时，袁宏道、汤显祖、屠隆、李贽等都对其名篇进行评点，仿作、续作不断涌现，明代就有汤显祖《续虞初志》和邓乔林《广虞初志》，前者所收为《虞初志》之外的唐传奇，后者为广汤氏之作，所收除明代《中山狼传》外，其余的亦都为前代的传奇小说。

《虞初新志》与以往"虞初"系列相比，有很大的创新。首先体现在所选均为时人作品，亦即"事多近代""文多时贤"。其次，所选大部分非单篇流传的传奇，而是出自文集、笔记、文选本、总集以及手稿本等。作者中既有文坛宿儒，亦有名不见经传之士，扩大了编选来源。再次，张潮完善了编选体例。《虞初志》等皆不注出处和撰人姓名，张潮对于可考的作品尽量标出作者名号、籍贯、出处，有较强的文献意识，而且在《凡例》里对本书的编选内容、思路、体例作了详细的介绍，使读者能够对书的全貌有大致的了解。

《虞初新志》所选既有小说、游记散文，也有杂记、随笔等，反映了张潮小说观的广泛，虽不能算是严格的小说选集，但收入了清初大部分比较优秀的传奇小说，颇能反映清初传奇小说创作的概貌。有一些传奇描述委曲细腻，颇有唐传奇风韵，正如张潮《虞初新志·序》所言"事奇而核，文隽而工，写照传神，仿摹毕肖"，如魏禧《大铁椎传》、吴伟业《柳敬亭传》、陆次云《圆圆传》、王晫《看花述异记》、黄周星《补张灵、崔莹合传》等。

《虞初新志》在内容和艺术特征上主要体现出三个特点。

第一，"事多近代""文多时贤"，有鲜明的时代特色。明末清初朝代更替，社会动荡不安，人性表现也在分化。一方面，小说描绘了明王朝自上而下的腐败、暴戾，忠臣义士报国无门，才杰之士沦落风尘，追思了明朝灭亡之因。如《姜贞毅先生传》《五人传》《盛此公传》等。另一方面，反映了清兵入关，烧杀抢掠，老百姓妻离子散、家破人亡的惨状。如《宝婺生传》《书戚三郎事》。此外，清兵入关，一些趋炎附势之徒降清，然有很多正直之士或以身殉国，或拒绝与清廷合作，并用笔表达自己的黍离之悲，曲折地表达对变节之人的鞭挞，因此作品强调"忠""义"与"孝"。然而清代文网严密，小说作者常将"忠""义"与"孝"的主题寄托于异物身上，如《象记》一篇，借象不屈新朝的隐喻，赞扬了绝不仕清的悲壮行为。还有《义犬记》，文后议论曰："夫人孰不怀忠，而遇变则渝，孰不负才，而应猝则乱。"感慨人不如犬。

第二，题材广泛，把视角更多地投向普通民众。如江湖侠客、杂伎艺人、手工业者、樵夫、酒保，甚至乞丐、娼妓等，打破了唐传奇主角多文人士子的传统，这在小说题材上是一个进步，体现了作者创作视角的转变，即正视下层人民的技艺和他们的高尚品格。在清初特殊的社会和时代环境下，文人们通过描写这些下层人民的特殊技艺、高尚品格，来表达对他们才能的欣赏敬佩之情，通过贤人的不得志及顽强的精神，体现对社会现实的不满。如张潮所言"鄙人性好幽奇，衷多感愤，故神仙英杰，寓意四怀，外史奇文，写心一启"。评《卖酒者传》曰："自古异人，多隐于屠沽中。"评《鲁颠传》曰："世人谓颠为颠，吾知颠必以世人为颠，则谓颠非倒卧而世人为倒卧，亦无不可。"这些贤人的不得志，说明世道的不公，如评《耕云子传》曰："古无神仙，非无神仙也，耕田凿井，含哺鼓腹，夫人而神仙也。古无异人，何以异于人哉，尧舜与人同耳。然则神仙异人之有，其于中古乎？读此可以知世变矣。"

第三，由于作者多为学者和诗文大家，作为优秀的古文作者，他们把古文的写作手法应用到写小说上。将古文手法应用于小说兴起于明后期，一批古文家在遵循实录的标准下，以时人为叙事对象，叙事语言向质朴的古文靠拢，因此传记类传奇小说的创作兴起，如宋懋澄将小说置于文集《九籥集》中，名曰"稗编"。这股思潮一直延续到清初。张潮编集《虞初新志》时，一个重要标准就是"事奇而核"，所选的人物传记大多为真人真事，如《姜贞毅先生传》《徐霞客传》《柳敬亭传》《冒姬董小宛传》《圆圆传》《八大山人传》等，篇目多用"传"或"记"。传奇小说的古文化表现在语言上的古朴典雅和叙事上的简洁凝练，颇具有传记文学的风格。如彭士望《九牛坝观抵戏记》第一段：

> 树庐叟负幽忧之疾，于九牛坝茅斋之下。戊午闰月除日，有为角抵之戏者，踵门告曰："其亦有以娱公。"叟笑而颔之，因设场于溪树之下。密云未雨，风木泠然，阴而不燥。于是邻幼生周氏之族之宾之友戚，山者牧樵，耕者犁犊，行担簦者，水浮楫者，咸停释而聚观焉。

叙事简洁，节奏感强，短短几行，把故事发生的时间、背景、人物等皆交代明白，故张潮评曰："前段叙事简净，后段议论奇辟。"由于《虞初新志》的风行，这种古文化的传奇小说进而影响到古文家的创作，因此古文家汪琬在《跋〈王于一遗集〉》中叹曰："至于今日，则遂以小说为古文词矣。太史公曰：'其文不雅驯，缙绅先生难言之。'夫以小说为古文词，其得谓之雅驯乎？夜与武曾论朝宗《马伶传》、于一《汤琵琶传》，不胜叹息，可知此病久中于艺林矣。"正反映了这种古文化传奇小说的盛行。

《虞初新志》甫一问世，就受到世人重视和好评，书坊纷纷翻刻，传播很广，人称"山来张先生辑《虞初新志》，几于家有其书矣"（《虞初续志·序》）。而其编选体例也影响后来的编选者，形成"虞初"系列。如郑醒愚《虞初续志》、胡怀琛《虞初近志》、王葆心《虞初支志》、黄承增《广虞初新志》、姜泣群《虞初广志》等多从文集、传记里辑小说。1986年上海书店出版《虞初志合集》，在《出版说明》中提到张潮首创之功，认为继《新志》之后"连续出现的《虞初》诸书，无一不依张潮的模式"。

二、蒲松龄与《聊斋志异》

蒲松龄画像

蒲松龄（1640—1715），字留仙，又字剑臣，别号柳泉居士，世称聊斋先生，山东淄博人。出身书香之家，祖父辈功名不遂，其父弃儒从商，小有资财，后家道中落。蒲松龄少有文名，崭露头角，但却久困场屋，44岁援例补廪膳生，康熙四十九年（1710），已70岁高龄的他还到青州参加考试，成为贡生，一生执着于科举考试。在长达四十多年时间里，蒲松龄"以穷诸生授举子业，潦倒于荒山僻隘之乡"（蒲立德《聊斋志异跋》），在缙绅家设馆授徒，维持家人的生活。所幸的是，蒲松龄坐馆时宾主相得，在毕际有家坐馆长达三十余年，建立起深厚的情谊，并结识了不少官宦和名流，如唐梦赉、高衍、王士禛、朱湘等，他们都是蒲松龄的文学知音，给蒲松龄以极高礼遇。这对怀才不遇、生活困窘的蒲松龄来说，无疑是灰暗生活中的一点亮色。

蒲松龄能诗善文，1962年路大荒整理的《蒲松龄集》出版，收有诗、词赋、骈文、散文、俚曲、楹联等120多万字，然给他身后带来巨大声誉的则是文言小说巅峰之作《聊斋志异》。《聊斋志异》创作时间跨越少年到老年，可谓蒲松龄一生心血的结晶。故事来源广泛，既有自己的经历与见闻，也有亲朋友人提供的故事，"四方同人，又以邮筒相寄"是也；有些改编自前代小说或笔记；有些则是作者在现实基础上的虚构。蒲松龄生前困窘，无力将小说刊刻成书，其小说最早以传抄形式流传，去世后流传愈广。他逝世半个世纪后的乾隆三十一年（1766），赵起杲、鲍廷博据抄本编成16卷本《聊斋志异》刊刻行世，世称青柯亭本。之后各种版本不断出现。①

《聊斋志异》体裁内容驳杂，既有志怪，亦有传奇，纪昀讥其"一书而兼二体"，鲁迅称之为"拟晋唐小说"。据统计，《聊斋志异》中笔记体小说约有296篇，传奇体小说约有195篇。②全书思想水平和艺术水平不均衡，但传奇小说是《聊斋志异》的精华部分，对后世文学影响最深。

（一）《聊斋志异》的内容主题

就内容来说，突出体现在如下三点。

第一，对怀才不遇而又把终身理想寄托在科举考试的蒲松龄来说，使他最为"孤愤"的无疑是科举制度的腐败，因此《聊斋志异》中，不少小说描绘了科举制度的腐败及其给文人带来的伤害。《素秋》《神女》等篇揭露科场营私舞弊、贿赂公行的丑态。《司文郎》《考弊司》《于去恶》《叶生》等篇讽刺考官昏庸、良莠不分。而科举制度使部分文人心理扭曲，卑琐无耻，也造成世风日下，人们情感淡漠。如《王子安》写王子安久困场屋，一日大醉，梦见自己被钦点翰林，就欲"出耀乡里"，作威作福。《续黄粱》中的曾孝廉高捷南宫后意气扬扬，梦中成了宰相，却擅作威福，"荼毒人民，奴隶官府，扈从所临，野无青草"。这些士子在科举制度的毒害下成为利欲熏心之徒。《王子安》中形容了举子入场闱前后的委琐和悲惨之相，读之令人心酸：

> 秀才入闱，有七似焉：初入时，白足提篮，似丐。唱名时，官呵隶骂，似囚。其归号舍也，孔孔伸头，房房露脚，似秋末之冷蜂。其出场也，神情惝怳，天地异色，似出笼之病鸟。迨望报也，草木皆惊，梦想亦幻。时作一得志想，则顷刻而楼阁俱成；作一失志想，则瞬息

---

① 《聊斋志异》版本繁多，现存的版本可分为手稿本、抄本、刻本、评注本、三会本等。手稿本为蒲松龄亲笔，存第一、四、五、十卷及第二、三、九、十一卷的一部分，有1995年北京文学古籍刊行社影印本。现存抄本十二卷，有1974年上海人民出版社影印本、1997年上海古籍出版社排印本。铸雪斋抄本不仅保存了稿本的原貌，分卷也与作者原定卷数相同。现存最早的刻本为乾隆三十一年青柯亭刻本，共十六卷，此本对《聊斋志异》的传播起到较大的作用。评注本有吕湛恩注本、何垠注本、冯镇峦评本等；而张友鹤会校会注会评本（即三会本，1962年中华书局上海编辑所排印本、1978年上海古籍出版社排印本）收小说491篇，是收录最多的一个本子。

② 石昌渝：《中国小说源流论》，生活·读书·新知三联书店1994年版，第213页。

而骸骨已朽。此际行坐难安，则似被絷之猱。忽然而飞骑传人，报条无我，此时神色猝变，嗒然若死，则似饵毒之蝇，弄之亦不觉也。初失志，心灰意败，大骂司衡无目，笔墨无灵，势必举案头物而尽炬之；炬之不已，而碎踏之；踏之不已，而投之浊流。从此披发入山，面向石壁。再有以"且夫""尝谓"之文进我者，定当操戈逐之。无何，日渐远，气渐平，技又渐痒，遂似破卵之鸠，只得衔木营巢，从新另抱矣。如此情况，当局者痛哭欲死，而自旁观者视之，其可笑孰甚焉。

但蒲松龄仅仅把矛头指向科场的弊端以及命运的不济，并没有意识到造成这种现象的深层原因，没有怀疑科举制度本身。

第二，蒲松龄的"孤愤"还体现在《聊斋志异》诸多篇章揭露和批判现实社会的黑暗，富有现实意义。如《促织》写皇上因一己之乐，造成百姓家破人亡，蒲松龄最后提出："天子偶用一物，未必不过此已忘；而奉行者即为定例。加之官贪吏虐，民日贴妇卖儿，更无休止。故天子一跬步皆关民命，不可忽也。"《席方平》中席方平阴魂到地府为父申冤，但仇人用钱贿赂阴间官吏，致使席父和席方平在阴间饱受折磨，反映了现实社会"钱能通神"的腐败吏治。《梦狼》则通过寓言式的梦境，揭露了"天下之官虎而吏狼者，比比也。即官不为虎，而吏且将为狼，况有猛于虎者耶"的本质。再如《公孙九娘》《潞令》《红玉》《梅女》诸篇无不如是，所以郭沫若在为蒲松龄故居题联时，赞其"刺贪刺虐入骨三分"。

第三，"书中自有千钟粟，书中自有颜如玉，书中自有黄金屋"的理想在现实社会中无法实现，蒲松龄把希望寄托在"青林黑塞间"，到非现实世界中向鬼狐去寻求知音和慰藉，从"人生所重者知己"的观念出发，宣扬真情。《聊斋志异》有一百多篇爱情婚恋故事，也是写得最为精彩的篇章。其中有如《瑞云》《乔女》这些世俗的爱情，更多的则是书生、文人与花妖狐魅之间发生的故事。这些花妖狐魅能够识男性主人公于"尘埃"之中，与主人公相知相惜，充当了伯乐、知己、爱人、家庭主妇的角色。如《红玉》中的狐女红玉，既为所爱者收养孤子，又帮他重振家业，是"非特人侠，狐亦侠也"的狐侠。而女鬼聂小倩原受妖物驱遣，用金钱和美色祸害生人，遇到宁采臣后，为他的正直所感动，主动告诉实情，帮助宁采臣杀灭妖物，并主动追随宁采臣到家，操持家务，侍奉宁母，最终取得宁母的信任和谅解（《聂小倩》）。无论是人与狐、人与鬼、人与仙，还是人与花木鸟禽精灵的爱情，蒲松龄都写得非常优美，把异性之情上升到知己之情。

（二）《聊斋志异》的艺术特征

《聊斋志异》之所以风靡，和它的艺术特征有莫大的关系，鲁迅先生《中国小说史略》有相当集中的概括："《聊斋志异》虽亦如当时同类之书，不外记神仙狐鬼精魅故事，然描写委曲，叙次井然，用传奇法，而以志怪，变幻之状，如在目前；又或易调改弦，别叙畸人异行，出于幻域，顿入人间；偶述琐闻，亦多简洁，故读者耳目，为之一新。"

第一，《聊斋志异》描绘了一个丰富多彩的花妖狐魅世界。《聊斋志异》主人公多为异类，但蒲松龄把人的性格与花妖狐魅的原型特征完美结合，以人的形神、性情为主体，将异类的属性特征融入或附加在其身上。如《绿衣女》中的蜂精，"绿衣长裙，婉妙无比"，而"腰细殆不盈掬"，唱曲时，"声细如蝇，裁可辨认。而静听之，宛转滑烈，动耳摇心"。与蜜蜂特征相符，故但明伦评曰："写色写声，写形写神，俱从蜂曲曲绘出。"白秋练是鱼精，每餐必须加少许湖水（《白秋练》）。花姑子是香獐精，所以身上有香气（《花姑子》）。而在故事进展过程中或者行文将结束的时候，又点出异类的来由或属性，形成"使花妖狐魅，多具人情，和易可亲，忘为异类，而又偶见鹘突，知复非人"（鲁迅《中国小说史略》）的艺术美感。

第二，《聊斋志异》内容虽不离志怪，但较之六朝以至明末志怪的简略而言，蒲松龄采用传奇笔法，使故事曲折有致，波澜起伏，引人入胜，富有想象力，亦即"出于幻域，顿入人间"。冯镇峦《读聊斋杂说》称《聊斋志异》为"史家列传体"，但记人叙事"似幻似真"，情节曲折而富于变化，"铺排安放，变化不测"（冯镇峦《读聊斋杂说》）。如《促织》《娇娜》《青凤》《胭脂》《宦娘》等皆情节曲折，一波三折，扣人心弦。

第三，《聊斋志异》的成功也缘于其典雅洗练而又生动平易的语言。就总体而言，《聊斋志异》的语言基本保持传统文言特征，"或探源左、国，或脱胎韩、柳，奄有众长，不名一格。视明代之摹拟秦汉以为高古，矜尚神韵，掉弄机灵者，不啻小巫见大巫矣。即骈四俪六，游戏谐噱之作，亦能出入齐梁，追蹑庾、鲍，不为唐以下儇佻纤仄之体"（王士禛《〈聊斋全集〉序》）。《聊斋志异》语言的古文特

第七章　传奇志怪小说

征，首先表现在它杂有骈文、诗词、对联等诗化文体。如《续黄粱》中龙图学士包拯弹劾曾孝廉的疏，《胭脂》的判词，《连琐》《白秋练》《公孙九娘》等篇中的诗。其次，书中的叙事语言也颇具古文化色彩。如写景，"见长莎蔽径，蒿艾如麻。时值上弦，幸月色昏黄，门户可辨。摩挲数进，始抵后楼。登月台，光洁可爱，遂止焉。西望月明，惟衔山一线耳"（《狐嫁女》）；"细视星嵌天上，如莲实之在蓬也，大者如瓮，次如瓿，小如盎盂……拨云下视，则银海苍茫，见城廓如豆……"（《雷曹》），一如古文。特别是写人之小说，叙事多如史传，如《续黄粱》等。再次是《聊斋》中用典丰富而切当。如《叶生》中，"文章词赋，冠绝当时"的叶生与丁公对话："公一日谓生曰：'君出余绪，遂使孺子成名，然黄钟长弃，奈何！'生曰：'是殆有命，借福泽为文章吐气，使天下人知半生沦落，非战之罪也，愿亦足矣。'""黄钟长弃"用《楚辞·卜居》"黄钟毁弃，瓦釜雷鸣"典，"非战之罪也"用《史记·项羽本纪》项羽自解失败典。《仙人岛》中"黄鸟、黄鸟，无止于楚"，《凤仙》"今夕何夕，见此凉人"与"子兮子兮，如此凉人何"，皆用《诗经》典故。但蒲松龄并不一味追求小说语言的文言化，而是适度融入口语，增强表现力。如《翩翩》的一段对话："一日，有少妇笑入，曰：'翩翩小鬼头快活死。薛姑子好梦几时做得？'女迎笑曰：'花城娘子，贵趾久弗涉，今日西南风紧，吹送也。小哥子抱得未？'曰：'又一小婢子。'女笑曰：'花城娘子瓦窑哉！那弗将来？'曰：'方鸣之，睡却矣。'于是坐以款饮。又顾生曰：'小郎君焚好香也。'生视之，年廿有三四，绰有余妍，心好之。……城笑曰：'而家小郎子，大不端好。若弗是醋葫芦娘子，恐跳迹入云霄去。'女亦哂曰：'薄幸儿，便值得寒冻杀！'相与鼓掌。花城离席曰：'小婢醒，恐啼肠断矣。'女亦起曰：'贪引他家男儿，不忆得小江城啼绝矣。'"此段人物对话，口语化色彩极浓，生动再现了小女子相互打趣的生活场景。同时，以传奇为主的《聊斋志异》，又杂入笔记体性质的小说，"叙事简净，用笔明雅"（冯镇峦《读聊斋杂说》），如此，笔记与传奇合理搭配，巧妙组合，相辅相成，相得益彰。《聊斋志异》的这种体制在以前的文言小说中十分罕见，"一书而兼二体"的形式使《聊斋志异》为"通人"与"俗人"两个文化阶层的读者所喜欢。

除此之外，《聊斋志异》在环境烘托、细节运用、心理描写等方面皆有突出的表现，因此在纪昀对《聊斋志异》的"一书而兼二体"提出非议，并撰《阅微草堂笔记》以相抗衡之前，《聊斋志异》已在社会上产生了强烈的影响。

三、沈复与《浮生六记》

因为名士习性，清代出现不少自传体小说，如清初冒辟疆《影梅庵忆语》，嘉庆间陈裴之《香畹楼忆语》、沈复《浮生六记》，道光、咸丰年间蒋坦《秋灯琐忆》，近代余其锵《寄心琐语》等。这些小说都是作者对人间至情的追忆。其中冒辟疆《影梅庵忆语》是开山之作，而沈复《浮生六记》则成就最高。

沈复（1763—? ），字三白，号梅逸，元和（今江苏苏州）人。沈复以习幕经商为业，但能诗善画，作品多散佚。夫人陈芸，字淑珍，才思隽秀，与沈复同岁，系青梅竹马的表姐弟，二人成亲后伉俪情笃。《浮生六记》原是沈复对其亡妻的回忆录。书名取义于李白《春夜宴季弟桃李园序》"浮生若梦，为欢几何"句，原有《闺房记乐》《闲情记趣》《坎坷记愁》《浪游记快》《中山记历》《养生记道》六篇，今仅存前四篇。

沈复并非文士，写此书，"上不为名山之业，下不为富贵的敲门砖，意兴所到，便濡毫伸纸，不必装点，不知避忌……无酸语、赘语、道学语"（俞平伯《重刊〈浮生六记〉序》）。全书采用第一人称叙事视角。前三记追忆沈复和陈芸生前"实情实事"（沈复《浮生六记》卷一《闺房记乐》），以细节片段为描述中心，通过对夫妻二人情爱、情趣、相思和家庭变故等生活琐事的追忆，采用今昔对比方法对比了过去的快乐与现在的苦闷，表现了沈复对妻子的深切怀念。后一记写作者浪游各地的闻见。特别是沈复与陈芸俱是适情纵性之人，故二人行迹多有与封建礼法冲突之处，"对于个性自由与封建礼法之冲突，往往如实反映，跃然纸上，有似弦外之音，实题中之正义"（俞平伯《德译本〈浮生六记〉序》）。如《闺房记乐》中对新婚之夜的记载："遂与比肩调笑，恍同密友重逢。戏探其怀，亦怦怦作跳。因俯其耳曰：'姊何心春乃尔耶？'芸回眸微笑，便觉一缕情丝摇人魂魄；拥之入帐，不知东方之既白。"大胆描述中见出赤子情怀。《浮生六记》的思想意义正体现于此。此外，在生活琐事的记载中，也抒发了沈复对养花莳草、饮食起居，以及游览山水园林的体会和心得，显示出不同凡俗的美学观念。

自林语堂将《浮生六记》译成英文之后，又有法、日、德、俄、捷克文等多种译本问世，产生了世界性的影响。

第三节　清代的志怪小说

清代志怪小说的发展，是文言小说最后的辉煌，出现了许多成就较高且特色鲜明的小说集。这些特色鲜明的志怪小说集，一方面体现出作者个体的价值取向，如"才子书"《聊斋志异》与"著述者之笔"《阅微草堂笔记》的区别；另一方面烙有很深的社会政治与思潮的印记，如清朝统治者实行严酷的文化政策，使志怪小说"谈虚无胜于言时事"（和邦额《夜谭随录·自序》）。

大体而言，清代的志怪小说出现三种类型：第一类是回归六朝志怪传统，以搜奇志异为主，间杂俳谐，如东轩主人《述异记》、陆圻《冥报记》、袁枚《子不语》等；第二类是适应清代考据学的发展，小说多羼入考证等学者化特征，如徐岳《见闻录》、纪昀《阅微草堂笔记》、许仲元《三异笔谈》等；第三类是在小说中炫耀才情与融合说理者，如俞樾《右台仙馆笔记》等。

一、袁枚与《子不语》

袁枚（1716—1798），字子才，号简斋，晚年自号仓山居士，钱塘（今浙江杭州）人。乾隆四年（1739）进士，为官有政声。后辞官归隐，居南京随园，世称随园先生。袁枚为人豪放风流，曾自称"好味，好色，好葺屋，好游，好友，好花竹泉石，好珪璋彝尊、名人字画，又好书"（《小仓山房诗文集·续文集》卷二九《所好轩记》）；其思想行为与传统礼教颇有抵牾，常遭传统文人诟病。

袁枚《子不语》书名源自《论语·述而》"子不语怪、力、乱、神"，后袁枚见元人说部有雷同者，改为《新齐谐》，但后人仍喜用《子不语》之名，书凡24卷，续10卷。袁枚《序》称："文史外无以自娱，乃广采游心骇耳之事，妄言妄听，记而存之，非有所惑也。"又称："《子不语》一书，皆莫须有之事，游戏谰言，何足为典要，故不录作者姓名。"（《答杨笠湖》）书上又自题"随园戏编"四字，可见袁枚撰写此书颇有游戏意味，鲁迅先生故称"然过于率意，亦多芜秽，自题'戏编'，得其实矣"（《中国小说史略》第二十二篇）。然书中亦有很多精华和独特之处。

就艺术特色而言，袁枚称"《聊斋志异》殊佳，惜太敷衍"（《子不语·自序》），

○ 明清小说分类选讲

·216·

因此舍《聊斋志异》描述委曲的审美趣味，代之以传统笔记的简略雅洁，形成"屏去雕饰，反近自然"（鲁迅《中国小说史略》第二十二篇）的审美趣味，堪与以遣词胜的《聊斋志异》、以说理胜的《阅微草堂笔记》在清代文言小说中鼎立而三。特别是《子不语》，常在严肃的叙述中杂以幽默和诙谐，亦庄亦谐，使人忍俊不禁。如卷三《李半仙》《空心鬼》《炼丹道士》，卷一一《医妒》《真龙图变假龙图》，用一些诙谐的趣语揭示故事的主题，使人于一笑之中领悟深刻的道理。

《子不语》虽"广采游心骇耳之事，妄言妄听，记而存之"（袁枚《子不语序》），叙事回避现实，但在一定程度上也对现实进行了揭露与批判。如《平阳令》《莆田冤狱》《妓仙》《江都某令》等篇，借虚无刻画了不少官吏的丑恶嘴脸，揭露了官场黑暗。如作者在卷十六《阎王升殿先吞铁丸》中借判官之语批判了这些"独食人肉""食千万人之膏血"的贪官们鱼肉百姓的罪行。又如《地藏王接客》《科场二则》等篇，特别是《秀民册》，作者借王者吟曰："一第区区何足羡，贵人传者古无多"，否定了科举制度选取人才的标准。

又因为袁枚个人情性，《子不语》也包含有反理学和封建礼教的色彩，展现了肯定情欲、追求个性解放的思想。如《狐道学》嘲讽了那些"口谈理学，而身作巧宦者"的假道学。如《石某》《羞疾》《全姑》《小英》等篇，批判了传统社会的"以理杀人"。《妓仙》借妓仙之口表明"惜玉怜香而心不动者，圣也；惜玉怜香而心动者，人也；不知玉，不知香，禽兽也"。《清凉老人》称："男欢女爱，无遮无碍。一点生机，成此世界。俗士无知，大惊小怪。"说明情欲乃人之天性，不能扼杀，借此批判理学家所标榜的"存天理去人欲"。

此外，袁枚《与裘叔度少宰》自谓《子不语》"专记新鬼"（《小仓山房尺牍》卷二），但主要体现了人不怕鬼、人可胜鬼的思想。书中塑造了一系列斥鬼、赶鬼、打鬼、捉鬼的人物形象，如卷一《蔡书生》、卷二《叶老脱》《鬼畏人拼命》、卷四《陈清恪公吹气退鬼》《鬼有三技过此鬼乃穷》、卷五《捉鬼》、卷六《钉鬼脱逃》、卷九《治鬼二妙》、卷十五《鬼宝塔》《油瓶烹鬼》等，讲述了邪不压正的道理。

二、纪昀与《阅微草堂笔记》

清代朴学，特别是乾嘉学派兴起，"考证学统一学界"（梁启超《清代学术概论》)。志怪小说的创作受到相应的影响，特别是部分志怪小说的作者本以治朴学为业，因此不少志怪小说从内容形式到审美特征上都体现出鲜明的学者化倾向，形成与以《聊斋志异》《子不语》为典范的叙事体志怪相鼎足的著述体志怪小说。如纪昀对《聊斋志异》的"才子之笔"颇有微词，作为反拨，纪昀以"著述者之笔"创作了《阅微草堂笔记》。

纪昀（1724—1805），字晓岚，一字春帆，晚号石云，直隶献县（今河北献县）人。乾隆十九年（1754）进士，历官左都御史，兵部、礼部尚书，协办大学士等，卒谥文达。纪昀学宗汉儒，先后参与《热河志》《历代职官表》《河源纪略》《八旗通志》诸书的编写，影响最大者是其任总纂修官编纂的《四库全书》及主持写定的《四库全书总目提要》200卷。

《阅微草堂笔记》是纪昀晚年遣兴之作，自乾隆五十四年（1789）至嘉庆三年（1798）陆续写成，包括《滦阳消夏录》6卷，《如是我闻》《槐西杂志》《姑妄听之》各4卷，《滦阳续录》6卷，共24卷1000余则。嘉庆五年（1800）他的门人盛时彦将上述作品合刊印行，总名《阅微草堂笔记五种》，后通称《阅微草堂笔记》。

就思想内容看，《阅微草堂笔记》"不乖于风教"（《阅微草堂笔记·姑妄听之》小序），盛谈因果报应，宣扬封建伦理道德，但也多有批判现实之笔。如卷一《老学究》对当时为科考而读书的批判：

> 爱堂先生言：闻有老学究夜行，忽遇其亡友。学究素刚直，亦不怖畏，问："君何往？"曰："吾为冥吏，至南村有所勾摄，适同路耳。"因并行。至一破屋，鬼曰："此文士庐也。"问："何以知之？"曰："凡人白昼营营，性灵汩没，惟睡时一念不生，元神朗澈，胸中所读之书，字字皆吐光芒，自百窍而出。其状缥缈缤纷，烂如锦绣。学如郑、孔，文如屈、宋、班、马者，上烛霄汉，与星月争辉。次者数丈，次者数尺，以渐而差。极下者亦荧荧如一灯，照映户牖。人不能见，惟鬼神见之耳。此室上光芒高七八尺，以是而知。"学究问："我读书一生，睡中光芒当几许？"鬼嗫嚅良久曰："昨过君塾，君方昼寝，见君胸中高头讲章一部，墨卷五六百篇，经文七八十篇，策略三四十篇，字字化为黑烟，笼罩屋上。诸生诵读之声，如在浓云密雾中。实未见光芒，不

敢妄语。"学究怒叱之，鬼大笑而去。

在艺术上，《阅微草堂笔记》最明显的特征是"著述者之笔"，盛时彦对此多有所阐发，道："辨析名理，妙极精微，引据古义，具有根柢，则学问见焉。叙述剪裁，贯穿映带，如云容水态，迥出天机，则文章亦见焉。……夫著书必取熔经义，而后宗旨正；必参酌史裁，而后条理明；必博涉诸子百家，而后变化尽。譬大匠之造宫室，千楹广厦，与数椽小筑，其结构一也。故不明著书之理者，虽诂经评史，不杂则陋；明著书之理者，虽稗官脞记，亦具有体制。"（盛时彦《阅微草堂笔记·〈姑妄听之〉跋》）简单点说，"著述者之笔"有三种表现，即把学术思想融入小说中，把学术范畴的考据方法引入小说，使小说的创作从传奇的虚构回归晋宋的实录，力图使小说有"资考证"的功用。如卷十六《河中寻兽》条：

> 沧州南，一寺临河干，山门圮于河，二石兽并沉焉。阅十余岁，僧募金重修，求二石兽于水中，竟不可得。以为顺流下矣，棹数小舟，曳铁钯，寻十余里，无迹。一讲学家设帐寺中，闻之笑曰："尔辈不能究物理，是非木本柿，岂能为暴涨携之去？乃石性坚重，沙性松浮，湮于沙上，渐沉渐深耳。沿河求之，不亦颠乎？"众服为确论。一老河兵闻之，又笑曰："凡河中失石，当求之于上流。盖石性坚重，沙性松浮，水不能冲石，其反激之力，必于石下迎水处啮沙为坎穴，渐激渐深，至石之半，石必倒掷坎穴中。如是再啮，石又再转，再转不已，遂反溯流逆上矣。求之下流，固颠；求之地中，不更颠乎？"如其言，果得于数里外。然则天下之事，但知其一不知其二者多矣，可据理臆断欤？

正因此，在当时朴学盛行的学界，大部分学者认为《阅微草堂笔记》远胜《聊斋志异》。《阅微草堂笔记》甫出即在书肆刊行，使模仿《聊斋志异》者大为减少。

三、俞樾与《右台仙馆笔记》

志怪小说的殿军是俞樾创作的《右台仙馆笔记》，共16卷。据俞樾《春在堂全书录要》交代，《右台仙馆笔记》乃步武纪昀《阅微草堂笔记》之作，皆杂记所闻所见。俞樾（1821—1907），浙江德清人，著名朴学大师，一生勤于笔耕，著述五百余卷。《右台仙馆笔记》是俞樾为数不多且可读性极强的文言小说代表作。

就艺术趣味而言，《右台仙馆笔记》并没有脱离传奇志怪之旨。俞樾以朴学名家，小说著述追随纪昀"著述者之笔"，体现出强烈的学者化特征，但编选过《东瀛诗选》的俞樾，文学修养亦不俗，因而他的文言小说也融贯了极强的文学性。因为这两方面的特征，《右台仙馆笔记》成为"古小说"的殿军之作。其成就主要表现在如下三方面。

首先，许多作品篇幅较长、情节委曲，具有传奇色彩。俞樾的很多小说情节委曲，充满传奇韵味。《右台仙馆笔记》卷十第十七则，近2 000字，叙写了一个有情有礼的狐仙家庭，可为俞樾此类故事代表。这则故事颇有传奇色彩，狐仙的来临、与主人的交往都写得非常细腻，且多有细节描写，如颖姑与夫人的交往，夫人为颖姑缠足等，写出人与异类和平相处的浓浓情意。俞樾还将人类社会的风习映射到异类，如狐仙社会也缠足，女性不见男性等，这亦是俞樾"敦礼"妇女观的体现。同时，在这篇小说中，俞樾还揭示出人与自然之间关系紧张的原因：小说中，异类本可与人类和谐相处，但人却以"异类"视之，破坏了自然与人之间和谐的关系。就中国古代小说中人类与狐仙的交往主题类型而言，这篇小说堪称成功之作，通篇娓娓而谈，情节曲折，意义丰富，具有很强的可读性。

再如《右台仙馆笔记》卷十二第十八则，记李钦与同学二人赁居村中，有一自称土地公者与之相交：

> 夜闻几案有声，以为鼠也，晨起视之，书籍笔砚，皆有移动之迹，每夜皆然。……一夕，闻有磨墨声，李大言曰："尔既磨墨，必能作字，尔究何怪？盍书以告我。"明日，视案上大书"土阜中也"四字。至夕，众乃祝之曰："尔既为土地之神，庙在何处？"书云："在某处吾土地。"如言发之，果得一神像。众乃集赀为建小庙，安神像于其中。已而案上仍有声，众曰："神必与我等有缘，能吟诗乎？"及旦，果于案上得诗二章，颇秀丽可喜。乃和其诗，写而焚之，自是日有酬唱之作。众曰："虽见翰墨，未接言谈，能与吾辈共语乎？"室中忽有声曰："可，然须

灭烛。"于是夜间欲与神语,辄灭烛。神雅善谈论,经史异同,文章得
失,下而医卜星相,江湖术士之学,无不通晓。兼之劝善规过,言近
旨远,众皆叹服,以为益友。远近闻风,暮夜咸集。有问疑事者,有
乞书画者,皆如愿而去。如是年余,众曰:"吾辈可谓神交矣,然不睹
风采,终为恨事,能使一见乎?"曰:"然烛即见。"乃然烛,而三人者
所见各异:一为中年人,胜国衣冠;一为老年人,服本朝一品之服;
一为少年人,巾服如明代诸生。一见之后,其象即灭,仍灭烛而与谈。
众又曰:"既见风采,益深敬慕,君居何处?可许一往乎?"曰:"可。"
遂与定期。

从神的恶作剧开始,到诸生为神建小庙,神与诸生诗词唱和,再到神与诸生见面,
诸生至神家拜访,诸生与神之间的交往逐步深入,写来如见,足见俞樾文言小说叙
事"摛词布景""翻空造微"(桃源居士《唐人小说序》)的功力。

其次,描摹生动,能以精短之语摹人状物,塑造人物性格。无论是人物外貌
描写,还是情景描写,俞樾都写得相当贴切。《右台仙馆笔记》卷二第三则,描写
吕凤梧所见女子,"美而艳。来桡去楫,一瞬即过,然思之盈盈在目也"。颇得《陌
上桑》写罗敷之味,未对外貌作具体描写,然此女之美呼之欲出。《右台仙馆笔记》
卷七第三十四则的狐女细细,"衣浅碧色衫,淡墨色裙,罗袜锦鞵,纤不盈握,对
吴微笑,百媚横生"。可谓是"花妖狐魅,多具人情,和易可亲,忘为异类,而又
偶见鹘突,知复非人"。

再如《右台仙馆笔记》卷二第三十则:

宝山乡民邹玉宝,幼聘某氏女。玉宝少孤,育于女家,未婚也,
而与女以兄妹见。久之,年各十六七矣。玉宝偶入内,见女独坐治粉,
戏问曰:"甜乎?"曰:"甜。"玉宝曰:"制成当以一枚甜我。"女笑而颔
之。及成,父母与女共食,不及婿。女心憾焉,私以一枚使佣媪饷之。
他日又相见,女戏问:"甜乎?"玉宝曰:"余未得尝,恶知甜!"

这则故事非常短小,但邹玉宝与女子的语言传神,短短的对话间洋溢着两个情窦初

开的小男女的甜蜜。

最后，"以晋人之清谈，写宋人之名理"（缪荃孙《俞曲园先生行状》，《续碑传集》）。自唐以来，笔记小说承载劝惩与补史功能，与之相适应，文章风格渐趋板直朴质。此风大炽于纪昀，纪昀虽亦肯定性灵诗学，但其《阅微草堂笔记》尚质黜华，偏于议论考证，"不安于仅为小说，更欲有益人心，即与晋宋志怪精神，自然违隔；且末流加厉，易堕为报应因果之谈"（鲁迅《中国小说史略》第二十二篇）。俞樾《右台仙馆笔记》虽踵武《阅微草堂笔记》，但仅记载异闻，不涉因果，或略缀依异闻引导而出之寥寥数语以说理，因而形成"以晋人之清谈，写宋人之名理，劝善惩恶，使人观感于不自知"（缪荃孙《俞曲园先生行状》，《续碑传集》）的效果。如卷十六记载一则因爱猫而几乎出人命的故事：

> 扬州市井中，有王、陈二人共启一肆。肆中畜一猫，毛色甚美，两家皆奇爱之。猫一乳生四子，皆肖其母，逾月之后跳踉于地，见者每注目焉。邻有某甲乞其一，许之，以不能离母，故未将去。一日，陈他出，王倦而假寐，惟陈母、王妻坐守肆中。忽有少年突入，攫二小猫去，母妻皆大号，王惊起追之，某甲亦助之追。须臾，陈亦继至。少年见追者三人，知不能脱，弃一猫于途，甲抱之归。陈与王仍相逐不舍，少年窘甚，并所存一猫亦去之，二人抱猫俱返。而少年不知，犹以为有追者，狂奔不已，触一孕妇仆地，竟践其身上而过。于是市人大哗，要遮少年，使不得逸。视妇，已垂欲绝矣，觅其夫至，缚少年送官，如妇死，当论如律云。嗟乎！鲁以斗鸡而出昭公，郑以逐狗而杀子阳，小事而启大衅，微物而酿巨祸，自古有之矣。此犹其小焉者也。

随着白话文取代文言文，传统的传奇志怪小说渐渐退出历史舞台。明清文学虽然以通俗小说为主流，但文言小说一直顽强地生存着，并产生了如《聊斋志异》《阅微草堂笔记》《浮生六记》等不朽作品，成为我国古代文学的一笔宝贵财富。

✎ 思考题

1. 分析《剪灯新话》《剪灯余话》《觅灯因话》的艺术特征，比较其异同。

2. 以《钟情丽集》为例，说明元明中篇传奇小说在体制上的创新。

3. 《虞初新志》的主要成就是什么？

4. 分析《聊斋志异》的内容主题和艺术特征。

5. 试从自己的观点出发，比较《聊斋志异》和《阅微草堂笔记》。

第八章　话本小说

　　话本小说是中国古代小说的一种文体类型，主要指宋元小说家话本和明清模拟小说家话本文体形式创作的拟话本，即具有小说家话本体制的短篇白话小说。话本小说在篇章体制、功用宗旨、题材取向、叙事方式等诸多方面形成了一整套独具一格的文体规范与特征，与笔记小说、传奇小说、章回小说等其他小说文体类型形成了鲜明的对比。

　　具体而言，明清话本小说的文体规范和特征基本可以概括为以下几个方面：

　　第一，独特的篇章体制——入话、正话、篇尾。话本小说的篇首，有导入正话的引导性成分，称为"入话"。它是与正话相对的附加成分，体制完整者包括篇首诗词、一段解释议论性或闲话式的引言、"头回"小故事三部分，也可仅为诗词或诗词加引言。"入话"之后便是正文，通常称之为"正话"。"正话"的叙事散文中常插入一些诗词、骈文、谚语等韵文，一般以"正是""但见""有诗为证"等套语引起。这些韵文或描状人物外貌心态、自然景色、情节或事件发展的势态，或评论人物或事理，也有一些韵文主要为了顿挫叙述节奏、标志段落起结。"正话"故事结束后，往往缀以诗词收结全篇，就是"篇尾"。它也是具有相对独立性的附加成分，多用来总结劝诫。

　　第二，口头文学色彩特别浓厚、主观性强烈的叙事方式。话本小说的作者总是模拟书场说书的情景向读者讲述故事，叙事者叙述故事时模仿说书人的讲述口吻，常中断情节插入解释议论性话语，交代某名物、习俗、制度，或评价人物、情节。如《卖油郎独占花魁》在讲到秦重攒钱求见花魁娘子时，则中断了对故事的叙述而插入一段评论："你道天地间有这等痴人，一个小经纪的，本钱只有三两，却要把十两银子去嫖那名妓，可不是春梦！自古道：'有志者事竟成。'被他千思万想，想出一个计策来。"这就使读者始终感觉到他与故事之间有一个鲜明的"说书人"叙事者存在，从而带给作品浓厚的口头文学色彩和主观性。

　　第三，特别的题材取向和表现旨趣。话本小说主要以"耳目之内"之"世态人情"为主要取材范围。所谓"世态人情"，主要指现实社会各类人物的命运际遇、伦理纲常、婚恋家庭、科举仕途、买卖生意、作奸犯科等日常生活及情感，"极摹人情世态之歧，备写悲欢离合之致"。它既与超现实的"耳目之外牛鬼蛇神"相对，也与帝王将相、英雄人物之宏图大业、非凡命运有别，而大都限于普通社会生活（"日用起居"）之内。通常，在话本小说中，以市井细民社会生活为主的种种世情、世态、世相基本占据了主导地位。

第四，文人性淡薄的文体品性。市井细民阅读话本小说主要还是为了求得一种娱乐消遣。作为一种文化商品，话本小说的娱乐消遣性基本可看作与生俱来的基本品格，而且也是其生命力之所在。许多话本小说作者对此也都有着比较清醒的认识。同时，一大批文人作者还从文人的角度和立场赋予了话本小说"教化导愚"的功用宗旨。虽然一些作者也曾将话本小说作为"言志"之具，但整体而言，与笔记体、传奇体、章回体相比，话本小说的文人化程度和所达到的文人化深度无疑最为逊色。

第一节　话本小说探源

一、从"说话"到"话本"

话本小说是在民间口头文学伎艺"说话"的基础上发展而来的，因此，论其渊源，必须先从"说话"伎艺谈起。

"说话"是中国古代讲说故事的一种口头文学伎艺，由来已久。据记载，汉代至魏晋南北朝在俳优或士人中就一直存在讲说故事的"杂戏""杂说""俳优小说"。不过，这些"俳优小说"还比较简单幼稚，不仅内容驳杂，形式短小，而且常常与其他伎艺结合在一起演出，且表演场所也主要在宫廷、官邸，还没有走向民间。唐代，"俳优小说""杂说"则进一步从百戏中独立出来，发展成为一种专门的伎艺形式——"说话""市人小说"，其内容也由魏晋南北朝的笑话讽谏、插科打诨发展为以民间故事、历史故事为主要题材，并且开始进行民间商业化演出，被一些艺人作为谋生的职业。宋代，特别是南宋，"说话"伎艺在瓦舍勾栏等市井娱乐场所获得巨大发展，内部出现了"小说""说铁骑儿""说经""讲史"四家数的专业化分工，体制规范逐渐成熟、定型。其中，"小说"讲的都是短篇故事，内容包括灵怪、烟粉、传奇、公案、朴刀杆棒、神仙妖术等。"说铁骑儿"，专门演说宋代铁马金戈、争雄交战的故事。"说经"，演说佛书中的各种佛教故事。"讲史"，演述一朝一代的长篇历史故事。

"说话"艺人在演述时通常都要使用底本作为依凭，这些底本称为"话本"①。人们把这些底本整理加工、编印成书，"话本"也就成为一种通俗文学读物，成为一种新兴的小说样式。这些"话本"也就因此成为后世白话小说的源头。其中，"小说"家的话本称为宋元小说家话本，可看作话本小说的滥觞；"讲史"家的话本称为讲史平话，可看作章回小说的雏形。

二、类型

现存的宋元小说家话本主要保存在明代中后期编刊的话本小说总集《六十家小说》、"三言"及《熊龙峰刊行小说四种》中，据前人和当代学者的有关考证，大约有40篇。参考《醉翁谈录》对"小说"的分类，这些作品大体划分为灵怪、传奇、烟粉、公案、朴刀杆棒、发迹变泰、神仙妖术七类。其中，灵怪类主要讲述某人遇鬼怪故事，内容怪诞离奇、险怪刺激，如《一窟鬼癞道人除怪》中的吴教授娶亲，到郊外饮酒，一路遇到的全是鬼魂，读后令人毛骨悚然。传奇类主要讲述青年男女情爱婚姻故事，重在表现青年男女对情爱的大胆追求和相爱男女结合过程的变幻曲折，如《风月瑞仙亭》对卓文君"佳人胆"的细致刻画，《张生彩鸾灯传》中张舜美与素香的曲折婚恋经历。烟粉类主要讲女鬼的恋爱故事，融灵怪、传奇类作品的审美趣味为一体，如《崔待诏生死冤家》《闹樊楼多情周胜仙》既表现了青年女性

---

① 目前，学界对"话本"一词还有其他的解释。20世纪60年代日本学者增田涉发表《论"话本"的定义》一文，称"话本"除偶尔作"故事的材料"解释外，多数只能作"故事"解。20世纪80年代末以来，国内一些学者也纷纷撰文对"话本"一词的原意进行探讨，除"说话人的底本"外，提出了"故事""故事本子""传奇小说"等不同的解释。可参考萧欣桥：《关于"话本"定义的思考——评增田涉〈论"话本"的定义〉》，《明清小说研究》1990年第3期；张兵：《话本的定义及其他》，《苏州大学学报》1990年4期；周兆新：《"话本"释义》，《国学研究》第二卷，北京大学出版社1994年版；刘兴汉：《对"话本"理论的再审视——兼评增田涉〈论"话本"的定义〉》，《社会科学战线》1996年4期；施蛰存：《说"话本"》，《文艺百话》，华东师范大学出版社1994年版；石昌渝：《中国小说源流论》第五章"话本小说"中的有关论述，生活·读书·新知三联书店1994年版。

生前和死后对爱情的大胆追求，又充满了灵怪故事鬼气森森的离奇险怪。公案类主要讲述种种犯罪和审案故事，既有耸人听闻的杀人、诈骗、盗窃等种种作奸犯科的事实，又有扑朔迷离的冤假错案。朴刀杆棒类主要讲江湖上英雄人物的传奇经历，包括江湖世界杀人越货的险恶，英雄们非凡的武艺、神奇的经历。发迹变泰类主要讲普通人飞黄腾达的故事。神仙妖术类主要讲仙道人物及其超凡的本领或妖术。显然，无论是灵怪类、烟粉类怪诞离奇、险怪刺激的审美追求，传奇类男女情爱的香艳趣味，还是公案类耸人听闻的犯罪事实和扑朔迷离的审案过程，朴刀杆棒类英雄人物非凡的武艺和经历，实质上反映的都是民间的、市井的审美娱乐趣味。

三、民间叙事传统：关注故事

作为听觉的艺术，"小说"伎艺现场讲述的故事自然需要具备很强的故事性、传奇性，唯有如此，才能吸引听众。作为"小说"伎艺的底本，宋元小说家话本也大都具有生动曲折、引人入胜的故事情节，而且多将故事情节作为整篇作品表现的中心，更多关注故事的奇异性、趣味性、香艳性、怪诞性等特性的展示，而相对忽视了人物形象塑造和主题表现。这应是一种民间叙事传统的反映。"俗皆爱奇"，市井庶民对故事本身的关注欣赏要远远超过故事中的人物和主题，对故事的喜爱是长期流行于民间的一种欣赏趣味。当然，宋元小说家话本中也塑造了一些性格比较鲜明的市井人物形象，如周胜仙、璩秀秀、崔宁、李翠莲等。不过，客观地讲，这几位人物的性格特征只是在故事的展开过程中附带表现出来的，而且也只是性格的个别侧面比较突出而已，如周胜仙追求爱情的大胆、机智，璩秀秀对待爱情的主动、执着，李翠莲性格的直爽、泼辣等，很难谈得上血肉丰满、性格丰富。

宋元小说家话本流传到明代后，作为一种通俗读物受到下层市民的普遍欢迎，并逐渐引起文人的关注。明嘉靖年间，一些文人开始对单篇流行的宋元小说家话本进行收集、整理，并进而模拟创作，出现了最早的话本小说集《六十家小说》。《六十家小说》由书坊主洪楩整理刊行，分为《雨窗集》《长灯集》《随航集》《欹枕集》《解闲集》《醒梦集》，汇集了宋、元、明前期三个时代的话本小说作品六十篇。其中，既有宋元小说家话本，也有明代人的拟作，如《欹枕集》就被许多学者推测为洪楩周围的下层文人所作。《六十家小说》的刊行扩大了话本小说的社会影响，引起文人对它更多的关注，从而更好地推动了文人拟话本的发展，为"三言""二拍"的编创奠定了基础。

第二节 "三言""二拍"：话本小说的典范

明天启至崇祯初年，冯梦龙、凌濛初等文化层次和艺术修养较高的文人开始积极地投入到话本小说的收集、整理、创作中，分别编创了《喻世明言》《警世通言》《醒世恒言》和《拍案惊奇》《二刻拍案惊奇》。在参与话本小说编创的过程中，他们自觉或不自觉地以自身携带的深厚的文人叙事传统对宋元小说家话本原有的民间叙事传统进行了一番案头化、文人化改造，使话本小说文体走向成熟。所谓的案头化，即为了满足书面阅读的审美需要而对其进行的书面化改造；所谓文人化，即以文人的审美意识和情趣对其体制的改造和艺术品格的提升。总体看来，"三言""二拍"在文体上表现出鲜明的案头化、规范化、文人化特征，形成一种篇章体制规范谨严、艺术构造圆融成熟、叙事文化精神雅俗相谐的典范性文体，并产生了广泛的社会影响，受到后世作者、读者的普遍推崇，从而成为话本小说的经典之作。

一、冯梦龙、凌濛初与"三言""二拍"的创作

冯梦龙（1574—1646），字犹龙，号绿天馆主人、可一居士、茂苑野史氏、龙子犹、墨憨斋主人等，长洲（今江苏苏州）人。冯梦龙出身于书香门第，其兄冯梦桂是个画家，弟冯梦熊善诗，为太学生。当时兄弟三人并负盛名，号为"吴下三冯"。然而，冯梦龙虽"早岁才华众所惊"（文从简《冯犹龙》），用心科举，苦研四书、五经，却久困科场。科场失意，使得冯梦龙一度放荡不羁，经常出入青楼酒馆，过着"逍遥艳冶场，游戏烟花里"（王挺《挽冯犹龙》）的生活。他还曾热恋一名叫侯慧卿的妓女，两人已有海誓山盟，但侯却另嫁他人。这件事对他打击很大，从此"遂绝青楼之好"（董斯张《怨离词评注》）。这段经历使冯梦龙有机会接近下层市民，熟悉他们的生活、思想、感情。这对他走向通俗文学道路，无疑起到了积极的推动作用。之后不久，他就开始编撰民歌《桂枝儿》《山歌》，白话小说《喻

世明言》《警世通言》《醒世恒言》《新列国志》等，笔记小说《古今谭概》《智囊》《情史》等。《喻世明言》《警世通言》《醒世恒言》通称为"三言"，其中，既有宋元小说家话本、明代其他作者的拟话本，也有冯氏个人的创作。冯梦龙编创"三言"经历了由收集、整理、加工到独立创作的过程。冯氏对宋元旧篇和明代其他作者的拟话本进行了大规模的收集，并对收集到的作品进行了整理加工，如修正统一篇章体制、增删变更部分情节、润饰文字等。在收集、整理前人之作的基础上，冯氏也开始逐渐独立地创作话本小说。从《喻世明言》到《警世通言》《醒世恒言》，独立编创的成分不断增加。冯梦龙编创"三言"，应受到了嘉靖年间洪楩编刊的《六十家小说》的影响。

凌濛初（1580—1644），字玄房，号初成，亦名凌波，别号即空观主人。浙江乌程（今浙江湖州）人。他出身于官宦世家，祖父官至南京刑部员外郎，父亲曾任常州府同知等职。同时，凌氏还为湖州著名的刻书世家。凌濛初12岁入学，18岁补廪膳生，应举入试，但四次都考中副榜。40岁前后，他写了《绝交举子书》，郁愤不已，想从此断绝功名。天启七年（1627），凌濛初怀着一种非常抑郁愤懑的心情，开始创作《拍案惊奇》，"丁卯之秋事，附肤落毛，失诸正鹄，迟回白门。偶戏取古今所闻一二奇局可纪者，演而成说，聊舒胸中磊块"（即空观主人《二刻拍案惊奇小引》）。凌濛初创作《拍案惊奇》，一方面是受到了冯梦龙的影响，"独龙子犹氏所辑《喻世》等诸言，颇存雅道，时著良规，一破今时陋习"（即空观主人《拍案惊奇自序》）。另一方面，也与"贾人之请"有关，"肆中人见其行世颇捷，意余当别有秘本，图出而衡之"（即空观主人《拍案惊奇自序》）。《拍案惊奇》刊行后，很受人们欢迎，于是"贾人一试之而效，谋再试之"（即空观主人《二刻拍案惊奇小引》）。在书坊主的敦促下，凌濛初又于崇祯五年写成了《二刻拍案惊奇》。在"宋、元旧种，亦被搜括殆尽"，"一二遗者，皆其沟中之断，芜略不足陈已"（即空观主人《拍案惊奇自序》）的情况下，凌氏便"取古今来杂碎事可新听睹、佐谈谐者，演而畅之，得若干卷"（即空观主人《拍案惊奇自序》）。"二拍"基本都是凌濛初个人独立的创作。

冯氏、凌氏等文人能够顺利而积极地投入到话本小说的收集、整理、编创中，与万历年间文人开始积极参与章回小说创作与批评的时代氛围也密不可分。万历二十年左右，《西游记》刊行，《金瓶梅》开始以抄本的形式流传，许多文人开始为章回小说题写序跋，李贽等文人开始评点小说。也就是说，在万历中后期，文人参与通俗小说的创作和批评已发展到一个全新的阶段，形成了良好的时代氛围。冯氏、凌氏等文人参与话本小说整理、创作应当与这种时代氛围的感召有很大关系。

二、市民悲欢与世态风情

"三言"和"二拍"的题材和人物故事类型主要包含以下几类：一是恋爱婚姻，主要讲述青年男女情爱婚姻之悲欢离合与奇特曲折的经历，既有未婚男女的爱慕与追求，也有已婚者的婚外情；既有相爱，也有负心。二是公案，主要为谋财害命、拐骗妇女、欺诈勒索、男女奸情、骗术骗局、僧尼丑迹、偷盗抢劫等犯罪及其审案过程，既有耸人听闻的种种犯罪事实，又有曲折离奇的办案经过。三是世态人伦，主要为报恩报怨、负心背义、家庭人伦、财产争夺、发迹变泰等种种世态人情现象。四是名人逸事，主要为文人士大夫、佛道人物、封建帝王等历史人物的遗闻逸事或民间传说。在这些人物故事中，以市井细民为主角的种种人情、世态、世相完全占据了主导地位，市井人物的情感欲望、悲欢离合和世态风情成为表现的中心。

明天许斋刊本《古今小说·蒋兴哥重会珍珠衫》插图

《喻世明言》卷一《蒋兴哥重会珍珠衫》叙蒋兴哥与妻子王三巧成婚不久，就外出到广东经商。另一行商陈大郎偶然与三巧相遇，为其美貌所动，便买通薛婆设计勾引三巧，并与之私通。三巧与情人陈大郎建立了很深的感情，临别时还将蒋家祖传的珍珠衫送给了陈大郎。后来，陈大郎与蒋兴哥在外地经商时相遇，蒋兴哥因见到珍珠衫而得知实情，急急赶回家后，休了妻子。三巧被休后，非常自责，原想寻短见，后听了母亲劝告改嫁吴知县为妾。后来，蒋兴哥失手造成命案，恰逢吴知县审案，三巧从一旁极力说情，吴知县宽释了蒋兴哥，并使两人破镜重圆。陈大郎后来病死他乡，妻子平氏也嫁给了蒋兴哥。作品通过这一段情爱婚姻纠葛，展现了一幅市井细民家庭婚姻生活的风情画，写出了市井人物真实的思想心理、情感欲望和道德观念。

王三巧与蒋兴哥婚后生活美满幸福，但因蒋兴哥外出经商一年半未归，王三巧便深感独居的寂寞，陈大郎外出经商多时，看到王三巧后更是情欲难遏：

> 三巧儿只为信了卖卦先生之语，一心只想丈夫回来，从此时常走向前楼，在帘内东张西望。直到二月初旬，椿树抽芽，不见些儿动静。三巧儿思想丈夫临行之约，愈加心慌，一日几遍，向外探望。也是合当有事，遇着这个俊俏后生。……三巧儿远远瞧见，只道是他丈夫回了，揭开帘子，定睛而看。陈大郎抬头，望见楼上一个年少的美妇人，目不转睛的，只道心上喜欢了他，也对着楼上丢个眼色。谁知两个都错认了。三巧儿见不是丈夫，羞得两颊通红，忙忙把窗儿拽转，跑在后楼，靠着床沿上坐地，兀自心头突突的跳一个不住。谁知陈大郎一片精魂，早被妇人眼光儿摄上去了。回到下处，心心念念的放他不下，肚里想道："家中妻子，虽是有些颜色，怎比得妇人一半？欲待通个情款，争奈无门可入。若得谋他一宿，就消花这些本钱，也不枉为人在世。"

在薛婆一步步的引诱下，王三巧内心的欲望不断膨胀，终于春心难耐，中了陈大郎和薛婆设好的圈套。作品的前半部真实地刻画了市井男女的情欲心理，实质上反映了市井社会对男女情欲的彰扬，对人欲的肯定。王三巧被陈大郎奸骗后，两人竟"你贪我爱，如胶似漆，胜如夫妇一般"，很快建立了深厚的感情，甚至当陈大郎要动身还乡时，"两下恩深义重，各不相舍。妇人到情愿收拾了些细软，跟随汉子逃走，去做长久夫妻"。作品真实地写出了一段婚外情从情欲发展到情爱的过程。

作品后半部分则在情感纠葛中写出市民社会朴素而真实的伦理道德观念。蒋兴哥在得知妻子有外遇时，"气得兴哥面如土色，说不得，话不得，死不得，活不得"，同时，也自责道："当初夫妻何等恩爱，只为我贪着蝇头微利，撇他少年守寡，弄出这场丑来。"休了妻子后，仍对妻子怀有感情，"念夫妻之情不忍明言"，且"心中好生痛切"。王三巧改嫁，蒋兴哥还把"细软箱笼大小共十六只"，"原封不动"送来做陪嫁。蒋兴哥既有对妻子不忠失贞的怨恨，也有对她的理解，还有难以割舍的夫妻之情。王三巧被休之后，深深为自己对丈夫的不忍而感到自责，羞愧难当，"是我做的不是，负了丈夫恩情。……不如缢死，到得干净"。当蒋兴哥吃了人命官司性命不保时，王三巧苦苦哀求吴知县为他开脱。王三巧虽被丈夫休弃，却依然对他有情有义。在市井细民中，封建贞操观念相对比较淡薄，并未被奉为金科玉律，人们更注重实际的利益和感情，情与义自然被看得更重些。情义胜于贞操，这就是市民社会朴素而真实的道德观念。

《拍案惊奇》卷三十八《占家财狠婿妒侄　延亲脉孝女藏儿》则描述了女婿、妾生的儿子、侄子之间争夺家庭财产的一段市井社会人情风俗画。东平府富翁刘从善只有一女儿引姐，赘张郎为婿。张郎自以为刘家财产将为己有，十分得意。刘从善另有一侄子引孙，知书明理，经常受到刘的周济。张郎担心家产会被引孙占去一部分，就挑拨是非，逼迫引孙离开了刘家。后来，刘翁的小妾小梅有了身孕，张郎害怕生出男孩，就想方设法算计她。引姐为保护小梅和异母骨肉，就把她寄养在外，并假称她已私逃。刘翁听说小梅私逃，大为失望，就把家中一部分钱财施舍给了乞丐，其余财产，则由张郎掌管。一年清明节，张郎先到了张家祖坟祭祀，刘翁非常生气，便又把家财交给了侄子引孙。这时，引姐又把小梅和三岁的男孩领回了家。最后，刘翁便把财产分为三份，儿子、女婿、侄子各得一份。

作品紧紧围绕着家庭财产继承权的争夺展开矛盾冲突，在矛盾冲突中展示了不同身份的家庭成员各不相同的心态。女婿张郎"只因刘员外家富无子，他起心央媒，入舍为婿。便道这家私久后多是他的了，好不夸张得意"！因担心引孙分割财产，他便"专一使心用腹，搬是造非，挑拨得丈母与引孙舅子"。得知小梅怀孕后，他"在浑家面前露出那要算计小梅的意思来"。引姐"若把家私分与堂弟引孙，他自道是亲生女儿，有些气不甘分；若是父亲生下小兄弟来，他自是喜欢的"。刘员外开始既想周济侄子引孙，又指望小梅生出儿子来，"心中不肯轻易把家私与了女婿"。后来，无奈之下，也只得将家产交给女婿张郎掌管。然而，当清明节看到张郎上坟祭祖，先到张家，再到刘家之后，刘员外便又决定把家产交给侄子掌管。这些人物微妙复杂的心态实际上反映了封建大家庭内部以父系血缘定亲疏的错综复杂的人际关系，展示了家庭生活的人情与世态：

> 及至女儿嫁得个女婿，分明是个异姓，无关宗支的，他偏要认做
> 的亲，是件偏心为他，倒胜如丈夫亲子侄。岂知女生外向，虽系吾所

生，到底是别家的人。至于女婿，当时就有二心，转得背，便另搭架子了。自然亲一支热一支，女婿不如侄儿，侄儿又不如儿子。纵是前妻晚后，偏生庶养，归根结果，的亲瓜葛，终久是一派，好似别人多哩。

《二刻拍案惊奇》卷八《沈将仕三千买笑钱　王朝议一夜迷魂阵》则描绘了当时社会生活中的一种世相———"扎火囤"：平江府沈官人被授将仕郎之职，到京城听候调用。沈将仕在郑十、李三的引诱下，过着挥金如土的生活。一日，到野外散步，被几个人邀请到王朝议家。王朝议摆盛宴热情款待，后来，沈将仕偷看到七八个美女在一间房内赌钱为戏，就恳求郑十带他进去一起戏耍。自以为身在仙界，结果输掉了二千两银子茶券。三日后，沈将仕又来到王朝议家，却发现只有空屋一所，一打听，才知中了郑十、李三的骗局。原来王宅是临时租借的，而美女都是雇来的妓女。当时社会生活中的种种世相，如"扎火囤""烧银骗""赌局骗""拐骗妇女""光棍欺诈勒索"等，在"三言""二拍"的公案类作品中都有着非常充分的展示。

三、雅俗交融的叙事艺术

通常来说，民间叙事注重故事本身的传奇性、奇异性、趣味性，常常将叙事焦点集中于故事本身而相对忽略人物形象的塑造和主题的表现；而以史传文学为代表的文人叙事则更多关注人物的性情、心灵和主题旨趣的表现，往往将叙事焦点集中于人物塑造和主题表现。"三言"和"二拍"则融合了民间叙事和文人叙事，整体上表现为故事性和人物塑造、主题表现并重的叙事艺术精神。显然，这是"文心"与"里耳"的交融汇合与和谐统一，是文人以自身携带的文人叙事传统对宋元小说家话本原有民间叙事传统改造的结果。

《喻世明言》卷四十《沈小霞相会出师表》据江进之《明十六种小说》卷三《沈小霞妾》，参考正史相关记载增补润色而成。全篇多达一万五千字，不仅故事本身曲折动人，富有传奇性，而且人物形象鲜明生动，主题意蕴突出。叙明嘉靖年间，严嵩父子主持朝政，迫害忠良，作恶多端。锦衣卫经历沈炼，个性刚直，常抄写、诵读《出师表》，借以抒怀。因得罪严嵩父子，全家被发配关外保安州为民。

来到保安州后，结识了一向仰慕他的义士贾石，沈炼送他手写的《出师表》留念。沈炼在保安州经常讲说忠臣义士的故事，痛骂奸臣，借题发挥。严嵩听说后，便派干儿子杨顺到保安做官，以便找机会杀沈。不久，鞑靼入侵，杨顺大败，竟杀平民冒功。沈炼与众百姓哭祭，又上书痛骂杨顺，严世蕃遣心腹御史路楷伙同杨顺捏造罪名，杀害了沈炼及其二子，将沈夫人与小儿子充军云州。义士贾石设法收埋了沈炼遗体，携沈手写《出师表》远走。路、杨为斩草除根，又行文浙江捉拿沈炼长子沈小霞，解送京都，并责差人张千、李万设法于中途谋害。沈小霞妾闻氏与丈夫同行，发现差人有谋害丈夫之心，便教他借讨债之名，躲在冯主事家地道中避难。而闻氏自己则到官府大哭大闹，说公差想奸污她，杀了丈夫。两个差人受了官府多次催逼之后，一死一逃。十年之后，严氏失势，沈小霞才从地道里出来，到尼姑庵会见闻氏。后来，沈小霞赴保安州巧遇贾石，又见到了父亲手写的《出师表》，得以奉沈炼灵柩回乡，并亲到云州接回母亲和幼弟，一家团聚。整篇作品以沈炼、沈小霞的命运为中心线索，写得曲折紧张、引人入胜，非常富有故事性和传奇色彩。宋元小说家话本的叙事结构主要表现为事件较少，情节比较简单，实质上是口头文学属性的表现。与之相比，"三言""二拍"中的作品情节更加曲折丰富，更适合人们的案头阅读。这实质上是话本小说脱离口头文学属性，向书面文学文体演进的结果。当然，人物事件的增多，情节的丰富、曲折化使读者可以在作品中体验更为曲折复杂的故事，对于文本的故事性也是一种强化。

该作品成功塑造了沈炼、闻氏等鲜明的人物形象。面对奸佞当道的严酷现实，沈炼依然疾恶如仇、毫不退缩。公宴时，严世蕃不可一世，十分狂妄，戏弄欺辱马给事，给他灌酒取乐，沈炼打抱不平，竟也揪着严世蕃的耳朵灌酒，并拍手哈哈大笑，"唬得众官员面如土色，一个个低着头不敢则声"。后来，沈炼虽认识到自己弹劾严氏父子，犹如以卵击石，但仍坚持斗争，在所不惜，"虽然击他不中，也好与众人做个榜样"。被发配到保安州之后，沈炼依然公开讲论忠臣义士之事，甚至扎草人作李林甫、秦桧等奸相，以为射鹄，借题发挥，与严氏父子斗争。通过这一系列事件的生动描述，一个个性刚烈、不畏强暴、忠心耿耿的忠臣形象呼之欲出。当然，全篇塑造得最出色的人物还要数沈小霞妾闻淑女了。作者成功地写出了闻氏的聪明、机智、勇敢、泼辣、干练。闻氏虽然是一个小妾，但却临危不乱，遇事冷静。当沈小霞被解送东京时，她勇敢地提出要"一路伏侍官人"，"帮着官人申辩"。发现张千、李万有杀害沈小霞之意后，闻氏主动设计，让沈小霞假托到冯主事家讨债，以此借机逃逸。为了迷惑差人，她假意反复叮嘱："官人早回，休教奴久待。""若冯家留饭，坐得久时，千万劳你催促一声。"这些假象打消了两个差人的戒心，为沈小霞顺利逃脱创造了很好的条件。当两个差人回来说找不到沈小霞时，闻氏反而一口咬定是两人谋杀的：

> 　　闻氏到走在外面，拦住出路，双足顿地，放声大哭，叫起屈来。老店主听得，忙来解劝。闻氏道："公公有所不知：我丈夫三十无子，娶奴为妾。奴家跟了他二年了，幸有三个多月身孕。我丈夫割舍不下，因此奴家千里相从，一路上寸步不离。昨日为盘缠缺少，要去见那年伯，是李牌头同去的。昨晚一夜不回，奴家已自疑心。今早他两个自回，一定将我丈夫谋害了。你老人家替我做主，还我丈夫便罢休！"

闹到官府后，闻氏依然以守为攻，"张千、李万说一句，妇人就剪一句，妇人说得句句有理，张千、李万抵搪不过"。说得知州完全相信了闻氏所言，打得两个差人"皮开肉绽，鲜血迸流"，只得招认。最后，两个差人被逼得无可奈何，落得个一死一逃的结局。闻氏不但勇于任事、足智多谋，帮助丈夫成功摆脱奸人迫害，而且能言善辩，使两个差人受到了严惩，亦足见其机智干练。

　　对人物塑造的重视，使得该作品的场景描述十分细腻精致，对人物言行、心理的刻画细致入微，如闻氏与沈小霞道别，故意迷惑李万的一段场景：

> 　　沈小霞道："这里进城到东门不多路，好歹去走一遭，不折了什么便宜。"李万贪了这二百两银子，一力撺掇该去。沈小霞分付闻氏道："耐心坐坐，若转得快时，便是没想头了；他若好意留款，必然有些赀发，明日雇个轿儿抬你去。这几日在牲口上坐，看你好生不惯。"闻氏觑个空，向丈夫丢个眼色。又道："官人早回，休教奴久待则个。"李万笑道："去多少时，有许多说话，好不老气！"闻氏见丈夫去了，故意招李万转来，嘱咐道："若冯家留饭，坐得久时，千万劳你催促一声。"李万答应道："不消分付。"比及李万下阶时，沈小霞已走了一段路了。

李万托着大意，又且济宁是他惯走的熟路，东门冯主事家，他也认得，全不疑惑。

　　这一段话别的场景描述，不仅有细致完整的对话，而且还有人物细腻的表情、心理细节，如"李万贪了这二百两银子"，"闻氏觑个空，向丈夫丢个眼色"，"故意招李万转来"等，"传神写照"，处处可见，这就把当时不同人物的思想心理细微地表现了出来。

　　在"三言"中，有些作品故事情节看似平淡无奇，却成功地塑造了鲜明生动、血肉丰满的人物形象，《警世通言》卷三十二《杜十娘怒沉百宝箱》就属于其中十分突出的例子之一。《杜十娘怒沉百宝箱》的情节比较简单，故事更谈不上曲折离奇，讲万历年间，名妓杜十娘与宦门子弟李甲相爱，杜十娘设计赎身，与李甲南归故里。途中，盐商孙富窥见十娘美色，便说服李甲以千金交换十娘，杜十娘闻讯后，假意答应。次日清晨，打扮得光彩照人，当众将价值千万的珍宝抛弃江中，痛责孙、李后投江自尽。作品的故事性不强，而主要将焦点放在了杜十娘形象的塑造上。随着情节的发展，作者以层层剥笋的方式揭示了杜十娘内在的思想、性情。与一般妓女"从良"的热切而盲目不同，杜十娘表现得很冷静，她对李甲做了一次又一次的试探，以检验李甲对自己是否出于真情。她本来可以直接资助李甲来替自己赎身，却偏让他到处借贷。当她确定李甲尽力奔波而毫无结果之后，才拿出一百五十两碎银子，而另一半仍要李甲去凑，再一次对他进行考验。从良赎身这一情节很好地展示了杜十娘沉稳老练的性格特征。后来，杜十娘的闻变冷笑、忍悲严妆、抱宝沉江，又层层加深地将其自尊、刚烈、果决的性情淋漓尽致地表现出来。当李甲说出孙富为自己筹划之策时，十娘"放开双手，冷笑一声"，反讽说："为郎君画此计者，此人乃大英雄也。郎君千金之资，既得恢复；而妾归他姓，又不致为行李之累。发乎情，止乎礼，诚两便之策也。那千金在那里？""明早快快应承了他，不可挫过机会。但千金重事，须得兑足交付郎君之手，妾始过舟，勿为贾竖子所欺。"很好地传达了其刚烈的个性、内心的悲愤和对李甲的蔑视；闻变之后，性格刚烈的杜十娘内心虽极端痛苦，但却"用心修饰"，仍将自己打扮得光彩照人。看到李甲"欣欣似有喜色"，则更加坚定了她宁为玉碎、不为瓦全的决心。最后，杜十娘痛斥孙、李之后，怀抱百宝箱投江自尽，以死来维护自己的人格尊严：

> 十娘推开公子在一边，向孙富骂道："我与李郎备尝艰苦，不是容易到此。汝以奸淫之意，巧为谗说，一旦破人姻缘，断人恩爱，乃我之仇人。我死而有知，必当诉之神明，尚妄想枕席之欢乎！"又对李甲道："妾风尘数年，私有所积，本为终身之计。自遇郎君，山盟海誓，白首不渝。前出都之际，假托众姊妹相赠，箱中韫藏百宝，不下万金。将润色郎君之装，归见父母，或怜妾有心，收佐中馈，得终委托，生死无憾。谁知郎君相信不深，惑于浮议，中道见弃，负妾一片真心。今日当众目之前，开箱出视，使郎君知区区千金，未为难事。妾椟中有玉，恨郎眼内无珠。命之不辰，风尘困瘁，甫得脱离，又遭弃捐。今众人各有耳目，共作证明，妾不负郎君，郎君自负妾耳！"于是众人聚观者，无不流涕，都唾骂李公子负心薄倖。公子又羞又苦，且悔且泣，方欲向十娘谢罪，十娘抱持宝匣，向江心一跳。众人急呼捞救，但见云暗江心，波涛滚滚，杳无踪影。

通过一系列情节的推进，一个血肉丰满、性格丰富鲜明的杜十娘形象成功地展现出来，情节的发展与人物思想性格的展现圆满地结合、统一起来。一方面，这些情节事件都是围绕着人物思想性格的表现而精心设置的。另一方面，人物的性格逻辑成为推进情节发展的内在线索，正是因为杜十娘沉稳老练，才有了她对李甲的反复试探，正是因为杜十娘自尊、刚烈、果决，才有了她的闻变冷笑、忍悲严妆、怒斥孙李、抱宝沉江，性格决定了人物的命运，也决定了情节的发展。这实质上表明，"三言""二拍"中一些优秀作品已经把人物形象塑造作为创作的中心任务。与宋元小说家话本相比，"三言""二拍"更加注重人物形象的刻画塑造，而且在刻画人物思想性格时，更注重性格的丰富性和层次感，血肉更为丰满。

　　一些作品还非常善于通过人物故事的设计、安排来突出主题，表达主体之情感态度、思想认识。如《老门生三世报恩》入话称："大抵功名迟速，莫逃乎命，也有早成，也有晚达。早成者未必有成，晚达者未必不达。不可以年少而自恃，不可以年老而自弃。……见了少年富贵的奉承不暇；多了几年年纪，蹉跎不遇，就怠慢他。这是短见薄识之辈。"前半篇讲主考官荆遇时每次立志要取"少年门生",却都阴差阳错地选中了年老的鲜于同。这既是揭露科举考试的弊端,也是传达"功名迟速,莫逃乎命"的命运拨弄感。后半篇叙鲜于同一路发达,青云直上,且三报荆遇时之师恩。这一段故事情节则显然是为凸显老年门生未必无用的主题而设计的。学界普遍认为,此文为冯梦龙"自喻性"的言志之作。

第三节　话本小说的发展与演变

"三言""二拍"之后,话本小说创作在明末崇祯、隆武年间很快形成了繁荣兴盛的局面,短短二十年间产生了一批数量可观的话本小说集,流传至今的就有十五部之多,有《西湖二集》《七十二朝人物演义》《型世言》《醉醒石》《清夜钟》《贪欣误》《欢喜冤家》《鼓掌绝尘》《宜春香质》《弁而钗》《载花船》《石点头》《鸳鸯针》等。清顺治、康熙近七十年间,话本小说创作也并未因明清易代而衰退,基本保持了明末兴盛的创作局面,流传至今的话本小说创作集也有二十多部,有《一片情》《十二笑》《都是幻》《笔梨园》《五更风》《锦绣衣》《人中画》《跨天虹》《珍珠舶》《云仙啸》《风流悟》《飞英声》《生绡剪》《醒梦骈言》《无声戏合集》《十二楼》《豆棚闲话》《照世杯》《五色石》《八洞天》《警寤钟》《西湖佳话》等。康熙后期,话本小说创作开始出现衰落迹象,雍正、乾隆朝近七十年间,仅出现《二刻醒世恒言》《雨花香》《通天乐》《娱目醒心编》等话本小说创作集四种,数量少,思想艺术水平亦低下。其后,直到光绪年间,又陆续有《阴阳显报鬼神传》《俗话倾谈》《跻春台》等很少的几部作品问世。雍正至光绪年间,通常被看作话本小说创作的衰落消亡期。

一、《型世言》与《西湖二集》

明末清初,话本小说文体在发展过程中出现了比较突出的雅化趋向。所谓雅化,就是文人参与话本小说创作过程中,更多地将文人的思想意识和审美情趣投入到作品中,使其具有浓厚的文人化色彩。有些作者将话本小说作为维持伦常、劝善惩恶的"载道"之具，表现出鲜明的教化意识；有的则作为感慨世情、针砭现实的"救世"之具，凸显出强烈的忧患和批判意识；有的则作为抒写自我的"言志"之具，寄寓自己对社会人生的独特思考和认识。其中，一些作品还在叙事结构和叙事方式上显示了文人独具匠心的审美观念和情趣。

《型世言》，十二卷四十回，明陆人龙著。《型世言》的书名即"树型今世""以为世型"之义，可见作者陆人龙的创作目的就是为人们树立道德楷模。第十回《烈妇忍死殉夫　贤媪割爱成女》讲述了苏州昆山县秀才归善世的妻子陈氏在丈夫病亡之后，同时买了两副棺材，立志以死殉夫，开始"见枕边剑，便扯来自刎。幸是剑锈，一时仅拔得半尺多"，在母亲和婆婆的劝阻下，未能如愿。接着，陈氏又趁夜间家人熟睡之际，"悄悄穿了入殓的衣服，将世善平日系腰的线绦，轻轻绾在床上自缢"，其母同床而睡，明明听到，却"推做不听得，把被来狠狠的嚼"，有意成全女儿。后来被婆婆听到救了下来，但陈氏最终还是乘人不备，自缢殉夫了。作者对烈妇陈氏以死殉夫的行为赞不绝口，"一死行吾是，芳规良可钦"，"九原无起日，一死有贞心"，"奇哉烈妇"，还把见死不救，有意成全女儿的陈氏母亲称为"贤媪"。作品塑造陈氏及其母亲的形象就是为读者树立学习的榜样，鼓吹封建伦理道德。类似的道德楷模人物在《型世言》中处处可见，书中的人物几乎全都是忠臣、孝子、节妇、烈妇、贞女、义士、义仆等道德楷模人物，而情节也大都是尽忠、寻父、守贞、殉夫、履信等践履忠孝节义的故事。也就是说，这些人物故事都是围绕"君臣、父子、夫妇、兄弟、朋友、主奴"等伦理纲常而展开的，作者如此取材主要为了表现其强烈的维持纲常、劝善惩恶的教化意识。

《西湖二集》，三十四卷，明周清源撰。湖海士《西湖二集序》称该作品是"不得已而借他人之酒杯，浇自己之垒块，以小说见"。的确，《西湖二集》有许多作品表现了作者对各种现实社会弊端和不良世风的反映、感慨和针砭，以及对现实的不满、怀才不遇的愤懑，字里行间充溢着一股抑郁不平之气。卷二十《巧妓佐夫成名》讲述了宋高宗年间，妓女曹妙哥协助汴京太学生吴尔如考中进士的故事。曹妙哥先使穷困的吴尔如赚取财主和衙役的赌博之钱而大发其财，之后，再用这些钱财大行贿赂，并通过妓院交结秦桧心腹，使提携吴。果然，在巧妓曹妙哥的筹划之下，吴尔如顺利地考中了进士。作品托名宋高宗年间，实际上却在写当时科场贿赂公行的社会现实，作者还忍不住借妓女曹妙哥之口骂道：

你只道世上都是真的，不知世上大半多是假的。我自十三岁梳拢之后，今年二十五岁，共是十三个年头，经过了多少举人、进士、戴纱帽的官人，其中有得几个真正饱学秀才、大通文理之人？若是文人才子，一发稀少，大概都是七上八下之人，文理中平之士。还有若干一窍不通之人，尽都侥幸中了举人、进士而去，享荣华，受富贵。

卷三十四《胡少保平倭战功》讲明嘉靖年间胡宗宪平定倭乱的故事，其中，对官场黑暗腐败的揭露淋漓尽致，以致作者忍不住大声疾呼：

如今都是纱帽财主的世界，没有我们的世界！我们受了冤枉，那里去叫屈？况且糊涂贪赃的官府多，清廉爱百姓的官府少。他中了一个进士，受了朝廷多少恩惠，大俸大禄享用了，还只是一味贪赃，不肯做好人，一味害民，不肯行公道。所以梁山泊那一班好汉，专一杀的是贪官污吏。

二、《十二楼》

李渔的《十二楼》是话本小说发展中的一部重要作品。作者将个人经历、经验和自己的人生哲学以及对人情世态的独特见解都写进了作品中。《合影楼》开篇的入话就有一大段文字议论"男女之情不可防"，表现了李渔对男女恋情独到的个人见解：

这首词，是说天地间越礼犯分之事，件件可以消除，独有男女相慕之情、枕席交欢之谊，只除非禁于未发之先。若到那男子、妇人动了念头之后，莫道家法无所施，官威不能摄，就使玉皇大帝下了诛夷之诏，阎罗天子出了缉获的牌，山川草木尽作刀兵，日月星辰皆为矢石，他总是拼了一死，定要去遂心了愿。觉得此愿不了，就活上几千岁然后飞升，究竟是个鳏寡神仙；此心一遂，就死上一万年不得转世，也还是个风流鬼魅。到了这怨生慕死的地步，你说还有什么法则可以防御得他？所以惩奸遏欲之事，定要行在未发之先。未发之先又没有

　　别样禁法，只是严分内外，重别嫌疑，使男女不相亲近而已。

　　通常，话本小说入话中的议论多为陈词滥调，而像这样富有个性的叙事者声音却很少见到。这段议论"都出自己裁，不是稗官野史上面袭取将来的套话"，调侃幽默，语言也非常富有个性。正话讲广东曲江县管提举、屠观察二人，原本是同门之婿，但却心性迥异。管提举主张道学，屠观察主张风流。于是，两家筑起高墙，将一家宅院分为两处。屠观察有一子名珍生，管提举有一女名玉娟。虽有高墙相隔，但两人却从水中的影子中窥见对方而相生爱慕。屠观察知道此事后，求同年路公作伐，不想却被管提举拒绝。屠观察听说路公有女锦云，才貌不在玉娟之下，便瞒了儿子定下亲事。珍生知道后，坚决要求他父亲退亲。屠观察无奈，只好将实情告诉路公。玉娟知道珍

清消闲居刊本《十二楼·合影楼》插图

生定亲的消息，也抑郁病重。路公就假以珍生为嗣子，瞒过管提举，娶玉娟为媳，并将玉娟、锦云双双嫁给珍生。木已成舟之后，路公方与管提举说明真相，并最终说服管提举，使他与屠观察重归于好。显然，正话故事很好地印证了入话的观点：虽然管提举奉行道学，对女儿教诲有方，还筑起高墙，对男女之情严加提防，以便"不见可欲，使心不乱"，但却怎么也阻隔不了青年男女之间的爱情，两人对影水阁，见影生情。而且，青年男女的爱情一旦萌发，则什么力量也无法阻挡。同时，富有戏剧性的人物关系设置还表现了李渔独特的人生之道。管提举是一位道学家，屠观察是一位风流才子，路公则处两者之间，"绝无一毫沾滞，既不喜风流，又不讲道学，听了迂腐的话也不见攒眉，闻了狎亵之言也未尝洗耳，正合着古语一句：在不夷不惠之间"。没有路公的调和，珍生和玉娟的爱情必将以悲剧收场。许多学者认为，路公其实就是李渔精神的外化，李渔主张的就是道学与风流之间的中庸之道。

　　李渔把小说看作无声之戏，特别注重关目情节的设计，还主张小说创作要"脱俗套"，讲究对传统人物故事类型的翻新。《合影楼》也反映了李渔这种独特的艺

术匠心。《合影楼》回末总评："影儿里情郎，画儿中爱宠者。此传奇野史中两个绝好题目。作画中宠爱，不止十部传奇，百回野史，迩来遂成恶套，观者厌之。独有影儿里情郎，自关汉卿出题之后，几五百年并无一人交卷。"写青年男女相恋已是一个熟烂的小说题材，别人多写"画儿中爱宠"，借画传情，李渔却独写"影儿里情郎"，借影传情，独创一格。此外，作品的叙事语言幽默风趣，充满了喜剧色彩，也充分彰显出作者的艺术个性，如描述珍生和玉娟的恋爱心理：

> 他们这番念头还是一片相忌之心，并不曾有相怜之意。只说九分相合，毕竟有一分相歧，好不到这般地步，要让他独擅其美。那里知道相忌之中就埋伏了相怜之隙，想到后面做出一本风流戏来。
>
> 却说珍生倚栏而坐，忽然看见对岸的影子，不觉惊喜跳跃。凝眸细认一番，才知道人言不谬。风流才子的公郎比不得道学先生的令爱，意气多而涵养少，那些童而习之的学问等不到第二次就要试验出来。

三、《豆棚闲话》

《豆棚闲话》，十二则，清圣水艾衲居士编。这部作品在话本小说文体发展史上属于特例，作品最突出的题材主旨取向是"莽将二十一史掀翻"的翻案之作，通过对一些历史人物的重塑、重新阐释，表现了作者对社会现实的愤激、讽刺、感慨、思考。《豆棚闲话·首阳山叔齐变节》总评：满口诙谐，满胸愤激。把世上假高尚与狗彘行的，委曲波澜，层层写出。《首阳山叔齐变节》叙商朝灭亡，天下归周之后，伯夷、叔齐两兄弟耻食周粟，逃到首阳山中，同鸟兽为伍，采薇而食。伯夷始终对商王朝忠贞不渝，而叔齐忍耐不住饥肠辘辘，就偷偷背着伯夷下山投靠周朝。众兽发现叔齐偷偷下山，一齐上前质询，叔齐一派花言巧语骗过众兽，并怂恿众兽一起下山投靠新朝。下山后，路上见到行人，有骑骡马的，有乘小轿的，有挑行李的，络绎不绝，意气洋洋，都是要朝见新天子的，更坚定了叔齐投靠新朝的决心。在离京城不远之处，叔齐宿于一店，梦见自己被忠于商朝的阵亡"顽民"所获，将被斩首示众。正要动手，适遇下山投靠新朝的众兽相救。顽民与众兽争论不休，不肯相让。最后，齐物主前来审断，说服顽民，救了叔齐。梦醒之后，叔齐更是"自信此番出山却是不差，待有功名到手，再往西山收拾家兄枯骨，未为晚也"。在故事情节展开过程中，作者运用大段的心理描写，着重展示了叔齐的思想世界。当耐不住饥饿之时，叔齐不禁想到：

> 此来我好差矣！家兄伯夷乃是应袭君爵的国主，于千古伦理上大义看来，守着商家的祖功宗训是应该的。……猛然想起人生世间，所图不过"名""利"二字。我大兄有人称他是圣的、贤的、清的、仁的、隘的，这也不枉了丈夫豪杰。或有人兼着我说，也不过是顺口带契的。若是我趁着他的面皮，随着他的跟脚，即使成得名来，也要做个趁闹帮闲的饿鬼。设或今朝起义，明日兴师，万一偶然脚蹋手滑，未免做了招灾惹祸的都头。

这完全是一个变节者为自己行径的辩护。伯夷作为长子就应当为国尽忠，而自己身为次子，则大可不必如兄长一样；人生在世，所图不过名利，从图名来说，兄长占去大半，自己不过被人连带提及，因此，自己跟着兄长忍饥受饿，实在不划算；如果万一反抗周朝失败，未免大祸临头。自己有这么多理由，为什么不下山去呢？可以说，作品中的叔齐完全是一个投靠新朝的变节者形象。在正史的记载中，叔齐最后耻食周粟，饿死首阳山，并无下山投靠新朝之事，被视为忠贞节义之士的典型。显然，《首阳山叔齐变节》是对历史人物叔齐的一种重新塑造。借助重塑，作者借古讽今，辛辣地讽刺了明末官员中变节降清者。

另外，这部作品对话本小说传统文体规范也有较大突破，而这种变化实质上反映了文人的结构观念、创新意识和记述式书面叙事传统。它以豆棚下讲故事的整体框架把相对独立的十二个故事串联在一起，创造了一种新型的结构形态。这种巧妙的构思应源于文人匠心独运的结构观念和创新意识。此外，它基本上摒弃了说书人的叙事口吻和语调，没有说书人的套语和插入的韵语，而以书面记述者的叙事口吻来讲述一群人在豆棚下讲故事，且多传神的白描手法。同时，"书中描述式的文字是书面化的白话，不是口语化的白话，接近现今普通话的书面语言"。[①]显然，这

---

① 石昌渝：《中国小说源流论》，生活·读书·新知三联书店1994年版，第286页。

可看作对文言小说记述式书面叙事传统的回归。

从宋元小说家话本到"三言""二拍"，话本小说一直沿着增大篇幅的案头化方向发展。明末清初，一大批话本小说作品则进一步发展为章回化体制，采用卷下分回、几回演一故事的章回化形式，篇幅大幅增加，如明末之《鼓掌绝尘》每卷十回，《宜春香质》每卷五回，《弁而钗》每卷五回，《载花船》每卷四回，《鸳鸯针》每卷四回。清初，《都是幻》《笔梨园》《锦绣衣》《人中画》《十二楼》《跨天虹》《珍珠舶》《警寤钟》也都采用了章回化体制。体制章回化，篇幅进一步增长，大大扩展了话本小说反映生活的容量，使得其内容更加丰富、情节更加曲折。

四、话本小说的变异与消亡

清中后期，话本小说的题材主旨表现出强烈的劝善惩恶意识，大都以宣扬封建伦理道德为主要内容，而且，这种教化意识常与因果报应、鬼神之说糅合在一起。同时，其文体在许多方面也突破了传统规范，出现了笔记小说化等变异现象。

杜纲《娱目醒心编序》称其创作主旨："无不处处引人于忠孝节义之路。既可娱目，即以醒心。而因果报应之理，隐寓于惊魂眩魄之内，俾阅者渐入圣贤之域而不自知，于人心风俗不无有补焉。"卷二《马美元为儿求淑女　唐长姑聘妹配衰翁》写唐长姑嫁给马美元的独生子为媳，三年后，生下一子。不久，瘟疫流行，马美元之子与幼孙相继病故。唐长姑为了延续马家后嗣，竟然力主将19岁的妹妹唐幼姑嫁给年近七旬的公公马美元，并在家人反对的情况下，苦求父母、公公、妹妹，还以自杀相威胁。马美元和幼姑成婚后，长姑尽子妇之礼，幼姑也坦然接受。后来，幼姑三年连生三子，三子皆读书进学，长子还高中进士，而马美元、长姑、幼姑也俱享高寿。作者对唐长姑嫁妹给公公的行为，十分欣赏，称赞说："有大才大识，明于经权常变之道……为夫家绝大功臣。"唐长姑被当作封建孝道之典范大加表彰，显然是为了鼓吹封建伦理道德。卷十《图藏地诡联秦晋　欺贫女怒触雷霆》讲明万历年间，有一阴员外非常喜好风水之学，总是千方百计将看中的风水宝地占为己有。朱渔翁家有一块好地，还声称要作为女儿的陪嫁。阴员外听说后，就假装要娶其女儿为儿媳，骗得这块好地。事成之后，阴氏父子对待朱翁及其女儿渐渐冷淡，朱翁夫妇相继气死，朱女也因受夫家作践，悬梁自尽。后来，晴天霹雳，将阴家建造的坟墓劈开，而阴氏父子也被冤魂索命而亡。整篇作品借因果报应、鬼神之说宣传恶有恶报的道理，人物情节安排完全可看作一篇善恶报应的劝善书。全书内容大都是宣扬忠孝节义，或侈谈果报、劝人为善，其人物故事也基本为两种类型：一类是孝子、贤媳、义士、节妇、贞女等人物实践伦理纲常的故事，如孝子历尽艰辛寻父、节妇卖己救夫后自缢等。另一类是奸徒、贪吏、负义者行恶得报的故事。劝善惩恶的教化意识一直是文人主体意识的重要组成部分，在话本小说创作中也属不绝如缕的创作传统。但是，像清中后期这样与因果报应、鬼神之说糅合在一起，如此强烈突出却是空前的。可以说，清中后期，话本小说已基本被一些文人作者完全当成了面对下层庶民的低劣说教工具。

《娱目醒心编》在"醒心劝善"之际仍不忘"娱目"，还比较注意作品的故事性，一些作品一波三折，曲折动人，且讲究悬念设置，引人入胜。然而，《雨花香》《通天乐》《阴阳显报鬼神传》不但满纸说教和鬼神之谈，而且各篇作品进一步简化为一两则事件，且记述简略，只有一二千字左右，甚至有的仅有几百字，基本相当于白话笔记小说。《通天乐》之《投胎哭》以第一人称视角记述自己亲身经历的两则逸事——鬼投胎变鸭和变狗而哭泣，完全一副笔记小说笔墨，如第二则记载说：

> 前年春天曾有一夜，我睡到四更时，似梦非梦，忽听得悲嚎啼哭，我梦中起来，往街上观看。只见几个恶鬼，锁押两个大汉、一个妇人，哭到邻居乔家门前，因不肯进去，被鬼打赶。我惊醒切记，次早着价问乔邻："夜来因何嘈嚷？"回说："今夜我家母狗生有三个小狗。"我又去问："几雄几雌？"回说："二雄一雌。"才知梦中却是实事。

此类作品将叙事焦点主要集中于事件本身所蕴含的教化意义，并不关注人物、情节的加工改造，完全忽略了读者的接受。显然，充满说教色彩的笔记化话本小说既不符合市井细民的审美口味，也难以赢得文人的喜爱，并无多少生命力可言，速生速灭也是必然的。

话本小说为什么会在清中后期走向衰亡呢？有些学者将其归罪于统治者的政治高压政策、乾嘉学派的兴起。其实，这种说法并不能很好地说明问题。清前期，通俗小说领域的各文体类型进入发展的鼎盛时期，话本体、中篇章回体、长篇章回体都有大批作品问世，呈现出繁荣兴盛的创作局面。然而，到了雍正之后，话本小说则一蹶不振，迅速走向衰亡。中篇章回小说虽开始走向衰落，但并未到走向衰亡的程度。而长篇章回小说则继续保持了兴盛的创作局面并进一步有所发展。为什么同为通俗小说，长篇章回小说却有着完全不同的命运呢？显然，将话本小说的衰败归为统治者的政治高压政策、乾嘉学派的兴起等外部原因是说不通的。这实际上表明，话本小说衰亡的原因应主要在文体自身。

从文体发展趋势看，话本小说走的是一条增大篇幅，以情节的丰富曲折、描述的具体生动取胜的演变之路，体制的章回化就是其最突出的表现形式。但是，在中长篇章回小说面前，话本小说文体努力发展的审美特性显然无任何优势可言，在篇幅和情节的丰富性上，它无法与中长篇章回小说相比。自然，在各文体类型的比较中，作者和读者都会更多地倾向于章回体，而舍弃话本体。

"教化"是通俗小说、文言小说中普遍存在的一种文体价值观念，但像话本体这样突出地将其作为一种文体传统却是少有的。而且，话本体的"教化"常常与"导愚"结合在一起。这种文体观念实质上隐含着以下层庶民为主要对象的读者定位。话本体最后沦落为说教的工具也基本可看作这种文体传统极端化发展的结果。

▌思考题

1. 如何理解宋元小说家话本的口头文学特征和民间叙事传统？
2. "三言""二拍"的文人化具体表现在哪些方面？
3. 李渔的话本小说在叙事方式上有何特色？
4. 试比较《豆棚闲话》与鲁迅先生的《故事新编》。

第九章　阅读书目提要

1.《中国小说史略》

鲁迅著，1923年新潮社分上下卷初次印行，1925年北新书局合为一册重印，1931年北新书局又出版修订本，即为通行本。中华人民共和国成立后，有多家出版社印行，较好的有上海古籍出版社1998年版等。全书共28篇，第一篇谈"史家对于小说之著录及论述"，第二篇至第二十八篇，依次论述了中国小说的渊源——远古的神话和传说，汉代小说，六朝志怪小说和《世说新语》等志人小说，唐宋传奇，宋代话本，元明讲史，明代的神魔小说、人情小说，清代的拟晋唐小说、讽刺小说、人情小说、狭邪小说、侠义及公案小说，清末的谴责小说。全书勾勒出中国古代小说发展演变的基本轨迹，初步探讨了历代小说发展演化的社会历史文化背景和原因，归纳总结了历代各小说类型的主要思想艺术特色，介绍评价了其中主要的代表性作家、作品的思想艺术成就和得失，是一部自成体系的完整的中国古代小说发展演变通史。作为第一部具有开拓性的中国古代小说专史，此书初步建立了中国古代小说史的框架体系，奠定了中国小说史研究的学科基础，对后世的研究影响极大。

2.《中国章回小说考证》

胡适著，1942年实业印书馆出版，另有上海书店1979年版，安徽教育出版社2006年版，中国社会科学出版社2013年版等。该书收入了1920年至1927年间亚东图书馆出版的胡适所撰章回小说考证论文和序文十七篇，即有关《水浒传》《红楼梦》《西游记》《三国演义》《三侠五义》《官场现形记》《儿女英雄传》《海上花列传》《镜花缘》等章回小说的研究文章。这些文章，主要集中于论述作品的作者及生平、本事、成书过程、版本等基本问题，兼及作品的思想艺术，研究方法则主要以相关材料的梳理考证为主。其中，对于《红楼梦》的考证最为人称道，作者根据可靠的材料考订了《红楼梦》的作者为曹雪芹，勾勒出曹氏的家世及本人生平事迹，指出《红楼梦》实为作者的自叙传，从而开创了新红学之考证派。胡适《红楼梦》以及其他小说的考证性研究对中国古代小说史学科起到了很好的示范作用，具有方法论方面的重大启示意义。

3.《中国小说源流论》

石昌渝著，生活·读书·新知三联书店1994年出版，2015年出修订版，是一部专门论述中国古代小说文体的专著。全书共6章，第一章"小说与小说文体诸要素"，辨析了中国古代的小说概念，论述了古代小说的语言、篇幅、结构、叙事模式等诸文体要素。第二章"小说文体的孕育"，论述了古代神话传说、史传、先秦诸子与小说文体及其起源的关系。第三章"史传与小说之间"，论述了杂史杂传的文体特征和笔记小说文体的起源形成、基本特征、发展演进。第四章"传奇小说"、第五章"话本小说"、第六章"章回小说"则分别介绍了传奇小说文体、话本小说文体、章回小说文体的起源形成、基本特征、发展演进。该书是一部比较全面论述古代小说文体特征的论著，具有重要的参考价值。

4.《中国古典小说史论》

夏志清著，1986年安徽文艺出版社出版，另有江西人民出版社2001年版。全书共8章，第一章"导论"，概述了现代研究者对古典小说的一般理解和评价，简要分析了中国古典小说独有的艺术表现方式和思想世界的一些构成要素。第二章至第七章分别论述了《三国演义》《水浒传》《西游记》《金瓶梅》《儒林外史》《红楼梦》六部章回小说名著，在简要介绍了每部作品的作者、成书、版本等基本情况之后，作者花费大量笔墨深入分析了作品中的人物形象、思想世界、艺术表现。第八章"中国古代短篇小说中的社会和个人"，专门论述了"三言"的人物形象所表现出的作者对社会和个人的理解。该书原系东方研究会发起编辑的"亚洲研究指南系列丛书"之一，该丛书主要是面对一般读者介绍亚洲文明的不同侧面的，因此，该书论述风格相对比较平易浅显，而且往往绕过许多复杂的版本和历史问题，而着重于对作品本身的理解和欣赏。此外，多从中西方比较的角度来理解所论作品也是本书比较鲜明的特色之一。

5.《中国白话小说史》

美国学者韩南著，尹慧珉译，浙江古籍出版社1989年出版。该书名为"中国白话小说史"，而实际上论述的主要是中国短篇白话小说（话本小说）的发展演变过程。第一部分"中国白话小说的语言和叙述形式"，概括了白话小说的叙述模式和语言风格，提出了分析白话小说的叙事学理论框架："说话者层次""焦点层次""谈话形式层次""意义层次"等。之后，作者便以此理论框架分析论述了话本小说发展史上的一系列重要作家、作品。"早期白话小说""中期白话小说"章节将宋元小说家话本和明前期的拟话本划分为"公案小说""传奇小说""鬼怪小说""愚行小说"等类型加以论述。"冯梦龙的生平和思想""冯梦龙的白话小说"章节论述了冯梦龙的生平思想和创作，并着重分析了《喻世明言》《警世通言》。"浪仙"章节提出《醒世恒言》的主要编者为《石点头》的作者席浪仙，并将《醒世恒言》和《石点头》放在一起作了分析。"凌濛初""李渔""艾衲"章节则分别论述了凌濛初和"二拍"，李渔和《无声戏》《十二楼》及《豆棚闲话》等。全书以西方叙事学视角分析话本小说，许多论述令人耳目一新，但也有不少观点值得商榷。

6.《中国文言小说史稿（上下册）》

侯忠义著，北京大学出版社1990、1993年出版，是一部专门论述中国文言小说发展演变的专史。上册分"汉代小说""魏晋小说""南北朝小说""唐五代小说"。下册分"宋元小说""明代小说""清代小说"。该书著述体例规范统一，每一历史阶段的文言小说通常划分为"传奇小说""志怪小说""轶事小说"三种类型来介绍（唐前仅为"志怪小说""轶事小说"），每一种类型先论述创作概况和特点，再划分内容种类、列举代表性作品加以分析，最后谈其艺术特点和影响。而且，"志怪小说"内容种类统一划分为记怪、博物、神仙，"轶事小说"内容种类统一划分为轶事、琐言、笑话。通过描述各文言小说类型在历朝的发展演化，该书勾勒出了中国文言小说发展的主要线索和大体轮廓。书中列举了大量历代有代表性的文言小说作品，对于比较重要的作品都作了较为深入全面的分析评价。

7.《中国禁毁小说百话》

李梦生著，上海古籍出版社1994年出版，后有上海书店出版社2006年版，上海辞书出版社2017年版。全书共收历代禁毁的古代小说一百余种，是一部比较全面地介绍、论述古代禁毁小说作品和小说禁毁情况的专著。所收禁毁小说作品主要包括三类：一是对封建统治在政治上有不利影响的；二是含有淫秽色情内容的；三是部分才子佳人小说。作者不但分别详细介绍了每一种禁毁小说的版本、作者、内容情节、影响流传、禁毁情况，而且对其思想艺术特色、小说史上的地位亦有所论述，对禁毁小说所反映的社会文化的方方面面（包括世态人情、社会思潮、性风俗、性文化等）及一些规律性的东西也有所阐发。

8.《中国叙事学》

该书由美国学者浦安迪在北京大学的演讲整理而成，北京大学出版社1996年出版，2018年出版第2版。全书共分7章，第一章"导言"，提出《三国演义》《水浒传》《西游记》《金瓶梅》《儒林外史》《红楼梦》六部章回小说名著应为文人小说，并将其文体概括为"奇书文体"。第二章"中国叙事传统中的神话与原型"比较了希腊神话中的"叙述性"原型与中国神话中的"非叙述性"原型，分析了中国传统文学中的对偶美学原则。第三章"奇书文体的结构诸型"、第四章"中国奇书修辞形态研究"、第五章"奇书文体中的寓意问题"分别论述了奇书文体在结构、修辞、寓意三方面所表现出的一套固定而成熟的文体惯例和共同的美学原则及其所表现出的文人审美趣味。第六章"奇书文体与明清思想史通观"探讨了明代四大奇书与宋明理学之间的关系。第七章"不是结语的结语"，进一步分析了奇书文体与明代思想及传奇剧、短篇白话小说的关系。该书以西方叙事学理论的视角来阐述古典章回小说名著的文体问题，许多见解颇具新意和启发性。

9.《话本小说概论》

胡士莹著，中华书局1980年出版，后有商务印书馆2011年和2017年版。该书内容宏富，共有18章，依次介绍了"说话"的起源和演变，宋代的"说话"和话本，元代的说书和话本，明代的说书、话本和拟话本小说，清代的说书、话本和拟话本小说，明清的说公案，元代的讲史平话等。全书不但勾勒出中国古代"说话"、说书伎艺和话本小说的起源、发展演变史，而且论述范围涉及话本小说研究的方方面面，称得上"研究话本的百科全书"。凡历代"说话"或说书所涉及的表演艺人、演出场所、家数分类、演出内容、艺术特色、相关名词术语和话本、拟话本的作者、著录、版本、本事、内容、思想艺术、影响等都有着比较全面详细的论述。对于"三言""二拍"等重要的话本小说作品，还特设专章加以深入探讨。

10.《明代小说史》

陈大康著，上海文艺出版社2000年出版，后有人民文学出版社2007年和2020年版。是一部专门论述明代小说发展演变的断代小说史专著。该书"导言"提出了明清小说在作者、书坊主、评论者、读者以及统治阶级的文化政策五者共同作用下发展的研究模式。正文将明代小说的发展演变划分为五个阶段，共安排为五编十七章，"明初的小说创作"（洪武至洪熙四朝）、"萧条与复苏"（宣德至正德七朝）、"嘉靖、隆庆朝的小说创作""繁华与危机的双重刺激"（万历、泰昌朝）、"明末的小说创作"（天启、崇祯及南明弘光朝）。作者不仅描述出每一阶段的小说创作状况、发展态势，综合作者、书坊主、评论者、读者以及统治者的文化政策等多方面的因素对其成因进行了全面探讨，而且对一些代表性作品和小说史发展中的多种现象和问题都有较为全面的叙述和讨论。全书不但清晰地勾勒出明代小说创作的发展演变轨迹，而且对其发展演变的规律和特点也都有深入的探讨。书末附有"明代小说编年史"，对明代小说史事件和作品作了编年叙录。

11.《中国小说叙事模式的转变》

陈平原著，上海人民出版社1988年出版，后有北京大学出版社2004年、2010年、2022年版。是一部全面系统地论述中国小说叙事模式由传统小说向现代小说转变过程的专著。该书"导言"提出了叙事学研究的理论模式，阐述了中国小说叙事模式转变的上下限问题，并从小说传播方式、作家知识结构等方面论述了中国小说叙事模式转变的社会文化背景。上编"西方小说的启迪与中国小说叙事模式的转变"，共分"中国小说叙事时间的转变""中国小说叙事角度的转变""中国小说叙事结构的转变"三章，分别论述了在西方小说启迪影响下，中国小说的叙事时间、叙事角度、叙事结构由传统向现代的转变过程。下编"传统文学在中国小说叙事模式转变中的作用"，共分"传统的创造性转化""传统文体之渗入小说""'史传'传统与'诗骚'传统"三章，论述了小说从文学结构的边缘向中心移动过程中，传统文体笑话、逸闻、游记、日记、书信等和传统文学史传、诗骚的创造性转化在中国小说叙事模式转变中的作用。"结语"，对中国小说叙事模式转变中的一些宏观理论问题又作了进一步补充说明。

12.《水浒传》（金圣叹批本）

此书为金圣叹评改本。最早刻本是崇祯十四年（1641）的贯华堂刊本，现有《金圣叹全集》本（凤凰出版社2008年、2016年版）和《金圣叹批评水浒传》（齐鲁书社1991年、2014年版）等刊本。金圣叹（1608—1661），原名采，字若采，后改名人瑞，号圣叹。吴县人。全书楔子一回，正传七十回，是金圣叹截取明万历年间"容与堂"本《水浒传》前七十一回，并加以修改而成。书以梁山英雄"排座次"作为故事收尾，又妄撰"惊恶梦"作结。在书中金圣叹作了详细的文学评点，提出了许多有价值的理论观点。金圣叹批本《水浒传》的影响很大，以后的小说评点几乎没有不受其影响的，毛氏父子的《三国演义》评点、张竹坡的《金瓶梅》评点，脂砚斋等的《红楼梦》评点在体式和思想上均与金批《水浒传》一脉相承，同时，金批《水浒传》问世后，有清一代的《水浒传》刊本以金批本为主体，基本占据了《水浒传》的流通市场，成为《水浒传》最通行的本子。

13.《三国演义》（毛批本）

此书为毛声山、毛宗岗父子评改本。有清康熙年间醉耕堂刊本，现有《毛宗岗批评三国演义》（齐鲁书社2014年版）等刊本。毛声山，本名纶，字德音，江苏长洲（今江苏苏州）人。毛宗岗（1632—1709），字序始，号孑庵。毛氏父子评改《三国演义》是有感于作品"被村学究改坏"，故假托"悉依古本"对"俗本"在文字、情节、回目、诗词等方面进行校正删改并作评点，毛氏的所谓"古本"其实是伪托，故其删改纯然是其独立的改写，有着较高的文本价值，体现了他们的思想情感和艺术趣味。毛批本以其出色的文本改订和理论批评而在《三国演义》流传史上有突出的地位，毛批本问世以后，独领风骚，压倒了其他评本，成为《三国演义》的定本，在《三国演义》的传播史上风靡了数百年。

14.《金瓶梅》（张竹坡批本）

此书为张竹坡评本。是张竹坡以《新刻绣像批评金瓶梅》为底本加批而成。有"在兹堂本""本衙藏板本"。现有《张竹坡批评金瓶梅》（齐鲁书社2014年版）等刊本。评者张竹坡（1670—1698），名道深，字自得，以号行，江苏铜山人。张竹坡的《金瓶梅》评点上承金圣叹、毛宗岗，尤其受金批《西厢》之影响甚为强烈，而其主旨在于揭示作品之情感内涵和寻求作品情节之线脉。这种批评自金圣叹开端，至张竹坡乃大畅其趣，他将一部百回大书逐段梳理，烛幽探微，是一部有其个人风格的解读文本。

15.《西游记》（黄周星定本《西游证道书》）

此书为《西游记》的评改本。最早刊刻于清康熙初年，现有中华书局1998年刊本。全名"新镌出像古本西游证道书"，题"西陵戏梦道人汪憺漪笺评"，"钟山半非居士黄笑苍印正"。正文中有夹批和回前总评，总评署"憺漪子曰"。评改由黄周星、汪憺漪合作完成。黄笑苍即黄周星（1611—1680），字九烟；汪憺漪即汪象旭，号憺漪、残梦道人，萧山（今属浙江）人（一作钱塘人），生卒年不详，约生活在明末清初。此书对小说文本作了较多的增删改订，如情节疏漏的修补、诗词的改订和删除、叙述的局部清理，尤其是合并明刊本第九、十、十一回为第十、十一两回，增补玄奘出身一节为第九回，从而成了《西游记》的最后定本，在《西游记》传播史上有重要地位。至于评点文字，则所谓"证道"者多，少艺术分析。

16.《儒林外史》（会校会评本）

李汉秋辑校，1984年上海古籍出版社初版，1999年修订再版，后有2010年、2022年版。此书校勘以卧闲草堂刻本为底本，以嘉庆咸丰间苏州潘氏抄本、同治八年苏州群玉斋活字本、同治十三年上海申报馆第一次排印本、光绪七年上海申报馆第二次排印本为校本，以同治十三年齐省堂增订本、光绪年间上海徐允临从好斋辑校本、光绪十四年上海鸿宝斋增补齐省堂本等为参校本。汇辑的评语有：卧闲草堂本评语、齐省堂增订本评语、申报馆第二次排印本中的天目山樵评语、天目山樵《儒林外史评》、潘祖荫评语、华约渔评语、石史评语、平步青评语。该书汇集了清代绝大多数《儒林外史》刊刻本、抄本及其评点、评论文字，有助于读者比较全面地了解《儒林外史》在清代的刊刻和评点批评情况。

17.《重校〈八家评批红楼梦〉》

冯其庸纂校订定，文化艺术出版社1991年出版，后有江西教育出版社2000年版，青岛出版社2014年版。此书收录了道光十二年双清仙馆刊王雪香评本、光绪七年卧云山馆刊妙复轩评《绣像石头记红楼梦》、光绪间悼红轩原本王希廉、姚燮评《增评补图石头记》、光绪十年上海同文书局王希廉、张新之、姚燮评《增评补像全图金玉缘》、二知道人《红楼说梦》、诸联《红楼梦评》、涂瀛《红楼梦论赞》、解盦居士《石头臆说》、洪秋蕃《红楼梦抉隐》共八家的评批文字，基本汇集了清代影响较大、较重要《红楼梦》评点本（除脂评本之外）和评论专著，较全面地反映了《红楼梦》在清代刊刻流行之后的评点和批评的情况。该书还对《红楼梦》原文进行了较全面的校勘，以乾隆辛亥程伟元、高鹗萃文书屋木活字本（程甲本）为底本，校以甲戌、己卯、庚辰、戚序、蒙府、梦稿、列藏、梦叙、王雪香评双清仙馆本、张新之《妙复轩评石头记》本、王希廉、姚燮评《增评补图石头记》、王希廉、张新之、姚燮合评上海同文书局《增评补像全图金玉缘》、乾隆壬字程伟元、高鹗萃文书房木活字本（程乙本）。

18.《聊斋志异》（会校会注会评本）

张友鹤辑校，有1962年中华书局排印本，上海古籍出版社1978年重印本、1986年重印本、2011年版、2020年版。全书12卷，共491篇。"校勘"以手稿本、铸雪斋抄本为底本，校以青柯亭刻本、同文书局本、遗稿本。"注释"采录吕湛恩注本、何垠注本的注释，这些注释对读者理解原作中的典故、字义及涉及的历史人物等都很有帮助。"评论"汇辑了稿本的王士禛、无名氏评语、喻氏合评本的冯镇峦评语、何评本的何守奇评语、但评本的但明伦评语、王刻本的王金范评语、遗稿本的段璀、胡泉、冯喜庚、刘瀛珍评语，这些会评文字实际上为读者提供了一份比较完备的《聊斋志异》在清代的文学批评史料。

19.《中国古代小说百科全书》

刘世德主编，1993年中国大百科全书出版社初版，2006年再版修订本，是一部专业性的中国古代小说百科辞书，共收词目2 200多条。从分类目录来看，全书分"总论""上古秦汉魏晋南北朝小说""唐五代小说""宋辽金元小说""明代小说""清代小说""小说理论批评""现当代小说研究""小说总集""小说书目""小说史料"等单元。"总论"主要介绍古代小说、小说史研究的种种名词术语。"上古秦汉魏晋南北朝小说"至"清代小说"部分为此书的主体内容之所在，比较全面地介绍自上古起至清末（1911）的古代小说作家和作品，对于重要作家的生平经历、思想、著作和重要作品的思想内容、艺术特色、影响、版本都有比较详细的论述，一些综述性的条目，还概括了各个时期的小说创作情况和发展演进。"小说理论批评"单元介绍中国古代比较重要的小说理论批评家和理论批评著作。"现当代小说研究"单元介绍现、当代关于古代小说研究中几位有突出成就和重大影响的学者。"小说总集""小说书目""小说史料"单元分别介绍比较重要的古代小说总集、书目、史料笔记。全书注重知识性、学术性，大部分条目充分吸收了学术界已有的成果，评价稳妥公允。

20.《中国古代小说总目》

石昌渝主编，2004年山西教育出版社出版，分"文言卷""白话卷""索引卷"三册。"文言卷"著录1912年以前写、抄、刻、印成的文言小说作品，共收2 904种。"白话卷"著录1912年以前写、抄、刻、印成的白话小说作品，共收1 251种。

"文言卷""白话卷"各条目按词头汉字音序加以编排，条目正文主要从以下几个方面对作品进行著录：作者生平、版本、著录情况、内容介绍、思想艺术评价、影响。但具体到每一则条目的提要内容，则视所介绍作品的具体情况有所侧重，一些比较重要的作品则相对比较全面。特别注重介绍版本情况（包括版本类型、性质，刊印时间、地点、书坊，插图、版式、行款、序跋、题记、凡例、评点，收藏情况等），厘清版本源流。"索引卷"为"文言卷""白话卷"条目和条目释文中的人名、书名、地名、书坊名、年号提供索引，弥补了正文词条以音序编排的不足，大大方便了读者的检索。所撰条目大多充分吸收了学术界的已有成果，特别是版本考证方面的成果，论述较为简明扼要、客观公允。

21.《中国古典小说名著资料丛刊》

朱一玄等编，南开大学出版社2012年版，包括《三国演义资料汇编》《水浒传资料汇编》《西游记资料汇编》《金瓶梅资料汇编》《聊斋志异资料汇编》《儒林外史资料汇编》《红楼梦资料汇编》七册。每册所收资料，依其内容不同，一般分为五编：（一）本事编，辑录关于作品本事的相关资料。（二）作者编，辑录有关作者家世、生平的相关资料。（三）版本编，辑录作品版本方面的资料。（四）评论编，辑录作品问世以来的各家评论。（五）影响编，辑录作品对后世文学（主要是小说、戏曲）的影响的资料。各书根据实际，体例稍有调整，如《红楼梦》未设"本事编"。以本事、作者、版本、评论、影响分类编排，不但大大方便了读者的查找，而且为研究者提供了可参考的研究线索。该丛刊所收资料范围广、内容宏富，所收资料的范围包括政书、类书、史书、方志、笔记、杂著、别集、小说、戏曲等各种文献，所收资料的时间下限一般截至五四运动，也有部分资料，由于特殊需要，超越了此时限。

22.《中国历代小说论著选（上下册）》

黄霖、韩同文选注，江西人民出版社1982年出版，2000年出修订本。本书为中国历代有关小说的理论批评论著的选编本，选录对象广泛，包括有关小说理论和批评的专论、序跋、笔记、杂著、回评，乃至诗歌等。书分上下两册，上册包括上编、中编，下册为下编。上编自汉至宋元，以采录笔记、杂著为主，主要论及神话、传说、笔记小说、传奇小说、话本小说等。中编为明清部分，以章回小说序跋为主，主要论及各类章回小说以及多方面的小说理论问题。下编自清末至"五四"，

○ 第九章 阅读书目提要

以单篇专论为主。此书的主要选录标准为：能够提出一种主张或说明一种观点，在中国小说理论批评史上具有一定价值或某种代表性。因此，通过此书，读者实际上可以比较简明而直接地了解中国历代小说理论批评的代表性观点。对入选各篇论著，均作了较为详尽的注释和扼要的说明。

23.《明清小说理论批评史》

王先霈、周伟民著，花城出版社1988年出版，是一部专门研究明初至清末小说理论和批评发展演变的专著。该书将明清小说理论批评划分为"小说观念的突进——洪武至万历期间的小说理论""市民要求和统治阶级意识的混杂——泰昌至崇祯期间的小说理论""创作论的长足进步——顺治、康熙期间的小说理论""雍正至道光期间的小说理论""晚清小说理论"等几个发展阶段，分别概括了每一阶段小说理论批评的发展状况，介绍了其中一大批比较有代表性的理论批评家和他们的理论批评观点，对于一些非常重要的理论批评大家如李贽、金圣叹、毛宗岗、张竹坡、梁启超等则设专章加以全面深入的论述分析。有一些章节，将理论批评与创作实践结合在一起来探讨，如第七章"志异和传奇小说理论的继承与革新——蒲松龄和纪昀"、第九章"反理学、反陈套的现实主义理论——曹雪芹的小说观"等，写得较有特色。

24.《中国小说评点研究》

谭帆著，华东师范大学出版社2001年出版，是一部全面研究中国小说评点的论著。分为上下两编，上编"小说评点总体研究"，着重对小说评点作综合融通研究，在古代思想文化和学术背景上探究小说评点的生成机制、形态特色和价值体系。计分"小说评点之流变""小说评点之形态""小说评点之类型"和"小说评点之价值"四章。下编"小说评点编年叙录"，旨在对小说评点的发展历史、版本史料作全面考订，以历史年代为线索，逐段为小说评点编年。上下两编从纵横两种角度对小说评点作全面清理和研究。该书突破了以往将小说评点纯作小说批评研究的狭隘视角，将小说评点当作一种独特的文化现象加以探究，在评点史料的整理和考订上也有较大进展，全书考订整理了两百余种小说评点本，这种全面考订在学术界尚属首次。2023年，《中国小说评点研究新编》由华东师范大学出版社出版，是对《中国小说评点研究》的修订和增补，如调整全书框架、重视文言小说评点等。

主要参考文献

1. 苗壮.笔记小说史.浙江古籍出版社，1998

2. 郑振铎.插图本中国文学史.人民文学出版社，1957.

3. 周汝昌.曹雪芹新传.外文出版社，1992.

4. 薛洪勣.传奇小说史.浙江古籍出版社，1998.

5. 陆树仑.冯梦龙散论.上海古籍出版社，1993.

6. 杜继文主编.佛教史.江苏人民出版社，2006.

7. 黄霖.金瓶梅资料汇编.中华书局，1987.

8. 徐朔方编.金瓶梅西方论文集.上海古籍出版社，1987.

9. 谭正璧.话本与古剧.上海古典文学出版社，1956.

10. 胡士莹.话本小说概论.中华书局，1980.

11. 欧阳代发.话本小说史.武汉出版社，1994.

12. 郭豫适编.红楼梦研究文选.华东师范大学出版社，1988.

13. 王蒙.红楼启示录.生活·读书·新知三联书店，2005.

14. 郭豫适.红楼研究小史稿.上海文艺出版社，1980.

15. 胡适.胡适古典文学研究论集.上海古籍出版社，1988.

16. 刘叶秋.历代笔记概述.北京出版社，2003.

17. 马美信.凌濛初和二拍.上海古籍出版社，1994.

18. 陈大康.明代小说史.上海文艺出版社，2000.

19. 纪德君.明清历史演义小说艺术论.北京师范大学出版社，2002.

20. 胡胜.明清神魔小说研究.中国社会科学出版社，2004.

21. 张俊.清代小说史.浙江古籍出版社，1997.

22. 李汉秋.《儒林外史》研究.华东师范大学出版社，2001.

23. 朱一玄、刘毓忱编.三国演义资料汇编.百花文艺出版社，1983.

24. 周兆新.三国演义考评.北京大学出版社，1990.

25. 沈伯俊.三国演义新探.四川人民出版社，2002.

26. 河南省社会科学院文学研究所.三国演义研究论文集.中华书局，1991.

27. 向楷.世情小说史.浙江古籍出版社，1998.

28. 林辰.神怪小说史.浙江古籍出版社，1998.

29. 程毅中.宋元小说研究.江苏古籍出版社，1999.

30. 李剑国.唐前志怪小说史.南开大学出版社，1984.

31. 吴淳邦.晚清讽刺小说的艺术.复旦大学出版社，1994.

32. 阿英.晚清小说史.东方出版社，1996.

33. 陈文新.文言小说审美发展史.武汉大学出版社，2002.

34. 苏兴.吴承恩小传.百花文艺出版社，1981.

35. 刘修业辑校、刘怀玉笺校.吴承恩诗文集笺校.上海古籍出版社，1991.

36. 董说.西游补.上海古籍出版社，1983.

37. 苏兴.西游记及明清小说研究.上海古籍出版社，1989.

38. 李时人.西游记考论.浙江古籍出版社，1991.

39. 张锦池.西游记考论.黑龙江教育出版社，2003.

40. 孙楷第.戏曲小说书录解题.人民文学出版社，1990.

41. 曹亦冰.侠义公案小说史.浙江古籍出版社，1998.

42. 陈益源.元明中篇传奇小说研究.华艺出版社，2002.

43. 鲁迅.中国小说史略.上海古籍出版社，1998.

44. 孙楷第.中国通俗小说书目.人民文学出版社，1982.

45. 江苏省社科院明清小说研究中心.中国通俗小说总目提要.中国文联出版公司，1990.

46. 宁宗一，中国小说学通论.安徽教育出版社，1995.

47. 陈平原.中国小说叙事模式的转变.北京大学出版社，2003.

48. 齐裕焜.中国古代小说演变史.敦煌文艺出版社，1990.

49. 陈颖.中国英雄侠义小说通史.江苏教育出版社，1998.

50. 黄霖，中国小说研究史.浙江古籍出版社，2002.

51. 刘群、宗力.中国民间诸神.河北人民出版社，1986.

52. 孟犁野.中国公案小说艺术发展史.警官教育出版社，1996.

53. 罗立群.中国武侠小说史.辽宁人民出版社,1990.

54. 黄岩柏.中国公案小说史.辽宁人民出版社,1991.

55. 苗怀明.中国古代公案小说史论.南京大学出版社,2005.

56. 刘荫柏.中国武侠小说史(古代部分).花山文艺出版社,1992.

57. 袁行霈.中国文言小说书目.北京大学出版社,1981.

58. 萧相恺.中国文言小说家评传.中州古籍出版社,2004.

59. 侯忠义编.中国文言小说参考资料.北京大学出版社,1985.

60. 侯忠义.中国文言小说史稿.北京大学出版社,1990.

61. 吴志达.中国文言小说史.齐鲁书社,1994.

62. 陈文新.中国文言小说流派研究.武汉大学出版社,1993.

63. 韩南.中国白话小说史.浙江古籍出版社,1989.

64. 齐裕焜、陈惠琴.中国讽刺小说史.辽宁人民出版社,1993.

65. 任继愈主编.中国道教史.上海人民出版社,1990.